新世纪河南女作家作品选

总主编 张莉

主编 程舒颖

—— 短篇小说卷 ——

北京出版集团

北京十月文艺出版社

目　录

天台上的父亲

邵　丽

一

也许是离开那个城市后我改变了信仰。其实也无所谓改不改变，一直以来我就没有坚定的信仰。妹妹一直说我迷信。我迷信了几十年，是从母亲那里传过来的。她是一个泛神论者，相信神灵附着在任何一个老旧的事物上。尤其是我父亲刚死的那段时间，她更加疑神疑鬼，即使是一根绳子，她都会端详半天，好像那上面写着神的启示似的。

我喜欢这个新来的城市的新区，它好像凭空多出来这么一部分，虽然与老城区仅仅隔了一条快速通道，却是另外一个世界了。它的空气像是刚刚过滤过，有真正的青草、河滩和森林的气味。我喜欢在夜晚独自穿过由石条铺成的曲曲弯弯的人行步道，像踩过一排排钢琴键。在道路的尽头，有一家小食店，卖一种当地的小吃，生意相当好。有一次，我饿了，进去要了一碗面，竟然排了半天队。

小食店的老板娘是个厉害角色。那天跟在我后面进去的是个小姑娘，那姑娘抱着她的狗，一只咖啡色的泰迪。她刚刚进门，女老板尖厉的声音就叫了起来，让狗马上出去。女孩愣了一下，面色变得通红，抱着狗羞惭而去。

面吃到一半，我越想越不对头，竟然一点胃口都没了，推开碗走了出去。我自己也觉得奇怪，莫名其妙地生了气，也许是生那个女老板的气，也许是生那个抱狗的女孩的，也许是生自己的。反正是气鼓鼓地走了。

父亲不在后，我的情绪在慢慢平复，已经不再那么焦躁、暴戾和善变。想起父亲在的时候，这个点他已经睡觉了。他就像一座时钟，到点该干什么就必须干什么，典型的强迫症。有一天傍晚，他看了一下表，到喝粥时间了。我母亲因为老家来了客人，耽误了一点时间。他气恼得把水杯都跺碎了，弄得客人脸上红一阵白一阵的。

"过去他不这样啊！不是这样子啊！"我母亲老是跟我这样抱怨。过去他确实不这样，没退休之前，他是多么细心周全的一个人啊！每次下班进家门之前，老是听到他跟周围邻居打招呼的声音。虽然那声音低调、谦和得像讨好似的，但有一股感染人的韧劲儿，把我们的日子铺垫得绵密厚实。所谓岁月静好，就是那副模样吧。

某一天，一切都忽然起了变化。哦，对，开始时不是一切，只是有一些东西在起变化。退休之后，他的生活在慢慢缩小，像一个剩馒头，在变干，在缩水。他很少再走出屋外，即使晒太阳，也是缩在阳台的藤沙发上。他频繁地看表，每小时必须听一次天气预报；《新闻联播》前五分钟，准时坐到客厅沙发上打开电视。

他为自己的一切都做上标记，好像该怎样生活，还得看看他插的路标。

那家小食店今天好像客人并不多。一个年轻姑娘坐在靠门的地方，一边看手机，一边吃着碗里的烩菜。那是一种掺杂着羊肉、白菜、炸豆腐丝和粉条的地方小吃，名字叫豆腐菜，这家店也是因为这个菜而出名。但我不大喜欢吃这个，我喜欢吃他们的羊肉汤面。

父亲过去爱吃羊肉，也爱吃豆腐。但他喜欢分开吃，不喜欢烩一起。他吃羊肉就是清水煮一下，然后捞出来，切成片，再用原汤冲成羊肉汤，里面什么调料都不放，原汁原味。豆腐也是，在水里煮一下，或者蒸一下，在小碟子里调一点料，就那样蘸着吃。

他退休后的第一个国庆节，我们带他去郊区的农场玩儿，那里有个养殖场。他兴致勃勃地订了四只羊，说等春节的时候杀了吃。结果等到春节，我们带着他过去，他看到一群小羊羔追着母羊咩咩地跑，就心软了，不忍心让人家杀。

父亲死后，有一次我和妹妹趁假期带着孩子们到农场玩儿，路过养殖场，当她看到一群羊的时候，突然捂着嘴蹲在路边失声痛哭。我知道她想起了父亲，但我不知道该怎么安慰她。其实，很久以来，我们都无法安慰自己。刚刚过去的事情既像是一个伤口，更像是到处游走的内伤，无从安抚。

二

我跟妹妹一起的时候，她几次都想努力回忆父亲跳楼的那个下午的一些细节，但不是很成功。不过，与其说是她忘记了，倒还不如说她宁愿自己忘记了。

在那之前，因为妹妹，也因为我，我已经从父母所在的城市搬迁到她生活的这个城市，两个城市相距一百四十三公里。这样，一来可以在她去照顾父亲的时候，我去照顾她的孩子；二来也是想逃脱那个逼仄的环境，出来透透气。守了父亲一年多时间，我几乎抑郁了。夜里莫名其妙地惊坐起，就再也睡不着了，整夜整夜地大睁着眼，大把大把地掉头发。开始我每天吃普通的安定，后来效果不好，就改用级别更高的，一直服用超过普通安定好多倍含量的药，据说那是正常人所能承受的极限。开药的医生反复对我说，你服药的时候一定要坐在床边，不然的话，可能吃完走不到床前就睡着了。但是这药对我没用，几乎没一点用，还是彻夜失眠。即使浅睡片刻，稍微有一点声音，我便一身大汗，惊厥得心脏好像要跳出来。

刚好闺蜜给我打电话，让我帮她运作一个项目。也刚好，她在妹妹所在的这个城市。我毫不迟疑，一口便答应了。我觉得那是在生活对我关闭所有大门、我走投无路之际，上帝给我打开的另一扇窗口。我必须挺身而上。

可是，当我面对妹妹，当她一遍又一遍地回忆那些细节的时候，我觉得，我就像赤脚踏在一团棉花上，或者是一团云上。我们一直漫无目的地往前走，根本看不清楚眼前脚下的一切。

那个下午，那个燠热难耐的下午，到底发生了什么？按照妹妹的叙述，我仔细拼贴并努力还原那天发生的事情。妹妹说，那天本来该哥哥过来替换她看守父亲。母亲一早就买好了荠菜，给哥哥包他喜欢吃的荠菜馅饺子。包好饺子，十一点多了，又等了一会儿哥哥才来。他过来刚刚坐下不久，电话就追了过来，是嫂子的电话。两个人乒乒乓乓在电话里吵了起来，母亲的笑脸不见了，一会儿愁得眼看要拧出水来。妹妹朝哥哥打个手势，意思是让他小声一点。哥哥气得摆了摆手，说，不吃了！甩上门就走了。

她再打他电话，要么占线，要么无人接听。

妹妹和父母亲按时吃午饭。吃过午饭，按照惯例，看守父亲的人中午都要小憩一会儿。母亲中午不习惯午睡，由她来照看父亲。

本来妹妹已经回房间休息了，但是她好像听到了异常的响动，像是父亲窸窸窣窣的脚步声。她不放心，起来到父亲的房间，看到父亲和衣躺在床上，面朝里，好像睡得很熟的样子。于是她便回到自己的房间睡下了。她睡了不到半个小时就起来了，觉得屋子里静得怕人，她先走到母亲的房间。母亲像往常一样，安静地坐在那里，在翻看一本旧书。她问，我爸呢？母亲愣了一下，用手指了指父亲的房间。

妹妹走到父亲的房间，看到房间里空空如也。父亲不在房间。她觉得事情不妙，还没等她回过神来，家里的座机铃声大作。有人打电话报信说，父亲从我们小区西面人民会堂的天台上跳下来了——我父亲的一个下属在人民会堂前的广场散步，抬头看见楼顶上站着个人，像是我父亲。他心里嘀咕着，他爬那么老高干吗呢？正在犹豫着要不要给我父亲招手打个招呼，就看见他往前一倾，好像有人从后面踹了他一脚，随后便如一只笨鸟般飞了下来。

三

父亲跳楼那天，我正在外面参加一个开业剪彩。剪完彩，又参加午宴。等整个活动结束，我看到几十个未接来电，主要是我哥哥和妹妹打来的。我心头一紧，想着家里肯定出了什么事儿，就赶紧给我妹妹打过去。妹妹说，你赶紧回来，父亲跳楼了！

当时我好像被什么撞击了一下，脑子里一片空白，真说不清楚自己是什么心情，说是震惊或者悲伤吧，还真不是。说是轻松？也不完全是，反正就像是跑完马拉松，那种既松懈又虚脱的感觉。

莫名其妙地，想起周作人写的一件事，当他听到自己心心念念的初恋杨三姑娘患霍乱死了之后，"似乎很是安静，仿佛心里有一块大石头已经放下了"。

对，仿佛就是这种感觉。

在此之前，很久很久，我把自己沉到烦琐的事务中，我必须把自己变成另外一个人，才能保持自己。这话听着拗口，其实就是那么回事儿。

刚好上面说到的我的一个闺蜜，她老公是搞房地产开发的，在郊外盖了一片市场，专门给她辟出一栋楼，让她按照自己的喜爱随便折腾。她不知怎么迷上了城市生活空间美学，决计玩儿这个。不过这玩意儿是什么东西，我们都说不清楚，可能就是因为说不清楚，大家都很兴奋。马不停蹄地跑到北上广深，还有成都，去看人家怎么做的。还天天到网上收集资料，一副像煞有介事的样子。那些新鲜的、好像从生活中刚刚长出来的话语天天挂在嘴边，什么场景式空间呈现及场景革命营销手段，什么长期积淀所产生的生活方式，什么家具、艺术品和主人的关系。其实说穿了，在这些富丽堂皇的话语下面，不过还是卖家具、卖茶，只是把庸俗的赚钱套上华丽的美学空间外衣而已。

管他呢，我需要的，无非就是忙活，别停下来就行。

我的这个朋友，人家就是活得明白，按她的话说，什么时候活糊涂了，也就活明白了。她就是一个糊涂得说不清楚的人，说不清楚她天天在干什么，也说不清楚她喜欢什么。一会儿在东区学古筝，一会儿又在茶城听茶艺课，再过一会儿，跟着人家给流浪狗搞慈善。

不管怎么说，在一个新的地方，我需要一份工作，刚好也有工作需要我。我要把自己深深地埋在工作里。我必须逃离某些东西，达到某种新的平衡，可以让我自由自在地呼吸、欢笑或者静思，这才能让我们所有人都轻松，包括我周围的朋友，包括我的家人。这样子看起来，生活并没有变化，还保留着完整的样子，我不亏欠任何人，任何人也不亏欠我。

但是那天下午妹妹的那个电话，让这一切戛然而止。我匆匆结束了活动，没有参加他们的茶聚，同时也推掉了一系列类似的活动。一直到坐在回去的车上，我才感觉到我与父亲的各种联系，不是因为他的死而中断了，而是相反，像突然通了电似的，那些生动的场景，杂沓的细节，纷纷扰扰地来到我面前。但我明白，那已经于事无补，就像我们曾经被父亲遗忘的那些岁月，疼痛、寂寞、空虚，还有恐惧。但所有这些事情，在它过去多年之后，就只剩下一片碎玻璃扎痛般的感觉了。

四

父亲死后，有很长一段时间我跟妹妹探讨我们和父亲在一起的细节。我觉得那时候她还小，不会记得那些事情。哥哥记得，他又不参与我们的讨论。

在我们很小的时候，那时候我八岁，我妹妹只有三岁多一点。父亲在县委武装部工作，后来因为什么问题，他被下放到一个偏远的部队外营地，后来，母亲也跟着过去了。他们就把我们兄妹三个寄养在乡下，我外公外婆那里。

那时候哥哥十一岁，比我大三岁，我们都没有独立生活的能力。外公外婆有好几个孩子，他们的好几个孩子又各自有好几个孩子，都丢给外公外婆照看。这些孩子年龄也跟我们差不多。那时候正是经济困难时期，生活条件极差。吃饭的时候我们不会抢，只有等着他们吃完，才能轮到我们。饭要么不够吃，要么已经凉了。外婆每天睁开眼睛就忙，但还是照顾不过来，等想到我们的时候，她已经累得话都说不出来了。有时候，她会把我妹妹揽在怀里，还没等她说话，妹妹已经睡着了，有时候是饿睡着的。

外公为了贴补家用，有时候出去打鱼，有时候出去干个手工活，每天都是很晚才回到家里。他回来的时候，一般我们都睡了。有一次他回来早了，就坐在门口抽烟。等到很晚很晚，其他的孩子都走了，他从怀里拿出三块烤红薯，给我们三个每人一块，那红薯还带着他的体温。我们三个狼吞虎咽，还没品出来味道就没有了。

其间母亲来过几次。她骑着自行车，从几十里外赶来，浑身冒着热气。每次她都陪我们吃完晚饭，待我们都睡着了才走。父亲一次都没来过，母亲没说过他，我们也不敢问。有关他的消息，我们一点也不知道。

我们是有父亲的孩子，这一点在当时、当地非常重要。可是，我们的父亲呢？有一次哥哥跟我说，他觉得爸爸肯定是被抓走了，不然的话，不可能从不回来看我们，也不让妈妈告诉我们他的消息。我吓得立马哭了起来。哥哥不知道怎么结束那个场面，自己也吓得哭起来。但是没人问我们一句为什么，可能大人都有各自的烦恼，那烦恼比我们更甚。

那是寒冷的冬天，晚上外婆也许看到我脸上已经风干的泪痕，泪水流淌过的地方，是皲裂的。她用粗糙的拇指，给我抹了半天。

其实这些东西，现在看来可能并没什么——事实上也没有什么。过去我也曾和哥哥说起过。说起这些事情，哥哥总是一副茫然的表情，要么沉默，要么就是深深地叹气，牙疼似的。跟我一样，他也不会跟父亲交流。或者怎么说呢，经历过那样的童年，我们都学会了沉默，很多埋在心里的东西，都不愿意拿出来，好像这是我们在那场磨难里，得到的唯一一样值得珍惜的东西。

其实仔细想想，在那样的时代，又是那样的环境，我们是父亲为数不多可以忽略的人吧。除了自己的亲人，父亲必须对所有人、所有事情小心翼翼。而作为他的孩子，即使被忽略，也真的没什么，那些小小的伤害，绝对不是让我们与父亲隔阂的唯一原因。它也许就像挂在我脸上被风皲裂的泪痕一样，用手指轻轻一抹，就平展了。

很多年里，父亲没有跟我们谈论过曾经发生的那段历史，也从没跟我们解释过什么，一次都没有。我们也从来没有主动问起过，更不可能给他说起我们当时的感受。好像我们没有共同的历史。还有一种可能是，我们都刻意回避着那段历史。也许在父亲看来，如果他说起这些，我们会把已经忘记的东西再一点一点捡回来。然后，怎么说呢，对他会有一次结算，那是他作为一家之尊所不能接受的。而对于我们来说，更害怕的是提起这样的事情时被父亲淡淡地打发，让我们受第二次伤害。

再后来，到他退下来之后，是不是还想说这些已不得而知，但即使想说也已经晚了。我觉得，已经晚了的意思是，他没必要说，我们也没必要听了。我们空旷、寂寞，曾经被浓烈的遗弃感伤害的心灵，已经被许多新的东西填满了。生活就是这样，从心灵到房子，都会逐一被各种各样的物事填满，直到有一天，需要重新清理为止——在清理父亲房间的时候这样的想法一次一次拍打着我。

也许，作为一个父亲，他生养了我们，本来就不该追问对得起还是对不起的问题。但这不是全部，好像缺了什么，有什么被某种东西隔膜着，就像隔着一层脏玻璃。只是我们和父亲之间，这种隔膜，再也不可能擦干净了。

五

妹妹曾经不止一次地说，想不到父亲会自杀，他没有任何自杀的理由啊！是啊，确实没有理由。他这一辈子，不管怎么对母亲，母亲对他始终忠心耿耿，一直到他死，一直到他死后，她做到了一个妻子该做的一切；我们兄妹几个，虽然各自生活都有不如意的地方，但算总账，还是过得去的，至少没有人成为他的负累。唯一可以解释的理由是，不是跟我们的隔阂，而是他跟这个时代和解不了，他跟自己和解不了。曾几何时，他是那样风光。但他的风光是附着在他的工作上的，脱离开工作，怎么说呢，他就像一只脱毛的鸡。他像从习惯的生命链条上突然滑落了，找不到自己，也找不到可以依赖的别人。除了死，他没有更好的解决办法。

并不是妹妹最早发现父亲想自杀，而是母亲发现的。妹妹生性敏感，按她自己的话说，直觉大于理性。医学院毕业后，她被分到一家医院的后勤部门，后来不甘寂寞，跳槽到一家咨询公司做人力资源管理。实际上两个单位的活儿差不多，但是她觉得在后来这个部门自在，自主性强，有成就感。

有次她跟妹夫一起回来看父亲。过去看见他们回来，父亲都高高兴兴地去买菜，饭前总要把酒打开，先和女婿喝一阵子。可是那天父亲沉默寡言，一直到吃饭都没怎么说话。

那天回去的路上，妹夫闷闷不乐。妹妹说，父亲今天的情绪不是因为我们，而是因为他自己，肯定是他自己出了问题。后来妹妹为此多次回来，她发现父亲精神低迷，而且有一种死亡的气息覆盖着他。莫非他想自杀吗？她把她的看法跟母亲说了。还没说完，母亲就捂着脸哭了起来，母亲说，她早就知道这事儿，是因为她时时处处看得紧，父亲才没机会得手。

"那您怎么不告诉姐姐?"妹妹伤心地问。

母亲说,你姐姐离婚之后,就没看见她有过笑脸。她自己带一个孩子已经够难的了,现在那孩子又非常叛逆,就不让提她爸爸的事儿,只要一说起,就发飙,把你姐姐也快逼疯了!

说起来真有点悲哀:是父亲想自杀这事儿,让我们一家人又重新聚集起来——我们分散在三个城市,几乎很少团圆。我们都结婚成家后,每年也就交叉着见那么几次,春节或者中秋节,或者其他什么事由,反正很少有为了见面而见面的。为了见面而见面,我印象中好像只有一次,就是父亲过六十大寿那一次。

六十大寿,六十岁。对于我父亲来说,真的算是大寿了。他死那一年,还未满六十四。给他过寿那一天,母亲私下里说,有人给你爸看相,说他活不过六十三。事后想,如果按周岁算,可不就是嘛!可是母亲说的时候,我们都笑。那时父亲是多么沉稳、健康啊。可能他还没意识到退休对他意味着什么,我们也盼望着他早早退下来颐养天年,可以轮流到每个孩子那里小住。

当时我们只能被迫轮流陪他了。按照母亲的安排,我、小妹,还有哥哥,要轮流看守父亲,防止他自杀。也就是说,父亲想自杀这事儿,已经不是什么秘密了。

我还好说，自从离婚后，虽然没跟父母住在一起，但基本天天回家吃饭，而且我还算是个自由职业者，时间可以自己掌握。原来我想着我一个人看着父亲就行，但是几天跟下来，我就支撑不住了。一个人要想严防死守另外一个人，实在是太难了。有一次我去洗手间久了一点，他已经开门走了出去。母亲在厨房做饭没发现。我头皮都是紧的，赶紧出门往楼上追。好险！好在我们提前把通往楼顶的小门锁住了，他正站在那里发呆。我拉着他的手往回走，我相信他能感觉出来我的手心像水洗的一样。

而母亲这样的决定，苦了我的哥哥和妹妹。他们都在别的城市住，虽然开车都不超过两个小时，但毕竟是各自一家人，家家都有本难念的经。哥哥的婚姻也朝不保夕，跟嫂子已经分居好几年了。两个人同在一个屋檐下，却形同陌路，很难说上一句话。只要一说话，双方就火力全开，闹得天昏地暗。

妹妹的小家庭还不错，妹夫在一家上市公司当财务总监，虽然忙一点，但收入很可观。只是妹妹的孩子刚刚上小学，离不开她。自从她回来值班看守父亲，孩子的学习成绩就每况愈下。有一次她接完老师的电话，半天没说话。在我的反复追问下，她才告诉我，孩子在学校打了别的孩子。老师让他喊妈妈到学校去，他告诉老师，妈妈出车祸了。老师问，你爸爸呢？他说，他们一起出的车祸！

"这么恶毒的话，他是怎么编派出来的啊？"妹妹泣不成声。

有一次，父亲当局长时候的办公室主任来看他。他带了几个凉拌菜，还带了一瓶老酒。过去父亲爱喝两口儿，可是那天两人坐在屋子里抽了一下午烟，父亲没动一下筷子，也没喝酒。

办公室主任走的时候，我去送他。我们是上下届同学，他跟我哥哥是好友，我跟他妹妹是好友。我们在一起情同手足，无话不谈。那天我把他一直送到小区后面的河堤上，临分手的时候，他站下来看着我说："你们打算怎么办？"

我扭脸看着远处，长叹了一口气，无话可说。没人知道该怎么办。

"这样子拖下去，谁都受不了，也终究不是解决问题的办法，最终会把一家人都拖垮。"他的眼里突然涌出泪水来。他跟了我父亲十几年，两人有父子般的感情，"你想想有用吗？你帮一个想活的人，可能还真有不少办法；但是，一个人如果想死，你没办法，一点办法都没有！"

六

父亲葬礼前我们家来了不少人——我觉得比葬礼那天来的人还多。他们是我父亲曾经的领导、同事、同学、同乡、下属……还有我们家多得数不过来的远亲近邻。在他们的惋惜、褒扬和悲伤里，我觉得父亲不是越来越清晰，而是越来越模糊。我真实的父亲，到底是什么样子？

父亲还上班的时候，有一次办公室主任跟我开玩笑，说与其说他是你父亲，还不如说是我父亲；他跟我在一起的时间肯定比跟你多。

这不是玩笑。这话说得一点都没错。我小的时候，父亲大部分时间在乡下，一年也见不了几次面。等他回城，我上大学去了。我大学毕业参加工作后，他基本上整天待在单位，真是以单位为家。市里干部们说，他是一个最爱开会的人。有人取笑他，说市政府一个灭鼠文件，他也得召开会议层层传达，并且让参加会议的人都表态，记录在案。

最经典的一个例子是，有一次他开会传达上级的表彰文件。开到夜里一点多，有人实在坚持不住，他终于发了善心，说实在困得很的同志，可以趴会议桌上睡一会儿。

的确如此，他退休的时候从他办公室拉回来了整整一卡车笔记本和各种文件。几乎他每天的工作、生活甚至是思想，都记录在笔记本上。有一次市政府安排的一项重点工作出了纰漏，分管的副市长带着工作组到他们单位开会，说是要追查责任。他翻出两年前的笔记本，念给工作组听：当时是谁主持开的会，谁谁谁在哪里坐，几点几分都是谁发的言，都说了什么，一清二楚。笔记本证明那项工作完全是按照副市长的安排进行的。副市长当时被弄得很下不来台，说，老张，今后我们都不敢跟你打交道了，什么你都有记录啊！

是的，什么他都有记录。记录挽救了父亲，那件事情最后不了了之。

他去世后，我们收拾他的遗物。我在他的笔记本上赫然发现，他有一次跟我母亲一起去我外婆家，竟然详细记录着那天发生的所有事情。"今天陪月娥（我母亲）回家看她父母。十点零七分到家。父母在，二弟三弟在。大弟去西安。饭后，两点四十五分，三弟说了两件事情，第一……"

我拿着他的笔记本给母亲看。哪知母亲只淡淡地笑笑，说，这事儿她一直都知道。

"你爷爷就是因为爱多说话被整死的；年轻的时候，你爸也因为乱放炮被整下乡，吃了半辈子苦头儿。他也得学会保护自己嘛！"

七

哥哥总觉得父亲的死跟他有关。每次他说起这个问题，总是絮絮叨叨地说个没完：要是那天跟家里没生气，要是他不急着赶回去，要是……妹妹跟我说，哥哥本来就神经质，千万别跟他讨论这些问题了，否则他会抑郁。

其实不用妹妹提醒我也明白，每次跟哥哥在一起，我都刻意回避这个问题。他和父亲之间的感情，远远比我们复杂，但又是一笔糊涂账。我也知道他这么多年是怎么挣扎着走过来的。他的婚姻是父亲指定的，嫂子的父亲跟我父亲是抗美援朝时期的战友，转业之后也分到了同一个地方。她父亲也够惨的，在冰天雪地的朝鲜战场上喝了一个多月生水，回国后一直肚子疼。到医院检查一下，说是直肠癌。把肠子切了之后化验，发现切错了，只是一般的炎症。好不容易身体恢复了，几年之后又发现患了胃癌，年纪轻轻就离开了人世。父亲和他的那些战友们，就把抚养孤儿寡母当成自己的责任，那个时候他就决定，让战友的大我哥哥三岁的女儿将来做他的儿媳。

从结婚第一天起，两人就吵架。据说结婚当天晚上，两人闹得把结婚证都撕了。

在婚姻这件事上，尽管哥哥从来没有原谅过父亲，但也从来没有抱怨过他。像所有事情一样，因为是父亲做的，这事儿便没有了对错。

父亲死后，哥哥每次回家都坐在他的房间里，半天也不出来。他总是望着我们俩和父亲的一张合照出神。拍这张照片的时候，哥哥上大三，我刚刚接到大学录取通知书。我们爷儿仨就站在院子里的一棵枣树前拍了一张照片。父亲说，爷爷心心念念的，就是耕读传家。现在无地可耕，但是家里出了两个大学生，也算是给了爷爷一个交代。

照片上，父亲的身体明显向哥哥那边倾斜。一九五二年，他们的部队在朝鲜战场上中了一发炮弹，他的大腿骨粉碎性骨折，手术后一直没有恢复，里面还打着一个钢钉。另外，还有一个弹片离心脏只差不到两厘米，没有让他的骨灰撒在三千里锦绣江山。后来他作为伤残军人荣归故里，在县委当了武装部长。

照相的人本来想让父亲坐在那里，但被他严词拒绝了。即使倾斜着身子，他也要稳稳地站着。

安葬了父亲之后，哥哥专门去重新洗印放大了这张照片，并郑重地放在父亲生前用的书桌上。那天他看着这张照片跟我说："爸再也不用走路了！"

我默默无言。妹妹说得对，只要哥哥说起父亲的事儿，我们一律不接茬儿。他说上一阵子就过去了。

可是有一次，他把自己灌醉了，把我和妹妹堵在屋子里发酒疯。他先指责我，说我离开这个家到妹妹那个城市去，完全是因为想逃避，不想承担责任。然后他又指责妹妹，说她是老公的家奴，天天把孩子圈在自己身边，完全被自己的小家给绑架了。

"你们一个比一个自私！"

说完之后，他突然抱着头，蹲在门口失声痛哭，说："是我杀死了父亲！是我们联手杀死了父亲！刚开始的时候我们爱父亲，心疼父亲，害怕他死。可是时间长了，我们还有耐心吗？我们每个人，都只关心自己，可是，父亲呢？谁管？谁管？"

我坐着没动，我觉得他是借酒发疯。他说的不过是醉话。可是妹妹受不了这些话，妹妹过去拍他的头，他把妹妹推开了。

他哭得像一个摔痛的小孩子。

"我们每个人都觉得自己的事儿比父亲自杀这件事儿大。有一次跟你嫂子生气，我就想赶在父亲之前自杀！那个时候我恨死父亲了，我就想，你怎么还不死啊！"

"哥！你太过分了！"我怒不可遏。

他低头痛哭，一句话都没再说。

哥哥的精神已经崩溃了。

回头想想，哥哥说的不是没有一点道理。我离开此地的目的，虽然未必完全是为了自己，但自己的因素占了大半。后来在陪伴父亲的过程中，我的情绪也已经失控了。有时候会低落到极点，把自己关在屋子里一天不出门，不吃也不喝；有时候电话铃声就会让我心惊肉跳；有时候又暴躁欲狂，动不动就想发脾气，弄得我母亲都是小心翼翼地看着我的脸色说话。

父亲也一样，他也把自己关在屋子里，只是让门留个缝儿。那个房间虽然比我的大一些，但是窗户被防盗窗护得严严实实。屋子里一切可以伤害身体的东西都被清理得干干净净。

他与我们，自己的老婆孩子，变成了一种敌对关系。我们防备着他，他也防备着我们。我们进行着势不两立的攻防战，真说不清楚是爱还是恨。

不久前，我的一个朋友过来，说起她的父亲。说起她父亲死后，她收拾父亲的遗物，看到父亲完整地保存着她成长过程中的一切，突然失声痛哭。我坐在她面前，不知道该怎么安慰她。我对那样的父女感情很陌生。但是不久，我也哭了起来，想起父亲纵身一跃的那一刻，那么寒冷，那么坚定，又是那么绝望。于是，我真的哭了起来，比她哭得还伤心。

莫非，真的是我们杀死了父亲？

这句话，不过是借哥哥的口说出来罢了。我记得在父亲的葬礼上，我们互相回避着，不敢看对方的眼睛。

八

母亲这一辈子，至少在儿女们看来，从来对父亲唯命是从，她努力放低身段来成全父亲。其实母亲也算一个知识女性，她是当时县女中的高才生。自从嫁给父亲，尤其是有了我们几个之后，她就把自己深深埋在家庭生活里，而且乐此不疲。她放弃了很多进步和晋升的机会，安心做一个家庭妇女，父亲到哪里她就跟到哪里，无怨无悔。

但是我们觉得，父亲对母亲虽然说不上不好，但也说不上好。工作上的事情、他遭受的委屈、和同事的关系……他从来不说与母亲听。开始的时候，母亲还问，还打听。父亲总是像没听到一样，沉默以对。后来母亲就不再问了。

在家里，他们也像同事关系，说话客客气气的，但是缺乏烟火气。他们一辈子都没吵过嘴，我也从没有看到过他们闹什么别扭。作为后人，怎么用现代眼光去理解他们的关系呢？可能这根本就不叫爱情，也许还可以说，这就是最好的爱情。毕竟他们相互陪伴着，走了一辈子。

还有父亲的笔记本，我觉得那是他人生的备份，虽然我只简单地翻了翻，看了没几页。如果认真地翻下去，我相信他和我母亲的一切，都会记录在笔记本上。也就是说，他们的婚姻生活会有记录，一旦发生变故，他就能向组织上交代清楚。想想这些，真让人有说不出的难受。他与母亲谈心、交合、探亲……我无法想象，一个人既要活在现实中，还要活在发黄的纸上。

只是在父亲想自杀的事情发生之后，母亲对父亲的态度逐渐有了变化。在夫妻和家庭关系中，她慢慢找到了自己，就像一张洗印的照片，她在其中慢慢地显影。

她悄悄地掌握了主动权，对于母亲来说，这无异于一场革命，或者是政变。

有一段时间，父亲患了支气管炎，我和母亲每天陪他去医院输液。有天下午，天气晴好，输完液之后，我没有按惯例走大路回家，而是开车绕到河堤上。从那里回我家虽然绕远了一点儿，但是人少，环境也好。

刚到河堤上的时候，父亲像往常一样表情平淡，木然地看着车窗外。走到河堤中间的广场边，他突然咦了一声，用手指点着窗外。母亲说，把车停下吧。原来他是看到了自己的一个老战友，正在广场上散步。等我们把车子停好，走到广场上的时候，父亲的那个战友已经走到树丛后面看不到了。但我们没有停下，也没有掉转头往回走，而是沿着河堤一直向前，这也是母亲的意见。父亲一声不吭地夹在我和母亲之间，走了很久很久，直到他开始大口喘气，我们才在路边站了下来。

父亲又喘了一阵才慢慢平息下来。他跟我母亲说，让她跟老周——就是刚才散步那个人，他也来我家看过几次父亲——联系一下，他想和他一起，去北方看看几个战友。

"好啊。"母亲热情地鼓励道，"我跟你一起去。"

"我想自己去！"父亲眼里突然现出热切的目光，那目光到现在我还记得，是一种强烈的生的光芒，像电弧光。

"让我自己去吧！"父亲的声音几乎是在乞求了。

"不！"母亲坚决地摇摇头。

父亲把目光转向我。我也坚定地摇了摇头。

那种光，突然像断电了一样，在父亲的眼里熄灭了。

九

这一年的中秋节，天气非常好。父亲去世三周年，我们兄妹三个约好跟母亲聚在一起过节。下午母亲安排我说，去买点东西，晚上到阳台上赏月。难得母亲有这样的兴致，本来我想拉着他们一起去，但哥哥闷头坐在父亲房间里，说他不想出去。我只好带着母亲和妹妹去了。在月饼柜台上，母亲坚持要买一块老式月饼。我知道她是给父亲买的，父亲爱这一口儿。

晚上，月亮东升的时候，我们和母亲来到阳台上。

"给你爸掰一块月饼。"母亲点着给父亲留的空椅子说，"昨天我梦见他了，他说过得还不错，就是晚上门口不安静。这几天你们去买点东西烧烧。"

我一边答应着，一边把老式月饼切成四块，放在留给父亲的那把空椅子前。

哥哥低着头不说话。最近一个时期他情绪反复无常，尤其是跟嫂子离婚之后，他轻松了没几天，就重新陷在抑郁的情绪里了。

"欢子。"母亲喊着我哥的乳名，"你从来没有梦见过你爸吗?"

哥哥摇摇头，又点点头，但是没抬头。

"你爸什么都没跟你说过？"母亲问，"我怎么不相信哪！"

哥哥一脸迷茫地抬起头看着母亲，然后又低了下去。

"你也别想不开。其实你爸自杀那一天，我什么都知道。你们想想，我怎么可能不知道呢？"

我打了一个激灵，起了一身鸡皮疙瘩，感觉父亲回来了，正坐在我们中间。哥哥也诧异地抬起头来。我和他对视了一眼，看到了他眼睛里闪着的某种光亮，让我突然想起我们被寄养在外婆家，他说父亲被抓时的情景。不过只是在心里一闪而过，冰凉而疼痛。

一时间我们都沉默了，谁都不知道该怎么接母亲的话，只是看着留给父亲的那把空椅子发呆。月上中天，突然感觉天气有点凉了，我站起来给母亲披上一件衣服。

母亲对我说："你把阳台上的灯打开。"

我开了灯，回头看见母亲拿出一个小布包摆在桌子上，示意哥哥打开它。哥哥把它展开，里面是一个弹片，磨得明晃晃的，铜已经变成了暗红色。

"这个东西，卡在离你爸心脏一指多远的地方，再往里挪一点儿他就没命了。"母亲用指头在心脏处比画着，然后把弹片对着灯光看了半天，好像它透明似的。过了一会儿，她把哥哥的手拉过来，把弹片放在哥哥的手里，"过去咱们家最难的时候，每当我想不开，你爸就把它拿出来搁在我手里，说，看看这个，还有什么想不开的？虽然最后他还是没想开，但是他让我想开了。要不是这，我真活不过来，哪还能把你们几个养大？"

哥哥拿着弹片，也朝着灯光照了照，脸上现出很复杂的神情。

"他去死，我怎么会不知道呢？"母亲又把话头转了回来，"他出去的时候，我看到了，想站起来。他就站那里狠狠地瞪着我，严厉地制止我。他知道我这一辈子都不敢违背他。不过，那时我也横下一条心，心想，只管让他走吧，看到底会怎样！"

一片静寂。我们的心都提到了嗓子眼儿。

"结果，他真死了。"母亲好像沉迷其中，脸上平静得像说别人的一桩旧事，"死了就死了吧，谁不死呢？所以我觉得我对得起他。这也是我最后一次成全他，最后一次按他的意见办。"

我努力克制着自己，直到一波又一波强烈的情绪过去。我知道，今天即使母亲这样说，我们也不会这样去想，至少我不会。我们知道母亲对父亲的忠诚和爱，而且，我宁愿相信她这样说只是为了安慰哥哥，她不想让我们家的最后一个男人，再爬上天台。

事情只有这样想，对生者和死者，才是最好的安慰。

的确如此。也不过如此。

本文初刊于《收获》2019年第3期

邵丽，当代作家，作品发表于《人民文学》《当代》《十月》《收获》等刊物，多次被《小说月报》《小说选刊》《新华文摘》等刊物选载，部分作品被译介到国外。曾获《人民文学》年度中篇小说奖，《小说选刊》双年奖，第十五、十六届"百花文学奖"中篇小说奖，第十届"十月文学奖"中篇小说奖等多个奖项。中篇小说《明惠的圣诞》获第四届鲁迅文学奖。

取　暖

乔　叶

"师傅，停车。"公共汽车刚刚绕过花坛，他站起来说。

售票员看了他一眼，眼神里似乎有一些不满，仿佛在责备他没有提前打个招呼。但是在车停下之后，她还是使劲把油腻腻黑乎乎的门推开，说道："走好。"

其实他也没想到自己会在这里下车，不过在这里下车也并不意外。对他这样的人来说，在哪里下车都可以。他之所以要在这里下车，是因为实在太饿了。

腊月二十五，他被放了出来，带他出来的"政府"拍着他的肩膀说："我们放假，你小子也放假，我们放的是短假，你小子放的倒是长假。过年去吧，敞开怀吃！"

他犯的是强奸罪。

谁也没想到他会犯强奸罪，包括他自己。从小到大，他一直是个有口皆碑的乖孩子，不笑不说话，见面就问好。回家也帮父母干活，学习成绩一直在中上游，没有给父母丢过脸。临了考上了省里最好的大学，每月回一次家，非常规矩规律。这是他的白天。

不知道别人的黑夜怎样，他的黑夜是另一副样子。

他想女人，从十六岁那年在地摊上买过一本叫《香艳楼》的书之后就开始想。想得要死。起初的想是漫天飞流的礼花，乱。没有一个明晰的对象，只要是女人就可以。女人常常是在梦中，模模糊糊的一片白，向他走来，还没走到他身边，他就会跑马。一跑马就完事了，像礼花的尾巴消失在空中，了无痕迹。上了大学之后，功课没那么紧了，身边的同学也都出双入对起来，他便也谈了恋爱。夜里还做那种梦，但梦里的女主角却越来越清楚，而且换得还很勤，几乎每一个入眼的女生，都和他有过柔情缱绻。他把她们都弄了个遍。他要她们怎样她们就怎样，她们要他怎样他也怎样。

当然，梦只是梦。梦想成真的最切实的目标还是他的女朋友。一瞬即逝的礼花长成了精准导弹。他像解方程式一样步骤明确绞尽脑汁地去解她，进攻她，一次又一次。可总是在最后关头被她拦截。"不行，不行，这不纯洁。"她总是这么说。她和他一样来自乡下小镇，守得紧。

那天夜里，他们去学校附近的一个影像厅看碟，看的是莎朗·斯通的《本能》，看到莎朗·斯通在接受讯问期间故意轮换双腿在那些男人面前显露自己体毛的镜头时，他觉得浑身的血都沸了。他抱住她，她没拒绝。可当他把手往她的裙腰里伸时，她忽然恼了，跑了出去。

他跟了出去，却已经看不见她了。他一个人无精打采地走在路上，斜穿过一个街心公园时，看见了那个女人。那个女人躺在地上，支棱着双腿，一动不动，散发着一股呛人的酒气。刚开始时他吓坏了，以为是个死人。后来他慢慢走近，发现她还在呼吸，而且呼吸得很均匀。他把手放在她的鼻子下，她一点儿察觉都没有。他这才明白她是喝醉了，在这里酣睡。

女人长得很一般，但是身材很好，腿修长匀称。她穿着一条长裙，没有穿袜子，裙子被支棱着的腿撩了上去，连内裤都一览无余。女人的内裤非常窄小，上面绣着隐隐的暗花。

向天发誓，刚开始时，他真是想做件好事，把她送回家的。一个女人深夜躺在这里，危险是显而易见的。他的学校在这座城市的西郊，夜里行人本来就很少。

"喂，喂。"他把裙子给她放好，拽她。

女人不动。明明不胖的女人，拽着时却死沉死沉。他又拽了一次，女人依然没有一丝反应。第三次拽她的时候，他一着急，抱住了女人，女人也揪住了他。

"不要走，不要走，留下来陪我……"她喃喃着，哼哼唧唧，带着点儿撒娇和放荡。她把他的手按到她的胸上，重又睡去。他的头一下子就大了。她的软绵绵的腰，她的丰满得要爆炸出来的胸，她内裤下面透出的神秘的黑丛，她全身散发出来的甘冽的体味……她是女人，是他如渴思浆如热思凉的女人。这是个机会。

车越来越少，行人也越来越少。他守着这个女人，矛盾着，煎熬着。零点过后，他算了算，已经有一个小时没有人打这个街心花园路过了，女人还在睡，似乎要一直睡下去。

他终于蹲了下来，拨开了女人的内裤，看见了那个魂牵梦绕的秘密。然后，他用小刀把女人的内裤一点点切开，让自己的秘密闯进了女人的秘密里。在他动的时候，那个睡中的女人似乎是很舒服的，甚至有几声轻微的愉快的呻吟。可是当他结束了之后，她睁开眼睛，一切就都变了。

他被开除了学籍。在看守所待的两个月间，母亲从始至终都是像祥林嫂那样自言自语："他怎么这么傻啊。"父亲只说了一句话："这么没出息的罪，还不如杀个人呢。"女朋友给他传来了一封信——当然是绝交信，痛斥他"下流、无耻、龌龊、肮脏、卑鄙，让全世界人都恶心"。

他被判了六年，因为表现好，减了两次刑，住了四年。服刑的监狱离家有一千里。四年间，母亲去看过他一次。

脚挨着土地的一刹那，他打了一个趔趄。坐得太久了，酸麻的腿让他有些失重。他背着一个深蓝色的旅行包，上面撒着黄色的小圆点，如同夜空里的星星。星星上印着两个硕大的连体字：北京。下面是一排相应的汉语拼音，也是字母和字母搅缠在一起，很热闹的样子。包的上半部明显是瘪的，这使包看起来很轻。

天正在下着小雪珠，很机灵、很调皮的那种，到手里，"唰"地就没有了。不仔细体会，连瞬间的凉润都是察觉不到的。到了衣服上，也是一刻间就消失了。弹到熙熙攘攘的路上，更是无影无踪。只是当人深吸一口气的时候，才会觉得鼻子里多了些冰辣的味道。

这是一个小镇，可也不是很小，比他家住的那个小镇似乎还要大一些。不过仿佛也是连一条正经的大街都没有。他走的这条，一定就是最宽敞的了，相当于北京的长安街了吧。

这种小镇的格局，他是熟悉的：左边是"幸福烩面馆"，右边是"小玉粮油店"，前面是"换面条"，旁边一行小字：一斤面换一斤二两面条，特细、二细、一细、一宽、二宽、特宽——这些都是面条的型号。再往前是"黎民百货"，门口还放着一张铁丝床，床上用木板压着一摞春联，春联上面还覆着一层油布。过往的人们没有谁看它一眼。这会儿，哪家的东西只怕都备齐了。他沿路过来，已经看到好些人家都贴上了，红红的、青青的。贴青联的人家肯定是白事不足三年的。这些习俗，从他小时候起就这样。

今天晚上，是大年夜。

街实在是很短。他从南走到北，又从北走到南，没有看见一家饭店开门。所有铺面的卷闸门都拉下了脸，如同秋天的扇面，不动声色地裹着一股寒意。

肚子咕噜咕噜地叫着。他真是太饿了。当然，到百货店里买包饼干也不是不能垫垫，关键是，他已经两天没有热热乎乎地吃上一顿面了。天生就是吃面的命。这会儿，要是能吃上一顿面，喝碗清面汤，该有多么好。这两天，他基本上都是在汽车上过的，下了这辆上那辆，就是想离家越远越好。晚上随便找个旅馆，一蒙头就睡，第二天继续上汽车。一直赶到现在，吃的都是饼干。要是再吃下去，他觉得自己身上都变成饼干肉了。

"请问，哪儿有饭店？"他拦住一个正路过他身边的女人。女人腋下夹着一捆腐竹，匆匆忙忙地向前走着。听见他问，似乎被吓了一跳，随即呵呵笑起来。

"没有了，都关门了。回家过年呢。"她说。

"一家也没有？"

"没有。"

愣着的当儿，女人已经走远了。

他知道自己下错地方了。

雪下得比方才密了。然而没有风裹着，它下得似乎还有些犹疑。疏疏的、大大的雪片一点儿也不着急地盘旋着，迟迟缓缓地悬着，然后，低，再低，直到挨着了那些能挨着的物事。渐渐地，在屋顶，在路边，在所有人碰不到的地方，涂出了些水粉一般的轮廓。

他从包里取出伞。伞是鲜黄色的，非常好看。这是他在监狱里劳动时亲自生产制作的，是他们的日常工作内容之一。伞面上印着"一路走好"。在他们监狱，每一个刑满释放人员——这两年已经改叫"归正人员"——的出监仪式上，"政府"都会赠送给当事人一个礼盒，盒里有一本《公民道德规范》，还有这把伞。

他撑开伞，傻站在这陌生的街上有一种引人注目的滑稽。他重新走了起来。走了一会儿，他看见刚才那个女人又从一个巷口奔出，肩上落着零零星星的雪花。这次她手里拎着两捆粉条。

"那，请问，有没有旅店？"他跟上去，问。女人站住了。大约对他如此迫切地想找一个吃饭睡觉的地方感到好奇，她使劲看了他一眼："没有。"

他不知道该说什么了。

"你在这儿没有亲戚朋友？"女人问他。

"没有。"

"那你来这儿干什么?"

"回家。路过这儿。"

"噢。"女人发出一声短促的感叹,眼神里有了一点儿同情。大年三十还得赶路,是够恓惶的。

"有没有哪一家能让我住一夜的?"他连忙抓住这点儿同情,"请你帮忙介绍一下,价钱好商量。"

"大过年的。"女人皱着眉,"哪家人都多。"

他们说话的时候,有人叫那女人"四婶",有孩子叫那女人"四奶奶",女人都答应着。一个骑自行车的男人干脆停下来听着他们说。

有一个女人,打着红伞,路过他们身边的时候,和"四婶"互相看了看,谁都没说话。女人走了几步,回头又看了看他。他知道女人是在看他,他没有看女人。已经几年没正经接触过女人了,他简直不知道该怎么面对女人的目光。不过不用看他也知道,女人很年轻。

"四婶。"骑自行车的男人"扑哧"笑了,悄声朝打红伞的女人努努嘴,"小春家不行吗?正缺着呢。"

"要说你去说,我不管这账。""四婶"笑着,走了。骑车的男人也猫着腰,紧蹬着车,顺进了一条小街。

小春,一个茫然的名字。小春家,一个茫然的地址。缺着？一定是男人。别是个寡妇吧？

　　他走进"黎民百货"，要了一盒烟。一边抽着，一边继续往前走。

　　这烟有点儿呛，或许是他几年都没抽过烟的缘故了。他舍不得抽。这四年，家里没给他送什么钱。他的钱，全是自己在监狱里挣的。监狱和保险公司签订了服刑人员短期生活保险业务，只要愿意，每人每月都可以根据自己的实际情况从劳动报酬中拿出一些钱进行个人投保。监狱还根据每个人的具体表现，以当月的有效考核分为标准，再奖励一定数额。四年里，他每月为自己投保了四十元，出狱的时候，领到了近两千。出狱之后他花掉了一些，现在也还有一千五。

　　为了这些钱，他在监狱里使了浑身解数去表现。"政府"安排的事，他一定会做好。"政府"没安排的事，他也见缝插针地去做。最脏的活儿——刷厕所里的尿碱；最累的活儿——给大厨房的瓷砖墙从上到下清除油渍；最巧杂的活儿——拾掇电器，维修线路，烧锅炉；最危险的活儿——站在七楼窗台外擦玻璃，大冬天，木疼的手，紧抠着里墙，不能往下看，随时会掉下去……这些，都是他抢着干。别人骂他，他置若罔闻。别人打架打到他身上，他躲开。他不想被扣分。扣分就是扣钱。就是这样，他攒了这些钱。他是有福气的，只是自己把福气浪费完了。以后的福气就得靠自己攒了。他知道。

早在还没出狱的时候，他就把这笔钱筹划好了，它得派上大用场。他得用这钱给自己，尤其是给父母，夯出一些好日子。他还年轻，二十六岁，还有过头。父母却是过一天少三晌，他再不抓紧就来不及了。

"今天我归正了，犯罪到此结束，新生从此开始！"这是他在出监仪式上的宣誓。宣誓的时候，他有点儿别扭，觉得这话有些变形。在心里，他早就把这话说了千遍百遍，不是这么个感觉。仿佛一个每天见面的家人，突然抹了脸上了戏台子。怎么看都很遥远，怎么呵摸都串味儿。但这话里的核是结实的，是掏他心窝子的。

前天回到家的时候，刚喝完母亲给他倒的一杯水，正准备把钱掏给母亲，父亲就回来了。看了他一眼，没说话，就进了卧室，再也没有出来。母亲跟进去了一会儿，说："要不，你先去别的地方躲躲吧，过了年再来。你爸爸心脏不好，让他慢慢地把气儿顺下来。"他二话没说就拎着行李出了门，随便上了一辆公共汽车。

他能去哪儿躲呢？认识他的人都知道他是一摊粪。倒是陌生人的眼睛，还可能会觉得他是一枚放干了的点心。

无论如何，他得往前走。要么坐车，可一直没有车来。要么找个人家住下，不然这夜冻可真够他受的。

他决定再问问。

他走进一家理发店，店里有两三个年轻人正在嗑着瓜子打牌。他一进去，他们都停下来看他。

"理发？"一个头发很红的男孩子说。

他下意识地想要去摸自己的头，又停住了。服刑时不能留长发，一层拱出头皮的硬楂，理什么呢？

"打听个事。"他说。

"什么？"

"我路过这儿，想找个地方住……"

"没旅店。"红发男孩打断了他。

"有没有哪家房子宽敞……"

"没有。"

"怎么没有？小春家啊。"另一个男孩子说。他们嘎嘎地笑成一片。在他们的笑声中，他不知道自己该不该笑，很孤单地站着。

"去吧，去小春家。沿着这条街一直走到北头，左拐，快出镇的时候，有一家小春饭店。"

"方便吗？"

"怎么不方便？方便着呢。方便得不能再方便了。"

又是一阵嘎嘎大笑。

他出门，又是小春家。小春怎么了？她是个什么样的女人？会让他们笑得这么暧昧，这么放肆？他的心潮乱起来。不然，就去试试吧，既然她开着饭店。如果不能住，能吃点饭也好。如果不能吃饭，找个由头喝杯热水坐一坐暖和一下，也是好的。

他走到街的北端，左拐，一会儿，果然看见了一栋白房子。

暮色渐渐地重了，有鞭炮声不间断地响着。也许是因为处于小镇边缘，隔着那么多的树木和庄户，这鞭炮声听起来很奇怪：很近，但不刺耳。也很远，但又不渺茫。似乎有些像电视的声音开大的效果，把那些棱角都磨柔了。

他走过去。饭店是两间。门上一个木牌，写着"小春饭店"。门前有一棵小树，光秃秃的看不出是什么树，枝杈上挂着一个拖把，硬邦邦地擎着身上的布条，像一个冻僵了的人。玻璃窗很大，上面贴着几行字：主营　烩面　拉面　炝锅面　炸酱面　手工面　米饭　水饺　精美凉菜　香热炒菜　欢迎光临　物美价廉。

对联已经贴起来了，上联是"柴米油盐乾坤小"，下联是"万紫千红总是春"。初读着有些不伦不类，却也别有一种乡村野趣。再一琢磨句尾藏着"小春"两个字，他就不由得笑了。

他推开了门，一瞬间便闻到了一股诱人的香味，他一下子便断定，这家的饺子馅儿是芹菜大肉的。

"谁?"一个小女孩的声音。他看见了那个小女孩，四五岁的样子。穿着一件粉白色的外套，头上扎着满当当的细辫子，像个蒙古娃娃，滴溜溜地望着他。

他笑了笑。

"你家大人呢?"

"妈，有人。"小女孩喊。

一个女人走出来，应该就是那个打红伞的女人。她上下看了他一眼："有事?"

"吃饭。"他说。他下意识地抹了一把自己的脸。他知道自己穿得很滑稽：裤子太短，衣服太宽。这都是别人给他的。

"今天不给别人做饭。"小女孩说。

"不赶着回家了吗?"女人问。

"嗯。"

"那，你坐。"女人说，"想吃点什么?"

"什么都行。快点儿。"他实在是饿极了。

吹风机呼噜噜的声音，油刺啦啦的声音，汤咕嘟嘟的声音，此起彼伏地忙碌着，像赶着集。一浪一浪的气息涌出来，侵袭着他的肺腑。小女孩端出一只茶杯放在他的桌上。

"妈说，先喝口热水暖暖身子。"她的声音像嫩豆腐。

蒙蒙的水汽均匀地润上了他的脸。

他打量了一下店里。店里的格局是两室一厅型的，他站的地方是厅，厅的一角摆着一个玻璃柜，柜下摆着一摞雪亮的大白方瓷盘，大约是平时放小菜用的。玻璃柜后面还立着一个书柜，上面放着几样白酒，全带着包装盒，崭新的样子。厅里摆的全是长方桌子，空间大的摆六座的，空间小的摆四座的。大约是不准备迎接客人的缘故，有几张桌子被挤到了一边，厅中间的地方显得大了起来，摆着一个煤球炉子，他的桌就在炉子旁边。炉子封着，但热气还是毫无阻碍地传过来。厅的东墙上一溜三个门，一个窄怯一些，把手上闪着油光，里面有窸窸窣窣的响动，应当是厨房。女人刚才就是从这里面走出走进的。另两个宽大一些，挂着帘子，应该是雅间。

这个格局，很像是监狱里亲情餐厅的格局。

亲情餐厅是监狱里近两年才设起来的，供服刑人员和亲人聚餐用。还有鸳鸯房，鸳鸯房是给夫妻的，他当然不敢想。就是在亲情餐厅能吃顿饭，他也没想到。母亲前年去看的他。当他接到通知的时候，几乎傻掉了，走路都不知道该先迈哪条腿。母亲几乎是从没有出过远门的人，一千多里，长途汽车、火车、公共汽车、三轮车，全都坐一遍才能到达他服刑的监狱，母亲就这样摸来了。在会见室，他和母亲一人拿着一个电话，却没有说什么，母亲只是哭。开始他也哭，后来他不哭了，他只是看着母亲。母亲老得那样厉害。他知道，她的皱纹，新长的，都是自己一刀一刀刻上去的。旧有的，也是他一刀一刀刻深的。

母亲在监狱的招待所住了一夜，第二天，他们在亲情餐厅吃了饭。四个菜：拍黄瓜、小葱拌豆腐、番茄炒蛋、红烧肉。还有半斤芹菜大肉饺子。他把红烧肉给母亲一块块夹进碗里，母亲又一块块地给他夹回来。他吃，大口地吃，噎得喉咙生疼，香腥得让他想要呕吐。他拍拍胸脯，对母亲笑。

结账的时候，他拦住了母亲："我有钱。"

"贵。"母亲说。

吃完饭，他们又在餐厅坐了一个多小时。母亲说她该走了，赶下午六点的火车。父亲心脏不好，她放心不下。

"妈，好好的。"他说。

"我们一把老骨头就这样了，你得好好的。"母亲说。

他们吃的那顿饭，花了四十八块钱。餐厅给他开了一张大红色的收据，他一直收着。没事就看看，没事就看看。

厨房里的声音单调起来。咣、咣、咣，应该是菜出锅了。女人先送上来一大碗肉丝面，随后又用盘子盛上来一盘青椒肉片，还开了一瓶半斤装的"玉液酒"，给他满上。又在厨房忙活了一会儿，端出一大盘香气四溢的饺子，喊着孩子过来："一起吃点儿饺子，大年夜不吃饺子是不行的。"

他埋下头吃着，一句话也没有说，一会儿头上就冒出了热气。

窗户外的暮色渐渐地靛蓝了。往外看去，被越来越紧的雪衬着，靛蓝里又现出点儿粉白。他又点上一根烟，听着外面的车声。突突突的是活泼的时风农用三轮车，轰轰轰的是雄壮的双斗拉煤大卡车，嗒嗒嗒的是热闹的小四轮拖拉机，刺刺刺的是安静的自行车。远远地，他似乎还听见有公共汽车的声音传来，咿咿呀呀，匆匆忙忙。

他慌慌张张结了账，拎着东西走出门，那车已经绕过花坛走了——没有人在这小镇的边缘下车，因此它似乎也知道根本不必节制一丁点儿速度，浪费一丝丝多情的停留。

一出来，就不好再进去了。

空中的鞭炮仍在响着，路却陷入了沉寂。他撑着伞站在路边，觉得手脚都冰冷起来。鲜黄的伞在雪中没了鲜气儿，被雪罩着，露出斑斑点点的黄。他踩踩踏踏，踏踏踩踩，暖意如调皮的孩子，总不会驻留太久。一股鞭炮的烟味融在雪里，沿着空气弥漫过来，浓浓地凝着，像是在冰箱里冻稠了。有行人过来，总要奇怪地看他一眼，他不由自主地往后退缩着，一点一点退到挂拖把的树前，觉得自己也渐渐地像一个拖把了。

"妈让你进去暖和。"小女孩探出头来说。女人已经为他倒好了水。炉子盖掀开了，橙红的火苗一朵一朵绽放着，像一块圆铁开出的奇异的花。

电视上正演着绚丽而遥远的歌舞。小女孩指指点点地跟妈妈说着："……宋祖英、宋祖英……"

"……赵本山、赵本山……"

他们都盯着电视。

"这镇子上，从来就没有旅店吗？"他问。

"没有。"

"饭店怎么全都关门了？"

"都回家过年了。"

"那你们怎么不回家呢？"

女人不作声。

"我们家就在镇上。"小女孩说。

"那你怎么不回家和爷爷奶奶一起过年呢？"

"我没有爷爷奶奶了。"

"你爸爸呢？"他问小女孩。

小女孩看了他一眼，自顾自地指着电视说："潘长江、潘长江！"

小女孩渐渐地有些困乏了，眼神懈怠起来。女人从厨房打出热水，给她洗过，便让她睡去了。

"我走了。"他也站起来。女孩的离开让房子一下子大了许多。他觉得自己再也没有理由待在这儿了。

"不会有车了。"女人说。

他还是拎起了包，有没有车他都得走。

"就住在这里吧。"女人说。

"方便吗?"

女人没有回答，起身走向厨房。他看着她的背影，想起那些男孩子的话：方便得不能再方便了。

"多少钱?"

女人自顾自走着，依然没有回答他。

一会儿，女人回来了，叫他。他跟着穿过厨房，从另一个门出去。与厨房并排还有一个门，走进去，是一间窄横的屋子，方位应当是两个雅间的正后面。一个立柜和一道布帘把横长的窄屋分成了两部分。里面铺着一张床，立柜挡着，布帘没拉，他看见了床头。白花绿叶的被子上露出小女孩红艳艳的脸，像被窝里孵出了一只苹果。外面放着一个茶几，两个沙发，一张桌子，桌子上放着台灯、日历和闹钟——也放着一张床，床上方贴的全是奖状，肯定是孩子的。"……该同学成绩优秀，团结同学，热爱劳动……被评为三好学生……"最新的一张，落款是新年的元月，寒假前发的。

"孩子挺有出息的。"他说。

女人笑了笑。

床上什么都没有，一张光板。被褥像小山一样堆在沙发上。

"我们把它抬到厅里。"女人说。

他站着。

"外间的桌子，拼拼也行。"他说。

"桌子不平。"

他们抬起床，他倒着走，她正着走。到厨房那儿，差点儿卡住。他们倒腾了好大一会儿才勉强把它弄了出去。

女人铺好了床。才九点半，还早。他们又在炉边坐下，默默地看着电视。

"多少钱，大姐？"他突然又问。这话存在心里，到底不踏实，他得问清楚。估摸着不会很贵，刚才吃了那么一顿饭，她才收了他十块钱。

"什么？"女人很困惑。

"住一宿。"

"算了。"女人说，"这又没什么成本。"

"可是太麻烦你了。"

"没什么。"

"店里只你一个？"

"还有几个小工，都回家过年了。"

女人的话渐渐多起来。问他是哪里人，做什么事，算了算他离家并不是很远，怎么今天不想法子回家。除了老家的地址是真的，其他的他都扯了谎——他当然得扯谎。他说他在外面打工，刚回到家就和家里人闹了别扭，一气之下就出来了。家里人个个都比他有出息，都嫌弃他是个打工的。

"年轻人，气性大呢。"她说，"多半是你错处多。大过年的，家里人说你两句，你就让他们说两句。什么嫌弃不嫌弃的。"

"大姐。"他突然想逗逗她，"你也不大。"

"我三十一了，还不大?"

"顶多像二十五六。"

"你就别埋汰人了。"女人笑着封了炉子，"睡吧。"

夜越来越深了，但是并不寂寥。鞭炮声隔着层层的墙壁，又添了几分茫远。棉被上有一种很好闻的清香，有点儿像浸了米酒，甜淡甜淡的。许久没有闻过这种清香了。他伸了伸双臂，把腿蹬得很直，一股麻酸的细流顺着全身的血管快速地窜游到了全身，一瞬间又集合在了一个地方，让它膨胀了起来。

他屏住了呼吸。

他想女人，从来没有停止过想。监狱里的夜晚，男人们的汗臭掩不住那种腥液的味道。一开始，就有人把他当女人。一天一封给他写情书，承诺给他"政府"之外的所有保护。偷偷塞给他烟和丝袜等一些小玩意儿，洗澡时和他凑一块儿，干活儿给他搭把手，吃饭时往他碗里揣肉……后来，也有人把他当男人。对他捏着嗓子，扭着腰，飞着媚眼儿，有事没事都绕着他腻腻歪歪挨挨擦擦晃晃悠悠地转儿圈儿……他都拒绝了。男人的气息一靠近他，他就浑身起鸡皮疙瘩。他是男人，不是男人他进不了监狱。他在床上要的，只是女人。女人和男人不一样。他为女人犯了罪，可他还是不能不想女人。女人好。

监狱四年，女朋友没有再看过他一次，遥远得像一个梦。他也不再存那份奢望。她是他出狱后遇到的第一个，对他来说，称得上具有真正女人意义的，女人。

这是个什么样的女人呢？他捉摸不透。她是在可怜他吗？可她并不知道他是什么人。她想赚他的住宿费吗？可她明明说"算了"，况且，以她生意人的精明，难道不知道和他同住一屋的危险要远大于住宿费的利润吗？她看起来并不愚笨，可做的事情却有悖于最基本的常理。他不过是个陌生的路人，她为什么要对他这么好？好得实在有些可疑，有些不通情理。

正缺着呢。方便得不能再方便了。他又想起那些人的话。她是兼做那种生意的女人吗？他忽然判断。她没有男人，这是肯定的了。一个女人带一个孩子，支撑一个饭店，做那一行确实是很方便的，说不好饭店的生意和这个比起来，也只是捎带的利润。最起码，她也是个鸨头——鸨头多半自己也都做的。

过年这些天，没有什么车路过小镇，她的客人就短了。

可她看起来实在不像。当然，不像也不能说明就一定不是。在监狱里听一茬茬的男人说女人，其中就提到过一种女人，说这种女人看起来很正经、很正常，一点儿也不风情，甚至古板得要死，可是一到男人身下就浪成了落花流水，天上人间。

他觉得自己浑身的火就要着了。如果她真是那种女人，她会要多少钱？他该怎么办？做不做？就这么挺着等她喊？或者自己先喊她？女人有时候是会装装羞的。她男人不在家，她或许早就熬坏了吧……这种小地方，肯定不会很贵。或者，干脆不给她钱？不做白不做，白做谁不做？谅她也不敢把他怎么着。她强不过他。她还有个女儿呢——不过，还是给她吧。她对自己不错。要不是她，今天晚上他就成冰凌了。她也不容易。

他打定主意，如果她来找他，他就做。这回即使被人发现，也算不上犯法了吧？顶多是个拘留，正好有地方过年了。反正回去也没人看出他的好来，他妈的痛快一把是一把吧。

墙上的表嘀嘀嗒嗒地走着，像细碎的女人的脚步。在这脚步里，女人真的起来了。他听见她打开一道又一道门，轻轻地，来到厅里。摸索着朝他的方向走过来，他赶紧闭上了眼。

"睡了吗？"女人问。

他没有回答。

女人在桌边停下，猫一样在抽屉里轻柔地抓翻着什么东西，似乎有一滴滴微微的透亮的叮叮当当的金属响，仿佛雨珠落在了剑上。他一动不动地躺着。她在找什么？刀子吗？她以为他会有多少钱？血里的浪头涌上去，又落下来。他忽然有些明白了她的小店为什么要开在小镇边缘，为什么大年夜里还会留他住宿吃饭。另一种可能在逼近着。

女人走到他的身边。他静静地躺着。

"喂。"女人低低地喊。

他沉默。

"喂。"女人俯过身，氤氲的汗香随着她的呼吸探过来，罩着他的肺腑。在眸缝里，他又看见女人眼睛里的亮，一闪一闪，毛茸茸地扎着他，又热又痒又疼。他格外分明地听到自己的喘息，风箱一样。

女人伸出手，推推他的被子，"快十二点了，你起来帮我放炮吧。"

他蒙了片刻，起身，披上衣服，两个人来到门外的一小片空地上，女人把火机和炮递给他。炮响了起来，炸着他的耳膜。已经很久没有放过炮，也很久没有听到过这么近的炮声了。他振了振，仿佛骨头渣子都被振了下来，却又被振得浑身漾暖。炮的亮光炸得他有些眩晕，他不由得眯了眯眼睛，有火星跳跃着弹过他的手臂，勾起一片片温麻，让他觉得自己的皮肤仿佛喝了一锅刚出锅的姜水。火花的明灭中，他看见了女人的脸。女人有些兴奋地用手捂着耳朵，胆怯中含着几丝娇媚。她的头发有些蓬乱，眸子上镀着鞭炮映射的星星点点的晶莹。

"会不会吓着孩子?"他问。

"不会。"女人说，"我用枕巾给她堵着耳朵呢。"

回到屋里时，方才鞭炮的明亮一下子把屋里衬得很黑。女人扭开了一盏台灯。他坐在床边，等女人去睡。可女人没有立刻就走。

"先别关灯，我一会儿就来。"她说。

一会儿就来? 一会儿来干什么? 这句话有意思。她要他等她，她到底还是要他等她了。

他蹑手蹑脚地跟过去，听见女人打开柜子找东西的声音。他挪到门缝那儿，看见女人翻出的桃红色衬衣、粉绿色裙子、宝蓝色内裤、柳翠色胸罩……她是在找避孕套吗? 听说做这一行的，都得有这个。

血又跳起了舞，空气重新变得异样起来。他回到床上，用手抓住床单，一下一下地揉着。他不是毛孩子了，得坚持到最后。

女人终于过来了。

"给你。"女人把一件东西扔到了他的床上。

是一条男人的秋裤。

"你的秋裤腿扯了。"女人说,"明天我给你补补。"

他的脸颤了一下。他全忘了。他的秋衣秋裤两侧都绲着两条粗糙的白边,这是犯人服的标志。许多人出狱时都扔掉了,他没扔。他没有多余的秋衣秋裤。反正穿在里面也没人看见,他原本这么想。

他看着她。

女人又从口袋里翻出一张纸,递给他:"你的东西,刚才结账时,掉地上了。孩子捡着了,忘了还你。"

是那张他和母亲在亲情餐厅吃饭的收据。他一下子坐直了,接过来。

"睡吧。"女人也看着他,"孩子的爸爸,也在里面。八月十五,我去看的他,也是在亲情餐厅吃的饭。"

他不再看女人,只盯着那条秋裤。

"犯的什么事?"许久,他问。

"故意伤害。"女人说,"镇上一个流氓把我糟蹋了,孩子他爸揍了他,把他打残了。"

他们都沉默着。寂静中,他们听见了雪落的声音。

"那个人呢?"他终于问。

"还在这镇上。"女人说,"我不懂,没留证据,告输了。不然,孩子他爸也不会下那么重的手。"

"睡吧。"女人又说,"明天就回家去。回家多好啊。不管怎么着,家里人也是盼着你回家的。"女人关掉了灯:"再有两年,他就能打上你手里的黄伞,出来了。"

他仍旧坐在那里,女人也站着。雪光映着,如月光一样,屋里的轮廓一寸一寸地朗净出来。

女人忽然想起了什么,把窗户打开了一道两指宽的缝。

"屋里有炉子,别煤气中毒了。"她说。

一股清甜的气息顺着窗缝挤进来。透过那道窗缝,他清晰地看见,窗外的雪,如层层的纱布一般,下得正好。

本文初刊于《十月》2005年第2期

乔叶,河南省修武县人,中国作家协会全委会委员。主要从事小说和散文创作,已发表作品两百余万字。多部小说入选中国小说年度排行榜,并获得人民文学奖、华语文学传媒奖、庄重文文学奖、北京文学奖、锦绣文学奖、郁达夫小说奖、杜甫文学奖、《小说月报》百花奖以及中国原创小说年度大奖等多个文学奖项。2010年中篇小说《最慢的是活着》获得第五届鲁迅文学奖。作品被译介到英国、西班牙、俄罗斯、意大利、埃及、墨西哥、日本、韩国等多个国家。

帅　旦

计文君

1

"辕门外那三声炮如同雷震，天波府里走出来我保国臣……"

温暖浑厚的豫东调包裹住了赵菊书疲惫的身体，她满意地朝小儿子周卫东点点头，周卫东靠着屋门，溺爱地笑对母亲，"进屋听吧，天儿还凉呢。"

过了二月二，天儿再凉，也是春天了，还有这么好的太阳——赵菊书靠在藤椅上，看着头顶裸露的一小块天空，明黄色的阳光从那儿落下来，落在老藤椅的扶手上，灿灿地闪。她怜惜地用手抹着那扶手上的光亮，明天，太阳是照不进来了，剩的这一角被大瓦盖上，院子就没了——成了屋子。

赵菊书从来没想过要把院子变成屋子。她的栀子、蜡梅、迎春、葡萄、凌霄、石榴，还有那畦像闺女一样宝贝了多年的芍药，一并无处安置了。可是西关大街要拆迁了。去年传言开始的时候，那畦芍药花开得正好，后来凌霄藤也结了累累的花苞，菊书笃定地等着凌霄开花。架上的葡萄弥散出成熟的甜蜜气息，菊书心里暗笑，那些沉不住气的邻居，在石棉瓦覆盖的院子里度过了一个无比闷热的夏天。中秋节，菊书还把自家的葡萄和石榴分送亲友，不过她心底已经开始犹豫了，晚上在院子里摆供"愿月儿"的时候，她忧心忡忡地看着绿叶葳蕤的蜡梅，还能看到蜡梅开花吗？

蜡梅好像预感到了什么，绿叶未落的时候，那些浅褐色的花苞就暗暗地冒了出来，伪装得像枝上小小的凸起。头场雪立冬刚过就落了，没有丝毫的谦让羞怯，汪洋恣肆地下成了一场大雪。蜡梅的叶子一夜落尽了，虬曲的褐色枝干被雪半浸半衬的，成了墨色，风过，吹落积雪，一段墨色的枝干又添上了。菊书站在清晨的院子里，感觉有个透明的人在她眼前描着一幅她脑子里的花树作画，那些花正被点染出来，从雪白里透出的一星半点儿黄，黄得娇媚，明亮……香气却似与那花不相干——香气不在花的附近，凑过去，花只木木地黄着，不应你，等你转身离开，抑或擦肩而过，那香遥遥地像声叹息似的传过来，人心跟着它一颤……

还有残花挂在枝上，蜡梅被连根起了出来，菊书早就找好了大蒲包，多带些老土移栽，花木的元气伤得轻些。跟着蜡梅一起被大儿子拉走分送别人的还有芍药、石榴和栀子，菊书看着在车斗里晃动的花木枝叶，心疼得噙了泪：别的花还好，那芍药，娇气得很，这番折腾，只怕是难活了。她独自站在院门口发呆，知道后院正在砍葡萄和凌霄的老藤——不看也罢。

老白媳妇端着个锃亮的小锅，隔着街喊："周家嫂子，你到底也动事儿了！"

赵菊书顶看不上老白媳妇成天蝎蝎螫螫的样子，朝她敷衍地笑笑，转身要走，老白媳妇却招着手，躲闪着车，过来了。菊书只得站下等她。

老白媳妇像煞有介事地低声说："石棉瓦盖的不算面积，知道吧？"

菊书笑着说知道，心下嘀咕：你都知道我会不知道？菊书备下的就是红色大瓦。她朝老白媳妇锅里看，见是从早市上买的粉浆，就说："这浆颜色怪好……"

老白媳妇"啊"了一声，并没跟着转移话题，反而欲说还休地看着菊书，不无遗憾地叹了口气，"我也是听说，他们要到街道上调查，今年新盖的都不算！"

菊书脸上的笑僵了一下，随即又化开了，她轻描淡写地说："街道上那几个人，又不是外国来的，跟哪家不是几辈子的老脸？"

老白媳妇像被捏响的橡皮鸭子一样嘎嘎地笑起来，"到底是你赵菊书，经过见过，可不是这个理儿?！"

打发走了老白媳妇，菊书心里那点儿被花草逗引出的伤感也就烟消云散了，噔噔地走回家去，指挥催促丈夫儿子和请来的几个帮工。好在兵精将勇，一上午清干净了花草，和泥拌灰，平整地面，日影移上西墙，大半个院子已然成了屋子。

拉来的旧檩条不够使，大儿子要再往熟人的工地跑一趟，菊书也就让帮工走了。等大儿子回来，周家父子三人，搭个黄昏，也就把这一角给盖上了。菊书嘘了口气，拉着藤椅坐下，才感觉四肢酸沉，她嘱咐小儿子放张戏碟给她听。小儿子倒是会挑，给她放了《穆桂英挂帅》。

"……头戴金冠压双鬓，当年的铁甲我又披上了身。帅字旗，飘如云，斗大的穆字震乾坤，上啊上写着，浑啊浑天侯穆氏桂英，谁料想，我五十三岁又管三军哪……"

菊书身子懈着，闭眼随意跟着哼唱，她没学过，天生的本事，连那脆生生挑起的娇俏尾音，也能学得酷肖——封侯拜帅也罢，五十三岁也罢，且行演的毕竟是女人，金戈铁马，同样脂粉浓香。接下去一大段二八连板抛珠滚玉地淌下去，絮絮叨叨欲嗔还喜地说儿女，更是天下母亲的口吻。戏词本是烂熟的，她却忽然噎住了，不能跟着唱了，潮水样的万般感慨，汹涌地漫进了她的意识。

2

　　赵菊书这年正好五十三岁。她生于民国三十一年，也就是公元1942年，那一年，中原饥馑，赤地千里，她幸运地托生在了温饱无虞的银匠赵寅成家。菊书七岁那年，父亲在买下这处院子当天病倒了，半年后过世。父亲去世后没过几年，开始有外人搬进了她家的院子，母亲胆小又糊涂，只会背着人哭，也说不清楚为什么腾房子，读高小的菊书要跟人理论，吓得母亲捆了她央告半夜，才算安生了。

　　那之后，寡母带着菊书姐弟，搬到临街铺面的二楼过活。

　　楼下是个茶馆，茶馆是街道办的，喝茶的倒不多，主要的业务是卖开水。后来开始吃食堂了，很多人家索性连火也不开了，要热水就让孩子拿上一分钱丢进门口的木头匣子里。烧水的老黄头儿是个五十多岁的老光棍，吃跃进糕吃得腰都塌了，听见一分钱落进匣子，就把开水连同他嘟嘟囔囔的抱怨一起灌进暖瓶。

　　菊书一家与老黄头儿的炉火、热水和抱怨，只隔着一层薄薄的木质楼板。天冷时倒好过，天热就难熬了，端午未到，二楼就成了蒸笼。一年两年，菊书被蒸成了珠圆玉润的大姑娘——轻微的浮肿让白皙的菊书着实配得上"珠圆玉润"四个字。十八岁那年，背着母亲，菊书去找街道的人理论。后面的院子是被国家没收了，门面房却是街道跟她母亲租来开茶馆的，如今她兄弟大了，跟她们娘儿俩一个屋没法儿住，楼下的房子他们不租了。

这是赵菊书第一次为房子拼杀。

"赵菊书撵茶馆"成了轰动整条街的新闻。事情没有那么简单，街道说，他们这个"租"和一般人租赁居住的"租"可不一样，这个"租"是社会主义改造的一种形式。赵菊书说，你们这是要久占为业呀！街道上的人说，菊书你是个年轻人，虽然生在旧中国，可好歹也长在红旗下，怎么满脑子封建思想？菊书冷笑着说，我才不封建呢！

菊书自己夹了铺盖，到楼下去睡了。老黄头儿第二天一早，吓得连滚带爬地揭了门板跑到了街上，结结巴巴地说一睁眼，看见个赤肚露胯的大闺女。看热闹的人挤到了门口，菊书从地铺上坐起来，大吼了声"滚"，就又躺下了。深蓝格子的粗布单子，把她裹得严严实实，什么也没露，只是到了下午，一街两巷却在津津有味地谈论她雪白的大腿。

母亲是管不住她了，菊书泼命地闹，街道开会批判她，她当场撒泼打滚哭个昏天黑地。街道把坚持斗争的任务落实给了老黄头儿，可老黄头儿的革命性毫不坚定，他苦恼地看着菊书近在咫尺的地铺。也许老黄头儿被菊书提醒了，开始思考自己存在重大缺失的人生。也许跟菊书毫无关系，反正他在某个早上，突然消失了。菊书后来听说，老黄头儿抛下一切回农村老家去了。当时正在动员农村来的职工回乡，街道就把老黄头儿当成典型报了上去。

茶馆也就此歇业了。街道上正经大事还忙不过来呢，也就没人理睬菊书了，菊书莫名其妙地旗开得胜。胜利的代价是惨痛的，菊书落了个"刺货"的名声。在钧州土语里，"刺"发阳平声，有刺的东西扎手，说"刺手"；掺了麸糠的馍粗粝难咽，说"刺喉咙"；用在女人身上，意思就暧昧了，既指泼辣难惹，也指性感风骚。再加上，父亲留下的房子有人没收，可他留下的小业主的成分却没人收去，于是，菊书的工作、婚姻两件大事，竟都无从着落了。

外人的言三语四，到底进了菊书的耳朵，她回家栽在床上蒙着被子哭了一夜。母亲这时倒不哭了，第二天她照常去上班，从仓库里把草绳扎着的粗瓷碗一摞一摞搬出来，放在店门口，掸去灰尘，顺手把毛巾搭在肩头，就去办公室找主任了。

也许主任那天心情不错，也许平时少言寡语的菊书妈妈竟说出了一堆道理来震撼了他，总之，他同意初中毕业，又会打算盘的菊书来顶替不识字的母亲上班了，母亲又成了没有工作的家庭妇女。菊书在土产公司一直干到1992年，光荣退休。属于供销社系统的土产公司，这几年闹完承包闹改制，职工工资都发不下来，退休工人更没人管了。去商业局上访要工资，大家又把菊书推为了统帅。

上次接待他们的领导，说这个月给答复，等忙完自己家的房子，就召集老伙计们去催催。菊书也认定自己有胆有识，敢作敢为，是个帅才。只有丈夫周庚甫说，赵菊书啊，这辈子都听了他的主意，又拿他的主意来领导他。

菊书承认周庚甫比自己有智谋，但再有智谋他也不过是军师，元帅还是她。赵菊书领导周庚甫，算上谈对象的那一年，整三十年了。

三十年前，菊书担着"刺货"的名声，有意无意地越发刚强自己的性子，嚷嚷着说话，动不动就摔摔打打，她的闲事，愿意管的人不多。她还不肯撇下孀母弱弟出嫁，这无异于要求对方"倒插门"，家境、成分、性子，没一样好的，菊书纵然生得雪肤花貌，到底还是耽搁下来了。

周庚甫那个成分坏透的封建官僚家庭远在武汉，他一个人住在运输公司的宿舍里，正娶倒插对他来说无所谓。他虽说小学都未读完就去学修车了，却是个秀才，写得一手好字，不知道从哪儿念了些弯弯绕在肚子里，说出话来新鲜有趣，更要命的是他能看穿菊书虚张声势的泼辣，不跟她争强斗狠，一味地柔顺，做小伏低，深情款款，菊书反倒被他撺哄得服服帖帖，没见两面就淌眼抹泪地把心里的苦都掏给了他。

当年一无所有的周庚甫分担了菊书的委屈辛酸，于是，多年后，菊书给了他一个两儿两女、九间屋子的家。

菊书志得意满地笑谈丈夫当年的一无所有，周庚甫知道，菊书是在变相表达她的幸福和满足。可惜这种深刻而准确的理解力，在周庚甫提前退休后随之退化，他竟开始激烈反驳菊书：什么叫你给我一个家？这家是我们共同打下来的！

3

藤椅上的菊书，想起丈夫暴着青筋跟她争功，不觉心里一躁，可身子又懒得动，只是恨恨地用力拍打了几下藤椅扶手。谁都不能跟她来争，她豁出自己拼打来的家——丈夫、母亲、兄弟、儿女，甚至侄子侄女，都可以享用她的胜利果实，只是不能跟她争功！

婚后菊书跟丈夫一直住在西关大街铺面房的楼上，好不容易从供销社分到一套新公房，她让弟弟一家带着母亲去住了。老房楼上楼下又变得拥挤不堪，她那两双儿女噌噌地长，再也挤不到一张大床上了。

小女儿周爱冬上小学那年的冬天，周庚甫和赵菊书在灯下为落实自己家的房产政策准备材料。周庚甫写材料自然没有问题，写完了他看着赵菊书，那目光在无声地发问：平白地要回自己的房子，这可能吗？

赵菊书一把抓起他写的那摞纸，塞进抽屉，上床睡觉。她不跟丈夫讨论，甚至都不看丈夫的目光，看了会心慌，看了会害怕——菊书也不知道会怎么样。她的泼悍就像荒野中走夜路人的叫喊，不过是给自己壮胆而已。

街道、办事处、房管局、法院——从市中院到省高院，铜墙铁壁，千坑万陷，也是一座天门阵！赵菊书人生最激烈也最辉煌的一幕就此拉开。

三十七岁的赵菊书，自然不再轻易撒泼打滚了，她敲开各处办公室的门，耐心地记下里面那些人措辞费解含义模糊的话——他们的话就是具体的现实的政策，对于政策要好好领会，菊书也没白受这么些年的政治教育，记下后回家和周庚甫深入探讨，寻找到最适合自己的解释角度。当然，要让他们同意这个角度，还需要一些沟通。于是菊书带着些难得一见的东西，诸如香蕉、菠萝、哈密瓜，上好的大枣、木耳、黄花菜等，去跟他们沟通了。在物资匮乏时代严格的配给制度下，在供销社系统工作的菊书拿出来的礼物，还是有些影响力的。

最终的结果还算理想，父亲买下的那处院子后面共七间房屋，四间无偿返还，剩下的三间，现在的租户不买，菊书可以购买。他们这样处理自然有他们的根据，菊书全力拼凑够了二百八十块钱，拿到了一纸拥有房产的凭证。只是要把这张纸变成可以住的房子，还要颇费些周折。

七间房里住了六户人家，除了两家听说自己住的公房变成了私房，觉得不可靠，当即就打算搬家了，剩下的四户都不肯搬，当过街道干部的老司婆甚至警告菊书别得意，这事儿不定怎么样呢？

去法院是周庚甫的主意，菊书开始也听了，后来发现打官司是个陷进去就拔不出腿的泥坑，没完没了地调解，好几年下来，也没人给她个痛快话。周庚甫倒像是上了瘾，写的诉状被受理案子的法官夸奖了两句，他就不知道自己姓什么了。谁知道那人反而判得更不好，他们连撵人的权利都没有了。

周庚甫拉菊书去了省城，花不菲的票价请高院一个年轻女子和她对象去看"走穴"来的明星演节目，结果案子发回市中院重审。又有两家不耐烦折腾，搬走了，剩下的殷老师家是没地方搬，老司婆还是死硬，菊书也就来硬的了。

菊书要翻盖房子，那房子算来七八十年了，再不翻盖，就住不得人了。菊书请了乡下做泥瓦匠的远亲带着帮工来施工，又嘱咐两个女儿放学去姥姥家，自己和丈夫都请好了假，大儿子摩拳擦掌——开工就是场硬仗！

果然，一抓钩筑到墙上，老司婆就跳出来骂人了。她住的房跟隔壁伙用山墙，菊书这边一扒，她家就只剩三面墙了。司家儿子媳妇接到信儿也赶了过来，冲突很快升级，骂对骂打对打，菊书勇猛不减当年，看热闹的挤得半条街水泄不通，反倒是周庚甫臊得躲到后街去了。大儿子周文革性子暴，要不是菊书拦得紧，手里的砖头就奔司家儿子脑袋过去了。菊书又气又笑——比画比画就行了，不能来真的！大女儿周爱红读高一，中午放学听说了赶来给母亲助阵，菊书嘱咐小儿子把姐姐摁到屋里不准出来——菊书"刺"，可不舍得让女儿大庭广众之下跟着"刺"！

赵菊书马踏天门，大获全胜。老司婆骂骂咧咧搬到儿子家去了，殷老师的爱人跟菊书说了软话，菊书就让殷老师一家挪到临街的二楼上去了。

工程顺利进行，上梁那天放鞭炮，中午给师傅上酒，赵菊书正张罗时忽觉天旋地转，被送进了医院。菊书不知道自己有高血压，知道了也没大惊小怪。

老房子翻盖成了两层红砖小楼，楼下客厅墙上，周庚甫当时赶时髦，装了面巨大的镜子，后来他动不动就指着镜子里的菊书说："你看看自己，都成皮球了！"

菊书不看镜子，她生完一个孩子胖一圈，几年来为房子奔波，肚子反而更加滚圆起来，冬冬纤细的胳膊都搂不住妈妈的腰了，她抓着小女儿的手摩挲自己的胖肚子，笑说里面还有一个小弟弟。菊书不在乎腰身，对周庚甫挑剔她的歪话更是鄙夷不屑，她又不去选钧州小姐，再说，大儿子文革说话间就把媳妇都给她领回家了，眼看要当奶奶的人，还臭美什么？

一个人的时候，菊书反倒会看看镜子里的自己，她知道自己本是好看的，那眉眼脸庞，依旧能辨出曾经好看的轮廓，只是菊书的好看，连她自己都没来得及好好看，就过去了。

菊书的好看折变成了她的房子和儿女，菊书还是幸福满足的。幸福满足的菊书喜欢上了养花，石榴树是几十年的老树，蜡梅、凌霄、葡萄、芍药，都是新房盖好后，菊书栽的。她精心侍弄自己的花草，花叶掩映下看自家红楼，越看越爱。

她没想到，儿子给她领回来的那个差点儿选上钧州小姐的准儿媳妇，一句话，就毁了菊书的功成名就志得意满。

4

墙头有棵没被铲掉的瓦松，在风里摇摇晃晃的，肉质肥厚的叶子饱满挺拔，不知道是不是夕阳的缘故，那苍色的叶片竟露出抹紫红。

戏里的穆桂英依旧壮怀激烈，诉说着祖辈的丰功伟绩，梆子声忽地远了，模糊了，菊书热腾腾的心事也冷下来，没来由的悲凉跟那瓦松一起在晚风里摇。

文革领回来的女朋友叫萧露桐，高中时两个人就好上了，儿子技校毕业进了运输队，露桐师范毕业去了报社，两人还一直好，文革就把露桐给妈领回来看了。

菊书一眼就喜欢上了露桐，模样好倒在其次，难得她稳重大方，对人礼貌，话不多，却会笑，看文革的眼神又专注又柔顺。菊书本就很为一米八六的大儿子自豪，如今借了露桐的眼光看去，儿子越发俊朗不凡了。

周庚甫夸露桐的名字好，又问可是出自"清露晨流，新桐初引"。露桐笑着点头，赞叹周伯伯好学问。

周庚甫被夸得心花怒放，大笑着说你父母也好学问。

文革说，人家当然好学问，露桐的父亲是钧州市文联主席，还是一位作家。周庚甫瞪了儿子一眼，哦了声，随即跟露桐大谈起了文学。

菊书本就不喜欢周庚甫卖弄的腔调，又担心他麒麟皮盖不住马脚，闹出笑话，插嘴拦他："我这初中生还没吭声呢，你这小学没毕业的就少说两句吧。"

周庚甫气青了脸，露桐抿嘴一笑，说学问不等于学历，周庚甫这才转怒为喜。菊书把这个准儿媳爱进了心坎里，好好招待了人家姑娘一番，等文革和露桐出去了，就拉着周庚甫去了文革房间，商量如何铺地板砖，如何添置家具。

女儿爱冬嗤笑着出现在门口，"您二老省省吧，那个萧露桐说了，人家才不往咱这贫民窟里钻呢！周围都是小市民，日子没法过——就刚才，在这屋，对我哥说的。"

菊书登时气噎了，"她是大市民，她——"

周庚甫连连摆手，"没文化，没文化——贫民窟？她懂什么？去看看钧州县志，这西关大街当年都是什么人住的？让她回去问问她爹！"

西关大街住的是什么人？

住在西关大街上，是菊书父亲赵寅成一辈子的梦想。赵家的房子，本属于钧州城赫赫有名的端木家。端木家的宅子占了半条街，赵寅成买下的不过是个小院，属于端木家最不成器的七爷。写文书拿房契的那天，赵寅成在宴宾楼摆了酒，那是他人生的大日子，他带上了自己的一双儿女。

菊书被母亲着意打扮了一番，老油绿的纺绸棉裤上是枣红大袄，挂着沉甸甸的银锁，自然是父亲的手艺。赵寅成的好手艺不只在钧州有名，开封城都有特意跑来打首饰的。菊书的锁自然不是平常银锁如意元宝的样式，下端是朵盛开的牡丹花，上面是飞舞的凤凰，凤头优美而高傲地抬起，头翎都纤毛可见。

菊书的小脑袋也昂得跟那凤头一般，她似乎能察觉父亲胸口奔涌的热烈高亢的情绪，菊书胸口也像被鼓槌一下一下敲着，胀胀的却充满愉悦快感的微痛，然而她却压得住那激动，走上宴宾楼的楼梯时，脚步放得格外郑重，弟弟平素就乖，出来更是胆小，可菊书还是紧紧拉着弟弟，生怕他挣开去闯祸似的。

楼上雅间，七爷和做中人保人的两位伯伯先到了。有一位来过家里，菊书记得姓刘，刘伯朝菊书笑，菊书也羞涩地回应了一笑，低了头。大人们寒暄，落座，菊书的胸口那股劲儿还在膨胀，弄得她头晕乎乎的，几乎听不见人家说什么，听了也未必懂，菊书只是知道，今天过后，西关大街那片灰蓬蓬的青砖院落里，有一个就属于他们家了。母亲说，菊书进了那院门，就成了大家小姐，回头让爹给你买个丫鬟，就像戏台上那些小姐一样。菊书抿嘴笑了，她要是有个丫鬟，绝不给她起名叫春香、春红、梅香——那叫什么好呢？

桌上的气氛忽然有些不对，弟弟的小手指头勾着她的手心，菊书回过神来，愕然发现父亲的脸色铁青。刘伯在低声劝七爷，另外一个人则跟父亲在耳语，父亲的脸色更加不好了。这时候，又有邀请的客人来了，推门就笑着作揖，"恭喜赵掌柜，恭喜赵掌柜!"

父亲有些尴尬地站起来，招呼人落座，七爷不停地拿起手帕捂着口鼻，用力吸几下鼻子，放下，很快又拿起来，一点儿血色都没有的瘦脸上，那双眼睛格外的大，暗沉沉的黑眼珠，眼白却有层古怪的淡蓝色。

紧张尴尬的气氛，似乎得到了缓解，只是父亲的脸色一直没有恢复。笔墨纸砚端上来，刘伯看看七爷和父亲，两个人都对他点了头，他落笔成文，诸人签字画押。酒菜端上来，虽然大家都在恭喜父亲，菊书和弟弟也得到了很多夸奖，她心里却惴惴不安的，连宴宾楼最好吃的铁狮子头，都没吃足十分的滋味。

菊书的不安是有道理的，父亲到底没有坚持到酒宴结束，扫尾的鸡蛋汤上桌了，父亲突然从椅子上滑到桌子下面去了。

菊书守着躺在床上的父亲落泪时，听到屋门口刘伯对母亲说："端木家老七，太阴！都坐上桌了，他不卖了，最后拿了一把，又涨一成——寅成兄弟也是心劲儿提得太大了，我劝过他，你说这兵荒马乱的，置什么院子？"

母亲哽咽说："他想到那儿了，谁有什么办法？"

父亲想到，也做到了。从民国三十八年元月六号那天起，西关大街上有了属于赵寅成的宅子。父亲到底挣扎了些日子，翻过年出了正月，二月二那天，菊书一家搬进了这院子，父亲看见了院子里的石榴树开花，却没挨到端午，就走了。

5

菊书似乎一直在用父亲的目光贪恋着这个院子，爱得愿意豁出自己为它拼杀，还为那拼杀感到自豪。那天听女儿传了露桐的话，菊书先是气，等气平了之后，突然换了看这院子的眼光。

依旧爱恋，却多了一层抹不去说不出的悲怜。父亲那灰蓬蓬的大家院落，已然不在了，自己的红砖院落，在花草枝叶的遮蔽下，正随着时间老去。偎着墙脚栽了一圈的迎春越发越茂，年年早春进出满院的黄花，娇滴滴黄得稚气，院墙和房子却被那不变的稚气比出了年纪，那砖红一年一年暗下去了。

菊书没拿着那话跟孩子们置气，还紧嘱咐周庚甫不能在露桐面前提这话，只是那话像根刺，扎进了菊书的心，再也没有拔出来。

那根刺，扎进去时疼了一下，过后竟不觉得了，微微的不适，触碰到了才会疼，是木木的钝钝的疼，深吸一口气，慢慢吐出来，疼也就过去了。

心里的疼，菊书跟谁都没说，就是想说，她也不知道该怎么说。露桐从来没在菊书跟前有过一丝一毫类似的表示，菊书后来都忍不住想，到底那话是露桐说的，还是爱冬那丫头弄鬼？不过哪个孩子说的，对菊书来说，并不重要。

露桐还是嫁进了菊书的院子，新房就是楼上文革的那间屋子。露桐在报社分有一套半旧的两居室，文革不去住，露桐也只得顺着他。菊书和露桐处得还算和睦，婚后半年，菊书帮着媳妇劝儿子，他们才搬到报社家属院去了。

急急的锣鼓点，锵锵的梆子声，藤椅上的菊书知道，抱着帅印的穆桂英要去校场点兵了。她深吸了口气，却无力缓慢地吐出来，那口气先是哽在喉头，猛地呛咳似的喷了出来。

　　夕阳落下去了，空气里有了凉意。菊书看着那角还在天光里的院墙，那棵瓦松成了黑色的剪影。菊书忽然感到拽不住那天光了，一日将去，雾霾般的恓惶不安，随着她不大均匀的呼吸进到心肺里去了。

　　"他们要到街道上调查……"早上老白媳妇的话里，此刻再想，竟有幸灾乐祸的底色。老白媳妇不是"他们"，她的话是不作数的。菊书见识过"他们"，各种各样的"他们"，站在浓雾中的"他们"，面目模糊变幻无常的"他们"……不知道这回的"他们"是谁——会知道的，菊书不仅会知道他们是谁，还会知道他们的办公室、家，多半还会知道他们的亲戚朋友……戏里的穆桂英说："……这几年未到那边疆地，尔好比那砖头瓦块都敢成了精……"

　　好大的口气！菊书心里笑了，她要抖擞精神，提起心劲儿，"他们"也不过是成精的砖头瓦块，有什么好怕的?!

　　攥紧拳头提足气说"不怕"，其实还是怕。

　　骨头缝里有些酸冷，四肢变得沉重——累了。这才哪儿到哪儿呀？别的地方拆迁时发生的故事，菊书听得多了。"礼"和"兵"两手，菊书都备下了。这一阵，她老将出马，得拼下一大一小两套房来——小儿子卫东也该成家了！

　　周卫东扯了根带着灯头灯泡的电线过来，用个钩子挂在新出现的屋顶下，黑洞洞的由院子变成的屋子，亮堂了起来。菊书朝儿子微笑了一下——她的儿女个个都是好的，说不上有多大出息，可知道跟她亲，知道顾家，还求什么呢？

煞戏的鼓乐起来了，卫东调整着灯泡的高度，"妈，不是我跟你犟嘴，还是京剧雅致，一样的戏，你听人家——"

卫东教小学数学，却喜欢京戏，还喜欢旦角，玩票的水平很高，一开口能吓人一跳。菊书身上没来得及发挥的艺术基因，一点儿没糟蹋地传给了小儿子。菊书听着儿子亮嗓子唱了几句："猛听得金鼓响画角声震，唤起我破天门壮志凌云，想当年桃花马上威风凛凛，敌血飞溅石榴裙……"

菊书竟听出了两行泪。这个穆桂英自己也在给自己提心劲儿呀！桃花马、石榴裙，当年她是何等鲜亮人物！菊书眼皮剧烈地抖动起来，两行泪不听话地滚了下去，她看见儿子脸上绽出了惊愕、慌乱的神情，听得到远远有汽车停靠的声音，丈夫和大儿子回来了吧？小儿子挂上的灯泡晃得厉害，光也昏暗了，汽车声竟变成了沙沙的雨声，远得听不见了……

6

菊书中风的后果除了说话、行走不便，还有就是他们只得到了一套低价的回迁房，这使菊书下决心买下同病房病友东郊的那处院子。

病友丝毫没有瞒她，之所以如此便宜卖那院子，是因为村里人三天两头找麻烦，欺负他们是外来户。菊书的决定，家里没人赞成，可也不敢直接反对。

周庚甫期期艾艾地说："郊区农民，最难惹，城市农村的坏，都会使……"

菊书手里的拐杖噔噔地捣着地，嘴角歪了半天，带着口水喷出两个字：不怕！

十五年之后，菊书的孩子们会充满感激和感慨地想起母亲的这声"不怕"。随着钧州城的迅速膨胀，他们发现，当初对着碧绿麦田和金黄菜花地的那处院子，竟然被拉进了这个城市新的黄金地段。

这是后话，菊书不知道的后话。她拄着拐杖歪着嘴角，在东郊那个叫陈官村的地方，率领丈夫儿女跟各色人物较量了近十年，赴单刀会，摆鸿门宴，软的硬的，明的暗的，大大小小无数阵仗，输输赢赢也算不清楚，她这个村头临路的家，却变得固若金汤，轻易没人能动得。

菊书院子里很容易又有了葡萄、石榴、凌霄和蜡梅，芍药不要了，没气力伺候，这些花木也由着它们自己长。石榴花开满树，一年才结三五个果子；葡萄果子倒多，味道却差；蜡梅开出花才知道品种不对，菊书此前那棵是上好的"倒挂金钟"；只有凌霄差强人意，橙红色的花年年累累地铺在墙上。

深秋了，阳光很好，菊书坐在那把老藤椅上，看凌霄花一朵一朵落在地上，扑扑地发出了声响——不只是听觉，菊书所有的感官都尖细敏锐起来，透明的空气在流动中弯曲她都能察觉……她真的听到了，母亲的声音，依旧年轻，低低地像是自言自语地念着：老不死的佘太君，长不大的杨文广，打不败的穆桂英……一个小女孩跟着在念……那是她，五六岁的菊书，跟着母亲一句一句在念……母亲在她耳边低笑了一声，那是戏……

是啊，那是戏。现实中她的母亲老了，死了；她的孩子长大了，各自干各自的去了；菊书呢，拼杀了一辈子，输赢难计，可最终还是败了，败给了时间……在败给时间之前呢？自己给自己扎靠插旗，想要扮威风八面的帅旦，可惜人生没给她备下华冠霓裳，她的行头太简陋了，简陋得做什么身段都会惹笑……菊书粗粝衰老不大灵便的右手，迟缓地摩挲过光滑润泽的藤椅扶手——帅旦也许只在戏台上有，在戏台上才会有浴血拼杀依旧雍容华贵的女人……

菊书在意识消散的最后一瞬含混地想，也许她的人生角色本不必这样演……

殷红的纸，饱满的墨汁，规规矩矩的正楷柳字，父亲写得很用心，六岁的菊书站在桌边，四岁的弟弟踩着紫榆条凳趴在方桌上，小手沾着红纸的褪色，父亲写完那副春联，念给菊书听：新年纳余庆，佳节号长春。

菊书并不懂那联句的意思，只觉得那是两句灵妙的符咒，念动它，一个福祉无限的世界就敞开了，雅正，蕴藉，温暖，四时有序，父母在堂，无忧无惧，不急不躁，千秋万世的安稳岁月在那里缓缓流淌……

辛卯年　清明

本文初刊于《人民文学》2011年第9期

计文君，河南许昌人，文学博士。著有长篇小说《化城喻》，小说集《问津变》《帅旦》《剔红》《窑变》《白头吟》等，曾获《人民文学》中篇小说金奖、杜甫文学奖、郁达夫小说奖等，著有《红楼梦》研究专著《曹雪芹的遗产：作为方法与镜像的世界》《曹雪芹的疆域:〈红楼梦〉阅读接受史》等。现居北京。

迷　失

梁　鸿

阳光强烈，植物绿得刺眼。没有一个人，没有一点声音。

小路如同箭光，闪亮刺眼，笔直向前。路边的植物伏在地上，一动不动，根根枝条却昂扬向上，如无数锐利的箭镞。乌黑斑驳的霉点布满路旁房屋的白墙，密密麻麻朝小路压过来。

她不知道自己从哪儿回来，也不知道为什么事回来。她心里告诉自己，这是她熟悉的地方。

路被不断阻隔。她以为她就要找到了，可还是同样的路，同样的房屋。有那么一个时刻，她似乎终于走到她熟悉的一个广场上。广场后面，应该就是她要去的地方。她斜身走进一条窄极了的小路，两旁的白墙几乎要把她挤扁，奇怪的是，阳光还是能全部照到路上，没有一丝阴影。前面横插过来一排房屋，把路截断，她看到一个拐角。她往拐角方向走过去，那儿应该有条路，路的尽头就是她家。她走到路的尽头，一个死角。死角里面堆积着粪便、纸团、红红绿绿的衣服，它们都保持着僵硬的姿态，像被风化好久了。

她又退回来，发现自己又回到了广场上。她像进入了一个迷宫。

小镇静极了，没有一丝生机，没有立体感，如同在一个电影幕布上，人、植物和房屋随风飘浮，又静止不动。她在小路上来来回回地走。她被困在幕布上了。可是，她还在观察，并本能地记住这死一般静寂又蕴含着莫名生机的场景和气息。

她微微低下头去，好像为此有点羞愧。

也或者就是这个小镇。

她最后的记忆是她的二儿子还几个月的时候。她没有和丈夫孩子一起住。她住在小镇医院一个废弃的后院里。院子里长满荒草，一排土坯房已经坍塌，只有最里面的一间还勉强可以住人。她就住在那里。她不记得她怎么生活，她内心的意愿是哪样的，她就那样做了。

有一天，好像是傍晚时刻，她去看儿子和丈夫。她似乎一直没去看过他们。她走出那个院子，走出医院，走到连接医院和小镇的那条路上。荒草沿路蔓生，周围是深陷于地平线下的广袤荒地，再往远处是层层叠叠的树林和越陷越深的河坡，她像走在世界尽头。就像这时候，一切都安静极了，世界好像只在她心里某个角落存在，一种奇怪的飘浮状态。

她走到镇上，走过所有房屋都关门闭户的街道，拐进一条小路，小路的尽头，就是她家。门大开着。灯光从门楣上方照出来，刚好形成一束弧形的光，光把她丈夫罩进去。他坐在凳子上，一只手抱着孩子，另一只手拿着小勺，去喂孩子。他的嘴巴微张，专注地盯着孩子，孩子也张着嘴，努力去咬勺子。他们互相看着对方，就好像这世界不存在。

那是一个独门独户的小院。院子里青砖铺地，四面种着各种花果树木，梨树、枣树、山楂树、夹竹桃、凤仙花，靠左墙边还有一个砖砌的花坛。花坛旁边有一个小秋千架，从粗大的枣树枝上悬下来。深秋的微风吹过，一阵凉意，有馨香飘入鼻中，那是成熟的枣子的香味。

也许是听到了声音，她丈夫扭转过脸。他看着她，像看一个熟悉的，但与他无关的人。他的面部表情、身体姿势都保持着平静，没有透露出丁点儿埋怨她的信息。这里面似乎包含着一种了解：她来了，她还会走，他对她并不抱期待。他是经过多长时间才明晰这一点的？

"谁来了？"

屋子里有人扬声问。

她朝房门望去。从逆光的黑暗之中，跨步出来一位女性。高大肥胖，目光严厉。是姨妈。

姨妈手里端一个盘子，盘子里放着青白水嫩的果泥。看到院子里站着的人，她朝着另一边的他嚷道："谁让她进来的？她来做什么?!"

丈夫朝姨妈笑了一下，接过果盘，低头又去喂孩子。姨妈大踏着步子，没看她一眼，又进到房间里面去了。房间里传来勺子、盆子相撞的声音，姨妈响亮的声音传了出来："自己亲妈亲爹不管就不说了，亲儿子也不管，世间可有这种人？这就是你说的自由？我看就是自私自利。"

她记得她当时有些羞愧，姨妈的话句句属实，她无可辩驳。

她弯下腰，从丈夫手里接过孩子。孩子很小，脸还没有她的巴掌大，身上的绒毛还没有褪干净，皮肤刚刚有点水分，眉毛黄黄的，很脆弱的样子。他两个月，还是三个月大？她不太清楚。

她紧张极了，不知道怎样摆弄这柔软的身体，她想把他抱入自己怀里，却又害怕，她害怕自己过于依赖孩子的爱。她似乎一生都在拒绝这种依赖。自己依赖别人，别人也依赖她。她不想形成这种"债务"。

她一只手捧着孩子的头，另一只手把他往自己怀里抱，可孩子的身体太软了，她两只手没有衔接好，孩子的头脱离了她的手，慌乱中她用另一只手去捧孩子的头，却忘了孩子的身体，她听到孩子身体触地的声音，一声闷响，柔软的肉体落到坚硬的地面上，并没有回响。孩子哇哇哭了起来。她双手张着，不知道怎么办才好。她看到地上孩子的眼睛，盯着她，杏黄褐黑的瞳仁，似笑非笑的样子，那骤然凝聚而产生的亮光把她推得很远很远。她呆在那里，眼睛模糊，心像被什么东西狠狠揪住。

丈夫走过来，弯下腰，把孩子从地上捧起来。

姨妈颠着肥胖的身躯出现在亮光之中，高高的门槛差点把她绊倒。她跑到孩子面前，扒开他的头发，细细检查，又检查耳朵、手、腿。姨妈的脸被阳光照着，光洁异常。她突然想起小时候的一个模糊场景，在雨中她哭着扑向姨妈，姨妈用手臂紧紧圈住她，把她按在自己的胸前，她就像一个小人儿掉进了棉花堆里。

姨妈抱起孩子，用她的大手抚摸着孩子的身体，直到孩子的哭声变小。她把孩子递还给了丈夫，噔噔踩地，又转身进屋了。

丈夫抱着孩子，在直腰的一瞬间，他微微看了她一眼。

"我不是故意的。"她低声说。

"你抱得少，出个小问题也正常。"丈夫的声音平淡。

"你怪我吗？"

"我？"丈夫把孩子抱到怀里，轻轻拍着，说，"我不会怪你。早已订好的契约，你严格遵守，没什么错。"

他们是订有契约。她总和别人订契约。她认为应该这样。

人之为人，第一条便是单独的个体。她强烈地要求自我。因此，她要求距离。当丈夫追求她的时候，她给他订了十项原则，第一条就是必须给她空间。她会随时离开，她需要独处。姨妈说得对。母亲生病时，她曾经下定决心要住到家里，陪母亲度过最后的时光。可是，在家住还不到两天，她就无法忍受。她不能忍受衰老，不能忍受每天围在床边聊天感叹的人们。明天还要继续，太阳照常升起。惋惜和泪水只是在掩饰自己内心的冷漠。于是，在姨妈来探望母亲时，她溜走了。她留下字条，说她出去静两天就回来。两天之后，母亲已经去世。她在殡仪馆见到母亲最后一面。

"不是……我只是没法……没法承担……责任？"

她竟然用了问句。她试图对自己的行为辩解，但又意识到这是为人母的"责任"——抛弃儿子，是你用怎样的解释都无法抵消的原始罪行。

"我只是需要空间，你知道的，我不能……我做不到……我害怕……陷进去……他那么软。"

"他是很软，你必须同时抱住他的身体和头，他手张着，老想抓东西，不是想吃什么，而是他害怕，他才从一个安全的地方出来，他哪知道这世间如此坚硬？"

她看着丈夫。她心里有怨，更多的是爱。如果他不是她丈夫，而是别人，她该多欣赏他啊。可他是她丈夫，她展示她的爱，就得"陷进去"。她不能。

丈夫看着她。

他肯定明了一个事实：她也许会因为小孩摔倒在地而痛哭，也许会因孩子的可爱纯真而大笑，但她不会因此停留在他身边，照顾他、爱他。

她和丈夫之间究竟发生了什么事情，让他有如此笃定的看法和行为？他甚至都懒得谴责她。而她呢，有些羞愧，却又认同了丈夫的定位。那是她定位给自己的，是她经过长期斗争而让丈夫记住的。她只能这样继续下去。

她想伸手再抱下孩子。丈夫把孩子放到小床上，说："他累了，让他休息吧。你忙去吧。"

她踩着一地鲜红的枣子，转身走出院子。

此刻，那羞愧穿越记忆，萦绕她的灵魂。她想立刻找到那院子，看到那梨树、枣树和山楂树下的男人、小孩和胖胖的女人。她觉得那场景充满意味。她迫切地想弄清楚一些事情。她必须让它再现，否则，她无法找到合适的词语。

她被困住了。

她找不到回家的路，找不到那扇敞开的门。阳光越来越强，她没办法穿过那一团团光看到前面的路。她又回到广场上，来到那座老楼房面前。老楼房前面的长廊还在，那个破烂的木椅也还在，就好像一直在等她。她坐了下来。

广场上的核桃树无精打采，枝条倒在地上。地砖缝里的野草快长到核桃树冠上，瓦砾、喷泉、花坛半掩其中。老楼房的侧门边上，一个老人坐在一个艳蓝色的冰柜后面，冰柜上面撑一把满是洞的黑色大伞——死神到来前的最后遮蔽。老人满脸倦怠，皱纹如刀刻。他没有朝她看一眼。

她陷入一种奇怪的状态，极端不真实的感觉。她隐隐约约知道，她来这个小镇是为了回家，可她却并没有激动。她努力捕捉空气中的气味，想发现其中矛盾的存在。死一般的寂静与内在可能的生机，她好像一直沉迷于此。她只对此感兴趣，不管是在故乡还是他乡。

广场的正前方、左方、右方突然卷起阵阵灰尘。这是她回到小镇，到目前为止看到的唯一的活动的物体。灰尘越卷越近。她闻到一股危险的气息。人的危险。那危险是她熟悉的。

三个人从灰尘里现出身来。他们围着她，静静地站着。她看不清他们的面孔。他们是一伙强盗。在如此荒凉的小镇上，他们只为她而来。

她站起来。他们围得更近了。两个人走在她左右两边，一个人走在她后面。他们要带她到什么地方去？他们好像知道她从哪儿来，一直在跟踪她，监视她。她体味着他们几个人之间流淌的气息：紧张、笃定，他们吃定她了，她无处可逃。还有另外一点奇怪的气味：默契。他们之间是有默契的。这样的场景也许不是第一次。

那么，他们抓她不是第一次了。他们强迫她也不是第一次了？

她从哪儿来？她好像一直没为这个事情担心。她突然走在这个小镇上，没头没尾。她不知道自己从哪儿来，不知道要达到什么目的，也不知道要往哪儿去。她就这样置身于这个小镇之中，置身于时间的黑洞之中。

这三个人的出现，似乎在告诉她，她是逃出来的。她只能跟着他们走。她有些恐慌，可似乎又安之若素，甚至，还有点听之任之。

他们来到宽阔的道路上。蓝天长远，田野里的玉米阴森密实。喧嚣、嘈杂的声音从玉米秆下面的缝隙里传过来。她听到车轮隆隆的声音、父亲喊女儿的声音、夫妻两人吵架的声音、情侣呢喃的声音，她闻到玉米的清香、泥土的腥味、人体的汗味，无数声音和气味朝她涌过来。她浑身发抖，想流泪，想沉浸其中，狠狠地享受。她的脚步不知不觉快了起来，她想超过那两个人，跑到人群之中，去感受那一切。

左右那两个人紧靠她的身体，挤着她，拥着她往前走。玉米地深处出现另外一条岔道。他们带她走上了那条道。声音、气味逐渐遁去，他们又走进无声无味的世界。

他们在惩罚她。

在长满荒草的后院，她找到期待已久的自由。

她坐在书桌前写字，她躺在唯一的竹椅上休息，她想吃时吃，想睡时睡，想写时写，不想写时就看书发呆。她要一个人和世界相处。她要创造一个世界。那个世界是她的。

这是她一心追求的形态：一个人，不受任何打扰，完完全全属于自己的时间，享受阳光从早到晚的变化。早晨那一抹金光从腐朽的木头窗棂里透进来，照在她蓝色的笔记本上，笔记本上是昨天写下的字，是关于昨天阳光从早到晚变幻的叙述。她坐在这唯一的桌子面前，久久咀嚼那每一缕光、每一寸时间的移动，然后，一字一句把它们写下来。有时候，清晨起来就下雨。天是空旷遥远的灰色，雨丝和缓均匀地下落。她常常不自觉地就泪流满面。她觉得她是大自然的女儿，心甘情愿被放逐在这儿，守着这大地的角落，耐心地为这一切寻找命名，并记录下来。即使以后经历了漫长的岁月（她不记得发生了什么），那阳光移动之中光线、色彩的变化仍然如同印刻，烙在她灵魂深处。她一生都被这烙印控制。在埋头前行，为某些琐事忙碌，或为某项荣誉兴奋的时刻，那烙印就如同古老的伤疤，突然疼痛，光与影再次出现。她看到那些时刻的自己，会为此一时刻的自己感到羞耻。她会自动疏离人群，把自己再度埋藏起来，于是，那烙印慢慢淡下去，化为身体最为安静的那一部分。

后院里到处是没至半腰的荒草，有一天，她发现那竟然是一畦畦空心菜。不知道是哪个人在哪一年种的。它们被遗弃了，就像野人那样一年年地生长。叶子大得像向日葵盘，秆子比玉米秆还粗，底部深红见紫，不知道多少年了。她掐一下最顶部的叶子，居然还嫩得出水。她掐了很多，在锅里焯一下水，用盐和油拌好。它们吃起来就像带筋的干野菜，难以下咽，却也有丝丝清香。

她不知道吃了多少空心菜。她觉得她是苦行僧，守着世间最大的秘密，她受的苦就是她的荣誉。

有时候她也会到街市上去。熙熙攘攘的人群。她喜欢极了。她身在其中，热切地爱他们，但她又是旁观者，她和他们没有任何关系。她喜欢极了这种既置身其中又自由超脱的感觉。她觉得她是人群中的王，所有的一切都属于她，属于她笔记本上那金色的字。她贪婪地吸收着气味，马粪、机油、青菜、水果、沙砾、泥土、雨水，没有一样不是她最爱的。她热切地寻找它们之间千丝万缕的差别，寻找世间最恰当的词语把它们一一描述出来。

她远远看见丈夫在人群中走。他抱着孩子。丈夫看见了她，把孩子举起来。孩子头发微黄卷曲，眼睛里含着笑意。一个祭品。他是她的祭品。他无辜的笑容只是为了展现上帝对她的惩罚。她的身体朝前又倾了倾，想走过去。可只迈出半步，她又停下了。她想到她门前野人一样的空心菜。她走了，就再也没有人照顾那些菜了。

她是爱空心菜本身，还是爱空心菜恣意生长的状态？她当时没有想那么多。她是爱人群，还是爱在人群中的那份疏离感？她当时也没想那么多。

丈夫随着人流远去了。那是她最后一次见他。

也许，只是昨天的事情。她觉得她已经过了一生。她被这三个人胁迫、威逼，已经走了很远很远的路。她有些累了，不想走了。可他们是强盗，他们不会说你不愿走了，就可以不走了。

一踏出无声无味的玉米地，她发现，他们又回到了小镇。是小镇的另一头。有人在小路上缓缓地走，有孩子在布满霉点的墙边玩耍。他们没有发出声音，他们只是看一眼走过的这四个人，就又干自己的事情了。

他们来到一座小院前。独门独户的小院。仿佛经过千万年阳光暴晒，房子的石墙被腐蚀得厉害，人走过去，带动一点风，粉尘就扑簌簌往下掉。大门半掩着。他们推开门。院子里整洁异常。红砖铺地，砖缝里只有浅浅的草芽。

她有点迷糊。这地方好像来过，好像有熟悉的气味在流动。她突然感受到那三个人的紧张和凶狠。他们的圈在缩小，想把她紧紧裹在里面，他们不想让她进去，可又似乎无法阻止她。

看到老枣树的那一刻，她想起来了，这是她的家。她看见当年孩子摔落在地的那块砖，砖中间的那一块还有一小点凹陷，像是在提醒她的罪行。

她坐在院子里的一把竹凳上。她知道这把竹凳，她坐过很多次。

那三个人散开去。一个人退到院子深处，一个人站在她后左边，另外一个人站在院门前。

她丈夫来了，坐在另一把竹凳上。

"我怎么找不到你了?"她问。

"是你要跟着那个四眼男走的。"

"我不认识什么四眼男。"

"也许他把你抛弃了。"

"我从来就不认识他。我不知道我在哪儿。我们的孩子呢?"

"他早已长大了，离开我了。"

她陷入了迷惑之中。

"怎么可能?"

丈夫看了她一眼，说："孩子都三十二岁了。"

"三十二岁。"他又强调了一下。

她记得这眼神。她记得他把儿子从地上抱起来时看她的眼神，和现在一模一样。他的背仍然笔直，他的头发仍然是黑色的，他的眼睛仍然明亮，只是有一点疲倦。她感到一阵疼痛袭来，强烈的孤独如硫酸烧蚀着她的心。

"我只是一个人走了走，转了转，我只是想一个人待一待，写点东西。"

"你是这样告诉我的。"

"可我不记得我到哪儿了。"

"你当然不记得。"

"我记得，记得。"她记得丈夫抱着二儿子贴心又舒适的样子，她记得他喂饭时小心翼翼的样子，她还记得她最后一次见到二儿子时他长长微黄的睫毛和杏仁似的瞳仁。

"都三十二年了？那，我都在哪儿？"

"我不知道。"丈夫垂下眼睑。

"姨妈呢？"

"她已经去世二十年了。儿子十二岁的时候就走了。儿子很伤心。"

她想起姨妈的气味，像沼泽，热气腾腾，你掉进去，舒舒服服就昏睡过去了，就再也不想出来了。母亲打她的时候，姨妈旋风一样冲进她家，抱住她，质问母亲为什么打她漂亮的外甥女。她带她到镇上去，买那支她一直想要的多色圆珠笔，吃热辣喷香的面。那是全世界最好看的笔和最香的面。姨妈说，以后你就是我女儿，别理你那不懂事的妈，有这么好的闺女还打，真是不知足。

姨妈走了二十年？这么说，她离开家真的至少二十年了？

"可我从来不认识那个四眼男，从来不。"

"他肯定是抛弃你了。"

"没有四眼男。是不是你弄错了？"

"那是一件人尽皆知的事情。"她丈夫低声说，声音里仍带着当年她给他的羞辱。他仍然那么年轻。她不知道他眼睛里的她是什么样子。

"我老了吗？"她问他。

他抬起眼睛看她，从他眼睛里，她看到苍老、无助的自己。

那三个人，朝她围过来，簇拥着她。他们像吸血鬼一样，打定主意要囚禁她。

"你忘记他们了？他们和那四眼男是一伙的。"丈夫看着她面前这三个人。

"我不认识他们。他们是强盗，逼迫我跟着他们走。"

"你再看看。"

那个靠在枣树上的女人，她才看清楚她的面目。那个女人一头长发，穿紧身的黑色皮裙，走路摇摇摆摆，一晃三扭。她漫不经心地四下望，眼睛却斜睨着她，凶狠霸道，像要随时扑过来把她吃掉。可再稍微和她对视一刻，她发现那女人几乎在哀求她，眼神里藏着软弱和羞耻，她好像在害怕她抛弃她和他们。

一发现她在观察，那女人马上垂下眼睑，又开始锉指甲。她和她的指甲杠上了，一路都在锉。剪一点儿，锉一下，来来回回。她身上有股子风尘味儿。一个人走在人世间久了，一个女人打定主意依靠自己过日子，而日子并不顺遂时，就会有这样的风尘味儿。风尘和纯真矛盾又和谐地交织在一起，有点神秘、不可思议和令人震惊之感。她是个迷人的女人。

也许是意识到她仍在盯着看，那女人仰起头，挑衅地回视她。

那个站在院子深处的男人，一个粗暴野蛮的男人。他懒洋洋地看着她，浑身洋溢着原始的蛮力。他身上的道德是单一的，他只看见纯粹的恶与善，只懂得最为简单的美与丑，他心目中的人只分为两类：好人和坏人。这使他成为世间最好的人，也是世间最可怕的人。譬如此刻，如果她离开他，她就是坏人。他就不会再怜惜她，因为她是他的。她有些迷惑，为什么他会认为自己是他的？她并不认为他们之间发生过亲密关系，可他确定无疑的样子，又让人不得不想到点什么。

她想起她的年轻时代，还十四五岁的时候，她在篮球场边看一群高中生打球。她看见一个身材均匀、肌肉凸起的男生，阵阵眩晕。她想象如果那样一双胳膊箍着自己，会是怎样的感觉。她总觉得，那样的人，是上帝派来人间的天使，他们检验人性，检验人最纯粹的冲动和最纯粹的美好之间的距离。为了研究这样的男性，她不惜献上自己的身体，哪怕是在书中。

那个站在院门口的男人。他手中的刀在黑色皮裤上来回摩擦，过一会儿，就把刀举到阳光下，眯着眼睛，用手试刀刃，薄薄的刀刃在阳光下闪着精光。他不看屋里的这些人，他只看他的刀。他眼睛里没有他人，没有世界。他不对阳光、植物感兴趣，也不对美女、美食感兴趣。他不爱任何人，包括他自己。在他的人性深处，有某一处断裂了，他无法连接到世界，无法感受人间的酸甜苦辣，他只是吃饱、穿暖，跟着一个人走。

她看着他们。好像是第一次见他们，却又无比熟悉。她肯定认识他们，却想不起在哪儿认识的。她好像并不真的恨他们，甚至，还有点喜欢他们。她隐约意识到，她害怕他们，不是因为他们绑架了她，而是因为，她担心自己过于喜欢他们，她担心自己陷进去拔不出来。

"你想忘记我们？你别想后悔。"那女人的声音既凶狠，却又像对自己的母亲撒娇耍赖。那女人似乎能够读懂她的心思，一边说着，一边扬起胳膊，把指甲剪掉往花坛里扔。一道光飞出去，指甲剪掉进了砖缝里，消失了。

"我跟你们有契约吗？"

"当然有。我们说过要彼此奉献。不只是青春，而是一生。"

"可是我都不知道你们从哪儿来！"

"从哪儿来?"那女人朝着另外两个男人喊道,"她问我们从哪儿来,她居然有脸这样问?"

那两个男人抬头盯着她。她被那灼人的眼神逼得低下头。

"每次你想逃跑,想毁掉我们时,你就说你想家了。喏,家就在这儿了,你回来了,你想了吗?"

那女人朝她走过来,黑色的皮裙包裹着她丰满的臀部,从前面就能看到后面的左右移动,风情,老到。

"你说你爱我们,你不厌其烦地描述我们,创造我们,你给我们安排各种人生,游历世界,并借此完成你对人性的探索——这是你常说的,天知道我一听见这句话就想吐。你说你喜欢这种既性感又纯洁、既粗野又单纯的形象,你把我搞成这样,你看……"那女人开始脱自己的黑皮上衣,"你看,我里面穿着棉质的白背心,这是他妈的什么搭配,每次你让我这么穿时我都紧握着手以防我伸出手打你,你以为棉质白背心就是纯洁,你天天叫嚷着那个叫什么的作家太俗气,其实你还不如她。你就是名气不如人家,小说卖不过人家,你嫉妒。"

那女人又开始脱黑色皮裙,露出里面的黑色蕾丝边儿内裤,说:"你看,这简直就是妓女的打扮,这么说就是侮辱妓女,你以为这样就是风情,你的观念落后多少年了?要不是我们忠心耿耿地跟着你,维护你,你还有什么?"

她愣在那里。那女人说的每句话她似乎都听过。甚至,她扭着屁股往下褪皮裙时的动作她似乎都见过很多次。

那女人走近她，逆光而立。她的五官更加立体，眼角的黑色眼线斜刺出来，狰狞凄惨，像一个年老色衰的女王，居高临下，以暴躁又狂野的伤感逼视着她。

"你热衷于塑造我们，你说这就是自然界的法则，是自然界美并充满奥妙的原因，可你看看，我们像什么？在你心里，根本就没有美好的事物。所以，你塑造不出美好的形象。"

"美好？"她被那女人暴风骤雨般的话给轰炸得有些头晕。这么多年来——如果她知道到底多少年的话，她孤独地行走于人世间，难道不就是想寻找真正的美好吗？难道"美好"不是藏于复杂的事物内部吗？

"你是世上最伪善的人！"那女人朝她的头俯过去，说出这样一句结论性的话，回转身，拾起黑色皮裙和上衣，重又穿上，靠回到枣树上，看着院子外面。

"可你和我们签有契约。契约！魔鬼契约！"她扭过头，恶狠狠地补充一句，带着某种虚张声势。

像晴空突然炸响几个霹雳，她的心被劈开一刀，她瞥见了深渊里的秘密。她早已把灵魂交付了出去。她创造了他们，同时也被他们要挟。她害怕要挟，却又沉迷于这被要挟的快感之中。

阳光强烈。外面灼白一片。

她回过头，看着她丈夫。

丈夫说："你看，你喜欢他们胜过喜欢我。胜过喜欢你的二儿子。"

她艰难地问："为什么是二儿子？大儿子呢？为什么不偏不倚是三十二年？"

她看到他的眼神就明白，他知道她还没有走出来，她在想关于这个数字的象征或寓意的时候，她离他仍然无限远。

"就是三十二年而已。没有任何意味，三十二的意思是，你现在只有一个儿子，你儿子三十二岁了。他还没有多大成就。可也没有关系，不是谁都能成才的。他有他自己的生活。"他认真地给她解释，声音中带着怜悯，"就是如此简单。你儿子三十二岁了。你离开我们三十二年了。这是一个单纯的、确定的事实。没有象征，没有寓意。"

三十二，三十二岁，三十二年。这个数字是在告诉她，这一切不是梦，不是某种可能，而是一个真实，一个因为干燥、怪诞的数字而显得极为清晰的真实。因为失败就是这样突兀和傲慢，它随时而来，不给你象征或隐喻的机会。三十二年了，她被自己追逐着，无法找到回家的路。

这不是梦。她使劲摇摇头，想确定一下自己到底在哪儿。梦不会给出"32"这样一个不伦不类的数字来，梦没有这样一丝不苟的科学精神。只有现实生活才有。只有现实生活才是真正残酷的、毫不留情的存在。

三十二年，她在哪儿生活？如何生活？依靠什么？

时间断掉了，她无法接续起来。她的丈夫仍然年轻，她已经老了。她的二儿子已经长大，可她从来没有见过他。

她依稀记得自己有过荣光的时刻。她从那个粗暴、野蛮的男人眼睛里看出他对她的崇拜。他像个孩子，双手紧抓母亲的乳房，纯洁又凶猛，试图宣示自己的绝对主权，世间最绝对的纯洁和最纯粹的自私。

她曾经站到过高台之上，站在强烈的聚光灯下，面对黑暗中的人说话。她的眼睛被刺得模糊生疼，她想象着台下崇拜的眼神和山呼一样的掌声。她和观众、读者也签了契约，她出让自己所在意的自由去换取那些。

她背叛了自由，背叛了这三个人，背叛了丈夫、儿子。现在，她回来了，又想索取她当初背叛的。她太贪婪了。

好像在汹涌的大河里漂流了漫长岁月，终于被波浪冲到沙滩上，她睁开眼睛，仍然有些眩晕，有些漂浮的感觉，她还不适应着陆时的硬度。她努力回忆梦的最后一幕。

他们就那样坐着。那群人坐在她身后，长发女人仍在修理她的指甲，他们根本不看她，但是，她能感觉到她和他们之间的张力，他们在撕扯她、警告她，她必须乖乖地跟他们走，一旦发现她背叛他们，他们将会毫不留情。她的丈夫坐在她对面。她感觉到丈夫还愿意接受她。是无可奈何地接受一个无家可归的亲人，还是怀着一点残留的爱意？她不清楚。梦没有给她暗示。

她留恋那个植物翠绿、阳光强烈又荒凉死寂的小镇，或者说，她留恋走在那个小镇上的感觉。强烈的孤独，万物归一的荒凉，走向死神时的恍惚。在一刹那，她突然明白，那群人就隐身在小镇之中，一旦发现她要走出小镇，走出那个迷宫，他们就会扑过来，把她拽回去。

窗帘后面，缕缕阳光透进房间。她抬起头，发现自己躺在一张简陋的床上。对着床头的桌子上面放了一台电脑，别无他物。房间另一侧靠里墙是一个小小的灶台，单灶，加一个极小的水池，灶台上面的横挡上放着两只碗、两个盘子，盘子上面放着一双筷子、一把勺子。紧靠灶台是一个单人沙发，沙发前面摆一张几乎看不出本来面目的圆桌，圆桌上一盘绿萝浩浩荡荡铺满桌面，又往地下肆意蔓延，枝条昂扬凌厉，四面出击，那沙发底部似乎已经陷落入无底的黑洞中，马上就要被吞噬。她俯身看了一下床，床脚已经没进绿色海洋之中，无数枝条正蓄积着力量，朝床上进攻。她打了个冷战，感觉自己躺在一堆锋利无比的绿色箭镞之上，稍有所动，就会万箭穿心。她明白了梦中小镇路边的植物从何而来。这些箭镞监视着她的梦。在紧靠门的位置，竖着一个薄薄的书架，书架底部几层堆着一些书和一些杂物，顶部两层放着各种各样的奖杯，木头的、玻璃的、陶瓷的，书本、灯塔、海浪，材质和形状不一而足。它们排列整齐、威武骄傲，和下面几层的随性放弃、灰尘蒙面形成鲜明对比。

她有些疑惑，这是哪里？她怎么会住在这里？

太阳穴处隐隐作痛。她经常这样，在醒来的一刹那，脑子一片空白，不知道身在何方。右边胳膊疼得厉害，她发现，她手里一直攥着手机。她抬起手，手机的屏幕亮了，一张照片闪了出来。

一个中年男子正看着她，目光严肃忧郁，很有心事的样子。她在脑子里回想一下，她并不认识他。他是谁？他为什么会出现在她的手机里？她是有看多久、多累以至于抱着手机就睡着了？

她起身下床，踩在柔软又坚硬的箭镞上，忍着钻心的疼痛，走到窗边，拉开窗帘，一轮红日正在地平线上徘徊，绯红的霞光平和地环绕着它。她分不出是落日还是朝阳。那红日既不刚健，也不温暖，只是一个冷淡的红色圆球，被涂抹在一个巨大的幕布上。层层叠叠的房屋一直延伸到地平线之外。地面的立交桥上，小汽车一辆挨一辆，尖锐的喇叭声经过空气的层层阻力传到她耳朵里，仿佛铁锹被拖过水泥石子路的声音，那是她小时候听到的最恐怖的声音。耳朵被刺破，心脏被割裂，横膈膜被震破，她觉得，整个五脏六腑都在变形，脱离她的身体，直接飞了出去。

"幕布?""画面?""海市蜃楼?"她发现自己在喃喃自语，不停重复这几个词语，又试图去找其他词。她紧张得浑身发抖，脑子里越发空白。窗外的风景变得阴沉，慢慢地竖起来，积蓄着力量，仿佛如果她不能给它命名的话，它就会扑过来，压倒在她身上。它要那唯一的、唯一能够表达它的词语。这世间每样事物都应该只有一个最恰切的表达。她找不到。她被下咒了。被困在词语的方阵里了。

她又感到一阵钻心的疼痛。这疼痛她很熟悉。随之而来的，是麦子的清香，枣树的涩香，楝树的苦香，她想起荒草覆盖的大地，想起那在年深日久的岁月里跟随她的人们。那是更遥远的梦。她永远丧失了它们。为了找到命名它们的方式，她丧失了和它们赤裸相对、肌肤相亲的感觉。那命名就是对她的诅咒。谁又能够为上帝的造物命名?你只需要在现实的泥淖里哭喊、欢笑，只需要认真地接过那一团血肉，享受那眼睛里天然的依赖。而不是像现在，面对窗外，张口结舌，绝望到面目扭曲。那是僭越上帝所必然遭受的惩罚。

她拉上窗帘，转过身，一步一步踩在箭镞上，箭镞刺穿她的身体，鲜血汩汩流出，溢过绿色的叶片，朝无边无际处蔓延……

她听见自己"啊"地惨叫一声，她从床上弹起来，后背一阵尖锐的疼痛，像被什么利器刺中。她看到床上那副眼镜。镜片已经破碎不堪，眼镜腿也被压断。她捏起一个碎片，仔细看那尖锐的三角形状，一股遥远的疼痛慢慢袭来，她记起那漫长、痛苦的经历——她可怕却又充满诱惑的人生。那是未来生活的预演，还是现实生活的再现？她有些恍惚。她是真的醒来了吗？那眼镜从何而来？她不曾记得自己有过眼镜。她拿起眼镜碎片，狠狠刺自己一下。疼的。火辣辣地疼。那么，这次，她是真的醒过来了？可是，刚才，她明明已经醒来，明明看到窗外的风景，明明看到手机上的那个中年男人，她还记得他的样子——三十岁左右，无所欲求却又郁郁寡欢，他似乎在掩饰某种哀伤，他疲倦炽热的眼睛出卖了他。他是谁？

近处传来阵阵呼吸声。很近很近。她侧耳倾听，那呼吸悠长、均匀，仿佛整个灵魂都是清甜的、自在的。她扭转身，看到床的另一边，一个身形在薄薄的被子下面，随着呼吸一起一伏。他在熟睡之中。他背对着她。

她躺下来，一阵突然的舒适和放松涌了上来。她挪过身体，紧紧贴住他，抱着他，怀着波浪一样阵阵涌来的感激和爱意，她进入沉沉的梦中。

那男人转过身来。她看到了他的脸。

梁鸿，中国人民大学文学院教授，乡土文学与乡土中国关系学者，河南穰县人。著有非虚构文学《中国在梁庄》、《出梁庄记》和《梁庄十年》，小说《神圣家族》《四象》等作品。

夜色荒凉

碎 碎

一

"老婆"这个词，可能是世界上最悲催的词了吧。现在，林喃常常会这么想。

老婆这个说法，隐含着悲剧色彩，简直有一种难堪在里头：女人一旦结婚，被男人睡过了，就老了。新娘与老婆，只有一夜之隔。成了老婆之后的女人，老，旧，面目混沌，身影模糊。

这是林喃做过几年老婆之后的感觉。但是，几乎所有的女人都是要做老婆的。迟早要奔着做老婆去的。不做老婆，你还能做大龄剩女？还能去做情人做小三？每一个女人，一开始都是带着满心的幻想奔去做老婆的。对，一开始，几乎所有的开始都是好的。崭新的关系，彼此新鲜，一切充满希望。饱满的爱与性，理解与支持，安全感归依感踏实感，都是想象中成为老婆这件事里所包含的应有之义。

是从哪一天开始，老婆这个词，几乎成为一个笑话的？

很多宏大、温馨、美好的词，最后在公众话语里，在人们秘而不宣的意识里，都沦为一个笑话。有多少大款的老婆，她们的身体在自己男人那里撂荒，她们的夜晚有多么荒凉，只有她们自己知道。还有个多年前就流行的段子说，一些官员的四项基本原则，是自己工资基本不用，吃喝穿用基本靠贡，家用电器基本靠送，自己老婆基本不动。这里面，含义最丰富，让人最浮想联翩的一条，是自己老婆基本不动。那么他的身体献给了谁？他的需求去哪里解决？几乎每一个落马的贪官背后，都有着丰富的花边，被曝出他身后的一个或数个情人，有的数量令人发指。这是甩向他老婆的双重耳光。又有多少男人所谓的老婆，早已被架空，成为一个幌子？

令林喃想不透的是，几个月没能见面的夫妻，他为什么不看她一眼呢？哪怕他只能用眼神向她表示迟到的愧疚，至少也是一种交流的姿态啊。可是，竟然，他的眼神都不往她面前飘。是他无法再面对自己的老婆？是他不想和她在众目睽睽之下共同面对巨大的难堪？还是他不想再演戏？作为他的老婆，一个失去身体宠幸已久的老婆，她该选择落井下石，还是作为一个名义上的老婆，继续对自己的男人给予道义与精神上的支援？怎么选择，都是巨大的难堪。这是一个男人献给他老婆的滋味最浓烈最丰富的礼物。

林喃怎么想怎么替他老婆难过。无边无际的难过。作为一个同为老婆的人，她能感同身受。

还有某些名人、明星，因为嫖娼被抓的，他身边的女人是世人眼里的万人迷，女神级的，拥有这样老婆的男人居然也要去嫖娼。那是甩给普天之下老婆的一记耳光。这个世界，实在让人不懂。

是从哪一天开始，她的男人秦冬不再碰她的？是什么样的原因，他不愿意再碰她了？回忆这些，对林喃来说颇为艰难。她都想不起来到底发生了什么，让他们关系变成了这种局面。

对一个女人来说，你的男人不碰你，就是最大最深的冷暴力。

二

这是一个不错的夜晚。不错，是说天气不错，温度适宜。不错，也是说这一天两人下班回来后的氛围还好，无争吵无口角，语态平静，交流正常无阻碍。所以林喃，很想做点什么。临睡前，林喃换上了她最漂亮、样子最温柔的睡裙，里面没穿内衣。她是故意不穿内衣的，以前她还没有这样过。不穿，就是明目张胆地暗示，应该会对秦冬起点作用，她想。

在秦冬身边躺下来，林喃有意无意地让睡裙边卷起来，露出光裸的身体。他的手碰到了，感觉到了她睡衣里面的赤裸，说，咦，怎么没穿裤衩啊。说完简洁地笑了一下，潦草地摸了一把。是无所指向地，漫无目的地摸了一下，没有深入下去。然后他转身就睡了，很快响起鼾声，把林喃撂在半空中。

那一刻，林喃几乎感觉羞耻。

一连一个月，林喃都是这样，她空荡荡的内衣里的身体，享受的都是同等待遇，秦冬一直毫无作为。林喃感觉自己的身体像一块黑暗的石头，沉落在海底，无人打捞无人知晓，存在与不存在都是一样的。她觉得自己越来越不是女人了，她没有作为女人存在的价值和意义。

林喃单位有个女人，林喃每次见她，都感觉她的眼睛放光，脸蛋放光，身体放光，身体咝咝咝地会喘气会说话一样的生动丰富。林喃忍不住想，这一定是很好的性生活浇灌出来的吧。需要一个又一个妖娆的、喘息的、彼此喂养的、让彼此心满意足的夜晚，才能浇灌出这样的状态，因为她在那样的夜晚中得到了绽放。性福，才能让女人的身体漾出幸福的水光来。

林喃今年三十六岁，据说这是西方人眼里女人最好的年龄，秦冬也才刚刚四十岁，都是正当年的时候。没有身体接触的夫妻，还能叫夫妻吗？林喃想起网上的一个说法：现在的夫妻两人生活在一起，既没性生活，也不离婚，这就叫一不做，二不休。

很多时候，她也习惯了，几个月都不去想它，身体也没有需要。她作为一个没有性欲的人活着，作为一个没有性欲的人忙碌着。正好工作也很忙，她也并没有什么时间精力去想这茬事。但是偶尔，还是有一些时候，她感觉自己的身体冒火，火苗噼里啪啦四处流窜，烧得心里狼烟四起，有一头嗷嗷待哺的魔鬼，对她啃啮咬噬，让她无法消停。吃得再饱吃得再好睡得再足，也还是不舒服，不停息。看起来对此一无所知、一无所感的秦冬，根本就是见死不救，还是选择性忽略，从他的表现中她看不出来。也许男人对于女人天生懵懂，也许天下所有的男人，对他们的老婆都是天生懵懂，有意或者无意。是啊，看起来，你吃得饱穿得暖，你还想要什么呢？看起来，一切不都好好的嘛。

和身体里的无数困兽搏斗时，林喃斗不过，也不想斗过，只想束手就擒。她想把身体的问题解决掉，释放掉，只有这样才能停息。否则，永远生活于那种水深火热之中，更是难耐。

有时候，一个人在家的某一时刻，她会把自己扔在床上，用孤独的右手带领自己奔赴高地。最后的快感降临的时候，也是最绝望的时候。一个有男人的女人，一个正当韶华的女人，却只能用她的右手。可耻的右手。还有比这更让人悲伤的吗？

这不见天日的悲伤，这无法言说的失败，这无法自视的难堪，这深不见底的黑暗。这是她一个人的黑暗。每一个夜晚都怅惘难耐，每一个夜晚都让人想入非非，却注定落空。

要是能找到原因也好，比如他有了情人，比如他就是那种花心大萝卜，比如他本质上是个流氓，比如他有钱有实权，投怀送抱暗送秋波的女人很多，他面对没有几个男人能拒绝得了的诱惑，所以犯了没几个男人不会犯的错误，比如……要是生活交给她这样的理由也好啊，她也索性就死心了明白了，都比这找不到任何理由的变局让人好受些。但是看起来呢，也都没这回事。

秦冬个子不高，模样不帅，挣钱也没多到能家外有家的地步。对女人从不主动，不招蜂引蝶。是严谨理性的技术型理工男。工作性质与外界打交道不多，没有什么吃野食的机会。从自己身上找原因吗？她的身材没有肥胖变形，孩子是剖的，生完孩子体形马上恢复，她觉得自己的身体状态和生孩子前几乎没有区别。不爱看肥皂剧，连韩剧都不看。不化妆不买首饰不乱买衣服。自觉承担家里的大部分家务。不爱唠叨。不收管他的银行卡，给他充分的自由。总之，她觉得自己身上没有让男人忍无可忍和影响其性欲的品质。她不过是因为一张婚纸把自己变成了"老婆"，又因为孩子而变身为母亲，除此之外，她还和婚前的她一样。

是不是他出了什么问题呢，林喃经常也会陷入揣测。他阳痿了？还是因为一次嫖娼染上了性病，害怕再传染给她而让事情露馅？要么，就是他有了情人？他是处女座的，因为精神上的洁癖，要在心理上保持对情人的忠贞，所以拒绝和她再有形体的亲密？还是别的什么原因？她找不到答案。她也想过，找私家侦探调查他的行踪，但是，只想了一下就放弃了。因为第一，他对她的态度和他的风格，已大大打击和损耗了她对他的爱，现在她对他的感情也并没有强烈到那个地步。只有爱，深深的爱，才想对对方有强烈的完全的占有，可是她对他，早已没有此心了；第二，就算调查出来了结果，面对真相，那她该有多难过？她受不了让自己陷入那种更深广的难过。她不能更难过了。真相大都很难看。不调查，是对他的慈悲，更是对自己的慈悲。

三

林喃的身体，陷入了深深的抑郁。

这种无法言说的抑郁，是上不了台面的。有天晚上，有朋友张罗吃饭聚会，因为有人升职。在一家很高档的酒店，有人带来了茅台和法国红酒，一桌子精美的菜肴，大家很快酒酣人欢，气氛热烈。饭桌上充斥着高浓度的饮食男女的玩笑，带色儿的段子飞来飞去，为饭局增添了分量颇足的调味料。每个人都在为气氛一浪高过一浪而奉献心力。在这种场合，林喃大都能让自己表现得相当起劲。她带着一点儿内心的绝望和因绝望而生的激情，让自己很快喝得有点小晕，这时她就可以表现得更加生猛无忌更没遮没拦的了。她知道大家都喜欢那样的她。反正都是无所忌惮的好朋友，没什么可防备的。在那些段子与笑话里，在酒精的氤氲里，仿佛每一个人之间都没有距离，仿佛你们之间没有任何隐私，仿佛你们之间可以发生任何事情，超越任何关系。中间林喃去了一趟洗手间。这是个带有卫生间的包间。林喃进去后关上门，喧哗的笑语人声关在门外，她靠在门背后，忽然感觉虚弱无力，有想哭的感觉。

窗外是雕像般矗立的楼群，迷离的车河灯影，巨大的难过与心碎突然奔涌而来，将林喃刚刚还表现热烈欢畅的身心洞穿。这个世界，想要有性，有男女之事，多么简单，简直随时可以发生，随时可以实现，可以实现的路径很多，还会有谁欠缺吗？还有谁像她一样有巨大的空缺吗？她想起有个星期天的下午，因为好奇，她试着用手机微信上的"摇一摇"功能，只摇了一下，马上就有几个人和她打招呼了，其中有一个是离她最近的五百米以内的男人。林喃试探着问他：你在干吗？他马上回答：我说在思春，你信吗？这时秦冬在另一个房间叫她，吓得她赶紧从微信上退出来了。微信果然是约炮神器，她知道说思春的下一步应该就是约开房。快捷明了高效。还有一次是深夜十二点，林喃临睡前又用了摇一摇，即刻就有男人向她问好，问她的年龄，然后马上发来几张赤裸裸的男女交欢的图片。那些图片让人呼吸停顿，浑身冒火。尺度之大，让林喃难以想象。之前她从未看到过那样的图片，这个世界好疯狂。不过，疯狂都是别人的疯狂，她默默地把那人拉黑，关掉手机睡觉。

是啊，几乎，性像快餐一样立等可取，招手即送。有谁能想象，在饭局上最擅讲两性笑话的她，过的是这样的生活吗？而且这种生活，看不到转机。她还只能佯装无事。

门外的热烈，与内心的悲伤竟相夹击，前所未有的酸楚兜头袭来。她知道在别人眼里，她还是有点魅力的，对她有想法的男人也不是一个两个，为什么在自己的男人那里，她却像一棵烂白菜？那种巨大的难过，也只不过是一分钟的事情。她知道此时不适宜抒情，不适宜伤怀，她看着窗外，对自己冷笑了一下。下一分钟，她已整理好表情，笑盈盈地回到餐桌，表现出她该有的样子。

那天晚上，说起那些七荤八素的段子，开着那些男男女女的玩笑，林喃是说得最机智最劲爆的一个。无疑让人百分之百地相信，她是私生活最丰富、最多元的那一个。

后来的每一次聚会，她扮演的角色，都是如此。不遗余力，也习惯成自然。有人叫她辣妹子，有人说她是猛女，她都只会微微一笑，照单全收。

其实，在结婚前和刚结婚的时候，林喃觉得他们两个人挺好的，感情基础很好。恋爱时他们升温很快，很快就彼此认定，很快就有了亲密关系，很快就谈婚论嫁，不分彼此。她愿意相信他，看起来，秦冬也是很让人相信的样子。恋爱的时候，他常被派驻到单位在邻市的分公司工作，周末才能回来，他们珍惜在一起的每一个夜晚，那时他们在一起的每个夜晚都很有内容，可堪回味。有不知疲倦地探索的手，不知疲倦的身体。那时她还惊叹于他的手，那么会"摸"。秦冬总是把她抱在怀里，她也总是猫咪一样依偎在他身上，任凭他的手在自己身上熨斗一样熨过来熨过去，每寸肌肤都在他的抚摸下花瓣一样开放。这样的感情温度，让她有理由畅想他们婚后的生活。

生完孩子后，好像一切都变了。这个变化，也不是一百八十度大转弯，但就是让她觉得，他们两人之间，失去的越来越多，他们再也回不到过去的状态了。甚至，她根本就不认识他了。

只记得是从某一个夜晚开始，秦冬离她远远的，挨着床边睡了，唯恐蹭着她似的。看他这种拒绝的姿态，她便也一边睡去了。这样的状态一连持续了三四周，林喃感觉很不对味了。白天一家人围坐在餐桌前对坐吃饭时，表面上，也有饭菜蒸腾起来的香气和热乎气儿，几个人你一言我一语说得也貌似热闹，但林喃总能觉出空气中隐藏的诡谲，夜晚的难堪总是浮现出来，像无处不在的空气环绕在他们中间，他们之间的一切动作和对话都像是装模作样。

两个人之间真要发生了什么事便也罢了，问题是也无风雨也无晴，没有什么让人想得起来的过不去的事。虽然生活中的磕磕碰碰也不少见，但都不至于影响大局。除了感情，除了生活习惯合拍，性，难道不是婚姻生活中最重要的内容吗？在这之前，他们也会一连好几天不做爱，但是在睡觉的时候他都会抱抱她，两个人的四肢会纠缠厮磨一会儿，让彼此的肌肤和体温交融，那像是彼此对对方一天生活的最后交代和安慰。

这种身体远离，井水不犯河水的几周过后，某一天晚上开始，他们的胳膊腿又碰在一起了，不知是有意还是无意，有时候他也会在入睡前抱一下她。也许是礼貌性地，或是骑虎难下地，姿态性地抱一下她，但是，却再也没有更进一步的举动了。没有性。仿佛世界上根本没有性这回事，仿佛他们从来不曾如此。

每一个夜晚，都荒凉至极。每一个夜晚，都让人不寒而栗。

四

林喃努力让自己学会少想，或不想这事。在婚姻里，做一个没有期待没有幻想的人，才可能少些失落，少些幻灭，少一些羞辱感。否则，你怎么能让自己一直活得难以为继？

因为林喃和秦冬身体关系的冷场，她和他之间，早已不再说有关性的话题。就像有一扇大门，把他们隔离在两个世界。静水流深般的身体苦闷，让她找不到深透的快乐。偶尔有点儿快乐，似乎也很假，犹如油在水面漂浮，进不到心里去。在这样的生活里，不老都是不可能的。她感觉自己那具不被激活的身体，正在一天天走向衰颓。事实上她感觉自己越来越像个空心人了，对什么都不上心，对什么都没感觉，对什么都提不起热情与兴致。如果有，那也一定是装的。在很多时候，人都需要假装兴兴头头。

现在，林喃常常会做性梦。和从没见过的陌生人，有时还是外国人，很挺拔、很干净、很有力量感的那种身材。在梦里，那些男人对她极尽温柔。常常在怎么也找不到地方做，或者怎么做也到不了高潮的不甘与焦虑中，突然醒来。醒来后又在未被满足的难耐中抱憾。在梦中的满足也是好的，可是，竟然，连梦中都是无法满足的。

在秦冬始终保持按兵不动的形势下，林喃也表示过两回主动。本来，他的表现，让她对他也是失望得没有兴趣了的，她不喜欢主动。对她来说，最好的主动的姿态就是积极配合。她宁愿选择积极配合他，接应他。但是有一天，她突然想，我倒要主动一回，看他会怎么样。

她想找到一个答案。为自己，也为他们的关系，她需要一个答案。

是在一个清晨，两个人都醒了。冬天的早晨，天亮得晚，他们都知道对方是在黑暗里睁着眼睛，或者闭着眼睛想心事。因为醒时的呼吸声是不一样的。她几乎是抱着恶作剧的心理要看他的反应，其实此时的她并没有欲望，完全没有。但是她要撕开现实，打破人生迷局，她要看看人生有没有别的可能。她把手伸向他，从背部开始，慢慢向下，然后忽然，一下子握住了他。这是暌违已久的握。所以很有陌生感。这个动作令她自己都觉得别扭。她都想不起来上一次是什么时候握的了。她听见自己的声音又柔软又清晰地说，我想要……这个。她的手稍稍用了一下力。说这话的时候，她依偎在他身上，软绵绵的。貌似不错的氛围。他推开了她的手。毫无余地地。他翻身下床，站在床边穿裤子，边系腰带边说，该上班了，来不及了。

空气凝滞。呼吸难堪。屋子里只有秦冬穿衣服穿鞋子的窸窸窣窣的声音。

现在还早，根本不是要上班了的问题，他经常比这起得更晚。但是，他宁愿选择干脆利落地拒绝她，只给出一个如此虚弱可笑、经不起推敲的理由。林喃心里一片火光四炸，灰飞烟灭。介于毁灭性的打击与巨大的平静之间。生气是多么等而下之的感觉，她不想生气。但她想假装生气。一个女人主动，被拒绝了，颜面尽失，难道不该生气吗？他可以不做可以不配合她，但他至少应该抚慰她一下，有别的替代性满足，或者，哪怕只是语言上的抚慰也行啊。可是他没有。什么都没有。

如此简陋。

生活总是比她想象的还要冷酷，林喃在心里对自己冷笑。

有了孩子后，他们原来的两口之家变成了现在的五口之家，多了来帮他们带孩子的秦冬的姐姐，还有他姐姐的孩子。基本上，一家人能坐在一起说说话的时间，也就是晚上下班回来围在一张餐桌前吃饭的时候。可是在林喃看来，那又能算什么交流和交谈呢？那种交流干涩，枯燥，在外部事物上打转，进入不了内心，没有情感底色。一般涉及一天见闻，工作上的某些人与事。今天上班的路上真堵。办公室的暖气真热，开了几扇窗户还是不行。该买鸡蛋了，冰箱里只剩最后一个了。诸如此类。

这天晚餐的饭桌上，林喃一言不发。本来，她已经在心里对早上的事情无所谓了——有这么久的他床上的表现在那儿垫底，她不无所谓又能怎样呢。但是她想表现出受伤害的样子，所以她便没怎么说话。她真的进入了角色，真的感觉到乌云般的不快，陷入巨大的悲伤与失神之中。她进入了自己设置的情境，感觉和秦冬之间的空气犹如颗粒，疙疙瘩瘩的，乖戾，生硬，滞涩。他有些话，似乎也是欲言又止，有时貌似正常地说起来，也像是表演，找不好词似的。

林喃不打算缓和这种气氛。就让它沉闷下去，沉闷到爆炸。

但是接下来的夜晚，秦冬依然还是毫无表示，没有任何补救性的行动。不仅是接下来的夜晚，是接下来的一个又一个夜晚，一个又一个都知道彼此醒来的凌晨，他都没有任何表示。

就算那天早上，他真是觉得该上班了真不想做，她也理解，那么接下来补做一下总可以吧？第二天，或者第三天，主动地给予一下总行吧。就算不做，给她点言语上的温存也可以吧？可是，都没有。空空如也。仿佛他面对的，不是一具血肉之躯，不是能呼吸，有心理活动，还没有老到绝望的女人，而是毫无感觉的一块烂木头。他想绕过就绕过，想视而不见就视而不见。

如果她不是烂木头，她也得把自己活成烂木头，她想。

其实她想要的，是多么多么的少啊。少到只需要他有一点儿安慰性的姿态，她就可以对这一切闭上眼睛，让自己过了这个关口。毕竟，大家生活都够累的，谁还想去不依不饶，跟自己过不去呢。那样只会让自己折损更多，难堪更多。她宁愿让自己成为一个空心人，对这一切无感。保持无感，才是胜利。

这是她对他的第一次主动。并不是她不能主动，而是她知道，他那样的男人，根本不喜欢女人主动。女人就该是没有欲望的，或者至少，应该是欲望小于她的男人的，这肯定是他的心理。所以她只能一直表现被动，她知道，她所能做的最主动的姿态就是在他想要的时候配合他，不可以再主动了。

除了夜晚的无所作为，别的方面他看上去很正常，一个正常的男主人。对孩子足够关爱和尽责，星期天带孩子去公园去游乐场玩，双休日的早晨早早起床去菜市场买来家里一周吃的鱼肉菜蔬。对林喃呢，生活上的事他也都挺关心，比如不让她熬夜；林喃需要吃一段时间的中药，他按时去中药店抓药，药量、用水量、熬药时间，他都记得清清楚楚执行得严密精当，熬好后控好药液放在餐桌上，待一碗药的温度降至温热的时候唤她来喝，一切都控制得妥妥的……这些方面，他对她简直就是无微不至。

后来林喃故意又主动了一次。她觉得她应该再做一次努力。

也是一个早上醒来的时候，她和他讲起她刚做的一个性梦，然后说，她想做一个小爱。做一个小爱，她故意用了这样一个娇憨的词。他简短地笑了笑，十分简短。她柔软地贴上去，去摸他。他推开了她的手。他推开她，就像掸去一片灰尘一样自然而然，不计后果。

林喃竭力调整自己的呼吸，让自己呼吸如常。哪怕心碎成了饺子馅，她也想让自己表现得毫无异样，犹如空气一样没有波澜。原来，在他面前，自己根本就毫无尊严。

五

一年多了，床上没有任何活动；主动两次，都被拒绝，林喃觉得自己的心可以死了。好吧，从今以后，我做什么都不存在对不起你了，是你亲自把我推出去的，她在心里冷笑。

转眼到了暑假，孩子的姑姑要带他们的孩子回老家住一个月再回来。周六的下午，秦冬开车送他们去火车站，家里一下清静下来。林喃把孩子的玩具归置好，把地板擦干净。富有秩序的生活，这是她幻想已久的氛围。想着他们两人，竟可以有一个月的二人世界时光了，这可真奢侈。她不期待他会做什么。也不是不期待，是不敢期待，不想期待。每一种期待，都可能被人放鸽子，还是不做任何期待吧。理性上，她是这样告诉自己的。感性上呢，她又忍不住想，一个月，只有两个人的一个月，总会发生点什么吧，想不发生什么都难吧。她模模糊糊地这么想。她只是模糊地想了一下，不想具体化。任何具体化的先入之见，都容易给人压迫。在冷酷的生活面前，她觉得应该学会让自己少想。

第二天林喃单位有一个活动，林喃是主持者。很重要的活动，提前策划了半个月的。晚上得早点睡，第二天才能精神好，林喃希望自己能表现得光鲜宜人一些。十点多时，忙完了，林喃想上床去睡了，忽然发现秦冬不见了——他通常是十点就睡的。可是现在，他竟然不在卧室，不在床上。林喃去阳台上找，没有。去厨房里找，没有。没听见有人出门的声音，可是一个大活人突然不见了，这可蹊跷。林喃站在空荡荡的客厅，心里感觉简直有点毛骨悚然。这时，屋子里忽然传来一阵鼾声，林喃循着呼声找过去，原来，居然，他睡到了他外甥的小房间里。和他们一起生活的外甥上初中，平时他的房间几乎只有他自己进出，林喃印象中这孩子的床铺惯常脏乱。现在，在他们享受二人世界的第一个夜晚，他选择了让自己去这个不属于他们的小房间的小床上睡觉，并且，已经睡着打起了大呼噜。

万万没想到会看到这一幕的林喃，心里扑通一下掉进冰窖，又烈火一样啪一声熊熊燃烧。这一刻给她的打击与幻灭，让她感觉浑身瘫软，简直站不住了。这烂泥巴一样毫无火花与希望的生活，很好，她想，对生活，对他，最卑微最节制的一点念想，也被他浇灭干净了，很好。她根本已经成了他逃避和拒绝的对象。

意外的打击，冰冷的绝望，让她感觉自己今晚可能很难睡着觉。难过到了深处，反倒有了麻木的、彻底损毁的快感了。她想，就此把心目中对他残存的模糊的幻想斩除干净也好。她不想沉溺于这种悲伤之中，她只怕今夜难眠，明天的脸色很难看，会影响自己的状态和信心。明天的活动，会有无数双眼睛盯着她呢，她不能出现差池。怎样才能快速睡去？让自己无限疲惫，把自己耗尽，流尽所有的汗水吧，林喃走到阳台上跳绳。其实她几乎没劲儿跳，她无法蹦起来，秦冬在这个夜晚的所作所为，让她没有心力跳也没有体力跳。但是她必须要让自己跳。带着巨大的绝望跳，以巨大的心碎跳。跳吧跳吧，她要把自己跳得挥汗如雨，然后把自己扔到床上死猪般睡去。

跳了不到五分钟，她就跳不动了。只有抽筋蚀骨般的无力。现在，她只想跳楼。纵身一跳，以最后的飞翔的姿态扑灭一切，告别这无望的一切，多么痛快。一觉醒来，他将面对她的尸首，不知道到底发生了什么。这个每天睡在她身边的男人，对她内心的一切都保持无知无觉，他是多么纯净的人，是脱离了低级趣味的人，是一个高尚的人。世界像一个华丽的笑话，林喃闭上眼睛。然后，她一把推开阳台的玻璃窗，看着窗外和楼下，想象着自己在空中飞翔，然后，又把纱窗关上。对面楼同样楼层的一户人家，客厅没开灯，但是有电视屏幕在闪烁，好像是一个男人，坐在沙发上看电视。他一定是在不停地换台，因为屏幕上的光影闪来闪去的。他也很寂寞吧，林喃想，她注视着那块闪烁不定的屏幕，发了会儿呆。明天，还有明天的活动，她不能放人鸽子，她必须撑起来，必须佯装正常，让自己脸上带着光彩，笑得恰到好处，必须让自己的身体轻盈欢快，写满幸福。明天。明天即将来临。去他妈的吧。

林喃和秦冬在一个月的二人世界里，都是这样毫无实质性内容地过来的。或者分室而居，或者同床异梦。两具鲜活的身体，在一个屋檐下行尸走肉。当孩子和他姑姑一起从老家回来的时候，林喃几乎觉得可耻。可耻又羞耻。为这一个月来两个壮年男女夜晚的空空荡荡无所作为。这难道不是身为女人最大的失败吗？

林喃有时甚至会想，他变成这样的原因越离奇、越不可思议越好。那样才对得起她受的苦，对得起她一个人走过的黑暗。不然，什么事也没有，他就莫名其妙成这样了，让她为此埋单，这就像物质过剩的年代有人饿死，温暖如春的季节有人冻死一样可笑，可笑又荒唐。

她甚至为他设想了最别扭，最疼痛，最无法言说的一个理由。帮他们看孩子的他大姐，因丈夫在建筑工地上的工程事故而成为一个寡妇，至今已经五年。她从此成了一个少言寡笑的人。他姐姐一直没有再嫁，因为怕孩子心里不接受，也怕苦了上学的孩子。这中途变节的命运，让她成为大家眼里也是她自己眼里最不幸的女人。在他们父母双亲去世以后，大姐是他们家最受他们兄弟姊妹敬重的人，他们尊重她也心疼她，她的苦就是他们的苦，她受的罪就是他们的罪。林喃设想，某一天，秦冬无意中看到大姐放在床头柜抽屉里的日记本，那里写下了她隐隐约约的身体躁动，某种无法平息的渴盼，那些煎熬得翻来覆去的夜晚，她一个人的寂寥与难耐，他偶然看见这些后感觉万分难过。他无力解决大姐的问题，于是，就让自己也和她受一样的苦，以这样的感同身受，对她进行隐秘的精神上的支援与心理上的担当。因为她在受苦，所以他也不要享福。因为她身在匮乏，所以他也不要满足。因为她身在地狱，所以他也拒绝天堂。他就是要像修道士一样，和大姐过同样的生活，以此靠近和体贴自己的姐姐。

或许，会是这样的一个原因？

这个原因，是她为他设想的最慈悲也最奇特的可能。有一天，大姐带孩子下楼了，林喃忽然想到这一点，便神经质地大步走到大姐床边的床头柜，一把拉开，却见里面只有一个针线包，几只药瓶，没有什么臆想中的日记本。

她为他设想的一个最好的理由，依然落空。

或者，是大姐根本不可能诉诸笔墨写什么日记，他也不可能看到那样的白纸黑字，而是，他凭想象就可以想到大姐的这一层，所以自觉禁欲？

大姐经常很晚才睡，林喃有时很晚了还睡不着，强迫症似的一次又一次去卫生间，总能看见大姐的房间里还亮着灯。大姐守着一个个凄苦的夜，也许还有对已逝丈夫苍茫的思念吧，林喃想，在大姐眼里，他们两个，每晚还可以躺在一间屋子里钻进同一个被窝，这是多么幸福的事啊，她怎么可能想象，他们的每一个夜晚都在浪费，每一个夜晚都是虚度。

林喃为自己心疼。为这一切心疼又心酸。对于两个本是如狼似虎年龄的男女来说，夜夜躺在一个被窝里却无所作为，难道不是世界上最不可思议的事吗？你的男人不动你，这难道不是最大的冷暴力？这几乎就是陌路一样的关系，何苦要天天待在同一个屋檐下？孩子不过是婚姻的副产品，甚至也是性的副产品，她不是为了要孩子才结婚的。性，是身体的福利，是每一个身心正常的成年男女，都需要在婚姻中享有的。爱与性，懂得与支持，这不该是一个婚姻最起码要给人提供的吗？

最起码的，却已成了最稀缺的，成了最遥不可追的梦想。

林喃感觉自己活得皱巴巴的，觉得自己好像早就不会笑了。有时候，看到别人由衷地、从里到外地朗声大笑，她都感觉好陌生。活着是为什么呢，要么有精神高潮，要么有身体高潮，总得有一样吧。没有性的润滑，日常生活只能走向干瘪，僵硬，瘦骨嶙峋般硌人。他们不过是熟悉的路人。

六

在林喃看来，他们之间最根本的那个问题没有解决之前，别的问题都不足一提，都细小得可笑。就像屋子里进来一头大象和两只蚂蚁，你需要的是赶走大象，而不是驱逐两只蚂蚁。

但是，秦冬不知道是佯装不知还是真不知，总在和她计较两只蚂蚁的问题。

比如，他会痛心疾首地讨伐她不及时把洗碗布拧干晾好，指责她经常把它湿答答地扔在洗碗池里。报纸上早就说过，这样最容易滋生细菌最不卫生了，跟你说过多少遍了，你就是记不住！他每次发现她这样都很愤怒。

在他为这样的事情对她大发脾气时，她总是一言不发。她只觉得好笑，好像这种事才是他们生活中的大事，值得他如此大动干戈，不把她改变过来就誓不罢休。好像这样了就会死人。置那么重大的事而不顾，却纠结于这样的小事，简直就是一个天大的笑话。那个事情没解决，这些事情解决得再好，也毫无意义不是吗，林喃在心里啦啦冷笑。

在林喃眼里，这样的笑话很多。像林喃习惯于把土豆皮先削在洗碗池里，随后再一并清理到垃圾桶里，而不是直接削在垃圾桶里；衬衣和裤子一起放在洗衣机里而没有分开清洗；从外面回来应该用香皂洗手，而不是仅仅用清水冲冲就完事了，等等之类的，在他眼里都是十恶不赦。每当他为诸如此类的事大发脾气时，她都沉默，甚至觉得该笑场了。她几乎觉得他是在虚张声势，转移注意力。好像这些才是人生中最重大的问题。真他妈的隔靴搔痒。

而在她心里沉沉地搁放着的，压得她难以呼吸的那个问题，从来没有听到过言说，更没有被提及的可能。它沉入海底，永无得见天日的机会。

春节时，秦冬给林喃买了一把新梳子，谭木匠的。他告诉她这是四百五十块钱一把的。一看就是好东西，紫檀木的，颜色透着内敛而又有质地的庄重典雅，流线型的梳背线条，精细的手工雕刻，拿在手上很舒服。这样的梳子梳头发才舒服，不伤发质，秦冬隆重地告诉她。

四百五十块钱一把，林喃心里一咯噔。她试了一下，梳起来果然好，梳齿温柔熨帖，头发不起静电。可是，有什么用呢？他们那样的生活底子，却要配上这样的一把梳子，不是更可笑吗？好像她的生活只需要一把好梳子这样的东西来提升，多么荒唐，林喃想。他简直是冷幽默大师。

如果生活只能是这样的，对林喃来说，用一块钱一把的塑料梳子和四百五十块一把的谭木匠梳子，又有什么区别？而用后者，更像是一种讽刺。就像一个在寒冬腊月穿得衣不蔽体瑟瑟发抖的人，你却送她一双漂亮的凉鞋，还指望她生出满当当的幸福感。林喃看着这把紫檀木梳子，感觉它也是忧郁的。忧郁得化不开。

看起来，他们的生活品质是越来越好了：生孩子前买了车，现在孩子三岁，他们就要搬进刚装修好的大房子了，一百四十平方米的，簇新的家具，新款的名牌电器，生活应有尽有了。

搬家时，他们找了搬家公司，从早上八点一直搬到下午一点。搬完后本来把钱一付就可以让四个搬家工走人的，但是林喃和秦冬都觉得这四个男人很辛苦，便招呼他们一起在小区门口的饭馆吃了饭再走。他们稍微客气了一下便高兴地留下来了。秦冬给他们每人要了一大碗面，要了啤酒还要了四盘凉菜。

都很饿了，几个人围坐在一起把面条吃得呼哧呼哧的。个头最高的男人用手背擦了一把嘴边的面汤说：你们这日子过得多好啊，有这么大一套房子，装修得老美了，这辈子啥都不用想了。

另一个大胡子男人也马上附和：就是，你们这日子才叫日子啊。哪像我们，每天一身臭汗，一年只能回家两回，在家待不到一个月，老婆孩子都不在跟前，你们这多好……

林喃对他们温柔地笑笑，想他说的应该是老婆孩子热炕头吧，又想自己，其实还不如他的老婆。她真是愧对了他们的想象。

吃完付给他们搬家费，秦冬最后还多给了他们五十块钱，说是让他们买水喝的。四个男人脸上笑开了花，对他们两口子表示千恩万谢。其中一位领头的，在告别时小心翼翼地说，如果公司打来回访电话，请不要提这五十块钱的事。林喃连说，明白，放心。

下午林喃收拾东西，先把大件归置整齐，到黄昏的时候，屋里基本上有下脚处了。林喃坐在阳台上喝茶歇息时，收到女友发来的短信：搬进新居，今晚怎么庆祝？那什么，颠鸾倒凤必须的。她还同时发过来一个鬼脸。

怎么庆祝？林喃瞥了一眼正坐在沙发上抽烟的秦冬，想，难道我要把他强奸了不成？人不配合，强奸也实施不了啊。

想让住进新居的第一个夜晚更美好一点，林喃特意先把他们住的主卧清理妥当。粉底碎花的窗纱，枣红色的实木地板，新换的纯棉床单被罩，放在飘窗上的两盆绿植，还有光线柔和的落地灯，勾勒出一个让人想入非非的夜晚。林喃还对着双人床的上空喷了点绿茶香水，香气氤氲，令人迷醉。窗外有星星点点的灯盏，有虫子的浅吟低唱，一切都很美妙。

两个人躺下，在宽大轻软的蚕丝被里，两具井水不犯河水的身体，守在各自的阵地。这个新居的初夜，这个属于新生活的夜晚，林喃蜷缩已久的内心像生出一枚新叶，她多希望能发生点什么，多希望他能干点什么啊，哪怕只是为了这个属于新房子的第一个夜晚，她不想辜负，不想愧对这个崭新的，本该意蕴丰富的第一个夜晚。两个人淡淡地说起白天的一件什么事，他说了两句粗话。说粗话也没什么，只是那两句粗话，暴露了他此时粗疏无感的心思，说明他对这个夜晚没有任何想法。这注定了只能是一个荒芜的夜晚吗？林喃的心里被戳了一个窟窿。她想到白天他对搬家公司那几个与他素昧平生，并且以后应该永远也不会再打交道的工人，他还客客气气地给他们点上烟，主动多给他们五十块钱，劝他们喝啤酒吃菜，对他们充满体恤与关怀，这是一个多好的男人啊，可是现在，对躺在他身边的老婆，他本想风情万种，本想千姿百态，却永远无的放矢，永远无用武之地的老婆，内心升起一万个火辣又疯狂的念头却只能选择自行熄灭的老婆，他却无知无觉，无动于衷，这多么残忍。这个新鲜的，让人忍不住升起丝丝缕缕幻想的夜晚，只能虚度。他的表现，让她没有信心，也没有理由主动。何况，还有很久以前主动过那么两次的命运，她永远都不想再对他主动了。

林喃翻过身，把一边的脸埋在枕头里，想起女友发的那条短信。她不想让她的现实打击女友的想象，没有性的女人是让人同情的，她不想被人同情。她宁愿自己看起来比实际上好很多，她需要这样的自欺欺人。

她想这样形同虚设空无一物的夜晚，她很可能还会继续过一年两年，三年五年，十年八年，三十年五十年，直到最后油尽灯枯。

林喃又想起研究生毕业前夕，她们四个女生在寝室里卧谈时爱说的一句祝福：祝你岁岁平安，夜夜高潮。

啊，夜夜高潮。林喃闭上眼睛，希望自己能平静地、沉沉地睡去。明天的太阳还将继续升起，明天还有很多的事在等着她，她不能放任自己的难过。是的，她甚至不能放任自己的难过。

伪装无事，伪装正常，是每一个身为老婆者的生活基本功。可能，她终生都要修炼这个功夫。

星期天，秦冬带孩子出去玩了，林喃要加班完成一个策划案，她跟秦冬说了要用他的笔记本电脑。这还是她第一次用他的笔记本。下意识地检查了一下他的C盘、D盘和E盘，看他电脑上存的都有什么。在一个隐秘的文件夹里，她点开，果然，有几部毛片。是极其赤裸低级，几乎只见器官不见人，只有动作没有情节的那种片子。林喃看了两分钟就看不下去了，感觉吞了一万只苍蝇。她想到那些镜头，想到他或许是在她不在家的时候，在某个深夜或凌晨醒来，他一个人，对着电脑荧屏独自欣赏，那种猥亵与猥琐，感觉真是太脏了。为什么他在她身边表现的是完全不需要性，是根本就无欲无求？为什么一个结了婚的男人还需要看这些?！他有女人可以亲自实践，有一个活的、立体的，可以说可以笑的，可以触摸可以拥抱的，有体温与心跳的女人，却比不上电脑上的那些虚拟……林喃无法想下去，一种炸裂般的感觉让她虚脱。她站起身朝窗外看去，忽然发现阳光都是黑的。一片漆黑。

自己真是太不了解他了，她想。一个男人，最不了解他的果然是他老婆。人生还要多么难堪？她真想哭。可是，哭什么呢？在冷硬的生活面前，眼泪，是多么令人羞耻的东西。

七

月底，林喃去深圳出差。林喃有个同学在深圳，是她师弟，两人约好了在她完成公务后见面。虽说是师弟，年龄却比林喃大几岁，他是工作了好多年后又去读研的，比林喃低一届。两人在学校时关系就不错，他一度还很有追她的意思，那时两人走得很近。虽然他有老婆孩子了，但是他那种男人，出了家门就忘了自己有家的人，精神上永远认为自己处于单身。毕业后林喃工作他继续读博，博士毕业后留在深圳，现在混得还不错，是一家很有实力的金融单位的中层，年薪近百万，早过上了小康生活。据说是因为替老板写在职博士的毕业论文而一路青云直上的，师弟对她什么都不隐瞒，两人在QQ上也还时有联系，几乎每次聊天，他都能给她带来震撼的感受和震撼的消息。林喃对他既欣赏又讨厌，对他的欣赏与讨厌也都毫不掩饰。她欣赏他身上的野性，那种野性的蛮荒的不管不顾的疯狂，不达目的誓不罢休的劲儿，有野火般的力量。讨厌他的，也是这一点。

她知道他对她还有想法，知道他永远都不可能安分。林喃已经在心里预设好了，如果他想对她做点什么，她是不太会拒绝的。她不需要为谁守贞。不拒绝，不是因为他，也不是因为自己，而只是因为，她想报复自己的生活，报复自己的男人给予自己的绝望，或许，也是要为自己的身体找到一点存在感。她甚至对接下来将要发生的事情有一种隐隐的兴奋。

暮色初上的时候，两人来到一家很漂亮的餐厅，靠窗坐下。点酒水时，师弟随口问道："你家那位，喝酒吗？"

"挺爱喝的，每天晚上都要喝一瓶。劲酒，二两装的那种。"林喃老老实实地回答。

"每天一瓶？厉害厉害。那他还不每天晚上都把你折腾坏了？"师弟一脸坏笑，挑衅般地看着她说。

这话让林喃听了分外难过，就像一把正在火上炙烤的羊肉串被撒上一把辣椒面，刺刺刺地直响。但她只是微微笑了一下，对他翻了个白眼，说："这个，有必然联系吗？"

师弟贱兮兮地笑："当然有啊。劲酒里有很多壮阳的中草药，滋阴壮阳啊。"

吃完饭师弟陪林喃一起回林喃住的酒店，说是和她喝茶聊天。都是通透明白的人，两个人眼神里闪烁的信息，某些欲言又止，透露了他们都知道接下来可能发生什么。一进房间师弟就上来抱她吻她，以压迫般的难以抗拒的力量，林喃推都推不开。

"别闹。你再不放开，我就急了。"

她心里还没有准备好，在心理上，也还没有接纳他，她觉得气氛还需要再酝酿一下。太快了感觉有点猥琐，也有点可笑，活像两个急不可耐的狗男女。林喃逼他坐在沙发上，自己进进出出地为两人洗茶杯沏茶，然后她坐在茶几边的另外一张沙发上，她觉得他们总该先聊点什么。

"我晚上要住你这里，不走了。"

"这怎么可能！你老婆不找你吗?"

"我出门前就已找了个借口，跟她说好了。"

师弟说完就又不老实了，站起身一把把她拉起来，以迅雷不及掩耳之势一把把她推到离沙发只有一步之遥的床上，然后他的身子马上贴上来，死死地压着她，让她起身不得也挣扎不得。

师弟把脸凑在她的脖子边说："我们还是躺在床上说话吧，我要抱着你和你躺在一起说话。"

"让我起来。"在他身体的强权之下，林喃觉得自己的声音好无力。

"别再浪费时间了，我们好不容易才见面的，啊?"他的舌头已经攻进了她的嘴唇，在她的口腔里四处扫荡。

一阵令人窒息的狂吻过后，师弟起身唰唰唰地脱衣服，说他去冲个澡，然后就脱得只剩下一条内裤去卫生间了。

这一切来得真快，仿佛他们之间并没有隔着几年未见的时间的鸿沟，仿佛他们始终都是对方最为亲密的人。林喃听着卫生间里欢快的哗啦哗啦的水声，感觉恍惚，又荒唐。

　　但是，在这样的形势之下，再忸怩作态的也显得太矫情了，林喃宁愿痛快一点。她脱掉外衣，靠着床头躺在被子里，让自己躺得更舒服一点。

　　最终，当然，还是做了。在柔软的抵抗与坚硬的拒绝之间，她还是让他得逞了。或者说，也是她让自己的想法得逞了。是安全期，林喃没有要求他戴套。他在床上很持久，持久得大大超出林喃的意料。但是林喃的身体是绝望的，绝望得无法燃烧。单纯的生理性欲望从来不能解决问题，也从来不会使她获得满足。她感到更多的，还是无望的报复般的心理快感。在他进入的时候，她的脑子里还是绝望地闪现了一下自己的男人秦冬的脸。她不知道该为这张脸安置一个什么样的表情，她只是感觉自己在那一刻冷笑了，是心里的冷笑。她想其实她是这个世界上最想好好做人家老婆的人，但是现在，她只能这样了。她竟然也这样了，命运总是很嘲讽。

　　师弟时轻时重，时缓时急，时上时下地忙碌着，做了很久还难以消停，林喃都累坏了，就说，我们歇会儿吧。他便从她身上下来，两人中场休息。林喃用被子裹住自己问他："你有多久没做了？"

　　他有点不好意思："这几天都没做，等着你来呢。"

　　林喃说："我有一两年都没做了。"

师弟怀疑地看看她的眼睛:"不会吧,你这么好,这么柔若无骨的身体,他怎么会不光顾呢?"

"我也不知道怎么回事。"

"他外面有人了?"他露出难以置信的表情。林喃想,也许他以为她是骗他的,是要为自己的出轨找借口。

终于,师弟大呼小叫地结束了这场漫长得有点超出林喃承受能力的运动。

这时已经十二点多了。两人光着身子刚躺下,师弟的电话响了。是他老婆打来的。好像是因为孩子的事,两人在电话里掰扯不清。打完电话他有点不好意思地说:"对不起我得回去,明天早上我还得……"

林喃忙说:"你回吧,没事,彻夜不归挺不好的。"心里想,妈的,干完了就要回了,态度变得真快。不过她也觉得他走了更好,自己睡得更自在。

八

第二天,林喃回到自己的城市。晚上熄灯躺下后,发生了让林喃觉得最难以想象也最诡异的事情:秦冬居然要她了。他帮她脱去内衣,呼哧呼哧地抱了她,还吻了她。那一定是世界上最别扭最不适的吻,因为撂荒已久。感觉无法对接。一切都近乎搞笑。林喃在心里默默地算了一下，他们没有亲吻没有性已有两年时间了。现在，他突然又没有任何过渡地要做了，似乎完全可以和之前空白荒芜的两年无缝对接，毫无违和感。似乎他不需要给她任何交代。似乎前天他们刚刚做过。她觉得自己最正常的选择应该是，一脚把他踢下去，说：滚！老娘不想要了！凭什么你想要就要，你想不要就不要?！但是，她没有。没有的原因一是因为懒，感觉那样太折腾太耗力气了。再就是因为她知道，她和他的日子还得过下去，翻脸过后，还得把脸再翻回来，麻烦。

灯灭了什么也看不清，她默默地，但毫无活力地接纳着他对她做的一切，像一具温驯的死尸。

秦冬除了在做的时候软软地叫了她一声老婆之外，别的什么也没说，只有他的动作在空气中发出细微的声响。让林喃心里觉得尴尬的是，她不知道自己的身体里是不是还残留着师弟身上的液体。想到他的液体和师弟的液体将要在她的身体里汇合，她觉得好糟糕，有垃圾回收站的感觉。

第二天晚上，他又要了她一回。这一次林喃感觉自己身体的热情复苏了一点，她很快达到了高潮。高潮带给她的天地澄明、全身化掉般的快感与腾飞般的满足，让她忍不住想哭。连续两个晚上要她，这是婚后的破纪录。但是，没有上下文铺垫的这样，她只觉得自己像是召之即来挥之即去的狗一样。有嗟来之食的味道。就像是被所罗门王封锁在瓶子里多年的魔鬼，经历了太多的等待与绝望之后，被放出来后再无欣喜，只有仇恨。

林喃以为，也许以后他们要恢复正常了？但是接下来，秦冬一连数月毫无作为。那两个夜晚的景象，来无影去无踪。夜晚依旧荒凉，她又像一条死鱼一样被晾在沙滩上。

有天晚上林喃做了一个梦，梦中有位高人对她指点说：你不用再为那件事苦恼了。我来告诉你答案吧：仆人眼里无伟人，男人眼里的老婆呢，也无美人。所以男人，几乎都会对他的老婆选择性不举的。你的明白？

本文初刊于《红岩》2016年第1期

碎碎，作家、编辑，现居郑州。主要著作有散文集《别让生活耗尽你的美好》。

会跳舞的雪茄

谷　凡

一

二十五岁到来以后，陶米的人生最令人羡慕的时段就要消失了，曾有朋友给她开玩笑说，过二十五岁的女孩都是拿货价格，因为过季了，已经零售不起。

陶米刚刚过了二十五岁生日，二十五岁生日对于一个女孩来说总是来势凶猛，任谁也无力阻挡。从十六岁开始，陶米对年龄就特别恐惧。如果说十六岁还算是一个孩子，到了十八岁肯定就不是了，两年的时间在一个女孩身上，意义不是一般的特殊。

每个季节，甚至每个月每一天，陶米都在恐惧着年龄，她感觉青春的列车全是特快，只几个站点略微一停，十六岁至二十五岁直接到站。那些略微一停的站点，陶米不记得都看到了什么风景，以前的一切于她来说就是空，空到她想不起任何有价值的内容。

陶米不属于那种很有事业心的女孩，从小学到大学，所学到的知识都凝结在一个字——钱——上。

陶米是喜欢钱的，但钱不喜欢陶米，每个月她都数着手指头过日子。像陶米这样的女孩是不会成为"月光族"的，她还没有那个胆量让自己成为"月光族"。陶米在一家公司上班，与别人合租了一套房子，除了每月的死工资，陶米干不来其他事情。陶米不穿名牌，也不买很贵的化妆品，因为她觉得自己当务之急不是装扮自己，而是赶紧找一个有钱男人嫁掉。

嫁人的事情对陶米来说是重要的，若是嫁对了人，陶米可以直接从穷酸过渡为富有。陶米想了，不管找的对象是啥样，他都得是有钱的。陶米除了喜欢钱以外还喜欢诗歌，陶米喜欢诗歌就像有些男人喜欢陶米一样，仅仅是喜欢，没把她当成生活中的主菜。喜欢陶米的男人陶米不喜欢，不喜欢是因为他们没钱，还因为他们没有让陶米喜欢。

陶米以前认识了一个男孩，凭直觉，她认为这男孩是喜欢她的，可这个男孩偏偏绕着她去接近另一个女孩，这事对于陶米来说有点别扭。和陶米同屋住的女孩小李，在A男那里卿卿我我，在B男那里花前月下，每天滋润得像花朵一样，到处都散发着她的清香味。这种事情陶米做不来，她宁愿让自己闲置着，也不参加这种绕。小李说她也没有办法，A男的家境好，B

男的相貌出众，既然她不能在A男家吃饭，B男家过夜，只有这样绕着来，不然的话她的大好青春就会被时间吞噬掉了。陶米看不懂小李，所以不欣赏。

小李说女孩子如果漂亮，最好别有思想，若有思想，最好别漂亮。可陶米偏偏不是这样认为，她觉得既然漂亮，就得有点思想，所以她坚决让自己的容貌发挥到极致，至少要让自己的容貌体现出"嫁值"。陶米不会像小李那样朝秦暮楚，她一根筋的想法就是找个有钱的男人嫁掉。

寻找有钱的男人一直是陶米生活中的重大课题。这么多年的寻找，并不是一点儿眉目都没有，陶米的身边已经出现了这么样一个男人，这个男人叫罗一丰。

陶米和罗一丰是三周前从网上认识的，现在再说谁和谁从网上认识，已经显得有点古老了，但是陶米感觉不是这样，起码现在，她一直认为这是一件很新鲜的事情。

罗一丰的网名叫"蹲在墙头等红杏"，第一眼看到这个名字，陶米就觉得取这个名字的家伙很智慧，一针见血，不像有些网名不疼不痒，酸也酸不到点儿上。那天她给罗一丰留言，很快得到了回复。陶米知道她喜欢的电影《忠犬八公的故事》他也喜欢，她爱听的乔维怡的Scarborough Fair（《斯卡波罗集市》）他也爱听，他们还共同陶醉于宗次郎的《故乡的原风景》。

罗一丰第一次约陶米见面，陶米一点没有忸怩，答应得很轻松，凭直觉陶米认为罗一丰绝对靠谱。的确，陶米和罗一丰见面后，没有发现他身上有什么让她不适应，相反，罗一丰嘴上叼着雪茄的样子差点没把她迷倒，之前罗一丰没有透露他抽雪茄，陶米也没告诉罗一丰她对雪茄的感觉。

没有理由地，陶米喜欢雪茄，也喜欢抽雪茄的男人，就像喜欢阳光雨露一样，这是自然生成的一种喜好，任谁也说不准是什么原因。没有时间过渡，陶米爱上了罗一丰。她爱看罗一丰抽雪茄的样子，不疾不徐，从燃起到熄灭，全过程就像一个仪式，看着真是享受。在陶米的身边抽雪茄的男人很少，所以，她心里一直有一个情结，就是从宝马车上，最好是从敞篷车上，款款而下一个男人，嘴里再叼着一支雪茄，当然，是一支雪茄而不是一支其他品种的香烟，她甚至不用和他交谈就知道，这种类型的男人最适合她。

消费雪茄的男人大致有三种人，这是陶米从一本刊物上了解到的。第一种是以摔XO为乐趣的人，不过现在再摔酒瓶子已经过时了，就改抽雪茄了，当然是抽那种昂贵的雪茄；还有一种是根本看不出他是抽雪茄的人，但他家里会有专门的设施、器具和各种标明年份的雪茄，偶尔邀请三两知己共享他的雪茄；最后一种人，不一定收藏雪茄，也不拿雪茄来炫富，抽雪茄只是嗜好，一般是抽固定牌子或是特制的雪茄。

陶米认为罗一丰应该属于最后一种，不太张扬，但浑身又透着一种说不出的潇洒，这样的男人从表面看质地不错，如果身上没有让她难以容忍的恶习，嫁人的对象基本就可以锁定他了。

有人说与陌生人相见，在六秒钟内就能判断出自己对所见的人喜不喜欢，陶米第一次见到罗一丰可没用如此长的时间，充其量也就是眨眼的工夫，她就被罗一丰的翩翩风度给迷倒了。

那次约会是在一家很高档的咖啡馆里，结账的时候，罗一丰发现身上只有港币，没有人民币。就这一个小小的细节，让陶米心里生出了许许多多的喜欢，一个经常怀揣港币和美元的人，不就是她要寻觅的对象嘛！

陶米喜欢上罗一丰了，有时陶米不敢相信这是真的，现在她每天也可以幸福得像花一样了。罗一丰和陶米的关系正处在内容有待丰富的阶段，他们已经有过三次正式的约会了。一般来说，两个需要结婚的人，见第二次面的时候并不意味着八九不离十，而是第二次探底。要么成，流水花开的故事若干年后讲都讲不完；要么就此陌路，你眼中的太阳和他眼中的太阳不再从一个方向升起。

罗一丰和陶米已经有三次约会，虽然没有拉手、亲嘴，但探底过程基本结束了，彼此的好感都在眼神里藏着呢。

对于罗一丰，陶米是满意的，同时她也明白，像罗一丰这样的男人对她来说就是一颗坚果，她当务之急就是集中力量，攻破罗一丰的硬壳。

罗一丰对陶米很坦白，见面后就告诉她，他现在急切需要一个女人，因为他的儿子洋洋五岁半了，这孩子一岁七个月的时候，他妈妈出了车祸。听到这里，陶米心里有那么一点高兴，这种高兴虽然显得不光明磊落，但她真的高兴了，就是因为罗一丰说妻子是"车祸"而不是离婚。从某种意义上说她不太想接受离婚的男人，丧偶的就另当别论。

本来，这事可以不这么做，罗一丰说，一岁大点的孩子能记什么事，但是，事情就出在这里，面对洋洋的稚嫩小脸，天真的眼睛，谁也不忍心说出他妈妈的真实去向。当孩子要妈妈的时候，罗一丰的父亲先哄孩子，说妈妈去打猫了，一会儿就会回来。每次哭闹都这么哄，时间久了，洋洋就记住了，妈妈去打猫了，一会儿就会回来。

罗一丰说再有一年洋洋就要上小学了。为了让"妈妈打猫"的谎话不落地，他苦思了好久，才决定用一个新的女人来替代洋洋的妈妈，只要对方同意接受洋洋，他的条件可以降低，毕竟孩子对妈妈的记忆不多。事实上这想法在洋洋三岁的时候就有了，只是没遇到适合的，罗一丰选择陶米是因为她和洋洋的妈妈长相相似，都是那种圆脸型，厚嘴唇，个头略高，表面看至少是温良贤惠的。

罗一丰说他要找的女人必须得胜任两项重大的任务，一个是做他喜欢的妻子，一个是做好洋洋的妈妈。开始他把范围控制在二十岁到二十五岁之间，但难度太大，最后又放宽了，不过，绝对不能超过二十八岁。

二

陶米暗暗为自己的年龄而高兴，如果今年自己二十八岁，不就与罗一丰失之交臂了？罗一丰今年三十三岁，基本具备了高、富、帅的特征，许多的生活经验告诉陶米，他可以这么选择，如果不是为了给洋洋找个妈，他的范围会更小。

陶米除了长相漂亮，其他方面都远远落在罗一丰后面，像她这样的女孩在公交站牌前等车的时候，一眼都能看到好几个。陶米清楚，自己的七姑八姨都是穷得叮当乱响的主儿，除了开发自身资源，别无其他优势。

和陶米一块毕业的女同学，有买房的，有嫁人的，有靠着别人开公司的，还有进入肥单位的。这些同学，只有一个是靠着家里人的关系，其余全是靠自己打开的市场。

要说开发自身资源也分五花八门，没有一定的智慧，根本玩不转这个。就如她，刚毕业时到一个单位实习，有一天那个管人事的领导把她单独约到办公室，而且是晚上，还不开灯。

陶米问人事领导怎么不开灯？人事领导说怕别人看见他在办公室。本来这事陶米也没多想，可当人事领导的大手朝她伸过来时她才明白，这家伙想占自己便宜。陶米没有顺着坡往下走，而是断然离开，虽然她知道离开的结果是什么。

关于这一点，陶米想得很清楚。她认为自己是一棵没有开花的树，虽然她的身上有若干个花蕾，但对什么样的人开，选择什么样的季节开，她心里是有数的。一个好的单位或许能提高身价，也许能搞来"嫁值"，但没什么意义，尤其是对女孩子。就如她一个人在这个城市漂了两年，突然有车有房了，这对于一个女孩子来说，内容肯定会复杂，不过，如果她嫁一个有钱的男人后有车有房，内容就简单多了。

没有办法，大众的眼光是这样，陶米的眼光也是这样。很多人都认为一个漂亮的女孩嫁得好是本事，干得好就有点那个了，这年头干什么不得从男人的门下过？回头看看厚厚的历史书，哪个朝代的男人能让女人轻易干过？

在没有找到有钱的男人嫁掉之前，陶米不希望自己过得花红柳绿。寒碜一点儿，对女孩子来说是另一种风情，尽管有些乌龟王八蛋不这么认为。

陶米爱钱，虚荣，但她要选择自己的花季。陶米上中学的时候爱读小说，大部分的情节是这样的：在外孤独求学的漂亮女孩，一般都能遇到一到两个才貌双全的公子哥。现在她工作两三年了，这样的事情还是只存在于幻想中，后来她知道，满身财富的男人就是三条腿的蛤蟆，难找着呢！

陶米知道，现在很多人嘴上说不稀罕有钱人，但行动上却是见到有钱人恨不能屈身下拜，谁家有一个有钱的主，嚣张、炫耀自不必说。

第一次和罗一丰约会，关于钱的话题陶米压在心里没有说，回来之后她上网搜索了有关雪茄的内容。第二次约会时，陶米问罗一丰抽的雪茄多大环径？这一问让罗一丰对陶米有点刮目相看，因为在他心里，一般女人都是烟花式的，猛一看花花绿绿，但只要开口说话，姹紫嫣红瞬间消失，养眼是养眼了，就是没有回味的价值。陶米能问出雪茄多大环径这样的问题，是罗一丰没有想到的。罗一丰很认真地回答了陶米，他抽三十环径的雪茄。

罗一丰问陶米对雪茄是否了解，陶米微微摇摇头，一支优质的雪茄都具备什么特点，她确实不清楚。罗一丰说有一个品牌系列，一出品就是五年醇化。陶米以为雪茄是年份越长越好，结果罗一丰说不是，一般好的雪茄放十年是极限，养到七八年是极品，再放品质和口感就会走下坡路了。

"雪茄的好坏有时和价钱无关，如果运气好，十几元一支的雪茄卷得当，保存适宜，也会有一流雪茄的口感，这要看卷雪茄时那个人的心情。"罗一丰说完这段话后笑了，陶米用疑惑的眼神望着罗一丰，期待他再往下讲。

"打个比方，如果卷雪茄的工人急着下班，他卷的这支雪茄就达不到标准，要是他刚刚和女友约会归来，或者干了别的甜蜜的事归来，他卷的这支雪茄就会超标。"说到"甜蜜"两字，罗一丰使劲看了陶米一眼。陶米故作迷惑状，像韩剧里多数女主角那样，轻轻地应了一声。

关于雪茄，陶米和罗一丰谈了很多，有些陶米知道，有些陶米不清楚。对于雪茄，因为罗一丰的缘故，陶米算是了解了不少。

罗一丰是做灯具生意的，一开始陶米还想，卖个灯泡能挣什么钱呀！见到罗一丰后她明白了，这个世界上再不起眼的行业，也能雄霸一方。

罗一丰说他家的灯具生意是从爷爷那辈起家的，到了他父亲手里又发扬光大，生产的灯具创出了自己的品牌。罗一丰从小丰衣足食，十六岁就被父母送到美国留学，留学归来，把从国外学来的经营方式全都用上了，所以，他的事业也算一片红火。

当陶米把罗一丰看成自己对象时，她的心里就开始紧张，这种紧张让她不知所措。为了在罗一丰面前显得大方些，陶米加强内修，她觉得自己的年龄段没啥理由再无知了，有时剧情需要，她也会自己导演自己。

陶米做好了所有的思想准备，准备和罗一丰坠入爱河。第三次约会的时候，罗一丰说有些女人像毒品，有些女人像雪茄，有些女人像草烟。像毒品的女人，碰上就上瘾，想戒都戒不掉，后果是，有可能倾家荡产；像雪茄的女人可以碰，但需要运气，遇到口感好的，不仅要会品，还要懂得养，不然就浪费了；草烟女人最好，不需要费时费力，街边随便一个小店就能讨得到，问题是，说不抽就可以不抽，连痛苦都不会有。

罗一丰讲完这些话，用眼睛看着陶米，这是他的一个习惯。陶米笑了笑，什么话都不说，这是她的一个习惯。罗一丰说他曾把刚才的话说给三个女人听过，这三个女人无一例外都问他自己是哪种女人，是毒品？是雪茄？是草烟？只有陶米不问。

罗一丰认为，一个女人，她身上应该有一种让男人上瘾的东西，这种东西仅仅是漂亮是远远不够的。

为了罗一丰这句话，陶米思索了好久。一个女人，当然不能只有漂亮，得需要有一点儿内涵。其实比起容貌，内涵更好办点，只要去读书去思考，内涵是可以增加的。比如陶米自己，对罗一丰的过去，她一点都不好奇，对于罗一丰身上的女人气息，更是避而不谈，因为她清楚自己索取的是罗一丰身上的哪一方面。陶米认为这就是内涵，内涵就是这个世界上的男人和女人可以去相爱，但他们永远也成为不了一个人，有内涵的女人会明白，没有内涵的女人是不会懂的。

"始乱终弃，女子恶之"，这句话很多女人都知道，但眼下陶米清楚，乱不乱弃不弃其实需要女人自己把握。一个男人和一个女人相知，差不多女人能预料到这个男人能陪自己走多远。陶米现在就比较清楚，如果自己把持得好，罗一丰可以陪自己一生一世；如果把持不好，她和他之间将会是一场春雨，滋润了别人的花朵去争奇斗艳了。

偶尔，陶米看到自己和罗一丰之间的差距也有撤退的想法，但是仅仅是想想，连她自己都知道自己不会这么做。罗一丰对她说过，他现在非常渴望他们的交往能够成功，因为他知道，一个女人找到一个适合自己的男人不容易，同样，一个男人找到一个适合自己的女人也很难。罗一丰说这两年他一直在寻觅对象，但合适的还没遇到。有些女人远看五光十色，近观不是绿肥，就是红瘦，要么就是色差太悬殊，根本就没观赏的价值。

听到这里，陶米微微笑了一下，男人都不是好东西这句话会在她心里打转，但她觉得罗一丰不是坏男人。

罗一丰有别于其他男人，虽然陶米还不知道"别"在哪里，但她就是感觉有别。比如，有些男人选女人，就像女人添衣置装一样，不在乎遇到什么奇货，也不在乎花掉多少钱，只在乎这种过程，一直处于优势状态，从挑选色泽到挑剔款式，然后再对比反差，直至成交后的快意满足。罗一丰绝对不是这样的男人。还有，对于女人，有些男人只是为了走量，这样的男人陶米在人生的路途上也遇到过，这种男人喜欢女人不是论个，而是论批，不管什么样的女人，只要条件允许都收入囊中。不过，那时陶米还不知道"鄙视"这个词，现在她知道了。眼下罗一丰不会让女人在他这里走量，从他的言谈中陶米清楚罗一丰是非常挑剔的，不然，不然早就对她……

同屋的小李曾对陶米说过，男女之间是不平等的，不是有句话说，在情感里，男人往往是强势的消费方嘛。小李对陶米说，不管和什么样的男人交往，能捞就捞点，不然将来分手了，风花雪月只是用来看的，不挡饥。

关于这一点陶米有自己的看法。陶米问过罗一丰讨厌爱钱的女人吗？罗一丰说不讨厌，相反还喜欢。罗一丰说如果女人都不爱钱，那男人奋斗还有意义吗？孔雀开屏不就是为了吸引另一半吗？如果另一半对开屏不感兴趣，那孔雀还有必要开屏吗？

本来陶米想接罗一丰的话茬，后来想想又放弃了，因为她知道女人爱钱的方式是多种多样的。

一次陶米看一个电视相亲节目，一个男嘉宾说第一次见女孩，先目测，然后再心算，很快他就能大致推算出这个女孩是否适合自己。结果台上的女嘉宾对他一片声讨。看到这里陶米笑了，即使面对人生大事，那些女嘉宾也蒙上面纱，遮住了自己的真正面目，谁找对象不是先目测，后心算呀！

陶米同学的姐姐三十多岁了还没有结婚，别人给她找了一个四十多岁的男人，这个男人的工作、长相都过关了，就是没有房子。同学家里人认为两个人都有手，不怕将来没有房子，可同学姐姐说都四十多岁的人了，连个房子都没有，还要手干什么？这就是目测成功，心算不合格的结果。

罗一丰对于陶米，目测成功，心算超标，她就这样走进了罗一丰的生活，确切点说应该是罗一丰走进了她的生活。自从认识了罗一丰，每时每刻陶米都在等着他的召唤。原来陶米睡觉的时候要关掉手机，和罗一丰交往以后，她是二十四小时开机。

一个女人，如果把一个男人爱到每时每刻，出事的概率就该高了。不过，陶米的聪明之处就是她不表露。外表看，只要罗一丰约她出去，她一般不拒绝，而她自己从不主动给罗一丰打电话。

那天陶米就这样在街上胡乱走着，时不时拿出手机，看有没有短信。她和罗一丰虽然只见过三次面，但短信交流很多，这些短信她一条也没舍得删掉。

一个喜欢钱的女人，扑通一下，就让她认识了一个有钱的男人，上帝对她也算是眷顾了。

三

恋爱的日子，空气都是香的，然而，陶米的空气却没有香多久。自从那次见面以后，罗一丰再也没给陶米打过电话，也没发短信，她和他之间就这么戛然而止了。对于做好了一切准备的陶米来说是一种煎熬，一种足以让她发疯发狂的煎熬。

等待是痛苦的，一个星期过去了，罗一丰还是没给陶米电话。按照男女交往的常理，时隔一周时间有点长了。陶米想，也许罗一丰出国了，或者家里有什么事情，总之她不相信罗一丰对她没有意思。凭感觉，罗一丰对她应该是满意的，三次约会，即便不在大庭广众之下，罗一丰也没对她动手动脚，强行拉她的手的动作都没有，上车帮她拉车门，坐下给她拉座位，有时不需要拉，他也会站在那里，等她坐下后他再落座。这么绅士的男人，陶米是第一次遇到。

陶米现在干什么事情都心不在焉，一闭眼睛，罗一丰的样子就在她眼前跳动。有时她自己也觉得奇怪，这是爱吗？她不知道，反正她现在正为罗一丰心烦意乱，她在心里暗暗发誓，如果罗一丰再给她打电话，她一定要把所有女人能缠住男人的事情都做到位，这样自己就可以名正言顺地给他打电话了。

这几天晚上，陶米要靠在心里编和罗一丰有关的故事来安慰自己，这样她才能慢慢睡着，如果运气好，还会做一个有罗一丰在场的梦。

有时候梦和陶米编的故事会混淆，陶米分不出梦是真的，还是编的故事是真的？比如陶米经常编这样的故事，有一天她和罗一丰一起出游，他们的车会突然坠入悬崖，罗一丰会拼尽全力保护她，而自己身受重伤。这个时候，陶米就会想她拉着罗一丰的手哭，这事在陶米的想象中和真的一样，因为陶米的眼泪会让枕头湿上一大片。即使陶米起身去卫生间的时候，她还会一边走一边拿着床头的纸巾擦眼泪。

又是一周过去了，按照惯例，陶米应该把罗一丰忘掉的，可事情偏偏不是这样。她越发想他。陶米决定给罗一丰发一条短信，这样应该不失体面。短信内容很简单："你在干吗？"这四个字陶米反复斟酌——在干吗呢？你干吗呢？最近好吗？后来觉得四个字太少了，又加了几个字"空气中有你抽的雪茄味道"，又觉得这句话表现太具体了。最后还是选了"你在干吗？"这句。

发完短信，陶米的心情轻松了许多，接下来就是盯着手机看。五分钟过去了，十分钟过去了，当一刻钟到来的时候，陶米开始怀疑手机有问题了。她又发一条短信给小李："收到短信，请给我回一条短信。"小李很快回复："有病。"

漫长的一个月过去了，陶米依然没有罗一丰的任何消息。

她瘦了，过去掉一斤肉都难，现在居然掉了十斤。有痛苦总是会有收获，不然的话，掉十斤肉对她来说是艰难的。十斤肉掉过以后，陶米对罗一丰的期待依然没有停息，甚至更加猛烈。陶米坚信，罗一丰一定是遇到了什么天大的事情，不然不会和她断了联系的。

在无数个艰难的日夜思念之后，陶米希望罗一丰不是什么有钱的男人，也不是什么企业的法人代表，她只希望他是一个平平常常过日子的男人。不抽雪茄，只抽香烟，或者……或者……对于罗一丰各式各样的想象，白天黑夜在陶米的脑子里打转。陶米学会了独自一人在没有灯光的寒夜咀嚼寂寞，她第一次发现想一个人比想钱要难受得多。想念一个人，又不敢轻易打电话，这种痛苦是深层次的。其实陶米不是不敢打电话，因为就算她打电话给罗一丰，如果罗一丰对她没有意思，她就是打十个电话也是白瞎，还不如为自己保留一点点自尊呢。

罗一丰在陶米的生活中就像一道彩虹，天空中的颜色全被他占据了。陶米不知自己这算不算失恋，关于二十五岁的失落她已经漠不关心，她疼在现在的时间里。

那天陶米去医院看牙，排队，挂号。当她拿着号准备上电梯时，看到一个男人坐在轮椅上，背对着她。推轮椅的人突然让轮椅掉头，陶米一看，愣在那里。轮椅上的男人太像罗一丰了，这个男人看上去和罗一丰一样清爽，最要命的是他手里拿着雪茄。

缘分这东西就这样，谁他妈的也说不准前世今生的事，男人女人的事。就在陶米对罗一丰欲罢不能的时候，居然在茫茫人海中又让她遇上一个抽雪茄的男人。

这两三个月对罗一丰的思念，让陶米再也把持不住，眼泪不自觉地滚落下来。陶米就这么一往情深地看着坐在轮椅上的男人，因为牙疼而有点肿胀的脸显得很难看。轮椅上的男人开始有点迷惑，继而又很感动，他示意推他的人靠一边去。

四

后来陶米总是在想一个问题，如果第一次她见罗一丰是在轮椅上，而且知道他没有什么钱，她会不会喜欢这个男人？

再后来陶米和坐轮椅的男人走到了一起。见过陶米的人都说她漂亮，却不知漂亮的陶米为什么会跟着一条腿的男人。有些人回答得很简单，因为这个男人有钱。

好多事情都是这样，当一些人面对一些事情的时候，总是喜欢下一个结论，比如一个年轻女孩和一个年龄悬殊的男人在一起时，除了钱和权的作用，他们再也想不起其他了。

陶米知道，爱有时候在人们的心目中很小，有时候又很大。就如人们看到雪茄就是雪茄，可她每次看到雪茄，总感觉它在跳舞……

本文初刊于《安徽文学》2014年第2期

谷凡，中国作协会员，在《北京文学》《长江文艺》《钟山》《广州文艺》等多家刊物发表作品；中短篇小说被《小说选刊》《长江文艺·好小说》选载。小小说《喜旺的年》和《长大》被选为中考试题。曾获2021年《莽原》文学奖。

白夜照相馆

王苏辛

1

很多人无法想象九年不谈恋爱是个什么感觉，但对于赵铭和余声来说，这是稀松平常的。

这两个人，一男一女，除了照相馆的这点事务，彼此没有别的事情要做。余声短发，个子高，远看过去，和赵铭一样是个男人。偶尔她也会走出照相馆，在展春园西路的菜市场和超市逗留。赵铭则会把店里的地板拖得铮亮，窗户和牌匾也擦得很干净。任凭门口的手抓饼摊和炒冷面摊如何热闹脏乱，这块店面仍像是玻璃一样。

岁月像一根削骨针，把余声的脸雕琢得愈来愈瘦。眉毛画得细，眉峰平。双眼皮打着很重的眼影，还是遮不住皱纹。赵铭变化倒不算大，只是城府渐深，眉宇间像捏着石头，不知道什么时候就砸下来。

他俩一前一后来，来的时候一穷二白，白夜照相馆第一任大师傅把他们收在门下，二人才算在驿城落了户。以前他们做什么，驿城没有人知道，不过现在他们做什么，驿城人也不是都知道。

人们很轻松就能找到白夜照相馆。

它大概是这座城市唯一不需要打广告便人尽皆知的店铺。从十五年前成立伊始，它就因为收费低廉且拍得一手好全家福闻名全市。但随着照相机的普及，如今也很少有人来白夜照相馆照全家福了。除了几个老熟人，赵铭和余声哪怕一整个白天都躲在店里，也迎不来几个人。

不过，到了晚上，一切就都不一样了。

晚七点，余声准时从超市回到店里准备晚饭。赵铭则清洗好厨具。二人像老朋友那样端端正正坐下来，面对面吃完一桌菜。八点左右，会有人开车或乘着地铁、公交车，或者步行，来到白夜照相馆。

他们一般都很默契，从不交谈，坐在外间等号的时候，即使碰见认识的人，也不搭话。整个照相馆的人很多，却又心照不宣地安静着。赵铭和余声则分别记录下来访者的要求、信息，以及登记收费和取照的时间。等到一圈忙完，已经接近十一点钟了。

余声准时把店里的灯灭掉，以防再次有人敲门，赵铭则在通讯录上搜索合适的"模特"。模特们一般都在外地，只在周末或者节假日集体从外地赶来，有的时候，他们二人会带着设备过去。拍好照片之后，赵铭会长时间躲在暗房。有时候，是余声长时间躲在暗房。反正不管是谁，他们总是分工明确。

因为长期的相处，他们长得越来越像同一个人。很多时候赵铭走在路上会被当成余声，而余声走在路上会被当成赵铭。当他们一起认认真真坐在店里等待客人的时候，才是分离的个体，能代表自己。不必茫然地面对各式各样张冠李戴的提问。这真是奇妙的景象。

只是这天这种景象还是被打破了。因为来了一个"迟到"的客人。

如果按照白夜照相馆的江湖规矩，即深夜十一点之后不接客，那李琅琅是绝对进不到店里的。虽然这个移民城市从来不缺新面孔，但像李琅琅这样的，确实很少见。

她身高一米五，娃娃脸，身边没有什么亲戚朋友。做得最久的一个工作在水电站。那阵子，人们时常会在驿城大坝看见李琅琅。她的长发向后飘着，迎着城市新一波的雾霾，看起来扑朔迷离。

后来，随着新的移民逐渐到来，新的猜测渐渐碾压了人们对李琅琅的好奇。那时候她已经是驿城幼儿园一名大班老师。住在城郊的一座公寓，每天要花近两个小时在路上。去得早，却走得最晚。时常园里最后一个小朋友被接走很久，她还在荡秋千。有时候赶不上末班地铁，还要打黑车回去。问她为什么这样，她都说是因为一个人住没意思。可一个外地女孩子，性格不算热闹，似乎不谈恋爱，没有不一个人住的道理。

——这都是李琅琅告诉赵铭和余声的。

在余声和赵铭从前拍摄的那些照片里，一般还是会有一两个和索照客人相关联的亲属朋友，只是这些亲属朋友不是老年痴呆，就是躺在床上不能动弹，或者与客人是远亲，任凭客人编造一些过往细节，也看不出什么。他们是亲眷摆在故乡的玩具，在需要的时候拿出来展示一下，不需要的时候就继续陈列着。

白夜照相馆的规矩是，客人必须无条件把自己的情况告诉他们，这样才能拍出合适的照片。可李琅琅对此却闭口不谈——很难想象，这样一个各方面看起来正常的人，说她没有可仰仗的故乡，多少有些怪异。不过一切记忆的伪造都是为了符合现在，过去如果是一片空白，反而更适合他们的"创作"。

"我需要十几个人的照片。有合照也有单人的，最好里面有一个老头儿，还带着个女儿。"李琅琅坐在沙发上，半截身子慵懒地埋在靠垫里，两腿并直摆着，双手玩着沙发边角。她详细交代着自己的需求，生怕余声和赵铭不清楚。

"还有吗？"余声问。

"我需要他们都看起来很有钱。"李琅琅一字一顿地说，"费用我会是别人的三倍。"

"下个月三号，来这里取照片吧。"赵铭说。

李琅琅没想到他如此干脆。她站起来，感觉马上走又太突兀，只好不确定地问道："那个，你们是夫妻吧?"

"不是。"余声说。

"对不起。"

"没事。"赵铭说，"你还是快回去吧，这条街不太安全。"

在李琅琅走向门槛的时候，余声已经在手机上预约好了明天拍照的人选。

赵铭打开道具箱。那里面大概是传了三代人的旧衣物，有怀表、钢笔、骑马装，还有遮阳帽、青绿色的旗袍等。有的在过去也算高档品。

随着新移民越来越多，这些后民国时代的物品多半用不上了。但李琅琅特别要求，自己不仅需要近二三十年的亲戚照片，还需要七十年前的。这让储物箱里的古董们终于再次见了天日。余声把它们一件件清洗，等着第二天派上用场。整顿齐全之后，指针已经走向凌晨一点钟了。

2

从白夜照相馆走出来，李琅琅先去了酒吧。她酒量极差，大口吞下一杯半金汤力后，就已经快趴下去了。然而这天毕竟是个特别的日子。她挣扎着站起来，还给了酒保小费，就踉踉跄跄冲进晚风中。

她摇摇晃晃的样子很像个小太妹，只是碍于一身紧身衣，动作幅度不敢太大。她把提包往肩膀上拉了拉，步子尝试走得稳健了一点，招招手要在路边拦一辆车，可也许是她太矮小，没有人理她。她像悬挂在街边的道具，身体埋没在路灯的背面，并跟着身旁那个长长的影子飘出了这条街。

酒吧一条街出去是更开阔的大马路，李琅琅半截袖子被剩下的小半杯酒打湿，涤纶布料贴着手臂，痒痒的。她把袖子卷起来，可又觉得冷。只是这一点凉意，倒让她稍微清醒了一些。她抖抖手，又抖抖手提包、钱夹，像是拂掉了一层灰土，紧皱的眉头舒展了一点，又再次拧成麻球。

她站直了身体，感觉自己被丢到了一片阴影里，迈着正步往家的方向走去。她雄赳赳气昂昂地走回了家。绕过像摊煎饼一样横亘在驿城的无数条大路。如果不是全城不关路灯，巡视的警察长夜值班，李琅琅或许真的会在不久之后出现在那个总是写满抢劫奸杀新闻的滚动窗口上。但今天她还是幸运的。

直走到天光泛白，走到这条路从空旷到渐生人烟，再到被上早班的市民挤炸。她才像一条瑟缩的鱼穿过人与人的缝隙，准备冲向她的小屋。只在过红绿灯的时候，她迟疑了一下。她的右手在口袋里摸了一会儿，从那团卷着的卫生纸里扒出一张陈旧的一寸照。这照片中人齐耳短发、厚刘海儿，看不出性别——这是过去的她。李琅琅把它拿起来，摆在红绿灯的方向看了几眼。接着，撕成了四片，丢进了身后的垃圾箱。接着，她插上新手机卡，编辑了一条短信：我们完了。然后她把手机卡丢掉，把手机格式化，又插了一张卡，发了一条微信：下个月见一面吧。最后，就像抛弃了生命中什么重要的东西一样，她的后背塌了下去。她大概是那一刻才真正酒醒的。在过马路的这短短几十米里疯狂呕吐。她想起昨夜并没有吃东西，只有那一点酒水进了胃里。它们翻江倒海、跋涉千里，把她最后那点记忆给逼了出来。有电动车冲到她前面骑过去，骂了一句"他妈的"，便绝尘而去。而李琅琅再次拍了拍口袋和包包的夹层，看到除了几片细小纸屑，再没什么遗漏。才知道，自己是真的空无一物了。

3

余声在早上五点听到了短信提醒。赵铭的短信只有六个字：今晚回家吃饭。

余声知道，这句话意味着——赵铭此次拍照一切顺利。

进入人生第四个十年，余声感到时间在变慢。尤其这几年，要不是她和赵铭接着黑单，白夜照相馆早就停业了。头头们忙着建新城区，一栋栋高楼在驿城逡巡。很多新房闲置，无人购买。有时候，余声只有在菜市场，才觉得这座城市是拥挤的。其余时候，路上塞满了人，他们和他们之间毫无关系，像两个可以随意交会的点。如果不是照相馆多年积累的一点老主顾还愿意年年来这里拍全家福，余声或许早就忘了驿城别的人都在如何生活。就像别人也忘了她。唯一与之背离的，就是她和新移民的关系。这些崭新的面孔，正以疯狂的速度滋生在城市周围，并向市中心扩散。他们来到白夜照相馆的时候，要求更多，原因也有高有低，大部分不愿意透露。刚开始为保险起见，余声还会打探他们的事由。后来连这道程序也省了。有些人拿了照片就兴高采烈地走了，有的人拿了照片之后还会时时打电话问余声，该如何在新朋友们面前伪装。

他们总是问得情真意切，丝毫没有索照时的冷静。而余声也平淡地回说：白夜照相馆只负责照相，至于这照片能不能反映事实，而这事实又能不能被人相信，不是她和赵铭能够决定的。

最初，余声每说完这番话总陷入愧疚，后来也逐渐不再这样。她冷静地把每一个顾客归档，在每一套照片中摘取一张放在照相馆陈列。赵铭负责照相，余声负责做旧。时间久了，照相馆修复老照片的本事在驿城周围声名鹊起。而他们多年来为顾客保守秘密的作风，也为他们保持了稳固的客源。

他们像两具秘密收纳盒，有人说，只要赵铭或余声走在路上，总会有一些人自动与他们保持距离。仿佛即便路过，他们就能看透对方的秘密。

就像此刻，只一眼，余声就知道这条鱼不新鲜。不管是新死一小时的，还是新死半小时的，都瞒不过她。她用指甲弹了一下鱼尾，鱼儿软趴趴地沉了下去。在腥气弥漫的店铺，露出一只将死未死的眼。

4

李琅琅拿到照片的那个黄昏，刘一鸣已经在咖啡馆等她。驿城的咖啡馆没有名字，就像驿城的酒吧也没有名字。据说，最早之前，连照相馆也是没有名字的。还好驿城有无数条奇奇怪怪的街名，微信上发个位置，总还是能被找到。

那个晚上，刘一鸣就把自己所在位置发给了李琅琅。

她收到的时候恰好晚霞逐渐散去。天空显出一片灰蒙蒙的蓝色。按照惯例，喝杯咖啡，他们会去吃饭。但这天有些特殊。李琅琅包里装着照片，感觉自己全身变得紧张又轻盈起来。

走出地铁站的时候，她看见夜晚厚实的云层背后显出一条若隐若现的金色光圈。李琅琅想要把它拍下来发给刘一鸣。但他却在这时打来了电话。

"到哪儿了？"

"新街口刚出来呢，等着。"李琅琅不耐烦地挂断，迅速拍下了这片天象。

只是手机突然信号不好，照片怎么都发不出去。李琅琅想到自己可以到了再给刘一鸣看，可她执拗地想现在发。随即她又想到自己明明是要拍照给他看，为什么又要因为他的电话不耐烦。一连两个奇怪的逻辑让她放弃了再次发送的欲望。她关掉屏幕，塞进包里。想着今天多少有些不一样，她不该这样。而刘一鸣似乎也觉得有些异样，李琅琅要告诉他什么，他并不知道。就像他搓着手时，也考虑要不要告诉李琅琅些什么。这让他突然希望李琅琅像她说的那样是个彻底的路痴，但李琅琅很快就出现了。

她打扮得并不入时，可能还有些土气。棒球服和灰白色球鞋怎么看都像是没有洗干净。尤其是那两条黑色眼线，像只苍蝇一样黏在刘一鸣的视线中央。

"你和照片上不太一样。"他双手放在咖啡杯两端，右手右侧还有一袋薯条。李琅琅的视线在他两只手上划来划去，直看得刘一鸣把手藏在了腿上。

"你也和照片上不太一样。"李琅琅说，"不过比视频上好看点。"

听她这么说，刘一鸣露出了大白牙。李琅琅盯着他下颌的一颗尖牙看下去，觉得上面如果沾上番茄酱会很滑稽。

"你也很漂亮。"刘一鸣局促又心虚地说，"我以为我们会有很多话可说。"

这句话说完刘一鸣就后悔了，他不该说这句话，犯了约会大忌。但李琅琅却视若无睹，她只是把一沓照片放在餐桌上。

"你上次打电话说想看这个吧。"她粲然一笑，露出两只梨窝。

这些照片除了很旧之外，没什么特别的。最后的几张总有个奇怪的小女孩晃来晃去。还有几个老头子和中年人。看起来端正又别扭，还有个老气横秋的女人，穿着过时的旗袍，肚子上鼓起一团，不知道是怀孕了，还是肥胖。

"这是我小时候的全家福，上次你说要看的。"

刘一鸣点点头，李琅琅接着开口道："你不是有什么要告诉我的吗？"

他这次放缓了呼吸。确实是有这么一回事。但是什么呢，其实也不算什么事儿，就是他需要他们有一个真正的约会，至少看个电影，运气好还去公园散散步。他走神了一会儿，感觉李琅琅的目光再次扫过来。他有些紧张，但还是开口道："我觉得你应该认真考虑一下我们的关系。"

"这有什么难的。"李琅琅笑道，"不过照片你看完了吗？"

"看完了，只是不明白为什么一定要给我看。"刘一鸣脱口而出，而李琅琅则尴尬起来。刘一鸣只是想了解她，也并没有说一定要看照片，可除了这个，她不知道还能跟刘一鸣说什么。

"我不是驿城人，难道你没有调查预备交往对象的习惯吗?"李琅琅说。

"没有。"刘一鸣老实地回答。其实他还咽下了半截话,他也是一个移民。只是在这当口,他却没有说出那句话。他心里觉得李琅琅该洞察一切,应该什么都知道,最好什么都知道。这种回避像一块遮阳板,他视线里的李琅琅不禁逗留在阴影里。只在脸颊处显出一层金色的光芒。他不知道是台灯的缘故,还是外面路灯的缘故。或许都有。他不讲话,李琅琅也故意不讲话,他们都像是在和沉默较劲。直到刘一鸣意识到他可以把电影票拿出来。

李琅琅看出那是电影院最近一场的主题联展票。电影都还不错。从这边过去要半个多小时路程。她盯着刘一鸣看了一眼,接着站起来,把最后一点咖啡喝完。

"我把过去都交给你了。"李琅琅说,像是自言自语一样。

刘一鸣有些尴尬:"其实你也不必这样,我们总是要慢慢发展的。"

"慢慢发展?"李琅琅跳起来,"我出生于台县宋镇大石庄二组,跟母姓,十八岁搬到驿城,父母亡故,亲戚都居外地。未婚无子,无不良嗜好,无遗传疾病。你还想知道什么?"

刘一鸣哑然,这个场景他完全没有预想过。

"我知道了。"他哆嗦道。

"那我们下个月三号结婚。"李琅琅说,"你的照片,我也要看。"

5

赵铭从暗房出来的时候，已经是黄昏了。

照相馆空空荡荡，就像他刚来的时候那样。余声的手机怎么都打不通。不过通常那手机也只有赵铭一个人会打。他们来到驿城的时候赤条条的，现在也赤条条的。

刚来驿城的时候，他俩先在车站撞上。赵铭问余声来干吗，余声说跟他一样。赵铭又问她以前干吗，她只说在剧团工作，赵铭就也坦然自己是扮老生的。他们切磋一阵，就先后走进白夜照相馆。来之前他们就查过这里，如果一定要选个外乡，驿城应该是最合适的，而在驿城能收容他们的，也许只有白夜照相馆了。

余声的手机有些年头了。刚开始流行诺基亚的时候，她就买了。那时他们的师傅已经仙逝。师傅在驿城名望很高，当时来了不少人送葬。花圈摆满整个厅堂。赵铭和余声赡养老师傅的事迹甚至还登过驿城晚报。不过那期报纸太煽情，赵铭羞愧之余跑遍全城，看到有人卖这份报纸，马上就全买下来。他羞愧了很多年，始终没有娶妻。大概是因为没有家庭生活的浸润，四十四岁的赵铭出没在驿城，仍然有种老男孩的气质，浓眉大眼，穿着卡其色布裤，或者浅蓝色牛仔裤。不管跋涉多久，都能保持裤脚的整洁，也算是很有本事。

他们俩多少也算惺惺相惜，师傅在的时候就暗生情愫。可师傅说了，共事者不能做恋人，这世上没有比感情关系更不牢靠的了。师傅死后，他们保持男主外、女主内的作风，仍是未在一起。直到再也没有成为夫妻的可能。他们深知彼此的秘密，多年工作下来，没有人比他们更了解对方。余声不喜欢东奔西跑，留在这里帮忙修片、关照店里，没什么不好。何况随着新移民越来越多，统计客人的身份是一件麻烦事。如果赵铭在店里，他们会一起统计。只是眼前这本记事簿，大部分还是统计了余声的黑单。

在五十二页的地方，赵铭看见她用红线标注了一个人。

这人叫刘一鸣，三十岁。要求拍摄一套三口之家，年代：1970。赵铭皱了皱眉，他很厌恶拍这个时代的东西，但是刘一鸣在要求背后留了一个高出他们市价多倍的数字，赵铭不能免俗地动心了。

上一次看到这么高的价位，是七年前。那时候有一个本家来寻师傅。却不知师傅已经去世。在店里鬼哭狼嚎一番后，说必须拍一套关于师傅的照片。事后赵铭问余声这人是师傅什么亲戚，余声只说别问了，让赵铭一阵窘迫。直到现在他都记得余声仿佛写着"不可说"的眼睛。像师傅刚死的那个晚上，她的表情。也像是这些年来打听客人身份和去向的异乡人，他们多露出急匆匆的表情，渴望知道关注人的一切，却在涉及自身隐私的时候讳莫如深。赵铭很讨厌这样的人，想知道一切，还不坦诚。但他更知道，他和余声，何尝不是这样的人。曾也有人出于气愤往照相馆门前送菊花，或者泼墨，甚至用卫生纸在半夜把照相馆门前搞得像灵堂一角。然而，再气愤，赵铭也知道这些人断然不会使什么大招了。毕竟谁都有秘密，白夜照相馆掌握着全城所有新移民的秘密，要是比的话，谁都比不过他们。

想起这番往事，赵铭大笔一挥，把刘一鸣这一页又标了一遍红。

6

余声前脚踏出去买菜的时候，看见照相馆门前蹲着一个颓唐的男人。

这人脚下的皮鞋磨得很破了，衣服袖子都扯破了。白衬衣领口染了很多汗渍，此刻被他没顾忌地往后背掀开一角，余声不由得嗅到了一阵汗味，不禁皱起眉。

她锁好门回过头，男人则已经面朝她站着。

余声吃了一吓。男人的正脸还是很有轮廓的，就是两只眼睛非常细小，像是两条缝隙。鼻子倒是高挺得厉害。

"你是给李挪照相的那个人？"

"李nuó？"余声眉头皱得更厉害了。接着她想要绕过去不理这个男人。

但男人显然不这么觉得。他突然坐下，甚至把着余声的菜篮子说："讲不清楚你也甭想走了。"

"你谁啊？"余声说，"你找谁？"

"我找李挪，也就是李琅琅，我要知道她到底把自己的档案改成什么样了。"

"你要想知道，就去找她，我们照相馆不留底，何况这照片也谈不上正规用途，大家拍着玩玩。驿城说大也不大，你要找她总是能找到的。"

说完这一通，余声觉得自己可以走了，但男人显然不这么想。

"我说完就走，她不见我，你知道多少就告诉我多少吧，反正我知道这地方，你们夫妻俩干的事儿也不是没人知道。"

"我们不是夫妻。"余声冷冷地说。

7

收拾停当之后，赵铭见余声还没有回来，便把前面几天的碗筷洗了干净。开始在家里喝茶，直到电话突然就来了，赵铭听了一句就披上外套赶去医院。

驿城的每条街都有个医院，就像驿城的每条街都有个超市一样。赵铭时常不明白，这样狭长的一条街是如何容纳这么多生活职能机构的。很多人说，在驿城住着，只要上班的地方不太远，根本不需要走远路。这里的每条街都有服装店、商店、菜市场……甚至殡仪馆。有的老人说，自己一生都没有走出过驿城的某条街，其实是可以理解的。这些街道成功把驿城划分为一个个小社会，像摊煎饼一样在全城横行，倒是有点拉帮结派的意味。

余声就被送往街头那家医院。胳膊被缝了七八针，这会儿已经在输液，并无大碍。赵铭可以想见邻居们的议论纷纷，不过目前也顾不了这么多了。

看着余声的盐水瓶，赵铭只觉得一阵恍惚。大概是这些年太风平浪静，驿城人也心知肚明，谁都不会找他俩麻烦。"重新开始"这么诱人的情节，对很多人而言，都具备足够吸引力。只是李琅琅这桩案子，也因为她没有把自己的事情交代清楚，甚至婚礼的时候还给照相馆发了请柬，让赵铭大为光火。此时余声闭着眼，彻底让他断了追问的欲望。多年来，他们就是这样，彼此断了追问对方的欲望，所以才能活得这么相安无事吧。想到这里，赵铭莫名觉得有些难受，随着胃里中午吃的油腻食物，一阵阵翻江倒海，再结合胸闷的心情，他不禁低头对着纸篓呕吐起来。

过了一会儿，赵铭抬起头，看见余声床榻边的柜子上放着一张一寸照。有人把它撕成了四片，但能看出又把它们拼在了一起。四小等份歪歪斜斜在桌上拼成一张照片。偶尔有人开门，来一阵凉风，把它们吹得熠熠生辉。他觉得，李琅琅一定是来过了。

8

余声在黄昏来临之前执意出院，不过约定了每天下午来医院输液。

将近二十四个小时，她在半梦半醒间不断想起男人的脸。她记得，是要带他拿李琅琅的一寸照片——那是作为照相馆归档用的。余声破了例，男人也没有客气。把那照片拿在手里端详了很久。他个子很高，在女人堆里不算矮的余声站在他面前都像是一条中型板凳。只是余声一个未留意，男人竟然已经给了她一刀。

"你能跟我出来，肯定也想知道点她的事儿。"男人说，"她不想嫁我，可我就是要娶她，她已经是我的人，有案底在我手里，说出去不好听。可我也不想伤她，只能咬一下你了。多担待。"男人说得冷静，仿佛有十足把握余声会私了，他也没有想错。

　　余声想起，当年来到照相馆的那个黄昏。赵铭先她一步走进店里，他资质好，态度也好，按照师傅只收一名徒弟的原则，她原本还是要被赶走的。可师傅最终决定留下她。她太聪明，总能猜出来往客人的身份。甚至赵铭也怀疑，她或许根本不是在剧团工作，她只是看出自己的做派颇有梨园风范，才谎称自己也在剧团。可当她说出喜欢他的那一刻，赵铭又怎能不信她。正如当年，她逐渐掌握着白夜照相馆客源的所有秘密，如果不让她留下来，她或许随时能拿着这些密报去卖钱，甚至敲诈勒索。只不过，她还没这样做，师傅就察觉了一切。

　　好人难做。师傅当时说了这四个字。余声记得很清楚，她相信赵铭也记得。她对仇恨的细节总是记忆犹新，但对恩情也没齿难忘。只是回忆到此也戛然而止了，也或许是她不愿再多想。赵铭今天没有来接她是有原因的。因为刘一鸣那套照片，要得很急。

　　刘一鸣个子不高，按照俗常的说法，是个很猥琐的男人。

　　头发没有秃顶，也穿得干净利落。甚至服装的配色和材质也够讲究。但是为什么他还是猥琐呢？赵铭这样问余声的时候，她沉吟了一下回答——

　　"他不坦荡。"

　　余声这样说并不是没有道理。刘一鸣虽然穿得干净利落，但一副领带扎着，加之上半身穿了衬衣和紧身外套，整个人显得更慌乱。就像从乱颤的珊瑚里，蹦出了一条非要站直的鱼。

"她另外那个男人呢?"赵铭抬眼。

"那是个很奇怪的人。"

9

每年六月一号，照相馆都会免费给到店的前十个小朋友拍照，以示宣传。如果在往常，很少有小朋友会来。更多时候，家长们更愿意把白夜照相馆描绘成一个魔窟，作为让小朋友听话的把柄。

只是今年不同，整个下午，来了十几个，还有对双胞胎。

双胞胎的母亲不像本地人，穿着挺时髦但是不够合身的外套。说话的时候双唇一闭一开，像是闸门。戴着深蓝色的美瞳，下巴有些长，像是塞了假体。赵铭愣愣地看着她，感觉她的五官整个像是打了激素的玩物。

妇人看着他，仿佛也咬定他不会做出什么严厉的事情。开始挑剔照片的风格、背景的要求，甚至还要赵铭修片成复古效果。赵铭心里紧张了一下，虽然在他的头脑里，这并不是第一个这样开玩笑的客人，但这是白天，照相馆不允许这样的事情发生。他沉下脸，不说话。妇人也知道自己失言了，只是看着他，眼睛睁得很大，赵铭低头摆弄摄像器材。另外几个小孩和小孩妈妈看气氛不对，纷纷离开了照相馆。

这掉针的寂静只萧条了几秒，妇人坐在沙发上，自顾自倒了杯茶。三个无辜男孩也像是约好了一般，乖乖地去门口玩耍，不打扰母亲和赵铭的对话。

"刘一鸣您认识吗?"妇人突然说。

赵铭立在原地不说话。

"刘一鸣——就是我老公刘一鹤，在这里照过相。"妇人开口道，"您知道的，是那种照片。我就想知道，你们这里能不能给我照那种?"

"您是驿城人吗?"赵铭问。

"不是。"妇人说，"有什么关系?"

"那我们不照。"赵铭冷冷地说，"如果您不是移民，就请回去吧。而且这个时间，不是我们接待客人的时间。"

"哈。"妇人笑道，"原来你们要求还这么多呢。你们伪造我老公的照片，冒充未婚，你们这些缺德……"

啪。

这声清脆伴随着笨重的脚步声，赵铭看见余声已经把一根长萝卜甩在了女人脸上。

"刘一鸣已经和您分居多年了，是您一直不肯离婚。"余声说，"该滚请滚。您要骂街我奉陪。"

妇人怔了一下。

"你们会遭报应的。"她边说着，边想张嘴骂人，又看着孩子觉得不好开口。余声转过头冲他们仨微笑，他们一下又都跑开了。

打发走母子们后。余声沉沉地说："不然我们不干了。"

"那吃什么?"赵铭说。

"总还是能维持下去啊，那些老主顾，不至于太差吧。"

"我们来这里，难道真的是继承这点'家产'的吗?"赵铭说，"何况这是我们的家吗?"

赵铭又说："我们拍与不拍，那些人就不会被抛弃吗?"

这句话说得余声心颤颤。她低下头，盯着自己上衣的一颗纽扣看得出神。这么多移民，他们乘着车或飞机来。也不是不能去别的地方，却偏偏选择了这里。很多事她在回避，不愿想起，也许都不是错。就像他们重塑的这件事，这些崭新的"历史"光鲜的人，出了这扇门不会再回头看的人。他们能做的也就这样了。识破或者被罚，根本不是他们关注的焦点。

一栋栋新的大楼仍在他们面前拔地而起，他们就算洗手不干，也会有另外一些人这么做。仿佛为了守住这个行业的一些尊严，赵铭和余声居然徒生诡异的理想情怀。

10

六月过后，白夜照相馆只在下午才会开了。

随着三栋大楼起建，又有新的人来到移民办，他们有的是不远处的湖民，有的是大坝移民，还有的，是准备久居的外来务工者。他们即将入住驿城之前，多会不约而同来白夜照相馆。以前大家在深夜，现在干脆下午就开始。趁着黄昏半遮半掩的余晖，显得比过去诚恳，又仿佛一切都没有发生。

余声把记录簿端端正正摆好，赵铭套上工作时穿的白褂子。

他的白褂子有一道蓝色条纹，余声的则是红色条纹。他们坐在一起的时候，就像是穿了不合身情侣装的两个中年人。最初提出这一点的是个移民小伙子。他头发微卷，鼻头很圆，说起话来有股南方口音。二人只得尴尬地笑笑，再次解释不是夫妻。

他们把每个人的信息记录好，发现任务量足可以排到年底。有几个看起来比较复杂的项目，或许得拖到春节后才能完成。但是外面浩浩荡荡的移民大军其实并没有消停。

因为长期不出门，余声并不了解外面已经堵车到多么严重的境地。有些开车来的新移民被堵在高架上，而高架之下，是不远处大坝修好后，缓缓流动的人造湖水。整个城市结构完整，再也不是他们刚来时候的样子。这真让人哀伤——世界变大了，面积却没有变大，新街在建，旧路重修，也和赵铭与余声做的没什么两样。

黑压压扑过来的人们，有的并不知道：在驿城，每个人心照不宣创造历史，甚至他们的新伙伴也是这样。那些被他们隔绝在故乡的亲人，也会以照片的形式，重新复活在他们的"记忆"中，不管那面庞多么不一样，至少他们也做了努力，让这些面庞都有个共同的名字——亲人。

只是这些荡气回肠的感情，并不能治愈余声和赵铭此时烦琐而让人厌倦的忙碌。

余声把记事簿最后一个空格填满。接着，和赵铭把这些簿子都收藏好，就像在保护自己的过去一样。但关上门的那一瞬间，赵铭听到了一个奇怪的声音。在新移民纷纷抵达的时代，这样奇怪的声音每天都在上演。只是今天多有不同。很久没开上街的洒水车在夜色里浇灌干渴的街道，尘土张开嘴，凉水浇在地下，仿佛把路面都铺宽了。衬得这声音摄人心魄。

那是一个女人发出的一长串大笑。她只有一米五，娃娃脸。她最初只笑了一声，接着又笑了第二声，等到笑罢第三声，仿佛堤坝泄洪般，无休止地笑了下去。声浪一波赶着一波，逐渐连成一片。似山丘，绵延不绝，很快就把她自己越了过去。

接着，两个男人的吆喝从后面追赶来，一个魁梧、鼻梁很高，一个像被陷害的老实人，丧气、爱面子。

路灯把他们的影子拉得很长，一条影子套上另一条影子，很快就把整条街团团围住。他俩看着他们在不远处撕扯，一动不动。余声头低得很深，臂弯似乎能把她的头颅淹没进去。她的下半身似海洋，身体在里面游动。每个人又何尝不是自己的窠臼。

"你爱我吗?"她突然像回到少女时期，"如果我们不干那件事，或者离开这儿，我们会结婚吗?"

"已经都过去了，现在这样，不也很好吗?"赵铭说。

"不好。"她眼神闪烁，白天强硬的派头此刻全部干瘪。

"你知道的。"他温柔起来，"我们都一样，不到玩不下去的那一天，谁也不会离开这儿。"

11

赵铭是在出发去外地拍照的上午看到了那桩街头案的。它长在报纸的缝隙里，和旁边的讣告、凶杀没有关联，也不言语，但放在一起看，仿佛是同一个故事。

赵铭一上车，就有人把早报塞给他。他的习惯是寻找上面的招聘和相亲消息。因为这些字句充满着条件。关心这座城市的条件，就是关心它的审美，让赵铭觉得自己永远和这座城市的节奏同步。

此刻，他把报纸摊在自己的腿上，盯着那桩案子。

那是当街暴毙的三人，撕扯原因不详，除了其中一个长相奇怪的，另外两个都是新移民，报道上还印出这两人的名字，分别是李挪、刘一鹤。

刘的表情怯懦，马赛克挡住了他的眼。这样形态的男人在驿城时常死去，大概是因为他们太平庸，而城市需要新鲜血液，优胜劣汰，所以必须去死。中间那个死去的外地人，没有人说他叫什么。作为一个眼睛细长、高大巍峨的男人，放在哪里都容易被记住。因而索性也没有人遮住他的眼睛，倒是那个伟岸得像东非大裂谷的鼻子被打了马赛克，看起来触目惊心。

他们费尽心机想隐藏的，终究还是在死时被掀开。

而这条报道背面的夹缝，是轰动全市的火灾报道，涉及一整条街。

那条街长得能把驿城拦腰斩开。赵铭一旦去外地取景，还会考虑去那里喝碗咸豆腐脑。他最喜欢黄花菜和木耳。但是今天他没喝到。因为昨晚有火灾。

那个晚上，所有人都睡得死死的。火红色像从天边坠落，从地上扑腾乍起，而那一条街的人，很多都在睡梦中再也没能醒来。

赵铭想着，把报纸折成了四方形。接着撕成了四等份，放进了面前的纸篓。

汽车起动的时候，纸篓颠簸了一下。有几支急支糖浆的空瓶子在里面摇摇晃晃，像几枚坚硬的炸弹。

他对即将去的地方有期待。就像他最初来到驿城时一样。他也曾是白夜照相馆最初一批顾客。他想拍一套照片，甚至还想留在这里学这门手艺。可师傅说，必须告诉他一切，他才能留下来。当然他说了，只是并非全部的真相。那时候想要失踪比现在容易。于是他也便失踪成了赵铭。就像余声失踪成了余声。多年之后，他们也让师傅失踪了。他们接手了这里，却无法原谅对方的邪恶，最终还是不能在一起，想想真是讽刺。

有时候，因为长久的隐瞒，他已经忘记了自己是怎么来的，又曾经经历过什么让他想要忘记。只是这也不重要。他现在走在这里，就是最大的事实。

而列车背后那条长如十几条鲸鱼体躯的、火灾过后的街道，要去往哪里，在哪里结束，也跟他毫无关系。赵铭想起来，那条街其实不是喝咸豆腐脑的那条街，而是白夜照相馆所在的那条街。他想起来这里每条街都是一样的，市内铁路偶尔会穿过这样的街道，有时候还会出现和货车相撞的事件。

每条街都相似，他张冠李戴也不是一天两天了。余声也是这样。他们在迟钝的事物方面常常一致——除了昨天晚上，赵铭发现屋内起火，想要推醒她，却发现她的床上已空无一人。他早该料到了。

只是现在，这些都和赵铭没有关系了。新的故乡向他展开，不管是什么样的大陆，至少此刻看来是新的，就还不错。他清楚，余声必然也是这样想的。

本文初刊于《芙蓉》2016年第1期

王苏辛，1991年生于河南，现居上海。获第三届"《钟山》之星"文学奖年度青年作家，首届"短篇小说双年奖"，第七届"西湖·中国新锐文学奖"，第三届"紫金·人民文学之星"短篇小说佳作奖。已出版中短篇小说集《象人渡》《在平原》等。

苦心误

容三惠

胡三家住村东头大路边的两间土坯墙茅草屋里，门外西边还有一间低矮的破旧小厨房。院子前面是一片高大挺拔的杨树林，每到夏季，那郁郁葱葱的树冠像搭起的绿色帐篷，树干像柱子。附近的村民常常在树下乘凉、吃饭、聊天、打牌，这里成了热闹的公共场所，人们都乐意聚集在这里叙说或探听个什么消息。胡三是个很勤快的人，常常把这里打扫得干干净净，也乐意凑热闹。他关心的是哪里有大龄姑娘、守寡的小媳妇。常说谁要给我说个媳妇，我就感谢谁一辈子，当牛做马都行。有人打哈哈说："不是不给你说，是你形象太差，谁家的闺女也不愿看你这七眨八眨的烂眼猴。"胡三眯细着眼咧着嘴笑笑说："相貌差也不犯法，谁长得没缺点？长相特别，那叫超凡脱俗，回头率还高呢。"

胡三是个孤儿，父母双亡，如今已过四十还没找到对象。村里的姑娘都喜欢找大户人家的孩子，说遇事有人帮忙，在村里不受欺负，而不愿找小户人家的儿子，更不愿找孤儿。胡三觉得这并非主要原因，关键是年龄和相貌问题。他曾对着镜子仔细观察自己的面容，觉得脸型有点儿偏长，眼睛有点儿小，还常常烂眼圈引起红肿，弄得泪汪汪红瞎瞎的恶心人，看东西不得不眯细着眼，见不到眼球，自己瞧着心里都不舒服，何况别人呢？禁不住自言自语："真邪门了，人家上火犯痔疮，攻嗓子，闹牙疼，可我专攻眼圈，弄个烂杏眼，影响找对象。"他思来想去，到了这般年龄，如果再不抓紧时间找对象，可能就单身一辈子了，就尝不到一家人团团圆圆亲亲热热过日子的滋味了，就等于白来世上走一趟。可是谁家的姑娘乐意嫁给他呢？他常常走东串西卖豆腐，也知道十里八村没有合适的媒头，想着想着忽然眼前一亮，心里乐起来，想到邻村西头有一家村民的女儿叫虎妞，年过三十没找到对象，是出了名的辣椒舌头刀子嘴，泼辣刁悍，吵过架，骂过街，而且个子矮肤色重，凹鼻梁小眼睛，男人不敢要，嫌她貌丑。后来她拒绝媒人提亲，说"我这辈子就扎老妮坟了，谁都不嫁，怎么着？再也不去相亲了，别说看不上我，他就是许仙、大春、栓保，长相再光棍，我还瞧不上呢"。这可愁坏了爹娘，爹娘的意思是赶快给她找户人家打发走，因为她还有个弟弟呢，也二十出头了，她不走就会影响弟弟的婚事。胡三思来想去觉得和虎妞相配比较合适，除了她，就别想美事了。常言道：金花配银花，葫芦配南瓜。他不嫌虎妞貌丑，但怕她脾性不好，只是听说不好，却没见过她发起火来是什么样子。他认为脾性好坏是惯出来的，如果把她调教好，说不定虎妞还怕他呢。

其实胡三不笨不懒不傻，还是当地有名的豆腐匠呢。胡三磨豆腐是根据天气而定的，他有个小收音机，经常装在衣兜里随身携带，天气预报，有报必听。一般刮风下雨下雪天，不磨豆腐，因为这样的天气外出卖豆腐，不但会受风吹雨淋，而且还不好卖，村民们都缩在屋里不愿出来，一旦卖不出去，剩豆腐易发酸变质，最后只能扔掉，就觉得可惜。胡三磨豆腐十多年了，也磨出了经验。他把磨好的豆浆倒进地锅里烧开，再用食用石膏或醋加水，慢慢倒进豆浆里，用勺轻轻搅匀，接着用大火烧，不再搅动，待豆浆清如泉水，白嫩细腻的豆腐脑大如碗口时，再把它盛到豆腐座里压制。那豆腐座像个正方体木筐，四周是用木板钉成的，底部用条形木板隔成小缝隙，如算子，以便挤压出豆浆。豆腐座里衬着质地稀疏的笼布，裹着热气腾腾的豆腐，在上面盖着木板，放上重物进行挤压，使清凌凌的浆水从底部的木板缝隙滴答滴答由快而慢地往下滴。挤压时间长，豆腐就老，反之则嫩。胡三喜欢将豆腐压老，好卖。庄稼人讲究货真价实和信誉，买卖有诚意，生意就好做。最后胡三将压好的豆腐用架子车拉到邻村或集市上去卖，这种流动性的走街串巷卖豆腐，久而久之，就在当地出了名，都知道胡三的豆腐好吃。

胡三有了娶虎妞的想法，就经常在虎妞家附近卖豆腐。虎妞娘直夸胡三的豆腐好吃，嘱咐他常来这里卖豆腐，这话正合胡三的心意。后来虎妞娘每次端一碗大粒黄豆换豆腐时，胡三就明显给得多，虎妞娘心里美滋滋的，直夸胡三实诚、人好。其实胡三的心思完全在虎妞身上，眼睛时不时盯着虎妞家门口，只要虎妞从家里出来，他就盯住她。有次虎妞端着碗出来换豆腐，胡三就咧着嘴笑，觉得这是和虎妞接触的最好机会，要给虎妞留下好印象，就得给人家多调点儿豆腐，赢得人家欢心，私心人人皆有，换换角度想想就明白了。这时胡三乐呵呵地说：姐妹，我这豆腐吃着咋样？

虎妞低头看着冒着热气的豆腐说："说实话，你的豆腐老到，炒成块，吃着筋道，我就是爱吃你的热豆腐。"

胡三将她的大半碗黄豆倒进架子车上的白色编织袋里，说："那好办，我常到你家门口卖豆腐，不就行了吗？"

虎妞爽快地说："行。"她思考片刻，又接着说："你教教我咋做豆腐，中不？"

胡三有意拖延时间，想借机跟虎妞多说一会儿话，混熟了，才能慢慢拉近感情距离，便慢腾腾地拿着二寸宽的细长尖刀准备切豆腐，目光瞧着豆腐座说："这不是女人干的活，学这干啥？"

"学会了，艺多不压身，想吃就做，不更方便吗？"

胡三像鸡啄米似的点点头，说："行、行、行。可我嘴笨，说不好，你有时间了去我家，我做豆腐的时候，你一看就会了。"

虎妞撇撇嘴说："还不传真经哩。"

胡三切着豆腐说："不传人家，我乐意传你。"

"为啥？"

"我就觉得虎妞妹好。"

虎妞嘿嘿笑笑："没想到大哥还是个马屁精呢。"

胡三听她喊大哥，很激动，很兴奋，禁不住说："真的，我说的是实话，虎妞妹就是好，聪明能干。"

虎妞抬眼看看胡三的面容，一看到他的烂眼圈心里就不舒服，情不自禁地说："烂眼哥，你这眼睛像猴屁眼着火了，你就不会吃点儿药治治呀？整天忙着卖豆腐，挣怎多钱干啥？"

胡三低头嘿嘿直乐："挣钱，是为娶媳妇好侍候我呀。"

虎妞站在热气腾腾的豆腐座旁，看着满满的四四方方的一座热豆腐像是刚拉过米的，还没有卖出去多少，仅缺了一个角。胡三老练地剜起一块又一块白嫩的热豆腐在手掌里轻轻用二寸宽的细长尖刀切成豆腐块，放在虎妞的黄铁碗里。虎妞快言快语："你的眼睛要不烂，或许真能找上老婆，这一烂，像猴屁股眼，恶心人。"胡三的五官本来还算端庄，但眼圈一烂，确实就影响美观了，眼睛是心灵的窗口，也是美丽的标志嘛。

胡三说："这是上火了，不上火就好些。其实喝点儿竹叶茶、鸡蛋穗茶，就减轻了。"

豆腐碗已经满了，但胡三还在往碗里切豆腐，这使虎妞很高兴，觉得胡三实诚，但还不了解他内心的想法，龇牙笑笑说："大哥，害病就去找医生，还是吃药来得快，不然挣钱有啥用？"

听此言胡三心里暖融融的，感觉虎妞的话体贴暖人，把她的不足之处，全抛到九霄云外了，脸上乐开了花。常言道，情人眼里出西施。这时候他看着虎妞一点儿都不丑，乐滋滋地说："我就是太忙了，没时间，要是有个老婆帮我，经常弄点儿清火茶喝喝，或到药铺买点儿清火药，眼睛就不会这样。"他给虎妞打了冒尖一碗豆腐，比给别人的多一半，看看左右没人，又瞟一眼虎妞，将碗递到她手里轻声说："以后换豆腐拿个大碗。"胡三心里最高兴的是靠多年卖豆腐积攒了一些钱，比别人日子过得轻松一些，可钱不如老婆，老婆不但能帮他做饭洗衣打扫卫生侍候他，而且还能为他传宗接代，享受亲人在一起乐融融的生活。如果将虎妞娶到手，他会想办法把她的脾性调教好，然后舒舒服服过日子。

虎妞占了豆腐便宜心里甜蜜蜜的，笑笑说："人熟了多吃四两豆腐，你看这碗像小山样，谢谢大哥。"她觉得胡三是个大好人，心灵美胜过相貌，有了这种感觉，看着他也顺眼了。

胡三觉得虎妞也不是蛮横不讲理的人，虽然说话有点儿直爽刺耳，但句句在理，实话实说。说："只要姐妹喜欢吃我的豆腐，我白送都乐意。"

虎妞哈哈大笑："白送你不怕吃亏呀？"

"亏别人，不能亏辣椒嘴啊。"

虎妞白他一眼端着碗转身走了，心里也咯噔一下，怀疑他的心思是不是在她身上，不然，他怎么在自己面前总是提娶老婆的事，还对她超常的热情？后来虎妞和她娘再换豆腐时，碗里的豆子越来越少，胡三给的豆腐越来越多，有时，不见虎妞家换豆腐，胡三看看前后左右没人的时候，就切一块悄悄地送到她家厨房里。就这样，虎妞家吃便宜豆腐大概一年多，媒人就给虎妞提亲了，说让虎妞和胡三成亲，虎妞爹娘满心欢喜，若事能成，就少了一块心病。虎妞娘说，只要胡三乐意娶，不怕受气，俺没意见。

媒人说："胡三说了，事在人为，他有办法调教好虎妞的脾性，而且还不动她一指头。"

虎妞爹咧着嘴笑："那好，那就好，看不透，胡三还有两下子。"

媒人说："教育有方吧，就像学校里的好老师。有了好老师，就能教出好学生。"

虎妞娘说："俺闺女哪儿都好，也讲理，就是脾气有点儿暴，只要别人不惹她，她也不找别人的事，谁要欺负她，她就不饶人，是个打抱不平心直口快的闺女。"

虎妞自从一次次多吃胡三的豆腐和他多次对她美言，也觉得他的行动反常，无缘无故谁都不会甘愿吃亏，就猜测胡三一定有想法，想到了有娶她的意思。虽然她看不上他的烂眼圈，但自己也是嫁不出去的老姑娘，他的烂眼是可以治的，那是上火发炎的缘故，只要不上火不发炎，相貌就不难看。虎妞最满意的一点是喜欢吃胡三磨的热豆腐，天天吃都不厌烦，若能天天吃上他的热豆腐也是美事。最后，虎妞就同意了这门亲事。

胡三娶亲那天，天空是蓝色的，纯净、辽阔、深邃。五月的天气，正午的太阳带着灿烂的光辉和温暖的气流冲进了胡三的家院。院里摆着四五张方桌，每张桌周围都摆着农家的椅子和板凳。贺喜的客人陆陆续续来了，院子里渐渐热闹起来，都是乡邻乡亲，虽然来人不多，但酒席办得不错。胡三把卖豆腐的积蓄派上了用场，心想活了几十年，只有这天感到自己潇洒风光像个男子汉了，而且还要玩心术调教新娘，有了施展男人胜过女人的能力和智慧的机会，今后就成了有人疼、有人爱的男人了，越想越觉得甜蜜幸福的日子到眼前了。他那精神样像换了个人似的，脸上始终挂着甜蜜的微笑，眼圈也不红不烂了，是虎妞给他讨的清火药和消炎药治好的。胡三深深地体会到人逢喜事精神爽的含义了，觉得自己走路有劲了，办事利索了，心里痛快了，还想哼哼一段小曲或小戏什么的。他前一天去街上理个年轻人的分头发型，理发师还特意给他喷了茉莉花香水，散发着很浓的香水味，现在仍留着淡淡的余香。针尖般的青胡楂在嘴巴周围似隐似现，显然刮得很光。高高的身材穿着一套崭新的深蓝色西装，左胸兜外面用别针别着大红布条缩成的带尾巴的花朵，花朵下面那两绺红布条随着胡三跑前跑后的忙碌飘来飘去。胡三成了婚宴上唱主角的人物，他陪着客人尽情地喝酒，想的是以酒壮胆，到晚上就用酒力掩面唱好戏呢。村里的婚宴开桌晚，大概到下午一两点，待客人散去就三四点了，一会儿就到晚上了。

平时村里没有什么热闹事，谁家办喜事便成了热闹的新鲜事，大人小孩都乐意凑热闹看新娘。按村里的习俗不过三天没大小，尤其是花烛夜闹洞房，都乐意跟新娘闹腾，不管怎么闹家里人都不制止，说越闹以后的日子越红火。

虎妞看到胡三里里外外地奔忙，而且礼数周全，穿戴打扮好像比平时年轻了七八岁，心里特别高兴。她穿着一身红色新娘装，头上用红手绢扎个马尾披在脑后，大大方方的没有新娘的羞怯，中午和客人一起坐着喝酒吃菜，谈笑风生。在家时母亲嘱咐她，新婚夜无论谁给你闹腾都不能生气发火，这是村里的规矩。还有当媳妇得改改自己的脾性，不改就得吃大亏，在家父母娇惯你，丈夫可不宽容你。虎妞满口答应说记住了。

晚上胡三家热闹起来，屋里屋外站满了大人小孩，尤其是洞房里，在昏黄的煤油灯下，看到的是一片大大小小的黑葫芦头，都是闹洞房的人。虎妞怕闹洞房弄脏了新被褥，提前装进了箱子里，床上只铺一张光席。她坐在床边，那些半大小伙子就凑到她身边和她并肩坐着，有的揽住她的腰，有的捋着她浓黑的头发，有的拉着她的手亲切地叫嫂子，有的趁机在她胸上抓一把，有的噘着嘴想亲亲她的脸。虎妞认为他们都是不懂事的孩子，并没有生气。然后又挤进来两三个大小伙子，抓住虎妞前胸的衣襟向外拽，说咱玩个花样好不好？干什么呢？筛罗好不好？接着一片嬉笑齐声欢呼：好。然后就有脏话骚话接踵而来。这筛罗村里人都知道，人们都很自觉地向周围移动，将虎妞围在中间，像村里妇女罗面似的，将虎妞往后推搡，后面的人又猛然将虎妞向前推，左右的人将她往左右推，推着吆喝着哄然大笑着，虎妞身不由己被围在人墙圈里晃来晃去，脚像没了根，身子像一块滚动的肉，疾速摇来晃去，五脏六腑都像要从口里蹦出来，浑身上下被人摸了个遍，她心里难受极了，感到一阵阵恶心，认为他们是在耍赖害人欺负人，心中的怒气徐徐往上涌，她强忍着压抑着，真想大喝一声：住手，好了，不能这样折腾了。心里告诫自己不能发火，不能发火，于是忍住怒气不再吭声了。有个小伙高喊："咱看看新娘的光身行不行？看看美不美？白不白？奶子大不大？"这话又新鲜又有刺激性，紧接着又齐声回答："行、行、好、好。"一阵欢呼雀跃拍手哈哈大笑。虎妞听此言头猛然蒙了，心里像敲鼓似的怦怦怦加速跳，满腔怒火往上烧，觉得这是对她极大的侮辱，认为他们是一群心不善的大流氓。当三个小伙上前解她的衣扣时，她一手护住前胸，一手狠狠抓向最前面那位小伙子的脸，那坚硬的长长的指甲像萝卜擦子那样，霎时将小伙子的脸擦成了红萝卜丝，成了血迹斑斑的花脸。虎妞恨只恨手里没东西，如果有东西，就会拿着砸上去同他们搏斗，她只能骂爹骂娘骂姐妹，用最恶毒的难以写到纸上的语言骂，骂他们个狗血喷头，骂得他们纷纷狼狈逃窜。骂了一会儿接着说："你们来吧，想看老姑的笑话，想戏弄老姑，想跟老姑耍流氓，老姑跟你们玩儿命，让你们断子绝孙，让你们全家死光，让你们走路遇车轧死，上山掉悬崖，打水掉井里，蹲到厕所墙头也砸死恁……"

一阵怒骂果然有效，他们都面红耳赤地狼狈而逃，说新媳妇真厉害，拉着站在院里的胡三去听听，说遇到这样的老婆，还不如当光杆儿司令，以后有你受的。胡三胸有成竹地拍拍胸口说："兄弟们放心，我有魔招，不信治不了她，等以后你们看到她就是小绵羊脾性，老牛般能干，小猫一样的温驯，像咱村的好媳妇张大嫂善良贤惠又温柔。"那个红萝卜丝脸捂着脸撇着嘴说："你媳妇简直像恶妇、野兽，看把我的脸抓的。大哥你别瞎喷，要不了多长时间你也是这脸，不信走着瞧，将来跟李豁子差不离。"胡三笑笑说:"将来我像猫,她就是老鼠。"那个瘦高个儿眯着眼说:"瞎喷吧。"

胡三说不信试试,走着瞧,我的调教方法比教授高明。他走进屋听着小萝卜大腔的虎妞骂人确实骂得难听,感到真是名不虚传,还没见过这样的新媳妇哩。他以前也闹过洞房,什么新娘新郎喝交杯酒、咬苹果、捆在一起呀,闹腾一会儿开心取乐就散了,从来没见过扒新媳妇的衣服的,今天不知是哪个鳖孙想出这个孬点子。惹得虎妞发疯般地骂,让她原形毕露。胡三心想,如果现在镇不住她的脾气,以后必定受气,这就增强了胡三调教新娘的决心。

胡三看到人们纷纷离去,慌忙出来,说:"别慌走,别走,来来来咱们喝两盅,喝两盅。"站在外面看热闹的人,有的说新娘骂恁也不亏,谁叫恁想馊主意扒人家的衣裳呢,回家扒恁姐扒恁妹的衣裳去。人家胡三还没下手呢,恁先下手。有的人走了,有的人钻到厨房去喝酒了。胡三弄点儿中午的剩菜,再配点儿生萝卜丝、生白菜心,赔着笑脸说,喝酒、喝酒,都有错,都有错。心想喝点儿酒,壮壮胆,好调教虎妞,如果刹住她的威风,以后自己的日子就好过。

外人散去,胡三的脸红得像关公,喷着浓浓的酒气闯进洞房坐在一条板凳上,虎视眈眈地盯着虎妞。其实他心里并不怪罪虎妞大发雷霆地骂人,如果真把她的衣服脱光那才叫丢人呢，自己还没看这块宝呢，不能先让人家欣赏。

虎妞看到胡三这副令人恐惧的面容，便猜测要么是他喝醉了，要么是她骂人惹恼了他。她也一脸虎气地坐在床边一言不发。洞房里没有欢乐，倒有异常紧张恐惧的气氛。

忽然胡三怒气冲冲地去了厨房，拿起案板上的切菜刀蹲在门外的磨刀石旁霍霍地磨起来，磨了一会儿还用拇指头圆鼓鼓的肉肚轻轻刮刮闪亮的刀刃，感到不锋利，还继续磨，又磨了一会儿再试试刀刃利不利，觉得很涩，就是锋利了。然后操刀来到洞房，坐在靠着门口的木板凳上喷着酒气一脸怒色，硬声硬气地喊："咪咪咪，咪咪咪。"温驯的小猫喵喵地应声来了。这是他家养的小花狸猫。平时，家里放着农用品，储存着各种杂粮，是老鼠光顾和生活的阵地，所以大部分家庭都喂猫，老鼠只要听到猫叫就会胆战心惊，就不敢放胆糟蹋东西了。胡三指着小花猫怒吼："去，去，给老子打洗脚水来，打洗脚水来，听见没有？"

虎妞看到他的凶相很可怕，明白是对她不满，意思是让她打洗脚水。她的倔劲又上来了，我偏不打，没想到新婚之夜你提刀弄枪的，借着喝点儿马尿耍酒疯，什么东西，看你怎么着？但她绝不和他顶撞，如果真是醉了，顶撞是要吃大亏的，何况他手里还拿着刀。她想起了娘交代的话，不改脾气就吃大亏呀！

猫似乎没听懂胡三的话，先伸伸懒腰，而后缩缩身子，夹起尾巴，瞪着晶莹剔透的圆眼球望着胡三喵喵喵地叫几声。胡三盯住小猫又怒吼："还不听我的，畜生，还敢给老子犟嘴呀！"说着一把抓起小猫，将菜刀对着它的脖子噌一刀宰了，然后恶狠狠地扑通一声摔在地上。小猫仅哇地叫了一声就没命了，先在地上轻轻地弹弹后腿，又缓慢地伸直了四肢，然后侧身躺在地上像睡着一样不动弹了，从它脖颈里流出的鲜血染红了一小片地面。胡三就是想要这样的效果，只要活做得利索，小猫就不受罪。

虎妞瞪圆眼睛惊愕地看看杀气腾腾的胡三，又瞧瞧地上的小猫，感到浑身冰凉，毛骨悚然。她怎么也没想到平时善良温和的胡三心竟然这么狠！他那善那好一下子烟消云散了，突然间变得那么陌生。她也明白胡三的意思不是杀小猫，一切是冲她来的。她感到震惊。

胡三又喷着酒气呼唤狗，他家的黑狗慢腾腾地摇着尾巴来了，看到躺在地上的小猫，伸出鼻子闻闻它的头又闻闻它的身，这是它的好伙伴，它们常常待在一起，它看家，猫逮老鼠，现在小猫已经不搭理黑狗了。黑狗抬头看看胡三手里的血淋淋的菜刀，就怀疑是他杀死了小猫，哼哼唧唧抬头瞪着胡三发呆。胡三用刀指着黑狗怒吼："你还反天哩，想跟我对抗，要你的命。"黑狗一点儿也不怯弱，好像是伙伴死了自己也不想活了，继而盯住胡三汪汪汪地大叫起来，又用前爪抓胡三的双腿同他愤怒对抗。胡三忽然站起来用脚踢它又用刀指着它说：
"去，给我打洗脚水来。"黑狗抖抖身子摇摇头，意思是不去。
胡三更恼火了："畜生，敢给老子对抗。"说完弯腰把刀伸到狗
脖子下面，一反刀刃往上猛然一使劲，嚓地将刀抽出来，狗头
掉了，瞬间狗血喷地，狗眼还直愣愣地瞪着胡三，四肢弹动，
片刻伸直了腿。

虎妞看着惨不忍睹的场面和杀气腾腾的胡三，心里发怵，
浑身颤抖。只知道他是个磨豆腐的行家，没想到还是杀生的好
手。虎妞恐惧至极，觉得胡三简直成了魔鬼。

胡三用血淋淋的菜刀又指着虎妞说："去，去，给我打洗脚
水来。"

虎妞觉得胡三失去了人性，像疯狗一样咬人，看着血淋淋
的切菜刀脸色苍白，心惊胆战，从来天不怕地不怕的虎妞，真
正知道了恐惧的滋味，什么爱呀情啊已经荡然无存了，心里只
有惊恐可怕心灰意冷，自我劝诫一定要闭紧嘴巴，不能招惹
他，他是个杀生魔王，不然就要你的命。虎妞轻手轻脚地向外
溜着说："我去，我去，我这就去给你打洗脚水。"

虎妞端起门口的花瓷盆去打水，胡三顿时丢掉菜刀，伸展
双臂咧着嘴笑，心说：没想到教人有方，这就是良方，当即见
效。我赢了，我赢了，我胜利了！拳头一握，做一个伸举的动
作。胡三欢喜了一阵，左等右等不见虎妞端来洗脚水，反而感

到有阵阵寒气袭来，不好了，他急忙跑出去找虎妞，走到厨房门口傻眼了，厨房里没有虎妞，他明白虎妞一定是跑了。

胡三跑出家门直奔岳父岳母家，看到岳父岳母家的灯还亮着，给胡三一丝安慰，想到虎妞一定是回娘家了。他推开虎妞家的门，见到二老扑通跪在他们面前。虎妞娘莫名其妙，惊讶地问：咋啦？咋啦？虎妞哩？

虎妞不是回来了吗？

谁见她的影子了？你们咋啦？到底怨谁？

胡三连磕几个响头说："怨我，怨我，都怨我，是我对不住虎妞。"二老脸色黑云密布，岳母冷冰冰地说："起来，起来，说说咋回事。"

胡三跪着不起来，左一掌右一掌，啪一下，又啪一下……狠狠扇自己的耳光，痛哭流涕地说："我这是逞啥能，玩啥心眼啊！我对不起您，对不起虎妞，都是我的错，今后我一定听虎妞的话，像供神仙一样供着她，您叫虎妞跟我回去吧。"

岳母眼一瞪："你说啥？虎妞根本就没回来，这里里外外你找吧。咱丑话说头里，不管在你家发生了什么事，如果虎妞丢了，我跟你没完。"

虎妞永远失踪了，虎妞爹娘逼着要闺女，后来胡三也疯了。

容三惠，原名张书霞，河南西平人，中国作协会员，文学创作一级。著有长篇小说《刀子嘴与金凤凰》《城市天堂》《谁主沉浮》《红牡丹》《望青春》等，中短篇小说集《都市情缘》《简办的婚礼》《容三惠小说选集》等。另有散文两部。曾获河南省"五个一工程"奖、全国优秀中短篇小说奖。有作品被改编为影视剧，译成英、法、德等多种语言。

幸福的花儿越开越胖

秦湄毳

一缕阳光从高高的窗户斜进食堂大厅来，光瀑如一条悬挂的小河，尘埃在这光的河床里，密密匝匝地飞腾，一闪，一闪。

正值春日午后，一堆斑斓的花朵奔跑着，冲进矿上职工食堂。

打饭的服务员举着汤勺拎着菜铲子愣住了，那些晚了钟点升井的煤矿工人，正站着、坐着在大嚼特嚼，比力气似的正呼噜呼噜喝着粥，"辽阔"的食堂大厅，不知从哪个角落里传来一声又一声"哼——哼——"异样的声音，吃饭的人，都停了吃喝，空气凝住了，只有顶棚上旋转着的大吊扇在吱吱旋转。所有的眼睛一眨不眨，全都盯在肆无忌惮地奔进食堂来的那一团滚动的花朵——一头浑身缠满迎春花的猪身上！

看，一颈、一背、一肚、四蹄，甚至小尾巴上，也甩着一串金黄色的迎春花。

"猪——哇——哈哈——"所有的人哄堂大笑，有谁还笑喷了，汤和菜洒落得哪儿都是。

"嗜，又是喂猪那娘们儿作精哩！"

"娘的，男人死了都不知道心疼！"

"过的啥日子，还有心这样做。"

这时，一个满身同样花哨的女人吆喝着，挥着一根柳树枝子，跟孙悟空追赶白骨精似的冲进来："哟，嗬！爬回圈里去！快！滚！"

她撵着轰着赶着追着，圆乎乎的两团，分不清哪是猪，哪是花，哪是肉团，哪是花苞。这样两个"花皮球"，一高一低在食堂里热闹非凡地表演，笑的、骂的、吆喝的都有，食堂里的人像是在看戏耍。

终于，矮的那堆花，叽里咕噜滚着，蹿向食堂门上的门帘子，那团高胖的花花绿绿转回脸，扭头看一眼那些盯着她的眼珠子，大眼珠、小眼珠、双眼皮、单眼皮，眼珠里有冷、有漠、有怜、有悯、有嘲、有讽……她看不见，没感觉，脊背上"五味杂陈"，麻麻的一片，她用柳枝挑着帘子一角，侧歪着花花胖胖的身子挤出去，只一蹿，头上戴的那一圈"花红柳绿"，还摇摇摇，差点儿坠落下来，女人咧一下大嘴巴，抬手去扶住，冲着食堂里哈一下腰，怪异的表情跌满地，她追撵着那只戴满了花朵的猪而去了。

"哗——"她身后的人们又笑翻了天！

那一缕从高高的窗户斜进食堂大厅来的阳光，在声浪里摇荡，光瀑闪断，悬挂在空中的小河坍泄了，又默默聚集起来，尘埃一飘一飘地飞……

她是谁呢？唉，就是矿上猪场喂猪那女的呗。

这个给猪挂花挂草的女人，如今已经退休了，可人们还是习惯地称她为养猪的女人，或者称她是"给猪戴花那的""猪场那个神经女人""喂猪那娘们儿"，也有街坊邻里的女人会对着孩子说"给猪戴花的那个婶"，还有叫她诨号"猪戴花"或者"香破天"……几十年了，鲜有人知道她的姓名，而她也早就习惯了这乱七八糟的称呼，也习惯了人前人后那些关于她的议论与诉说。她过她的日子，尘埃想飞扬就飞扬。

她的男人曾是矿上的挖煤工，几十年前出事故死了。那时，她才二十出头，拖着高高低低的三个孩子来到矿上，接受事故科的后事处理。形貌拙笨，男人死了还不知道哭，打量她粗憨的模样，事故科的人议论："这女人来了能干啥，除非去喂猪。"这有伤自尊的话，人家当着她的面说，她都跟没听见一样，照样跟她那抱在褴褓里的、一高一矮立在身旁的三个孩子"嗯嗯哦哦"地逗玩。有人就笑了，这女人的心，压根儿就不是肉长的。

就这样，她拖着三个年幼的孩子，转户口来到煤矿，顶替了死去男人的班。矿领导还真的安排她去了矿上的猪场喂猪去，因为喂猪的没有女人，只她一个，称她"那个喂猪的女人"，是百分之百分得清、认得出的。这便是她的号，她便在这号下摇摇晃晃地生存了下来。她便格外卖力气地养猪圈里那一栏一栏的猪。冬天的雪、秋天的雨、夏天的蚊蝇，她都耐受，抗得住腥臭，抵得了寒暑，她还咧着大嘴巴嚷，城里比乡下总是舒坦，这活儿再苦再累，也没有乡下农活损耗人！她快乐得像她喂养的猪，吃饱喝好，舒服舒心——不想那死鬼，他都不管俺娘儿几个了，不想他，喂猪、喂孩子、喂自己，过日子。

一栏一栏的猪，小崽长大了，大崽长壮了，壮的过年过节被奉到职工食堂的餐桌上了，母猪下崽了，公猪搭羔儿哩，循环往复，一年了，四季了；四季了，又一年了。猪栏上，圈棚上，来风了，落雨了，结霜了，飘雪了，飞落叶，吹花香，秋冬春夏，好过的，难挨的，都过了，都过着。

春天，春天，来吧，来啊——喂猪的女人喂猪的时候，总是这么打着敲着猪食盆喊，像是一只叫春的猫，她一年有三季都在等待春天，都在盼望春天。

猪场里那个负责人孔师傅在忙完管理和采购协调的事之后，也会来喂猪，他发现他怎么叫"啰——啰——啰——"猪也再不识这人们通常用来唤猪吃食的号子，于是，孔师傅无奈，只好学她的样，试了一嗓子——

"春天，来啊！"

哗，大猪小猪、白猪黑猪、胖猪瘦猪，还真的蜂拥前来，拱盆子饕餮，舔猪食盆"呱唧呱唧——"

孔师傅苦笑着摇头，这哪里是养猪，原来是圈了满圈满圈的"春天"。

有一天，孔师傅又发现一圈一圈的猪都穿青戴红的，他彻底崩溃，他与她谈判："你不能这样养猪！"

她说："就要这样养猪。"

"你这样养它们，我就没办法养了。就这它们都不听我的号子——"

"那你不用养，你只把其他的事管好就中了，喂猪的活都交给我，本来你就是官，我就是民，你管我，我管猪——"

"扑哧"，孔师傅又笑了，在听到她说"你是官，我是民，你管我，我管猪"的时候，说"好吧，这可是你说的，喂食的活儿全归你？"

"中！"

她叫着"春天"，满圈欢蹦乱跳，"春天"来了。

春天来了，猪场周围疯长着成摊成片的草，草堆里生出枝枝串串的花儿，各色的都有。她看着，看着春风里那一会儿倒下，一会儿起来，一会儿低头，一会儿仰脸的花，迷痴痴的，不知是晕了眼，还是晕了心，醉了一般，摇摆着短粗的腿，奔了去，腾云驾雾似的，糊糊涂涂，迷迷瞪瞪，一把，一把，又一把，粉的、红的、黄的、蓝的、白的，紫莹莹的、水灵灵的、青嫩嫩的、新鲜鲜的，美呀香！她真个是晕了，她从来没有见过这么多的花，还全都围绕着她，听凭她的支配，任她扯，任她拽，她痛快——痛快——痛快——她用不完她的力气，畅心畅肺地，浑身长满了手指头，打着滚，撒着欢地扯，扯来，穿成串，编成花辫，结成花环，给猪戴脖子上，系尾巴上，扎大耳朵上，她自顾自在春风里笑，对着猪笑，猪也快乐地冲她乱拱乱哼哼，花、猪、人，都在春里，花花的，香香的，鲜艳着，热闹起来，猪场里的光线，也瞬时芳香起来，明亮起来了。

有人说，养猪那女人疯了吧？也有人撇嘴，喂猪那娘们儿，作精呢！

她不管，她兴奋起来了，又唱又跳，又笑又哭的，还会仰面八叉地躺在花丛里，望着满天的白云，看它们在天上飞，她有时候搂着一只小白猪，有时候揽着一头大花猪，嘴里咕咕哝哝地诉说着，说得如痴如醉，说得吐沫横飞，说得畅快极了，说的啥，谁也不知道，听见也不懂……

"养猪"的女人，只管养猪；"给猪戴花"的女人，只管给猪采花戴，有时候也给自己弄一身花花草草，一套一套的装备，武装得浑身上下全是花儿，头上、颈上、腰间、手腕、脚脖、头发髻上……

她男人的那场事故，矿上的人都知道，而她这些花花绿绿的肠子，花花绿绿的活法，惊世骇俗地打扮她的猪，挂花挂草地折腾，今儿这样，明儿那样，神一出，鬼一出，弄得她跟她喂的那些猪都惊世骇俗起来，在这个巴掌大的煤矿上出了名，"神经""出鬼""作精"，说的都是她。

这个作精的女人，她的三个孩子，大的是个女儿，先天癫痫，她的两个儿子，一个患气管炎，吸到凉气就喘，一个是小儿麻痹症，走路跛着。日子一天天过，俗世的尘越落越多，在她心上，心是不是肉长的，她自己知道——有时候听了刺破耳朵茧子的啥人言鬼语，或者受了不知什么人的呵斥，实在心里没地儿搁下，她便号两嗓子，对着她养的那群猪，号哭一场，招魂一般，诉说一通她的"命咋就这么赖"，然后，她的魂就好似被招回来了。一转脸还照样给猪喂了猪食就戴花。她的心上，她喂的那些猪，跟她贴心贴肺贴肠子，她的猪，是她的知己——因为她的猪，了解她爬坡爬得多难多累，一群花猪哼哼着，给她的也是一双双木讷的眼神，呆呆地看着她，暖暖地不伤她。不给风吹不给雨淋不扎不刺，就是对她的爱。她总要打扮她的猪，然后，擦了眼泪，再回家给孩子们做吃食，她做的饭菜自然不细腻，孩子们还是吃得起劲儿，却长得孱弱。有一段时间，猪场的猪也不断地死，就有人吐口水，"瞧这女人，自己倒肥实，孩子个个那个干柴样儿，猪喂得快光圈了，弄啥中！还整天出鬼作怪的！"

她听到了，也辩解几句，也就几句。谁也懒得听她，她也只管继续去职工食堂拉来剩饭剩菜剩汤水，只管喂她的猪，只管给她的猪戴花，只管给自己也戴花，哪管别人还议论什么，也不看什么猪以外的眼神，更不管拉车的绳索勒红了脖颈还是磨烂了皮肉。

喂猪的女人，夏天热得红头涨脸，冬天冷得手皴足裂，不知蚊虫叮咬，不视苍蝇横飞，不嗅恶臭冲天，不看风，不瞧雨，她闷头闷脸，舍了身舍了魂，冰砸她，雹淋她，烂了朽了，呆了木了，就是她，都是她。她有时也在阳光下拔着草，掐着花，自己叨唠："只要不死，就得活，只要不死，就要受。"她一遍一遍地说，说上一百遍、一千遍，说上一上午、一天、一年，太阳升了，月亮落了，花开了，草黄了，风里，雨里，地又绿了，蝴蝶又飞得满天香……

一茬茬的猪长大，她的孩子们也在成长，女儿被安排在矿上做了宿舍管理员，她感到有了希望，有了帮手，女儿能为她分担了，家务事、家政事，她的心里裂开一道缝隙，可以照进阳光吹进清风了，她给猪戴花戴得更起劲，自己也可着劲儿地戴啊，那些猪圈周围的花花草草，一年一年，因了猪肥料的滋养也越发生长得旺盛。

女儿不似她的模样，长相随她死去的爸，越长大越好看，出落得花儿一样，高挑挑的，细致白净，有了对象，不嫌她的病，喜喜乐乐结了婚。她的心里觉得有了一份踏实，喂起猪来，会对猪们高喊一句："猪八戒，你们的嫦娥奶奶来喂你们啦！来吧，春天，春天来了——"挖满一缸缸猪食，看着猪八戒们"哈吞哈吞"，她看到曙色照得猪圈有了光彩。她欢喜得胖墩墩的身子想尥蹶子。

她的眼里有了春色，她的脸上也沾了春光。她对猪哈哈嘿嘿地欢呼，"天天叫春叫春没白叫，春天还是听见俺的喊叫了。春天，来吧，花呀，开吧，越开越胖——"

她很得意，"集团提倡创造发明，我这也是在发明创造，花跟猪一样，盼着开得胖，长得胖，幸福也是，要胖，哦，幸福是胖的！"

孔师傅听见她这么说，笑得要晕倒了。"你可真中啊！你个老娘们儿！好好好，啥都胖，只要你把矿上的猪喂胖，你想咋胖你咋胖，你想叫啥胖你叫啥胖。"

她的猪戴着花，她也戴着花，果真，她的日子渐丰润，如她种的花儿一样"胖"起来了。

女儿心疼她、体谅她，她很知足；两个儿子虽不高壮，却也慢慢懂事些，她拉猪食更卖力地弓身蹬地，想着也要给儿子们娶媳妇，感觉好像已经当上了奶奶，看见汗珠子掉在地上摔成瓣瓣，她笑了，笑成一朵朵希望的花，灿烂得那一群猪更加花花艳艳，猪圈更明媚了。

这时，她的女儿怀孕了，她的心似一片叶，喜颤颤的，有点儿怕，因女儿的病情，医嘱不要孕育，可女儿执意想生孩子。她的心提到嗓子眼，担忧着女儿的癫痫，唯恐她犯病，不舍昼夜地，只要女婿不在家，就让大儿子跟了去，"看好你姐，她睡觉，你坐一边看着她！"

腆了大肚子的女儿，也买了楼房，特意选在她的对面，从阳台上她就可以看到女儿的家。女儿说："这样方便，可以照顾妈妈，因为妈妈越来越老了。"因为买房，女儿花钱很仔细，虽怀孕，也不舍得花钱买这买那的，却抠出一点儿余钱贴补给妈妈。她心疼这孝顺的孩子，只怕她有个闪失，天一亮就打电话，天黑了就把电话放枕头边上，她几回都惊醒来，因了幻觉，骇得心头肉都碎裂。她向猪诉说心事，祈求"猪八戒在天有灵，保佑俺这养猪女人的女儿幸福平安"！一双双猪眼忽闪有神，她给人说，"猪通人性，知道俺对它们好，听懂了！"

不可饶恕地，不能接受地，她的女儿，怀着八个月的胎儿，在一个深夜走了。走的前一晚，还给她说："妈，我明天一早帮你喂猪去。"

那天一早，她等对面的女儿家亮灯，怎么还不亮，电话打过去没人接，又叫大儿子过去看，大儿子说："我四点才从姐家回来，现在五点半，能有啥事，不去。"

她又追问细节，大儿子说："守了一夜，姐说，天快亮了，六点多你姐夫就下夜班了，你太困了，去睡吧。"大儿子瞌睡得睁不开眼，"姐使劲撵我，我就回来了，再说姐夫知道提前回来的。"嘟嘟囔囔里，她却越发心慌。

站在阳台上望女儿的家，朦胧着，看不清，瞪大眼，张大嘴，竖起耳朵，弓着腰身，趴、趴、趴，往前凑。

嘭——碰住玻璃了，窗户的玻璃，她又伸出她沾了面粉的手擦擦玻璃，还是看不出什么，没有动静，没有声响，小区的灯影影绰绰，她的心也花了，如麻一般，搅扭起来，比看不清的光影还乱。

"不行，我得去看看。"她顾自放下另一个手里的面盆，"腾、腾"两下踢掉拖鞋，换上女儿才给她买来的新鞋子。戴上女儿给她买的金镏子。想着女儿想买给她自己都不舍得，却要给她这当妈的买大金镏子。心肝呀，宝贝！她感觉自己的心肝肺都像是急得从肚腹蹦出来了。

大儿子已经钻到他的床上去睡觉，迷糊中听到她风风火火地说："我再去看看你姐。"

"看啥看，好好的！"咣咣咣，她下楼。

腿都软了，心上不知道咋回事，就是怦怦怦，像是她平时剁饺子馅似的。她小跑着，正赶上女婿回来，说："妈，没事！"

掏钥匙开门，她来到女儿床前，唤着，一伸手，她哇就坐地上了。女儿手指都冰凉了。

她攥着从女儿手心里抠出来的那点温热。告诉自己，抓住啊，抓住啊，抓住啊。可是，还是抓握不住，就像抓握不住她的女儿。走着路，走着路，她停下来，"女儿去哪儿了？"她伸出手，去抓，只抓住一把空气，空气也握不下，在手里，一晃，没有了。

她痛啊痛啊，最痛苦的表现就是逢人就称女儿是"孽障"，"孽障走了，孽障啊！"

她不哭，没心没肺的女人，她一天也没歇，去养她的猪。"今儿说好了，给猪打疫苗，防瘟疫。我不去不中。"她给女婿说。从地上爬起来，扒着门框走出去，直接去往养猪场。

女儿是春天走的，猪场周围一派春花烂漫，她对猪说："猪八戒啊，你咋不保佑俺闺女啊，你把俺的孽障接走了，又掏一回俺的心啊，空了啊空了啊，是个稻草人啊，俺的命咋就恁苦哩。"絮叨着，就还伸手掐花来，绕成环，给她的猪八戒们戴上，戴上，自己个儿也戴上，戴上，戴上……

她的苦谁知道？她喂的猪也不再知道。猪戴着花，好看地待在猪圈里。她站在自家阳台上，冰箱一样的阳台上，望对面女婿家阳台上，那火焰山一样的阳台上，抬眼就是她的"孽障"，抬头还是她的"孽障"。"孽障啊，孽障……"她疼成了一个稻草人，她给两个儿子说："你姐这个孽障走了，妈我以后就长猪心猪肺了，不然就没法活。"

没法活，还得活，只要不死，就得受。没有几个人听到她说没法活，人们只看到她继续活着，她说："活受，活着就要受，遇着啥天过啥天的日子。"

春风吹着，她站在花丛里，她从贴身的口袋里，掏出女儿生前给的体己钱，给人看，"瞅，这是孽障给俺的，俺的孽障给俺的。"

夏日炎炎，她坐在柳荫下，她从贴身的口袋里，掏出女儿生前给的体己钱，给人看，"瞅，这是孽障给俺的，俺的孽障给俺的。"

秋风送爽，她望着圆月亮，她从贴身的口袋里，掏出女儿生前给的体己钱，给人看，"瞅，这是孽障给俺的，俺的孽障给俺的。"

冬雪飘飞，她围炉取暖，她从贴身的口袋里，掏出女儿生前给的体己钱，给人看，"瞅，这是孽障给俺的，俺的孽障给俺的。"

她不看人眼，更不看人脸，她望着她喂的那些猪，那一颗颗猪眼里，仿佛有她女儿似的，那猪的脸，是她女儿的脸吗？她说，"才不是哩，俺孽障长得多好看，猪就是猪。只是俺想闺女想不住，只能侍候那些猪，拼命打扮那些猪。"她还给人家说，"猪不是闺女，可是猪解俺的心焦。闺女在的时候，也解俺的心焦。"她只顾说自己的，不管别人怪怪地望着她，扭脸就说，"神经病！"

心焦着，她也没有瘦，还更肥了。瘦的是她的眼睛，窄得越发看不见四周人的脸，更不望谁的颜色。她喂猪，就喂猪，她看花，就只看花。

猪场里，犄角旮旯满是她撒的草籽，开始检查卫生的时候，有人提意见，嫌弃她乱种花。孔师傅作为管理人员，替她帮腔，"不种花她活不成，叫她种吧，种花'美化环境'。"孔师傅想起来矿院墙上到处刷的宣传标语"美化环境"，赶紧用上，赔着笑给下来检查的人说好话。看到猪场不荒不芜的，提意见的人撇撇嘴，不再作颜色。因为也有人给那提意见的人说，"没瞅瞅，这是啥地方，管那么多弄啥，猪只要不瘟又有膘，爱咋咋，她能咋。"

从此，她随心所欲地种草籽，长草花，"花都是草里长出来的。"她给人说，"人都是草，也都开花。"没人搭理她，她就说给自己听。她种的花，也没人看，她自己看。

除了喂猪，就是看花。对着花说话，有说不完的话："命赖，不如人，不看人，看花，我比花好，我还能吃、能跑、能吆喝，花都不能这样，花只能站着，埋到哪儿，就站在哪儿，我比花好看，花没有我好看。"学电视里的，说着说着，绕着绕着，她给自己绕乐了，嘿嘿嘿地笑上一阵子。

就这样，她那掉进了下水道似的眼神，被花养肥了，眼里又开始慢慢地有水了，视线里又缓缓地有光了。

"给俺儿介绍个对象呗！"

她见到谁就给谁说。有人不屑，有人笑话，有人看不起，有人给白眼，有人应付，也有人应承。

于是她伸长脖子，龇牙笑，满脸都是双眼皮，给人家说："弯刀子对着瓢切菜，俺儿不是柳木把，也不用给俺瞅着找个金镶头，不嫌俺，愿意跟俺儿过日子都中。"

她把养猪领下的工资存起，给跛足的小儿子娶了媳妇，有了孙儿，张罗着让大儿子找个活计，给人家当保姆，侍候一个老爷子。

春与夏，一季一季的花啊、草啊，疯了一样地长，她说，她不能疯，她得好好活。可她管不住自己似的，一层一层，一圈儿一圈儿，往自己身上套花环，套草环，看见的人，笑她，相熟不相熟的人，依然都说："这老娘们儿，真个疯了！"

"疯就疯吧。"她说她可得好好活，活着，跟猪一起戴花，陪着她的病残的两个儿子，也过成一家人家。

"俺要也不活了，俺孩子就没娘了。那才是疯了。"

她的两个孩子不管她，跟她说："妈，你想咋做就咋做，只要你心里头舒坦。"

她仰着脸听戏，她拎着马扎满街跑，想坐就坐，想吃喝就吃喝，哪边有风，她就把脸朝向哪边坐歇。她给自己买戒指、买项链，喜欢的，能够买，就买来。她从没有买过花，她说，她会种。"这劳什子，还花钱买，太冤枉，自己种！"

其实，日常里，她种花的时候，也种过圪针的。有一天，她被圪针扎住了。她站在十字街口跟一个久未见面的熟人老嫂子说，"唉，嫂啊，我这回可是丢人了。"不消人家跟问，她竹筒倒豆子，开始讲——

"唉，我也是贪心，孩子小的时候为了养孩子，只想花钱宽裕点——婆婆的抚恤金是一直让我领，领了再给寄回老家去，我每月只给婆婆寄五十元，余下的都自私留下来花了。我是想着，婆婆在农村有地有庄稼，有吃喝，饿不着，腾挪下一些她的钱，用来养活的也是她的孙儿孙女。唉，谁知道婆婆从一个邻村人那里咋知道了，说是现在退休金、抚恤金都是不停地在涨的。就打电话来问我，我诳婆婆说没涨，结果婆婆不信哩，就让小叔子领着来了，这不来了嘛，一来就到矿上退管科去查，一查——唉，一查，露馅来，丢人了！婆婆和小叔子跟我大闹一场！银行卡也要走了，这回是一分钱也沾不住了。唉，丢人了，丢人了，丢人了——"

她的嘴巴像是滑丝的螺帽一般，絮絮地泻着她的难堪。她举着她布衫的袖子捂住脸，藏起头，她从来不是一个看人颜色的人，只管自己诉说，并没有瞧见，人家老嫂子手里拎着一兜子沉沉的菜，手指都勒青了，趔着身子想走，她还在诉说，"嫂啊，嫂啊，没脸哩！可俺那也是没有法子，没有法子，没有想婆婆也难，俺这回可是丢人了！命赖，不丢人，这事咋觉着恁丢人哩！唉！"

又刨土又种草的时候，不知道她是不是把自己的不爽和惭愧种下去了，花又开的时候，就什么都消散了，跟她的各个不幸和难为一起，不见了，在脸上，看不见，看不见的，不一定不存在。她自己说，看不见的也都在，她的男人，她的闺女，她做错事的悔，她拉车的疼，她吃糖果的甜。

春风里，花香飘啊飘，好多人都知道了，这个喂猪的女人整天作精给猪戴花，整天作精给自己戴花。有的人还想亲眼瞧一瞧，这作精的女人，还有她的猪，戴了花的猪会是什么样，猪的肉是不是更好吃？她是喜欢猪才给猪戴花的，还是喜欢花才给猪戴花的？

不知道谁那么有才，又给她起外号，叫"猪戴花"还叫"香破天"——"瞧她戴上花，跟她养的猪戴上花一样的好看！"这样的笑谑里，分不清意义，是说她给猪戴花呢，还是嘲笑她戴上花也还是跟猪一样。话又说回来，"当猪有什么不好，我看当猪好。"这是她喂猪时，常说的话，像钉子一样钉在她自己的心里，也钉进听到这话的人们耳朵眼里。"是啊。"有个有学问的挖煤工人说，"人都是一只行走的猪，能特立独行是顶好的，这话是一个哲学家说的。"云里雾里一样的话，她也听不懂，跟没听见一样。风刮过去了，风又刮过来了，她也好听矿上人们闲侃。"'香破天'自然是好，漫天飘香的，多好！只是怎么香破了天呢？""应该不应该的都乱戴花，还不是香破个天嘛！"于是，一圈子，评评点点，说的人，听的人，都是笑哈哈。她冲人家喊："啥是应该，啥是不应该。咋着是叫乱戴花。"其实她也知道，矿上还有一个人特别会拉关系钻门路，人称"拱破天"的，顺口便给她安了个"香破天"，她并不当真询问，就也跟着一起哈哈笑。

"猪戴花！""哎——"

"香破天！""哎——"

"快点，快点，清猪圈！"

"赶紧，赶紧，拌猪食！"

她的脸，从猪圈里，从猪食盆里，低下去，抬起来，沾着草，连着花，黏着汗水，水珠滚动，脸上，眼窝里，往下落，她不抿，不擦拭……

她也跟人家吵架来着，有一回，她跟猪场那负责人孔师傅吵吵，说喂猪的活都交给她了，老孔自己只负责管理了。老孔奇怪地问她："你不喂猪，还得叫我喂，你是饲养员，我是负责人，要不咱俩换换？你去买猪饲料，你去联系给猪搭羔，你去……"她一听这，又闷声不响了。突然又想起来还是她自己答应过"中"！说要自己全包了喂猪的活儿。

还有一回吵架，是跟猪场里那一家磨豆腐的，人家给猪场交了管理费，她嫌人家种了一块菜地也用猪场的水去浇地。她冲完猪圈，就把水关了，不让人家用水，连豆腐也磨不成。人家找她理论，她哇哇地大着嗓门，热火朝天地跟人吵起来，正好老孔外出办事情回来，叫她把水给人家打开，"人家交的有管理使用费了，都包含在里面呢。"她不语，有一天，她给她的花浇水的时候，突然自己想明白了，我还用水浇我种的花了呀。她没趣地笑，去找人家磨豆腐的买豆腐，说："买两块钱的豆腐。"买了豆腐不走，站着，站半天，人家磨豆腐的以为她又要生啥事，望着她手上的豆腐，问她："要不，再给你添点？"她没来由地来一句，"水，只管用吧，只管用吧。"磨豆腐的两口子听得莫名其妙，只是冲她笑，"好好吃豆腐吧。"

这样的她，类似的事做得多了，磨豆腐人家的小儿和孔师傅戏谑地叫她"十五姨"，因为那时正演电视剧"十三姨"，她做事糊涂起来了，"七上八下"的不靠谱，"乱七八糟"的有时候让人整不明白她的路数，就当她的面称呼"七上八下乱七八糟十五姨"，随了"十三姨"的流行和时尚。七加八等于十五，她还是算得清，就点头如杵蒜一般，"对呢，是十五个姨。""不是十五个姨，是一个十五姨。"那小孩子认真地纠正她。

"十五姨!""哎——"她的诨号已多，并不介意再多一个，大家开心，她也开心，她答应着，笑着，还会举着大马勺，跟着那些猪啊花啊，一起摇摆，一起跳舞。她胖胖的、钝钝的，在风里跳，如磨饲料的那个磨盘在转。

"猪呀，花呀，都送到哪里去呀?"

"幸福像花儿一样，越开越胖——"

她唱着很多半半拉拉的歌，词记不住，高兴起来了，眼里看见啥，心里想到啥，随心所欲加词改造，忽然，她说一句，"我也是十三姨，五花八门地唱歌，五花八门地做事，多热闹呀，我也是十三姨，以后叫我十三姨，五加八是十三，是不是?"

她嘿嘿嘿地笑，嘎嘎嘎地说，末了，又补一句，"别跟我一般见识啊。"不知道是给谁说的，也是正巧碰上谁就冲着谁喊一声。她的声音像扔砖头一样，冷不防地，吓人一跳，她就又被人回扔一块砖头，"神经病!"这砖头轻得，被风吹走了，她根本听不见。

她唱歌，她种花。她总是开心，无比的开心。开心地唱，唱着就开心。花儿胖了，幸福呢。胖了? 还是瘦了? 命运缩水了没有? 不管了，只是唱。这就是她的开心，她就是这样开心。有人说，她的痛苦，像盲肠，断了，扔掉一截，断了，扔掉一截，前尘不沾后事，后事不记得前尘，便容易开心。

看吧，她又开心地去食堂给她的猪拉泔水，戴着她的花，她的猪也戴着花。"生活幸福得跟锅里的水煮开了一样——"

她又唱，"锅里的水开了，跟我种的花开了是一个熊模样——"

"你可真能转词呀！"有人说。她正刺溜拉着一车泔水下坡，没听清别人夸她啥，风呼呼，车哗啦响，她扭不动自己的脖子，也在冲身后的人问，"啥？拽？我可拽！是啊——"她又跑着调造着自己的歌，唱自己的词。

"天不刮风，天不下雨，天上有太阳，花开满天，花开满地，花开哪儿都香，幸福生活万年长，花开万年香，幸福的花儿越开越胖……"

她的身后大猪欢蹦小猪跳着笑。任谁说，看这喂猪的娘们儿，天天过得跟中头彩了一样。连天上的白云都在矿上的猪圈上空浮着不动，来看这里的欢乐颂。

她所在的小城，有一种面，特别筋道，用很大的海碗盛着，看上去，又憨又笨的，能让人吃得傻饱傻饱的。渐渐地，有人说，养猪的那个娘们儿就是那面，筋道得很，要不咋会天天给猪都戴花哩。

黄昏闲坐，有人叹："那个给猪戴花的女人哪……"

一瓣花响，一声慨叹，日子像条流水线，春水一般，流啊流，向前走。

她不再操心小儿子，小儿子有房有小手艺，够吃喝糊口了。她只想着把大儿子的工钱都给他存下，继续攒下工资再给大儿子买套楼房，等他老了，计划让他出租楼房，租间小房子一个人住，也不娶了，用房租养老。她说，这样这辈子的心也就操够了，闭了眼也心安了。

她交代大儿子："咱是人家的下人，要抢着吃剩菜剩饭，新鲜好吃的饭菜水果不要吃，人家让也不要吃，少说话，多干活儿，别嫌累。"

主家的老爷子很喜欢这大儿子，主家也就满意，张罗着要再给涨工资。这主家不是别人，就是当年他孩子爹手下的工人，如今成了副矿长。有时候，老爷子嫌弃这孩子伺候不利落的时候，或者心疼钱给多了，主家就给老爷子开导，"床前还没有百日孝，人家一个半大孩子，白天晚上地服侍您，又端屎倒尿的，别不知足了。要是人家爹还活着，可是还舍不得让孩子给人当使唤人哩，人家爹活着，比我混得好！"是怀念旧情，也是感谢孩子，主家说，再涨工资。她马上劝住，给孩子说："不要再让人家涨钱了，管吃管住了，逢年过节，人家还给咱们恁些粮米面油哩，人不能没够。"

这没心没肺的养猪女人啊，这拙手拙脚的养猪女人啊，这笨头笨脸的养猪女人啊，她活着，也在打算，哪怕打算总被雨淋。雨淋着，她走着，没有停下来。

年年春天里，她的猪还都是花枝招展，她的猪总还是天天有花戴，她也把自己打扮得跟棵肥大臃肿的花树一样，看上去杂乱又茂盛。

她退休了，不喂猪了，也不扯花草戴了，开始往自己身上穿"花"，有什么花穿什么，哪件衣服花朵大、花瓣多，就买哪件。有一天，她站在大街上高音喇叭一样地见谁给谁说："俺孙女造的句子'奶奶一年四季都穿得跟花园似的'！"

"哈哈哈！"她放声笑，卖菜的小贩全都抬头看她笑，笑着，看她笑得——跟个花园似的！

着花衣花裤，大团的花，大把的朵，穿在身上，黏着阳光，摇摇晃晃地走，走哪儿都闪眼，她走着，在大街上，隔了人群，有人唤她："给猪戴花的婶，给猪戴花的婶！"她钝钝的身子扭着，给人说："我去听讲座，北京来的教授，讲老年保健。"她前行，声音和人都淹没在人群里，只那一身硕大的花朵，明艳地攒动着。

满身"花园"的日子，没有风雨都是美的，空气里含着香。雨来了，雨又来，雨来时有突然，也有阴天太久所致，"阴来阴去下大雨，病来病去病死人"，她是猜得到呢，还是料不着——她的大儿子，没有了，病殁了。

大儿的哮喘病，愈来愈加恶化。在一个冬季又发作了，严重起来，住着院，不见轻，在抢救台上没有了，没有救回来。

这时的她已退休多年。那个一直提马扎拎茶壶在小城游玩走四方的她不见了，那个脸上总是任哪股风也吹抹不去的皮实和糙厚不见了，她的脸两边，眼下边，额头上，塌陷了，成了坑，一张脸，像是成了只旧筛子，没有眼儿，全是坑。哪一天开始，有人在小区里见到她，扒垃圾，捡垃圾，天天扒，天天捡，垃圾里有什么呢，她天天与垃圾箱、垃圾桶为伍，不看天，不看地，不望阳光，不说不闹不造歌词唱，她想是也忘记她养猪的时候，戴过的那能装饰得了全世界的花了吧，想是，全世界的花，也都把她忘记了。

她捡什么呢，从垃圾里，拾荒，越拾越荒，想是她的人生，如一碗茶，凉透，凉到馊，清水无味，也馊了。她的心，在垃圾里，翻腾，俨然，成了一块垃圾。

她没有跟谁再说过啥话。她像垃圾一样沉默。同时，走在大街上，也像垃圾一样，无人理睬。嗵、嗵，扔垃圾了，扔垃圾了；咣、咣，倒垃圾了，倒垃圾了。她走着，演着她的"口技"，伴有"形体艺术"，挥胳膊蹬腿地做着动作，又是扔，又是倒。垃圾如毒素，令她乱飞。蹦跶着，跺着脚，走，走，走，不停下来，停不下来似的。

"俺种花是想把花种进命里，俺的命咋就恁样赖呀，啊！"她突然崩溃，在一个春日的早晨，漫天花香——

她仰面大哭，痛心，锥穿肝肺，泪水像暴雨，倾盆而下。

　　高天云彩眼里，大地花香深处，传来一阵阵轰响，"幸福像花儿越开越胖……幸福像花儿越开越胖……"谁的歌声？越来越遥远，越来越近——啊……花……胖……

　　后来，后来，听说，她停止捡垃圾了。她抹了泪水，洗净手和脸，挥着一条红绸，在小城街心的广场上舞，起舞，歌唱。

　　舞不灵动她的红绸，她只热烈地挥；歌声驮不动她沉重的嗓音，她只吼出她的嘶哑来。没有沧桑，她青翠如当年的眼神，浊了，一瞬，又青了翠了，翡翠的模样，眼神里，盛放翡翠的青，梦一般，当年她拖着三个冬瓜一般大大小小的孩子来矿上接了丈夫的班，如今，她想不起来了，梦一般，只记得，二十三岁的丈夫，那样年轻，他们刚才入了洞房——

　　红烛。金镯。

　　丈夫说，挖煤挣下钱，给她买金手镯。

　　她干什么？不知道。她说，她想要一对金手镯，戴胳膊上会开花！

　　红绸飞，杳渺传来谁的歌声，"会开花的天，会开花的地，会开花的金手镯，幸福像花儿一样越开越胖……"

　　一缕阳光打进厅堂，闪闪尘埃在空气里游走，光瀑如小河……小城最老的一座商场里，金首饰销售柜台透明的玻璃上，趴着一个胖胖如陀螺的老女人。近了，是她，戴了花，在白头发的鬓角插着一朵花。白炽灯耀眼地照射着，她手上举着一只镯子——

"什么价？"营业员拈标签仔细替她瞧，点着计算器。"哦！"只见她，翻她身上的口袋，大把地掏出来，又摸回去，又掏出来，又摸回去，手里再也没有掏出来什么。

踩上电梯回头看的时候，惊讶地发现，她又把所有钱票子，一把一把地往回收……

春之野，猪在飞，猪在跑，猪在开花，神在跳舞，万物都在发光。岁月是一条河，有一头戴着花的猪，有一群戴着花的猪，啃食人间的尘香；时光是一头猪，路过一条开花的河；生命是一条开花的河，路过河两岸戴着花的猪，花开满天香——

本文初刊于《四川文学》2020年第2期

秦湄毷，本名秦海霞，中国作协会员，河南省文学院签约作家，鲁迅文学院高研班学员，多种期刊签约作者，作品散见《散文选刊》《散文（海外版）》《小说月报》《小说选刊》，已出版多本作品集。

活期存款

孙青瑜

孔宪英没有将房子留给继女，结果继女反目，孔宪英老人孤苦无助，人间惨剧。惨剧到底是怎么发生的？如果时光能够倒流，当初能否避免？

上

一晃两年了，当初孔宪英一个月一千块钱的许诺，至今没有兑现一分。先前想起这事，六十八岁的许桂兰还略为不满，后来再想，也就顾自一笑了。

七十三岁的孔宪英脑子充过血，好是好了，可半拉脑子毕竟坏掉了，行动一直利索不起来。本来她想去老年公寓，可就是找不到那个签字人。其实也不是找不到，只是不愿意去找罢了。用孔宪英的话说，闺女毕竟不是亲生的，骨头还没打断呢，筋就断了。每每想到这个继女，孔宪英就忍不住在许桂兰面前落泪："妹子，从一岁呀，就这么长一点，我把她一点一点地拖大……没法说，坏良心！"

孔宪英和继女闹僵，是因为孔宪英眼下住的这套两居室。这套房本来是老伴留下的，按说该给女儿，可是孔宪英不想给，为防节外生枝，她早早立下了遗嘱，将房子给了娘家侄子。不想这一来，算是彻底得罪了女儿，女儿几经大闹无果，便放言断绝母女关系，从此母女断绝往来了。虽然口头上断绝了母女关系，可孔宪英的法定监护人还是继女，继女不签字，老年公寓不收人。一拖再拖，孔宪英去老年公寓的念想便断了。

侄子呢？并不是孔宪英所愿的那般孝顺，简直是铁毛老公鸡——一毛难拔。可这只铁毛老公鸡的嘴巴倒是甜得让人心碎，整天姑这姑那地许诺，哄得孔宪英心花怒放。直到孔宪英中风进了医院，才真正见识了侄子的为人。医疗费侄子死活不肯掏一分，逢到护士催着让交钱的当儿，皆是一口一个姑夫地喊老秦："姑父，人家让交钱了，你咋还不去？""姑父，赶快去交钱！"回回听到这话，躺在病床上的孔宪英都气得面色发青。老秦是孔宪英的半路夫妻，也近八十岁的人了，东一头西一头地在医院伺候了孔宪英近一个月。因为没有领结婚证，一场脑溢血的花费将那老家伙吓跑了，孔宪英人还没有出院，老秦就从她家里搬走了，草草结束了十多年的同居生活。再往后除了隔三岔五地像走亲戚一般来看看她，再也没有了更深的交情。

老秦吓跑了，侄子又靠不住，孔宪英本想回头笼络继女，可惜为时已晚。继女开罪罢了，若再拐回头去重写遗嘱，心里毕竟有了沟壑，也不见得会比侄子好。

这样一来，孔宪英算是八面难靠了。

从医院回来，孔宪英一连找了几个保姆，皆因拖欠工资，逼着人家一个个拂袖而去。有一个性情暴戾的，临走时一把将孔宪英脖颈上的金项链夺走，因为用劲儿太猛，金项链断成几截，痛得孔宪英眼泪直掉，可也没说什么，抚着脖子揉了又揉，算是了了工钱。另几个倒是空手走的，找到了新主家，还不忘三天两头跑回来缠那几个工资钱。有两个心软的，来了几次，便不来了。孔宪英每个月靠那几百块钱的低保度日，吃喝都顾不住，何来进项还人家工资？明知无望，便索性来个不跑那个空腿了。可也有一个难缠的主儿，硬是看不见这窘迫状，一根筋地钻进了死胡同，大喊着孔宪英是个骗子，明知道自己掏不起工钱，为什么当初要骗她？话说得实在难听，一来二去，两个人便吵了起来。来一次，吵一次，直到来串门的老秦看不下去，替她结了工钱，才算罢休。讨债的保姆走后，孔宪英趴在床上结结实实地大哭了一场，又大骂老秦心狠，骂老秦是个陈世美。老秦越听越烦，心想，我心眼儿够好了，帮了你这帮你那，你还这般指责我。小老头一生气，走了。再后来，常来看看的老秦也不常来了。

老秦走后，一个空荡荡的屋子里，只剩孔宪英一个人，三天一大哭，半天一小哭，说来皆是"凄"字绕心，排泄不了。一连哭了几天，家里连一点米面都没有了。这想起了先前因花结缘的一个好姊妹许桂兰。

许桂兰先前开个花店，爱花的孔宪英常去光顾，一来二去，二人越聊越投机。后来年岁大了，许桂兰将花店交给了儿媳掌管，自己当了甩手掌柜。老朋友多年不见，竟渐渐淡出了记忆。直到有一天，孔宪英打来电话让她过去，许桂兰才想起因花结缘的这个老姐妹。

本来孔宪英也是试问一下她愿不愿意过来，没想到许桂兰还真来了。

开始许诺给许桂兰包吃包住，一个月一千块钱。许桂兰一甩手说："好姐妹嘞，讲什么钱！"谁想到本来的一句客气话，那孔宪英还真当了真，连干两个月，许桂兰还真一分钱也没拿到。其实孔宪英也不是真的当了真，因为每每逢到月底，她心里比谁都内疚和着急，但也不愿直说，看到许桂兰干点啥，她都像是受了神仙的恩惠一般，一副诚惶诚恐承受不了的样子，说，这怎么使得？那怎么使得？许桂兰早就看出来了，孔宪英就是死要面子，穷在心里，富在嘴上，真是死要面子活受罪呀，但也不能直说，怕伤了孔宪英的自尊："没啥使不得的，赶明你好了，你做饭，我吃，让我再享受回来不就得了！"

不想这一句劝说的话，竟勾起了孔宪英心底的大限随时都有可能到来的悲凉："就我这个样子，还怎么好得了呀！怕是我这一辈子都还不了了呀！"

许桂兰看着泣不成声的孔宪英，又是一个心痛得不行，但又不知道如何再劝。先前两人虽好，可不在一起生活，彼此的性格都隐藏着呢，看到的皆是好的一面。这一次，许桂兰搬过来两个多月了，和孔宪英生活在一起，才算摸清了她的一些脾气，不劝她还好，越劝劲儿越大，越劝哭得越欢，好像她心里有着可多可多的大悲大凄和大仇大恨，无心的一句话就能惹得她哭几个小时。有一次，许桂兰见孔宪英哭得实在是凄楚，也跟着哭了。谁想许桂兰一哭，孔宪英戛然不哭了，还反过来大劝许桂兰。许桂兰知道了孔宪英的脾气，逢到她哭，许桂兰也跟着哭。许桂兰的泪水，回回都能让孔宪英破涕而笑，渐渐成了治她悲凉的一服良药。

许桂兰一连干了两个月，还倒贴进去几百块钱的生活费。儿子得知情况后，死活不愿意让母亲再干。许桂兰无奈，只得离开了孔宪英。

人离开了，心却挂念得很，先前一天天滑过的日子，突然像坠了一块大石头，过得要多慢有多慢，心里七上八下，坐卧不安。不知道这两天连路都走不好的孔宪英是咋过的？第三天实在忍不住了，就又去了。不想许桂兰人刚走到楼下，孔宪英的哭声就从三楼飘下来了，听得许桂兰流出两行内疚泪。钥匙还在许桂兰手里，她上得楼来，抹了眼泪开开门一看，孔宪英正趴在沙发上哭天喊地，一问，两天没吃没喝了，要绝食自杀嘞。许桂兰一听，又是一个心痛袭胸，忍不住上前劝了两句。不想这一劝，孔宪英不但没止哭，还冲她发起了大脾气："你们都不要我了，让我死了吧！让我这个累赘死了吧！"

许桂兰一听，也像是来了气，冲孔宪英吼道："就是死，我也陪着你，好了吧！"

许桂兰说话还真是一言九鼎，这不，一晃都义务照顾孔宪英快两年了。家里也不敢再住，搬到了闺女家里，白天来，晚上走。闺女心眼也好，帮她这个当娘的瞒着哥哥，偶尔家里有了好吃的，还让母亲给孔大姨拿些。

下

清明前一天下了大雨，女儿心疼许桂兰，给孔宪英打了个电话，说母亲有点发烧，过两天好一些了再让她过去看您。电话打了，可许桂兰还是不放心，犹豫了一上午，还是踩水冒雨地来了。

孔宪英见许桂兰开门进来，怔了一下，也没问什么，哆哆嗦嗦地从兜里掏出五十块钱，让许桂兰帮她去买些冥币。许桂兰觉得就算自己身体再好，可毕竟是古稀之人了，踩水顶雨，又转几趟车，不想刚一进门，连大气都没顾得喘一口，孔宪英就支使她出去买东西。按说孔宪英的两任老公都不在了，清明时节雨纷纷，屋里遗孀欲断魂的悲苦她能理解，但也不至于悲苦到不通人情吧？许桂兰接过钱，面色有点不好看，正要出门，就听孔宪英又开口了："妹子，我想好了，要买就买它一百年的。买个十年八年的不中，到时候没有人续钱，混得连个家都没有！"许桂兰听半天没听懂她在说什么，也懒得接话，开门下了楼。

不想走出楼洞口，抬头一看，才意识到孔宪英给自己出了一道难题。因为一般冥币都是配卖物，菜市场入口处倒有一个卖冥币的地摊儿，可这阴天下雨的，人家会出摊儿？想到这儿，许桂兰又拐回楼道里，合上伞，思忖一会儿，越想越觉得没有必要跑这一趟。孔宪英自己还没钱吃饭呢，却想给死者来个一掷千金，这叫什么事呀？按说这五十块钱，差不多够孔宪英两天的伙食费了，如果买成冥币，不知道能买多少个亿呢，现在冥币的面值越印越大，想必那边的钱也在一天三贬，说不准一顿饭就得一个亿了。因为清明尚早，前几天她和女儿一块儿去汇山给老头子扫墓，送的就是亿元大钞。本来也有面值一千亿的，女儿没买，怕面值太大，她老爹花不出去，所以就折中买了几沓面值一个亿的。回到家，许桂兰看着几沓亿元大钞，还对女儿感叹说，"够你爸花一阵子了。"可这一会儿，她突然不那样以为了，只觉得前天送的那几沓亿元大钞，老头子能勉强花到十月初一的鬼节就不错了……许桂兰一边想一边估摸着时间，大约在楼道里站了半个小时，又"噔噔噔"回到三楼，开了门，装着气喘吁吁的样子对孔宪英说："下着雨，人家没出摊儿！"

不想，孔宪英一听这话，又神经质地大哭起来。

许桂兰见孔宪英又因一点小事号啕大哭，蹙了一下眉头，说："别哭了，别哭了，我再出去帮你瞅瞅！"说着，又开门走了出去。

一晃听孔宪英的哭声都听两年了，真听够了，可不来又挂念她，像是上辈子欠了她什么一般——思忖间，许桂兰来到菜市场，一连跑几处，才找到一家配卖冥纸的店铺。许桂兰买了一大摞百亿大钞，剩下的钱又买了一沓叠元宝用的黄表纸。也不知道这孔宪英火急火燎地要给谁送钱——眼下孔宪英给别人烧纸送钱，待哪一天孔宪英闭了眼，有谁会给她烧纸送钱呢？真是活着悲苦，死了依然摆脱不了可怜。

眼看着孔宪英身体一天不如一天，虽然有时候也受不了孔宪英爱哭的性格，可毕竟姐妹一场，总不能眼睁睁地看着她死无居所吧？而眼下火葬费加墓地越来越贵，别说孔宪英一个无儿无女的孤寡老人，就连他们这些有儿有女的人都觉得死不起！曾经几次她想去找老秦，商量一下孔宪英的身后事，因为孔宪英的女儿和侄子都指望不上，唯一可能指望上的就是老秦了。可后来想想，连孔宪英都不去深想的事，自己先替人家想了，若孔宪英知道了，说她多事事小，若怪她诅咒她，她可就说不清了！

许桂兰一边想一边走，不想回来后，孔宪英却不见了。

看着空荡荡的两室一厅，许桂兰傻了眼，暗想孔宪英不会是看出了什么，生气出走了吧？不至于呀，这是她的家，就算是生气，也犯不着玩出走游戏呀！想到这儿，许桂英急忙放下怀里的冥纸，开门朝外跑，一边跑一边想，孔宪英拐着个脚不会走太远，如果步子快了，说不定能追上。

不想跑到家属院门口时，碰到了老秦。

看到老秦，许桂兰愕然地怔了一下，停下问："您咋来了？"

"不是给她跑抵押贷款的事嘛。"老秦淡淡地说。

"她把房子抵押了？"许桂兰瞪大眼睛问。

老秦说："不抵押咋弄？连个埋葬她的人都没有！"

许桂兰一听禁不住大惊，原来自己想到的事，孔宪英不但早想了，还在暗地里行动周全了……许桂兰哀叹一声，这才想起孔宪英不见的事，忙说："老孔姐丢了！我正要出去找她嘞！"

老秦一听，表情紧张了一下，问："拐着个腿脚能去哪儿？"

许桂兰说："我也不知道，她让我出去帮她买冥钱，一回来就找不到人了!"

老秦一听,像恍然大悟了一般,笑道:"别怕,我知道她去哪儿了!"

许桂兰愕然了一下,问:"去哪儿了?"

老秦说:"一准又去土地庙了,这样吧,你回去把你买的冥钱全拿上,咱俩一块儿去找她。"

"去土地庙拿冥币干啥?"许桂兰不解地问。

"还能干啥,烧呗!"老秦说。

许桂兰只知道给神仙送香火,还头一次听说给神仙烧纸钱的。可不管干啥,眼下找到孔宪英最重要,否则自己好心两年也照样脱不了干系。想到这儿,许桂兰急忙拐到楼上将冥币抱下来,见老秦伸手要接,拦道:"别换手了,下着雨万一掉地上弄湿了,老孔姐又闹腾!"

"这老婆子,谁对她好,她就在谁面前脾气大!"老秦很生气地说。

许桂兰没有接腔,二人一前一后走到路口处,老秦伸手拦了一辆的士。按说从肉联厂家属院到土地庙,步行二十分钟就到了,因为下着雨,怀里又抱着东西,许桂兰也没客气,一边让老秦帮她合伞,一边朝车里钻。

老秦帮许桂兰合了伞,开了前门,坐上了副驾驶,对司机说了一声去土地庙,又扭过头对许桂兰说:"老婆子碰到你这样的姊妹，是她的福气！"

许桂兰没想到老秦会对她说这样的话，听口气，俨然像是孔宪英的"那一位"，不由得回了一声："老孔姐碰到你，也一样。"

老秦一听许桂兰反过来夸他，又接着感叹说："没法呀，不管她，她过不去，我更过不去！"

许桂兰一听这话，乐了，这才发现老秦和自己一样，对孔宪英有一种割舍不了的感情，也不由得叹道："一样的心！"

说话间，土地庙到了。老秦交了打的费，下车后见雨还没有停，急忙帮许桂兰撑开了伞。

许桂兰下了车，朝四处望望，没瞅见孔宪英的身影，狐疑地问老秦："你敢肯定她一定来这儿了？"

"错不了！"老秦斩钉截铁地说。

许桂兰怕雨淋湿了冥币，接过伞，又问："只听说给神仙上香的，没见过烧纸的。"

老秦哀叹一声说："不还是因为没儿没女没依靠吗？她年年清明都来这儿烧纸，说是让土地爷帮她先存着，待她百年之后再找土地爷要。"

许桂兰一听，禁不住瞪大了眼睛，一种从未有过的凄凉从头袭到脚……二人都不再说话，不知等了多久，才看到大路深处蹒来一位一走一拐的身影。

许桂兰将怀里的冥币交给老秦，准备上前去接孔宪英，不想却被老秦拦住了："让她锻炼锻炼！"

言毕二人都不再言语，静静地等着孔宪英踱过来。

孔宪英踱得很专注，低着头，看着自己的脚尖，像是每一步不亲眼看见，就迈不动一般。正是由于踱得太专注，险些将生命尾声里的两个重量级人物踱过去，眼看就要擦肩而过时，许桂兰忍不住喊了一声"孔姐"。

孔宪英听到喊声，愕然地抬起头，看到老秦和许桂兰，像是一个迷失了的孩子突然找到了爹娘，忍不住又大放悲声："我以为你们都不管我了！"

孔宪英的号啕声惹得路人纷纷侧目，老秦怕惹人笑，呵斥说："这好好的，又哭个啥嘞！"

不想老秦的呵斥声，不但没有震住孔宪英，反将其哭声"斥"得更烈了一层。

许桂兰见状，知道要治住孔宪英，必须她出马才行，"我们怎么会不管你呢？"许桂兰也像个孩子似的，将怀里抱的冥币拿出来给孔宪英看，"看见没有？我跑好多家才买到，一回家找不着你了，你是不是要吓死我呀？"

见许桂兰一哭，孔宪英立即愧疚起来，横起胳膊擦了一下泪，说："妹子，别哭别哭，姐这不是好好的吗？"

许桂兰见止住孔宪英的哭声，也禁不住破涕而笑，斜了一眼一旁的老秦，说："孔姐，秦大哥为你跑东跑西，抵押贷款的事已经跑好了，你呀，后半辈子就可以高枕无忧了！"

不想孔宪英听后，像是还在生老秦呵斥她的气，漫不经心地"哦——"了一声，目光都没给老秦一下。

老秦跑东跑西地帮忙，换来一声满不在乎的"哦"，脸上有点挂不住，尴尬了一会儿，换了话题说："要存钱，赶快去吧，一会儿回去还有一堆事儿要办咧。"

孔宪英这才扭头看了看老秦和他手里的资料，说："把墓地的钱和火葬费留够，剩下的交给我就中了。"

老秦点了点头，三人随后并肩朝土地庙走去。

土地庙是改革开放后新盖的，三间青灰瓦房，木门木窗，一看就是二十世纪八十年代的建筑。也不知道是谁起头盖的，比一般的土地庙大许多，可能是想让狭窄了几千年的土地爷也享受享受阔宅的生活。只是由于这座土地庙不属于文物，香火一直不盛，进进出出，并没有把门收钱的人。

孔宪英熟门熟路，歪歪栽栽地跨过门槛，朝功德箱前的棉垫上一跪："土地爷，我又来存钱了，你老人家先给我放着，到我百年之后来取！"说着，从兜里掏出打火机将香点燃，又对土地爷磕了三个头。

看着这一幕，许桂兰忍不住又一次泪流满面，若不是把人逼得太狠，谁会想出这种鲜招儿？人还没走嘞，就提前想好了那边的生存问题……回到家许桂兰忍不住对闺女说了。闺女一听，也心疼出眼泪。可停了半晌，又对许桂兰说："其实仔细想想，孔姨也没啥可怜的，她自己给自己存钱，其实谁又不是自己给自己存钱？比如你，把我和我哥养大，再想想养儿防老那句话，不也是在变相地为自己存钱吗？"

听闺女如此一说，许桂兰愕然了一下，自己活到七八十岁，还没有想过这一层。女儿年纪轻轻就把日子想这么深，越品越有道理，不由得哀叹一声说："明天咱们俩去百货大楼给你孔姨买一身漂亮点儿的衣服，就她这状况，人说走就走，要是准备晚了，说不定会让人措手不及。"

闺女一听笑道："孔姨有你这样的朋友，真不知道她上辈子积了什么大德，才修来这样的福分！"

"这叫什么福分？这叫天无绝人之路，亲人不管，朋友再不帮忙，人咋活？"

不想，女儿正要说什么，突然从卧室里传来一阵号啕，吓得二人一愣，忙起身拥向卧室。进去一看，才发现刚才还在睡觉的小家伙从床上摔下来了。女儿跨步将孩子抱起来，许桂兰急忙去摸头。可摸了一圈，没摸到疙瘩，许桂兰说："只要不摔着头，就不会有什么大碍。"

可不知为什么，小家伙一直哭声不止。

女儿抱着百哄不停哭的儿子，问许桂兰："是不是摔着骨头了?"

不想,当母女二人跑到医院给小家伙拍了片子,还真发现了问题:右腿小腿骨摔裂一条缝。正是这条缝,让本来计划的事情,暂时搁浅了。因为孩子小,腿上又打上了石膏,所以格外难伺候,忙得许桂兰这几天一直没空去看孔宪英。

许桂兰一连几天不露面,再想想老秦,孔宪英躺在床上,喃喃地说:"都不要我了!"

那一天从土地庙回来,老秦准备将抵押款全部取出来交给她,不想孔宪英坚决不同意:"我行动不方便,买墓地的事只能靠你去交涉,钱来钱去的,麻烦!干脆,你算算除去买墓地的钱、火葬费和埋葬费,大概还能剩多少?"

老秦一听明白了,点点头说:"那就按你说的办吧!这两天我带你去瞅瞅墓地,你瞅中哪一块,咱们就要哪一块!"老秦说完,掰着手指头算了算,又说:"抵押贷款一共五十六万,除去你一百年的墓地产权和埋葬费,大概能剩十来万。我先给你取出六万,剩下的五十万我先放着,待花剩下了,再给你也不迟。"

可老秦说了先给她六万的事情,竟一连好几天不见人影,也没有电话。孔宪英躺在床上正嘀咕着,就听门外传来"咚咚咚"的敲门声,不知道是送钱的老秦,还是来看她的许桂兰?

开门一看,才知道是嫌疑人老秦,她心里不由得一阵窃喜，可脸子却是沉的："死哪儿去了？几天不露面！"

"死哪儿去了？不还是忙你的事。"老秦说着将门带上，进得厅内，屁股还没挨着沙发，就开始掏钱。钱放在一个姜黄色的布兜里，一共六沓。老秦掏出来朝茶几上一蹾，说："看见没有？六沓，六万块！"

孔宪英看着钱，禁不住百感交集，自己活了一辈子，手紧了一辈子，死了说啥也得过过富婆的生活！想到这儿，她对老秦说："车和别墅一样都不能少，丫鬟仆人司机什么的也不能少！"

老秦说："你放心吧，到那边了，一定不会再让你过穷日子了！"看似说笑，不想还真说到了孔宪英的心坎上。直到老秦走后，孔宪英还一直在想，如何才能让自己到那边不过穷日子呢？思来想去，还是归结到一个"钱"字上。想到钱，孔宪英再次转向那堆钱上，目光陡然一亮，心里像是突然有了大主意！

尾　声

第三天，土地庙里春光明媚，功德箱里一年四季空着，土地爷贫穷的目光一直静静地看着门外，不知道今天会不会来人？不想思忖间突然听见一阵车鸣，院子里一前一后开进两辆卡车，仔细一看，上面全是冥币。

随后两个司机和几个小伙子从车上跳下来，又搀扶下一位老太太。

老太太拐着腿脚下了车，对那群小伙子说："麻烦你们帮我把钱都搬到庙里头！"

小伙子们齐声回了一声"好嘞！"开始卸钱，足足卸了两个多小时，将三间土地庙装得满满当当，才驱车离去。

看着三间房的冥币，老太太心想，再也不用愁那边的生活了！可就在暗喜之际，愁事也来了：这么多的钱，如果一沓一沓地烧，不知要烧几天才能烧完？思来想去，觉得不如成堆成堆地烧——来得快。主意一定，她从兜里掏出打火机，解开一捆票子，几张几张地点着，分别撂到钱堆上，看着慢慢自燃起来的钱堆……老太太跪在棉垫上，对土地爷说："土地爷，我又来存钱了，这一次存得多，您老人家可给我放好喽，待我百年之后去取……"

不想就在这时，钱堆儿突然发疯般地烧了起来，滚着黑烟，开始极力找氧气，打着旋儿朝门口扑……很快，熊熊烈火吞噬了跪拜的老人——当人们来到火灾现场，将大火扑灭后，只寻到一具分不清是谁的焦尸……

本文初刊于《北京文学》2017年第1期

孙青瑜，中国作协会员，河南省文学院签约作家，鲁迅文学院高级研究生班21届学员，2002年开始文学创作，现已在《钟山》《南方文坛》《上海文学》《北京文学》《文艺评论》等刊上发表小说、散文和美学理论，文章曾被《中篇小说月报》《长江文艺·好小说》《杂文月刊》《小品文选刊》等转载，并收入多种选本和书集。曾获第二届孙犁文学奖，《莽原》2014年度文学奖，出版小说集《壶里怀梦》，哲学著作《存在与神经》。

綦毋潜的奇幻漂流

周　亭

　　我记不起第一句是什么了。侧卧，蜷曲，意念里的呐喊无声。麻醉医生触摸着我的背部，再三叮嘱不要动。我告诉自己，就当我不是我，就当我只剩一副躯壳。

　　然而，真的扎下去时，还是条件反射地动了一下，不等麻醉医生责备，我就自由坠落般控制住了自己，一动也不动。最终是很好地完成了。理由是得到了医生的赞许。大概只有几秒钟，我感到背上一阵沉沉的又酸又暖的感觉。平躺。觉得大腿也沉沉的很舒服。面前被绿布遮住了。医生似乎是用钳子之类的东西夹我的肚皮，问疼不疼？试了几次，最后确认不疼了。

　　在氧气面罩下，呼吸变得很平缓，我虚张声势地告诉自己放松一点，眼睛向着天花板，却什么也没有看，直到发觉头部两侧分别立着一个医生和一个护士，应该是为了随时观察我有无异样反应。

　　"……此去随所偶。"顾不得了，只好从第二句开始，我知道接下来是刀子落下的时刻了，"晚风吹行舟，花路入溪口。际夜转西壑，隔山望南斗。潭烟飞溶溶，林月低向后。生事且弥漫，愿为持竿叟。"

时间好像有点长，又喃喃地含糊诵了一遍。

换一首。"荷风送香气，竹露滴清响……"不对不对，孟浩然冒出来了。回归綦毋潜。

"潭烟飞溶溶，林月低向后。生事且弥漫……"

肚皮上被人拿东西轻轻地划着，好像是笔尖的触感。难道跟裁衣一样，先拿笔画条线，或者跟画漫画一样先打个草稿？然后，如人所说，确实有拉扯的感觉，一点不痛。不知是谁，也许是主刀的张大夫，说，看到了。站在我头左侧的医生说，口子太小了，取不出来吧？再开一点。

想必张大夫好心，不想给我大的伤口。

"生事且弥漫，愿为持竿叟。"

綦毋潜漂流到了烟雾弥漫、月色溶溶的夜色最深处，在孤清之境里，对于人生已然意兴阑珊。我脑子里彻底安静了，什么也没有。

听得到一阵忙活，夹杂着为了互相配合的说话，也是很快。开始按我的胸腔，不好受，好在我可以用急促的呼吸来抵抗或者说度过。后来张大夫问我按压胸腔时疼吗？我说不疼。她说但是挺难受是吧？我赞同。这是为了让婴儿出来而做的最后一步努力，我乐意承受，没什么困难。

"一生下来就是双眼皮！"一个带着愉快的说话声。

一人说，二十三点整，另一人纠正，二十二点五十九分。然后我听到了几米外新生儿的哭声。那充满了愤怒和怨恨的、让我惊讶的哭声。

我感到心虚和抱歉。他也许是感觉到我的不期待和不兴奋。一直以来我未免怀有悲观的心情，至此，也不过是按部就班。

"哭得真是响亮。"

"有些发黄。"

"发黄，说明宫内有感染。"

但又有人说不黄，没问题。

听见她们说，手术只用了七分钟。

护士把婴儿抱到我头部右侧，让我看看他。我扭头看过去，一张我不曾想象过的小脸，说不上好看难看，只是没想到是这样的。他睁着眼，也微微扭着头，看着我，没有哭。

接下来是排出羊水，缝合刀口。听得一人夸赞说，好手艺！

天亮了，或者还没有亮，某个时分，綦毋潜一定要弃舟登岸的，漂流结束了。他的生事且弥漫，以做持竿叟的愿望来收尾。我的生事，才刚刚开始，弥漫得无边无际。

哺乳是怎样一种体验，世界上有一多半的人不会知道。这些人大部分便是男人了，曾经我和男人一样对此一无所知，还抱有特别愚蠢的看法。在我看来，一个哺乳的女人跟一只哺乳的动物没什么两样，而跟女人的差别很大。她们因为哺乳这一动物性行为而变得低等、鄙俗。我蔑视，或者至少是轻视她们。

直至我自己进入哺乳的人生环节。

原先的那些陋识都不复存在，而掺入了一些新鲜的超联结的念头。譬如，这事的动物性让我想到了许多其他的哺乳动物，我猜想它们在哺乳时是怎样的感受。风霜雨雪里，缺食少水时，甚至遭到天敌或人类的袭击而奄奄一息时，它们还在被怀里的幼崽全身心地依赖，直到耗尽气力与生命，依然安安静静无怨无悔。

一位未入流的搞音乐的朋友，一天在网络上发布了一首原创的吉他曲，取名《鲸鱼》。我说不上它的好坏，但被曲名和旋律引导着去想象了一只鲸在无边大海里游弋，像是一个传说，从不被人看见。进而我想象到，那是一只蓝鲸，它的生活深沉而有力，它带着一只对于人类来说体形硕大的小小幼崽，一起在蔚蓝的大海里浩荡行进。每当哺乳时，小蓝鲸便游到母亲的肚子下面，用嘴巴碰一碰母亲的肚皮，巨大的蓝鲸母亲便将乳腺释放出来，母子二鲸在白色的水花里对接成功。这一切，你只能远远遥望，寂静无声，如一个神秘而神圣的古老的梦。

海里的哺乳动物，大概是生命力过于强大，足以自我挑战，又或者是自宇宙诞生以来的命运决定了它们的艰辛。想想海獭仰面浮在铁灰色的寒冷的海上，一直用胸脯托着它那还不会游泳的幼崽就知道了，它比蓝鲸艰辛得多。雪花飘时，柔弱的幼崽蜷缩着，海獭不停地舔干它的毛为它保暖。在几乎凝固的没有尽头的时光中，海獭还要以极大的耐心安抚幼崽的好动和焦躁，或者偶尔丢下它，使它在海面上打转，自己去捕食，回来哺育幼崽。

无论是跟随得上母亲旅程的小蓝鲸，还是完全需要母亲负担起生命和温暖的小海獭，都堪比人类哺乳的状态，或者说人类对此完全可以感同身受。唯一不同的是，人类比它们多了些噩梦。

不是生存的噩梦。哺乳动物的幼崽有天敌袭击，受自然条件钳制，人类的幼崽也面临疾病和意外的威胁——所谓噩梦，是真的在睡眠时做的梦，是睡眠的劣质副产品，是一种不存在的真实，一个无形象的世界。

我梦见，我跟随一辆满载衣着花红柳绿的旅客的半敞篷的旅行车，去到一个阳光明媚、广袤无边的平原，一路欢声笑语，载歌载舞。至于我的婴儿，我只知道把他安顿得很好，实际怎样不管不顾，毕竟梦里的时空和逻辑不能以常理推断。然而，突然的一个瞬间，我仿佛被炸雷惊醒，想起一个似是第一次知道的事实，除了这个婴儿，我还生了四个孩子。一个多月以来，我每天只顾哺喂这个婴儿，完全忘掉了其他四个。他们还活着吗？他们好像是在我家二楼，跟成堆的杂物待在一起。我没命地赶回去，三步并作两步上楼，终于在一个破烂的纸箱里找到了他们，四个瘦瘦小小的东西，每一个大概只有婴儿小臂那么长，皮肤仿佛透明。他们挤在一起，微弱地蠕动着，还活着！我不由得喜极而泣，或者说稍稍释怀。

然后，我醒来了。回味这个噩梦，又思忖良久。在梦里，我如猫、狗这样的家养哺乳动物，一胎繁育数个幼崽，可实际上我如神秘的蓝鲸、孤傲的海獭，只有一个孩子，如果可能，我当然也愿意做一头蓝鲸、一只海獭。

这还不算完。接着，我又做了一个梦。

从医院出来之前，医生告诉我可以给我的婴儿做手术了，需要我把婴儿的心脏和眼睛从家里带过来。我遵医嘱，战战兢兢地捧着来了。谁知医生一见，立马严词呵斥：你是怎么保管的？居然没有冷藏吗？我如天塌地陷，这样的心脏和眼睛，我的婴儿还能用吗？我看到了没有心脏和眼睛的小人儿还在微笑，无邪又无辜……

在哭泣中，我真正地醒来了。

我醒来的时候正是黎明，天微微亮、微微暗，下着些雨。是五点钟，朦朦胧胧，时间仿佛在做着一个缓缓醒来的梦。因在一楼，雨声格外清晰，卧室窗口没有挂窗帘，毛玻璃完全透着柔光，至于那一半纱窗，隐约可见十米开外隔着草坪与道路，与我们这座楼平行的居民楼的一层，当然，并非一览无余，一些月季和木槿在低处寂然开放，一丛竹子高高挑起浓荫，与花俯仰生姿。在淅淅沥沥的小雨声里，这一切等待着白昼的到来。鸟声也是如此。最早起来的那只鸟儿便是五点左右开始啼鸣，它开启了觅食生存的平庸一天。知道这些，是因为我的婴儿每天在天亮之前醒来，我哺乳的时候总是昏昏欲睡，强打精神，就这样地挨到听见鸟叫，看到晨曦。偶尔也有神清气爽的时候，那时我会抱着婴儿在卧室里转来转去，数着步子，等到他应该不会吐奶或者再次睡着的时候把他放回婴儿床。

每当转到窗口，我总会向外望上一眼。某天黎明，因为要把噩梦的印象消除，因为下着诗意的小雨，我抵抗住了困倦，站在窗前，然而——

我看到有人已经起来了。一个身着黑色外套的人影出现在那栋楼的入口，那丛竹子的旁边。在暗淡的黎明里，我只大约看得出他是个中等身材偏瘦的中年男人，面向雨站着、望着，一动不动。似在等待，似无所待。

黎明即起看雨的人。我脑海里立刻有个声音这么描述。

等到我把睡着的婴儿放到小床上，那个人还站在那里，我拿起尿布盒上平常给婴儿拍照用的微单相机，打开镜头，对准了他。

"认识，我当然认识。你也认识。"某天，母亲在和我一起欣赏相机里的婴儿照片时，见到了这个黎明即起看雨的人。

母亲说，我家盖新房子那一年，这个人也过来帮忙了。本来已经竣工，可父亲想重新砌墙，他就又来了一天。那天，只有父亲和他两个人干活。从早上到中午，要吃午饭的时候，就有人传来消息，说他的女儿被一辆货车撞了。母亲随后也去了他们家，是硬着头皮去的。若不是为了帮我家砌墙，他不会在这个周末留六岁的女儿独自在家，那个小女孩也就不会拿着钱跨过马路去小卖部买东西吃，也就不会被大货车撞上。那一天也是下着雨，一院子都是灰蒙蒙的雨线，他的妻子躺在泥地里哭，母亲汗泪交织，怎么也扶不起她。他们夫妻失去了年过四十才生下的这个孩子，生活便不能再过下去。从那年开始，直至如今，这个男人已经独自生活了十年。

母亲很快地讲完这段往事，便不再言语。

我终于想起来，他原来就是我小时候很亲近的刘叔。亲近的理由也很简单，因为他的名字叫刘小孩。

我高中起就离开了家，十几年来，房子盖起了很多，新旧交替且间杂，旧的眼见是更旧，新的我统统不认识。在老家，确实曾经发生过一起导致一个小女孩身亡的车祸，但那女孩究竟是谁，是谁家的，我搞不清楚。母亲说话爱牵扯，前三五十年的事情每天不离口，我听得糊涂，也不分辩。原来，那就是刘叔的女儿。

或者，我曾经知道那是刘叔的女儿，可后来又忘记了。

刘叔并不住在这里，却在下着雨的一大早出现在这里，使母亲不免奇怪，她猜测，也许他想在这里租或买一套房子。她说，明天上街买菜的时候打听打听，菜市场熟人多，这一带家家户户的重要信息都在这些人的嘴里和耳朵里。

家里只剩下我和婴儿的时候，就是我脆弱得要命的时候。趁他睡着，我用电脑整理相机里的照片。把刘叔的照片放大看，已经完全不是我记忆中的模样了，那时笑脸红润的刘小孩是一颗挂在树上成熟饱满的红柿子，而现在年近花甲，被风干成了一块结着白霜的皱巴巴的柿饼。

我躺在床上休息，又猛地坐起。我怀疑他是在观察地形，想找到我和母亲住的地方。这么多年我都没见过他，也没听父母提起过他，一定是和我家生了仇怨。

母亲冒雨买菜回来，我问她，打听到了什么？母亲一愣，把菜放在架子上说，我忘了这回事了。

我有点不高兴，说，为什么在咱家有了小孩之后，他突然出现，小心吧。

母亲听了，半晌才说，你都把人想到什么地方去了。

断断续续的小雨下了三四天，外面的植物红红绿绿盈满了窗口，催我带相机出去散步。到了后面那栋楼下，我看并没有招租和售房的信息。我继续向前走，走到一个有长椅的僻静处，坐了下来，拿出手机，等待一个约好了的电话采访。

当然，我并不是什么了不起的人物，也没有做了不起的事，只是因为在网上写了一篇分娩日记，被一家杂志的记者注意到，而那阵子网络上女权、生育权的话题正热。这位年轻的女记者想做一个相关的专题，所以把我列为采访对象之一。

我对记者没有太好的印象。从上大学开始，我也曾被记者采访过，拍过照片，他们说会给我寄来报纸和照片，但后来根本没有；也曾走到街上被记者拦住采访，半推半就地回答了些无聊的问题。有一次，我对记者说，给我打马赛克，我不想上电视。但没有得到回应，不知最后到底如何。记者只是为了完成工作，采访对象只是工作中要用到的工具，仅此而已。这次采访，也许因为我真的有话要说吧，就欣然答应了。

女记者名叫崔莹，有着好听而认真的声音，在抛出几个了解我生活基本状况的问题后，开始转入深层次的探讨。我知道她问这些问题的目的是什么，她想要什么样的答案。比如，她问：

在你分娩之前，你的家人对于分娩方式有什么要求吗？

没有，他们都相信医生，也都听我的。

无痛分娩，事前了解过吗？

了解了，就是想着有无痛，才能壮起胆子呢。

你为什么会异乎寻常地害怕疼痛呢？

我从小就特别怕疼，不知道什么原因。该打预防针了，我都是要跑的。

可从小都是被教育要坚强吧？小时候发生过什么让你印象深刻的事情吗？

由于对这个问题产生了一些抵触，并且无法三言两语就能说清，我有些抱歉地敷衍着回答了。

后来她又问，你在日记中提到綦毋潜的《春泛若耶溪》，这首诗对你来说有什么特别的意义吗？

我说，我喜欢这首诗的意境，它能给我安慰，好像灵魂被安放在了一个宁静、幽美的地方。

嗯，明白。她说。

最后她说要整理一下，有什么问题还会再联系我。

整个采访过程中，我都是在长椅前走来走去的。这会儿我坐下来，开始回味刚才的谈话，开始认真思考她提出的个别问题。

我想起了一些久远的往事。本来这些事在我成长的过程中都记得，并看得很重要，只是不知怎么，这几年竟然从没想起过。

雨又落下来，我坐在长椅上，心绪繁重，迟迟起不来身。

夜里，婴儿睡熟了。外面流浪猫的叫春声好像是从一个空旷的地方传来，清晰入耳，令人好不烦躁。我很害怕这些猫。无归属的生命，无荫蔽地裸露在残酷的世界里，并且会不断制造出新的同样的生命。这还不同于自然世界，野生动物自有一套纯粹而明白的天然法则，而无归属的生命生存法则就是没有法则。

某种程度上，我也像这些流浪猫。在我工作的城市，虽是循着固定的线路活动，处境以及它所影响的心境却是在那汪洋人海中无着地浮荡。这段回到老家的假期，是漂离了大海，在小河流的小码头休憩。那大海还在威慑着我，但终究，我在这世间的根基牢固了些，不是因为诞生了一个新生命，而是生育这件事使我无论如何把生命看得稍微明白了些。

生命，是无常的。

我十二三岁的时候最讨厌小孩，尤其是上学路上遇见的那种眼巴巴望着我手中零食或水果，手指抠着嘴巴流着口水的两三岁的小孩。萌丽就是这样一个小孩。我朝她跺脚、挥拳头，她无动于衷。她是刘叔的女儿，准确地说，是他的第一个女儿。后来，一个夏天的黄昏，久病的萌丽死在刘叔的怀里。我不清楚她生了什么病，病了多久，她也常常在外面玩耍和乘凉，只是有时会蹲在地上哭。她无法排便，死的时候肚子鼓胀得吓人，细细的四肢无力地垂着。刘叔双臂托着她，从她玩耍的坡道上踉踉跄跄地走下来，号啕大哭。

第二个女儿也死了之后，刘叔和他的妻子过了一段不见天日又互相詈骂的日子，后来他们去找了算命先生。算命先生说，你们俩的命都是克子女，最好不要再生养孩子。他没想到，他们回到家就商量起了离婚，不久后竟然真的离了。宁拆十座庙，不毁一桩婚，算命先生不想造这个孽的。

母亲终于带来刘叔的最新消息。据生鲜区卖冷冻鱼虾的老王妻子讲，刘小孩这两年在北京打工，前几天刚回来。他那八十多岁的老娘得癌症归西了，他是回来奔丧的，现在暂住在大哥家里。估计他也没挣到什么钱，老是穿得灰不溜秋的。他老娘倒是什么也没留下，兄弟不用分财产，就只有一只猫，办丧事的时候不知道跑到哪里去了。

被噩梦再次惊醒的一个清晨，我推着婴儿车出来散步，有雾，倒是凉爽，我特意多耽搁一会儿，绕着路走。经过空无一人的幼儿园，我被园子上空的一大片彩色风车吸引。不知何时扯起来的，那些风车被细绳穿起，从园子的围栏斜斜延伸向教学楼的二层栏杆。空气中有微微的风，轻盈的风车捕捉到了，次第凌乱地转动起来。霎时，千百只风车喧哗，引发孩子们的尖叫和欢笑。一切都是安静的，可我也听得分明。有水汽落下来，若有若无。

我想起了刘叔。黎明，刘叔来到这里，或者在此之前就来了，一定也经过了这座幼儿园。假如，我是说假如，他真的不怀好意，幼儿园新粉刷了外墙，上面那些漂亮的水彩画，以及那些顾自旋转的彩色风车，也会让他"缴械"的。没什么道理，我就是有这样一种想法。

我继续向前走，去看绿树和喷泉水。喷泉做得简单粗糙，为了应付美化居住环境的任务似的。没有人在欣赏喷泉，我把婴儿抱起来，虽然还只能横抱，我也试图让他看看喷洒的水。一年后，恐怕他是要跳进喷泉池玩水的。

这时候手机来了消息，我打开来看，是崔莹回复了我的询问。她说，我已于昨日离职，很抱歉采访未能成文。我追问，是我的这段采访没用上，还是她的选题没成文？她回答，经过研究认为我的这段采访偏离了主题，就没有采用。

我只好笑笑。有种预感似的，连我自己都知道那没有看点，我既没有奇葩的婆婆、大男子主义的丈夫，也没有产后抑郁、哺乳麻烦，离女权的热点太远，是个平庸的非典型例子。即便是表现出了一点文艺女青年的特征，也不具代表性，我只是我而已。

想起采访中我回答过的一个问题，我说，我觉得做母亲一点也不伟大，如果伟大，为什么不去领养孩子，去成为一个需要母亲的孩子的母亲，为什么非得自己生一个孩子？

池子前面的道路上来了车辆，很快摆起了两个卖青菜和红薯的地摊。我回身要走，却猛地看见一个黑色身影。我的大脑一片空白，本能地想要逃跑。

然而，我却想起小时候的情景。刘叔走路的姿势还和那时一样，只是滞缓些。每当他那么微微斜着肩膀走过来时，我们这帮孩子便齐声唱歌：小孩小孩快快上学校，别考个鸭蛋抱回家……年过三十的刘小孩还没成家，自尊心特别旺盛，便狠狠地一跺脚，扬起巴掌作势追打，使我们一哄而散。

刘叔。我张口发出的声音只有我能听见。

他笑着招呼了我。看了一眼我怀中的孩子，说，几个月了？

我说，一个半月了。

哦，男孩女孩？

男孩。

哦，男孩好。办满月了吗？

没有。我妈说办百日。

哦。他好像想了一下，把缺了一根指头的黝黑的右手伸进外套的怀里，掏出一只薄薄的黑色钱包，说，我过几天也该走了。

我看见他把破了边掉了皮的钱包打开，从里面取出一张红色钞票，递过来。

我忙向后退，说，不用不用。

给孩子的红包，这是应该的。他说。见我不方便接，刘叔直接把钱塞到襁褓的边缘里。然后，觉得不好就这么走掉，继续找话来说。

你不是在南方上班吗？咋样，工作好干吗？

我说，在深圳，工作还行，就是老加班。

我说不出。之前整理照片时，我发现了他的小女儿的照片。那大概是我大学毕业后不久拍的，那个小女孩也就五六岁的样子，短短的头发，星星一样发光的圆眼睛正看着镜头，皮肤很白，背景是一堆沙子和其他两三个小孩的背影。照片有点模糊，大概是我拍其他景物时随手拍下的。我不知道是不是应该把这张照片归还给他。根据他家当时的经济状况，我敢断定他并没太多小女儿的照片。

前年你爸爸没了，我也没在家。他突然说，然后叹一口气，转身要走，你看见一只白底黄花的猫没有？

没有。我摇头。

然后他就走进了雾的深处。

很久以后，我从深圳回来，生下了第二个婴儿。主刀的仍是张大夫，昼夜不分地迎接新生命和安顿脆弱的母体，并没有让她变得憔悴，她的脸上反而有种虚浮的光辉。这一次綦毋潜已经漂流得很远很远，我没能追上他的旅程，并且我依然忘记了第一句，是因不知道这段旅行如何开始的吧？间或重温他的好友王维的诗篇，使我清净一时，欢喜一时，冷然一时，又绝望一时。他曾送綦毋潜落第还乡，那时候的綦毋潜想来十分失意，否则好友不会那么直白地在诗里安慰他。终有一天，他会身涉宦海，也终有一天，他将泛舟若耶。得之失之，宛如轮回宿命。偶尔的时刻，能够在某处相互照见。

小区里的树都长大了一些，流浪猫不知道还是不是原来的那几只，直到其中一只死掉了，我才近距离看清它的模样。

这只黄白相间的花猫也许是已经老了，毛发杂乱而干枯，躺在杏树下奄奄一息。它误食了鼠药。据说它本来很机警小心的，只是刚产下一窝幼崽，日日哺乳觅食，太饿了，便大意了。我把它抱起来，放在阴凉处。没想到它看起来很大，却是这么轻这么软，比我那不足月的小婴儿还要柔软。霎时，我想起了几年前的那个梦。

它死后，邻居们关心它在车棚后面的破纸箱里留下的一窝猫崽，经过了几天奔忙，四只小猫全部被人带走领养。

本文初刊于《北京文学》2021年第2期

周亭，河南夏邑人，现居开封。小说作品见于《北京文学》《安徽文学》《北方文学》《小小说选刊》《金色少年》等刊。

旋转的钢铁厂

牛红丽

　　钢铁厂转型那年秋天，十四岁的艾绒站到了蓝钢十字街口。蓝钢厂位于蓝川西郊，东向十字街，西临怀河水。怀河绕蓝钢环形流淌，高炉从中心点拔地而起，那蓝钢就成了冒烟的孤岛。

　　艾绒最先看到的就是那柱烟。她从未见过那么高的魔幻，以至于忘了来此的目的。

　　喂，进来避雨撒！有人招呼她。是厂门口的回春堂，柜台后有个姑娘，正手托下巴冲她笑。雪白的腕子戴着翠镯，绿得跳跳的。

　　艾绒抱着粗笨的桐油伞，闻到了要命的药香。那药香混合着钢铁湿腥，牵着她就过去了。

　　艾绒站在药铺门口，屁股后还在哩哩啦啦滴水。她捏着女孩给的酒心巧克力，舔舔唇望向女掌柜。女掌柜瞟她一眼，低头继续剪麻黄。咔吧一截，咔吧又一截。药香源源不断顺着弯嘴剪滑出，浓得雨都化不开。

艾绒将雨伞放在屋檐下，拿起拖把擦去门外两只泥脚印，从此成为回春堂一员。

回春堂没有伙计，女掌柜里外一把手。她男人是钢厂焦化车间主任，一天不着家，晚上回来二两小酒就花生米，完了倒头就睡。他们的女儿金铃子比艾绒大十五个月，生性不能沾灰尘。不管打扫卫生还是炒药，喷嚏鼻涕眼泪横流，最后喘得面条样，得去厂医院打吊针。

艾绒除了保证金铃子不惹尘埃好好出气，还负责核方配药、打包添斗、校对工具。艾绒上手快，各项技艺一学就会。女掌柜几乎离不开她了。她都忘了艾绒没来时自己怎么过的了，一会儿不见就拎着小秤喊，金铃子，艾绒呢？叫她气（去）库房添制草乌！要么就是，艾绒买耗子药（去），抽屉里有老鼠屎唉……然后艾绒就悄悄飘了出去。艾绒走路敛脚，即便穿上新鞋也水上漂。金铃子觉着好玩，想学她走路，没两步就嗵嗵嗵或扑扑嗒了。她穿着小皮鞋连走带跑，简直跌跌撞撞。

艾绒最怕带她去厂医院打针，回回连哭带踢，弄得治疗室成了杀人现场。这情形，也只有高良姜挂听诊器往门口一站，她才会乖乖撅起屁股挨上一针。她怕他。自从有人开玩笑，说高良姜只金铃子配得上，金铃子就开始怕他。艾绒没跟他直接说过话。她本话少，进了医院都是金铃子自己说。她说高良姜什么都会，看病、割阑尾，能写会画，还会用竹子、输液管编小玩意儿，送给她这样的病号做奖赏。说起这些金铃子一点儿不害臊，还有些得意。

关于坊间玩笑，女掌柜是十二分认可——这钢铁厂，谁有她家金铃子漂亮喜兴？何况他们还都吃商品粮。这在厂里找不出了。女掌柜没少给高良姜免单。高良姜顺便也就免了金铃子的单。金铃子止咳雾化，哪回也不止一个数。

厂医高良姜面皮微黑，眉高鼻挺，肩宽腿长，年纪轻轻负责厂长一家健康保健。上班白大衣下班皮夹克，嘴里叼着根没点的烟，在厂里游得像一条大鱼。很多药厂医院没有，尤其是中药，他得到回春堂取。

高良姜来那天艾绒在跟女掌柜学刮痧。她拨开女掌柜的耳朵正专注找穴位，冷不丁金铃子抢了铜砭刮痧板，来揪艾绒的耳朵。艾绒吃了一吓，锥形小脸立马白了。她斜着往后仰，用力往后仰，身子几乎拉成了一张弓。而弓口对着的，正是刚进门的高良姜，好像她蓄谋已久要射他一箭。

那支箭一年以后才射了出去，带着毒汁和倒刺。

艾绒个头长了，像抽条的花苞。头发也长了，垂在身后光滑如水。有时候她悄悄把头发拢到一侧，编起来，就像初来时献给女掌柜的发辫一样。

当时她取出那根发辫，辫梢缠着朱红线绳，沉甸甸的，乌黑发亮，似乎从未离开过肉体。她将辫子交给女掌柜，说我妈让给你。女掌柜捧着发辫当时就哭了。艾绒的眼泪吧嗒掉脚面上，吧嗒又掉脚面上。那天晚上洗完澡，艾绒散开头发，粗、硬而蓬松，具有了尼龙和松鼠尾巴的双重质感。她换上金铃子的衣服，人显得有些晃。在吹风机的噪声里，金铃子连喊带比画——晚上跟她一起睡。从那天起，她们就在二楼住上下铺，宛若亲姐妹了。

艾绒从未想过，他们的关系会发展成后来那样。

长大的艾绒一双毛毛眼黑得发了蓝，安宁中透出锐利，打眼一望有些逼人。不少人撞上她的目光会忍不住打哆嗦，也有不哆嗦的，比如高良姜。

高良姜来了。

高良姜又来了。

春天的晚上，栀子花香和着野猫的嚎叫，整个街口都在膨胀。回春堂的宫纱灯，宛如夜色点亮的一朵红牡丹。高良姜出诊回来，背着药箱就踏了进去。他挨个拉开小抽屉，下边抓几片闻闻，上面抽几根咬咬，自言自语，这批黄芪不错。

以前他从未晚上来过。趴柜台的金铃子、台秤后的女掌柜，还有角落里眼睛发蓝的艾绒，不约而同盯上了他。他知道一抬头就会撞上她们的目光，所以他不抬头，只配方。

配好药高良姜甩了下额前碎发，目光融融面向艾绒问，会煎药吗?

艾绒看看女掌柜。女掌柜没吭声。艾绒低下了头。她习惯将头发拢到一边,此刻影影绰绰,显出成年女性才有的柔顺妩媚。

金铃子抢着说,她会!

这是艾绒第一次进厂。东边大铁门锁了,他们走北边侧门。高良姜挎着药箱走前面,艾绒提药包,拉开一米的距离跟着。艾绒不是胆小的姑娘,可那晚她确实怂了——大钢铁厂,即便是侧门也幽深似海。地面铺着石块,冰面样打滑。吊灯积了金属的粉屑,光线透出毛茸茸的皇陵墓气。她睁大双眼抱着药,像怀了戒心的小兽,走得歪歪扭扭。那晚金铃子在身后喊了一嗓子,她没有听见,憋着气,义无反顾走了进去。

"铁合金厂欢迎您"的灯牌耸立在眼前。高良姜指着亮晃晃的牌子说,钢铁厂就是铁合金厂。艾绒恍然看到了金子。她这才明白,自己以前只是在厂子外围打转。

厂区路面宽敞,两旁堆满了巨型金属块,铁锅一样。高良姜说那是锰。"锰"反射着路灯,光芒四射。艾绒再次看到了"大烟囱",如此近。那年蓝钢不再生产铁,转型炼锰,"大烟囱"冒出的烟也格外魔幻。高良姜说那不是烟囱,是烟花台。烟花台不停地冒着烟,衬托着钢铁火星,噪声四起。

高良姜说,这么好的烟花不能不跳舞。他背着药箱,右手圈空,伸出左胳膊右腿,哧溜滑了一下,哧溜又滑一下。

前方应声传来音乐声，咚嚓嚓——咚嚓嚓——咚嚓嚓！专门响应他号召似的。

艾绒第一次掉入了舞池。

高良姜拉上她，哧溜一下，哧溜又一下。

一下。一下。艾绒晕乎乎看到硕大的红十字，弄不清是到了医院，还是舞厅。她紧抓高良姜的手，还踩了他的脚，有点像金铃子了。这不好。她用力仰脖与高良姜拉开距离，这才看清医院的三层病房楼。楼下平坦空旷，西南角有个小花园，朦朦胧胧种着些花草。一曲终了，艾绒抽身走过去，认出是中药结香。一簇簇花朵黄灿灿的，寓意喜结连枝。结香叶子出得晚，光光的枝杈缠了彩灯，男女聚集这里，就成了天然舞厅。很难想象那些钢厂工人，摘下安全帽、线手套，摇身就变成了舞星。早春晚上还有些凉，女人都穿了裙子，长长短短，红红紫紫，香得腻人；男人呢，一律白衬衣、蓝裤子，扎红领带。烟味、汗味、雪花膏香水味、臭脚味、啤酒味，混合一起发酵成了臊气。那是艾绒从未闻到过的，比驴粪马粪，比任何腐败庄稼都要难闻的臊气。

她想回去。高良姜说要留下帮忙煎药，厂长的药。厂长离艾绒很远，她摇了摇头，退到花池另一面。可那绒球的香味竟也一勃一勃，马上要炸裂了。

高良姜什么时候换的皮夹克？什么时候再次贴近了她？鼻

梁和喉结一样突出，嘴里衔着那根没点的烟。艾绒觉着脚踮高了，被迫挺直腰，胸和臀都翘了出去。是的，翘出去。她有些羞涩、兴奋，却慢慢找着了感觉——像只花苞那样在风中挺翘，摇曳。

灯光。旋转。摇摆。

她对钢铁厂的第一印象是旋转，第二印象还是旋转。整个晚上，世界都在转。高良姜是圆的，艾绒是圆的，音乐鼓点也是圆的。那个春天的晚上，他们困在了魔镜里，周围铺满金子。他们没有看到暗影里的金铃子。

金铃子杵在那儿不跑不跳，各种鞋扑起的灰尘也没让她打喷嚏。她呆望着艾绒的头发，安静得不像她了。时下流行烫发、内扣、蘑菇头，只艾绒的头发披在身后，一转圈就飞起来，月光样飞起来。连厚厚的齐刘海都在闪光。那光遮蔽了艾绒的眼睛，艾绒成了没有眼睛的人。眼睛是心灵的窗口，人怎么可以没有眼睛呢？整个晚上，金铃子找不到艾绒的眼睛。高良姜的双眼却电光石火般迸出骇人的光芒。再迟钝金铃子也明白，那光是谁点燃的。上下铺睡着，直到此刻她才不得不承认艾绒的蜕变。当初抱着桐油伞满身泥星的艾绒哪儿去了？总是沉默不语敛足干活的艾绒哪儿去了？眼前只有挺拔的艾绒、脚步利落的艾绒、光彩夺目骄傲饱满的艾绒。

呵，骄傲？她哪儿来的骄傲！身上是她金铃子穿旧的黑连衣裙，腰上系着她不要的红纱巾，脚上，脚上是高跟鞋，来历不明。她竟穿上了高跟鞋。金铃子恼得跺脚。

第四支舞，艾绒主动邀请了高良姜。两人滑进舞池，港星一样跳得有模有样。

乌溜溜的黑眼珠，和你的笑脸
怎么也难忘记你，容颜的转变

那是罗大佑的《恋曲1990》，白天黑夜满大街都放，平日听得金铃子耳朵起茧，这会儿却散发出诱人的魔力。气得金铃子啪啪一下一下跺脚，她学得倒快！

慢四的曲子还在放。高良姜嘴里的烟掉了，他没捡，转而用手指代梳子，穿过了艾绒的头发。长发流水样从他掌心滑过，接收到凉柔触感的却是金铃子。那触感就是炮捻子，顺金铃子的胳膊往上爬，爬到肩膀到脖颈再到心房，嘭一声炸了。

黑暗中，男男女女咒骂着突发事件，有些不甘，到底还是散了场。

钢铁气息混着花香一起往下坠，星星也在往下坠。高良姜没有追查肇事者，只是紧抓着艾绒的手，一面单手收拾扯断的彩灯，提起摔变形的录音机。他拉着她进病房开处方，拉着她穿过走廊找护士，又快步回到办公室。

艾绒跟得跌跌撞撞。她觉出了危险——此刻的高良姜像一只虎，焦躁地叼着猎物却无处下口。

疼！艾绒手指用力往回缩。我要回去，她说。话没说完高良姜紧紧箍住了她。

她吓得眼睛发蒙，你、你别逼我！艾绒声儿很大，带着威胁，似乎下一句就要喊救命。

高良姜诧异地松开她，歪嘴笑了笑，又笑了笑。

艾绒带回一枚竹发簪，还有一只竹编吊灯，里边站着红蜡烛，那都是高良姜的杰作。高良姜宿舍除了药罐，到处堆满了竹篾，还有张牙舞爪的半成品。

金铃子已在上铺睡了。她守着竹簪、竹灯发呆，感叹这物件跟回春堂真是般配，跟金铃子真是般配。

艾绒内心抗拒着，有一种从天堂掉回屋里的眩晕。俩小人儿还在镜子里旋转。

没人知道竹灯是什么时候烧起来的。艾绒半夜闻到焦煳味，睁眼见金铃子穿着宽大的白睡衣，赤脚站在地上，呼哧呼哧喘气。到处是燃烧的火苗。艾绒吓得尖叫，金铃子应声倒了。

艾绒背上金铃子，踩着木梯往下跑。到处是火，是烟，嗓子火烧火燎，呛得人出不来气。艾绒都没有看脚，只看前方。跑。还是没有亮。平日简短的楼梯，漫长得像人的一生。她猛想起不该直立奔跑，要趴下爬的，要抓条湿毛巾捂着鼻子嘴。

可是已经晚了，火神就压在身后，金铃子也压在身后。她不知道女掌柜夫妇在哪儿，喊不出，梦魇一样只会跑。

后来艾绒每忆起那场火灾，总会止不住打哆嗦，说呛得嗓子疼那会儿，真是觉着生死未卜。你不知道看见楼梯口的亮光有多美。

艾绒和女掌柜轮番守着金铃子。车间主任握着金铃子的手哭，高良姜数次来探望，金铃子都不知道。回春堂药材烧成炭，多年积累化为灰烬。女掌柜白天黑夜挠头，掉头发，熬到金铃子出院，头顶露出了粉色的头皮。艾绒的头发也焦了，身上有擦伤有水泡，好在没有留下疤痕。她剪了头发的焦黄部分，烫了波浪搭在肩头，多出一份世俗的丰饶与松散。

金铃子出院后人变轻了，走路像以前的艾绒。经过烟熏火燎，她的过敏症不治而愈。她不再打喷嚏，神经却变得异常敏感，睡觉不能有声。艾绒呢，满脸看穿一切的慵懒与不在乎，睡觉开始打呼。这样她不得不主动提出搬到外边。出事后俩孩子性情倒了个个儿，女掌柜惶恐又摸不着头脑。她总有不祥的预感，接下来还要出幺蛾子。回春堂重新修缮后确实没有富余空间，她也未曾阻止艾绒搬出去，只是抱着她哭了会儿说，对不起她的母亲。艾绒不知道她为什么对不起，只知道她跟母亲同名同姓，当初母亲让她拿着辫子找女掌柜，帮忙在厂里谋差，不至于娘死后饿着自己。母亲喝了五年中药，走前吐得到处都是，唾液、药水、胆汁，最后吐血块。身体瘪了塌了，提前剪下的辫子却依旧饱满。艾绒没能遵照她的遗愿进厂，而是留在回春堂做了伙计，一是女掌柜需要帮手，二是她贪恋药香——药在母亲就在。

艾绒的行李两只手就拿完了，高良姜亲自收拾出一间病房，消消毒铺上褥子，迎接主人的到来。

高良姜接过桐油伞、碎花布包，最后把艾绒接在怀里。这回她没有挣扎。高良姜的气粗了。原本他不想，她还小，在这到处开放的季节还如此不开放，可出气不由人。他的气还是粗了壮了不受控制了，手也不受控制了。解开胸衣搭扣，他看到她满脸泪水。

我闻不到药香了，她说。

他擦去她脸上的泪水，艾绒僵了一下，没有动。

一直以来，艾绒允许的触碰只在跳舞时。医院主要针对本厂职工，大病、疑难杂症都转往上级，晚上几乎没有病人。高良姜便拉着她跳舞。新买的录音机就是他的，自然想怎么跳就怎么跳。有时候艾绒没来，他出诊回来独自背着药箱空跳，也是有起有伏。一台录音机一盒磁带，嘭嚓嚓，嘭嚓嚓，嘭嚓嚓嚓！天地都跳出花来。

慢三、快四、伦巴、恰恰、探戈、迪斯科，前进后退、摆臀、摇步、踢腿、跳跃、旋转、提胯、甩头、抽筋……音乐越来越强劲，玫瑰紫的艾绒很快成了舞场焦点。年轻的崇拜者们封她为钢厂迪斯科皇后。夏天的晚上，在荷尔蒙激荡下，有人打架。个矮的拿啤酒瓶，个高的提铁凳子，在场子里追赶。追上了抡圆胳膊朝对方头上死磕。两人头上脸上衣服上连地上都是血。跳舞的人尖叫着一哄而散，躲远处观望。只有艾绒拉不走，她穿着玫瑰紫背心，喇叭牛仔裤，斜腿站花池旁抖弄发卷。

等两人终于打累，艾绒说话了，打啊，继续打，谁胜老娘跟谁跳。灯光涂抹在她的嘴唇上，呈现出陌生的紫黑色。

背景音乐还在放，恰恰恰——咚恰！恰恰恰——咚恰！

高良姜猛然觉着脊沟发凉——魔鬼是天使的邻居，中间只隔一道灯光。聪颖姑娘的人生不能只是跳舞。

一个月后，他安排艾绒披上白大衣，到医院做了护士。临时护士相当于廉价护工，负责病人卫生、做棉球、消毒玻璃针管、焚烧血污纱布等，毫无技术含量。艾绒很快轻车熟路，她会躲着护士长帮别的护士，顺手练就超越了所有人的输液扎针技术。即便如此，她也只能是临时护士。高良姜看在眼里，查房遇到小儿发热、腹胀腰痛什么的，会格外关照她露一手耳穴刮痧。也只有这时，医生护士们的目光才会蝴蝶一样落在她身上，停留一会儿。

来自农村的女孩子，没有城市户口，她将永远被堵在厂门之外。有了那张纸才能吃商品粮，才有接下来的美好人生。再去厂长家，高良姜就带她一起。厂长喜欢耳穴刮痧，夸艾绒手轻。有一回给厂长送药，高良姜还带了云南熟茶饼。送给艾绒的则是只耳朵，一只书本大小的乳胶模型，上面密密麻麻布满了穴位。

他抱着艾绒的腰说，厂长已经答应替她办转正。艾绒很怪，再松散，胸口以上也不让碰，说是乱了头发。这完全颠覆了高良姜以往的认知，他一刻都不想离开她了，甚至忘了她的年龄，提出结婚。而每每这时，艾绒都只是抱着乳胶耳朵，眼睛只盯穴位。

不跳舞以后艾绒发明了一种钩针，织出的毛衣花样比普通针法多两层。花瓣层层叠叠，立体而繁复，仿佛结香。织着织着就到了深秋。这天天气晴好，艾绒穿着开满结香花的毛衣，第一次离开了冒烟的小岛。

出医院南门是条柏油路，顺柏油路走上半里地，前边横着怀河。过桥下到河对岸是大片芦苇。苇穗在秋阳下闪着银白柔光。山丁子果红了，星星点点从那白里冒出来，像一幅彩墨画。

艾绒拣处宽敞地坐下，望向西南。那里有条青灰色国道，北到首都，南通广州、深圳。危重病人都是顺那条路送走的。当然是有望生还的，死的、没钱继续耗的，像母亲，就没有福气走上那条路。他们走的是另一条通往天堂的路。天堂什么样艾绒没见过，但她知道比钢铁厂要好。

厂长的允诺迟迟没有兑现。据说上边又有了新精神，明年接班制要作废。很多职工子女改大年龄，申请提前接班，这样进厂指标就不够了。依照职工子女优先的规矩，所有临时工都不再转正。金铃子上个月已经去了焦化连，成为正宗的女工人，而艾绒还在继续保姆与杂工的角色。这就是命。

命是什么？命是懦弱者的安慰，也是强者的弹簧，就看你是不是弹得起。艾绒抱着膝盖想心事，有人撸她的头发。她没有动，似乎头发也无关紧要了。

那人紧挨着她坐下，看芦苇、山丁子、流水和夕阳。

艾绒抽下他嘴角的烟，点着猛吸两口，又插回他嘴里。

高良姜尝到湿漉漉的口腔气，望到黑蓝眼睛深处，那里有两只猫，嗷一声撕咬在一起。

这是一只废弃石碾，侧面看像立着的巨大齿轮，呈现出粗粝的霜灰色。艾绒白生生的身子搭在上面，像剥光的嫩笋。她闭着眼睛仰躺在"齿轮"边缘，闻到石头纹理中残留的稻谷与麦粒儿。那遥远的香气夹杂着药香，一股脑朝她涌来，激荡着她，双臂与头发一起沿"齿轮"弧形伸展，无限伸展。这乡下女孩，脑海中第一次浮现出宇宙的绮丽与浩瀚。

不远处，高良姜坐在石头上，手拿铅笔在病历纸上画艾绒的身子。不，落在年轻医生笔下的分明是一副人体骨架。二百零六块，一块不少。艾绒的骨头有长有短，有圆有尖，恰当地一一对接，沿石碾边缘组成了一张弓。而箭的朝向正是天空。高良姜很为这创意自豪。是谁说的？最好的休息就是找个空旷地疯狂地做爱，然后死死睡一觉。极致欢乐之后的虚无与绝望，恰恰是催发才情与灵感的王牌。这是真理。

西坠的太阳渐渐慵懒，雾气在暮色中蒸腾。艾绒的身体在石碾上一点点消融。周围静得只有风声、水声、铅笔与纸面的摩擦声。高良姜画锁骨下的阴影，然后才是外形曲线。

唰啦啦，噗！芦苇深处蹿出一个女人，跌倒又爬起来，飞快地朝钢厂跑去。

艾绒弹了起来。

高良姜听到半年前对着自己的那支箭，嗖一声射了出去。

你相信头发可以杀人吗？

揭发者搜出高良姜口袋里的铅笔画，抖着病历纸言之凿凿，引诱高医生犯错的，就是艾绒的头发。她说再未成年要流氓也要处罚，至少要剪掉肇事的头发。

大家商量后也一致认为，揭发者够仁慈，也有那个惩戒的权利。

艾绒的头发乌云样覆在身后，卷曲、坚韧、蓬松。他们暗自感叹，那真是一头好头发。

揭发者手握剪刀，翠镯叮叮，当着高良姜的面手起刀落。闪着狐媚色泽的发卷唰唰脱落，在众人脚下弹跳。艾绒闻到利刃的金属腥气，冰凉贴着耳根小蛇样游走。她发出惨叫，仿佛对方切割的不是她的头发，而是脖颈。在惨叫声中，艾绒的耳朵掉在地上。

众人吓坏了，再一看，没有血。

那只是耳朵的外壳，假的。揭发者惊得剪刀也掉了，随即看到一只肉虫，从艾绒的发楂里钻出来。

那残缺的耳朵让她高昂起头，畅快地笑了。哎呀呀剩下个把，难怪只挂半边头发，只戴一只耳环，只露出右耳……

围观者窸窸窣窣开始议论，独耳？

独耳。还能听见声儿吗？

女娃娃真是不知天高地厚，唉，这样了还想嫁商品粮……

艾绒跪在地上，一团一团捡起自己的头发，慢慢捋顺，用皮筋箍好。没有人介意她收起自己的头发，头发离了身体怎么也不会再长上去。揭发者挥挥手，人群自动裂开一条缝。艾绒顶着杂乱的锯齿发型，一步步从夹缝中走出。她看到门外的亮光，无限悲凉地忆起火灾，忆起抱着桐油伞看"烟囱"的自己。最后浮现在眼前的，是那条青灰色国道，可以帮她摆脱困境、通往南方繁华的国道。没有人知道，她曾躺在碾盘上，认真规划过自己的人生。

你相信头发可以杀人吗？不是风筝线的效果，不是勒，是吞。十五岁的艾绒吞了一大团头发。

听到艾绒吞发自尽的消息，高良姜瘫在地上。

这时，另一件吊诡的事发生了。回春堂女掌柜一巴掌扇到金铃子脸上，抱着艾绒哭叫自己的名字，喊自己姐姐。

女掌柜姓沈名凤珠，她哭着说，凤珠我对不起你啊，凤珠姐我对不起你……

后来有人说，药铺不是她的，女掌柜顶替了另一个女人的幸福生活。

还有人说，女掌柜有个大辫子姐姐，后来不知所终。当然，这些只是猜测。

唯一的真实是，高良姜被开除党籍，逐出了医院。

高良姜是跳着舞出去的，他抱歉地对围观者笑笑，空举胳膊，仰头四十五度，像手舞足蹈的天线宝宝。

艾绒失去了头发，也失去了独立行走的能力。她躺在木架子车上，被爷爷奶奶连夜接回去。乡下的土路颠簸又崎岖，她似乎一直醒在梦里。

天快亮了，路却没有尽头。

本文初刊于《广州文艺》2022年第2期

牛红丽，河南确山人。中国作家协会会员，鲁迅文学院第三十六届高研班学员，河南省作协理事，驻马店市作协副主席。在《山花》《作品》《福建文学》《广西文学》《广州文艺》《莽原》等发表中短篇小说若干。著有长篇小说《厚朴记》，小说集《行走的陶罐》《马骨琴》。

秋姑的婚礼

王　娟

一

　　我躺在上世纪七十年代中期的东岭老家的炕上，使劲睁了睁被眼屎糊住的眼睛，使了好大劲才把它们撕开。

　　奶奶在我脚头，正两个膝盖轮换着跪在炕上往窗台走。她的一双小脚在空中一翘一翘的，轮番点着头。到了窗口，她"哐啷"一声拨开窗扇的窗轴，"嘎吱"一声拉开了两扇窗门板。

　　阳光斜斜地从打开的窗户照进来，照在我盖着的方块布花被子上。我妈把旧衣服上没破的好布，剪成一个个魔方大小的小方块，把它们用缝纫机缝在一起，当被面或褥子面、棉门帘，也有人叫它百家布。

　　一些细小的浮毛在半空里游动，有几缕就在我眼前飘着。我吹了一口气，它们就倏地向远处挤去，旁边的又补过来，我再吹，它们也远了。我和它们玩着，奶奶又跪着往炕沿倒退，看我醒了,她侧身拍了我一下:"起!今儿穿新袄。"

我在被窝里,又伸了几个懒腰,腾地坐起来。奶奶盘起一条腿,斜坐在炕沿上,从被窝里拽出我的小棉袄和小背带棉裤,替我穿好。我想起来了,今天我们要去吃席,吃席就能吃上肉啦!奶奶把最新的那件红碎花棉罩衫、天蓝罩裤给我套上,我浑身上下圆咕隆咚的,簇新的,活像大年初一刚起来的样子。

我奶奶家在黄河南岸的土崖上。那道土崖上有两个小村,一东一西,分别叫东岭和西岭。我奶奶和外奶(外祖母)的家都在东岭。今天,我家后院里面那家的秋姑要当新媳妇了。

奶奶拽着我的手,穿过秋姑和小怪家的门洞。可是我一直不明白,为啥秋姑家住在里面,小怪家住在外面,东岭可没有人像她们这样,两家像一家人一样走一个门洞的。村里三十多家,每一家我都去玩过。我仰脸问奶奶,奶奶说:"她们巷子的墙让雨泡塌了,想院子大点,就把咱后房墙当院墙了。"奶奶对我最好啦,她从来不把我当六岁半的娃儿看待,不管我问啥,都回答我。这点可不像我城里的爸妈,他们老是训我说:"大人说话小孩别插嘴。"所以,爸妈把我送到乡下,我也没有多想他们。

到秋姑家还要经过一道内门,那道门可好玩了,就是在泥墙上掏了一个大洞洞,上面是个尖的圆形,下面是个大肚肚的圆形，这是为了方便肚子大的人经过吧？

秋姑家的院子里外都站满了人。小怪和她的三个小兄弟正挤在一起，分着吃小怪兜在衣襟里的一大把染成红色的花生。我小姨和淑云表姨也在，正在院里帮着四处贴红喜字。我赶紧从人的腰胯堆里往里挤。秋姑的妈妈，我喊六奶，对我很亲的，这可能是因为我们两家有远亲，也可能因为我是城里来的孩子。反正她们每次一见我，总是摸着我的头发夸我，还偷偷给我塞糖块和点心。

东厢房和堂屋里全是穿得崭新的人，我外奶坐在堂屋的蒲团上，对着供桌上的神像念着经。秋姑嫁的新女婿，大人们说，是西岭队长家的儿子，说他人可精了，迟早也是要当队长的。

我用眼睛搜寻了一圈，屋里屋外站着的老头和男人们，今天都抽上纸烟了，真呛人。我赶紧钻进西厢房。西厢房里，一水儿女的，有当送姑的，有拖着孩子来的亲戚，有理嫁妆的、帮忙的，叽叽嘎嘎的笑声和说话声像乱锅炒豆子一样，响个不停。唱主角的秋姑倒很安静，正沉着脸坐在炕沿上，一只手举着镜子，由几个女人给她抹着胭脂，往头上插着花。六奶站在桌子边，瞅着秋姑打扮，也一声不吭。秋姑穿着红缎子的棉袄和粉缎子的棉裤，脸抹得红扑扑的，真好看。奶奶说过，六奶手巧，针线匀称，做的棉袄棉裤都伏贴在身上，一点也不像我们平时穿的，袄襟撅起来显得肚子可大，裤裆那么肥穿起来全是褶子。我记下了她衣服的样子，等我长大了，也要当新媳妇，那时候，我可得记着给奶奶说，给我也做这么可身的缎子棉袄裤。

今天人太多了，六奶和秋姑根本不瞅进进出出的人，我进来她们也没看见。我挤到炕跟前趴着，她们也不瞅我。秋姑的眼睛红红的，像是哭过。我在炕沿上偎了一会儿，还不见六奶和秋姑给我抓吃的。直到奶奶进来，奶奶笑说："小秋今儿都出嫁了，还拿得这么稳。"小怪妈插嘴："拿得稳？今黑儿灯一关，新女婿一搂，看你还稳不稳！"屋里一阵哄堂大笑。我不懂她们笑什么，那么大的姑娘被男人搂不是很害臊吗？我想，秋姑一定会扇她新女婿一巴掌吧？这时候，露出了一丝笑容的六奶，双手掬着给奶奶抓了一大把好吃的。

我把奶奶递来的红花生和核桃塞进袄兜，还剩下不少，我不像大人有裤兜。我把剩下的塞进奶奶的衣兜，跑到外面磕着红鸡蛋的皮儿。

小怪从人堆里探出头，小脸红红地向我招了下手。我奶奶平时是禁止我和小怪玩的。可是我喜欢小怪，她脾性好，一点也不仗着自己大几岁就欺负我们小孩子。我知道她也很喜欢我，我们就像电影上演的地下党一样，偷偷打暗号，跑到大人看不见的地方一起玩。今天倒是小怪头一次在大人堆里冲我打招呼，我也没多想，就跟着她跑进她家。一进西屋，她就爬上炕，吃力地把炕桌抽屉拖出来放在一边，从炕桌洞里搬出裹得可瓷实的一匹布，小心地拉开。那匹布在她腿上打着滚，一端躺在了炕上，一端被小怪高高举着，展开了一大段。小怪两个眼睛闪闪地问我："看，好看不？是不是和你们城市人穿的洋布差不多？"我摸了摸，那布是黄红蓝三种颜色交织的小格子图案，很薄很细致，真的呢，和我妈给我们买的减价洋布简直一模一样，几乎看不出是粗布。我说："好看，真好看，这下你有新袄穿了。"小怪羞红了脸，重重地点点头："嗯！秋姑给的。她彩礼布可多了，十六匹，啧啧。"

她把布又裹紧收进去，嘴还咧着。我说："你别这样笑，看着可傻。"小怪赶紧抿了嘴，使劲搂了我一下。我们就坐在她家炕上，你搂我一下，我捶你一下，逗着玩耍，我们第一次这么亲昵呢！小怪趴在我耳朵边说："告诉你一个秘密。"我凑过去，她说："我大要回来了。"哦，难怪她今天这么高兴，我还以为她是有了一匹好布高兴的，没想到，还有这么大的大喜事。看来我爸上回回来，说去了监里，让她爸"检举"别人，立功挣分早点回来是真的。我当时还不明白啥是"检举"，心想监里的日子不好过，得举别人，人多沉啊，为啥要举着？是不是那个人开会发言，要站得高点？我们村开会，队长不都是站在凳子上说话的嘛！

二

这时候，小怪妈突然回来了，她的衣兜裤兜鼓鼓囊囊的。她往外一掏，稀里哗啦几乎装满了一簸箕。她一边掏，一边看着我。我突然有些害怕。因为奶奶的禁令，我这是第一次进小怪家。村里和我差不多大的孩子不多，我家离小怪家又最近。虽然我和小怪是朋友，可她妈老是狠狠瞪着我。

小怪妈翻出一条到处打着补丁的小裤子，冲小怪努努嘴，絮叨着说："你去，你三弟拉裤子了，还蹲在茅坑里。真是穷命，就不能见吃一点好的，一吃就跑茅子。给他换好，你再把脏裤子拿到渠里淘下。"

我也要跟着小怪下炕，小怪妈拦住了我。她抓了个红鸡蛋说："雁儿是稀客，婶子再给你剥个鸡蛋，吃了再走。"小怪跑出去了，我接了鸡蛋，就不好意思走了。要知道，红鸡蛋稀罕，一个客人只能分一个，小怪妈可能是好不容易才偷来这三个的。

我低头磕着鸡蛋皮，小怪妈又去外间取了只碗，我隐约听见了她从小纸袋里取东西的窸窣声。她的动作特别轻，回来的时候，一手平端着碗。她给我倒了水，端给了我。

我奶奶说，小怪她大跟着人晚上劫路的案子，是我爸办的，也是我爸抓的人。小怪她妈这碗水，我接过来了，可我含混不清地说："婶儿，我不渴。"小怪她妈死死盯着我，使劲掀着碗，帮我送在嘴边。她的左嘴角朝上斜着，笑着说："喝，乖娃，看你噎的。"

小怪妈整天也不笑，村里的娃们都怕她。除了下地，很少见她出来。我奶奶说，四个小娃，光吃饭缝补就够熬煎了。小怪已经八岁了，可她从来不上学。我羡慕说："不上学多美啊，不用早起，不用做作业，不用被老师骂。"可小怪却红着眼睛说："我想上学。"也是，小怪虽说不上学，可管的营生一点也不比上学轻。她要喂猪喂鸡割草放羊，还要干农活挖野菜。她挺聪明的，我奶奶说她还会上织机织布。我几次要试，我奶奶都不让。奶奶说，小怪学了那么久，织的布还歪歪扭扭，只能当单子、手巾，不能做衣服，我就别浪费棉线了。

小怪和她三个弟弟整天穿得破破烂烂的，身上总有一股臭臭的味儿。我奶奶常给他们送东西，有时候是白蒸馍，不过我倒觉得小怪跟我换着吃的红薯馍更好吃，可甜了；有时候是我家梨树结的梨；有时候是新剪的窗花鞋样。小怪妈接过去从来不说客气话，倒像我们欠了她的。

眼看我拧不过小怪妈，就要喝水的当口，我奶奶在外面大叫："雁雁，出来，快出来！新媳妇快走啦！"她的声音失声岔气的，把我和小怪妈都吓了一跳。我把碗使劲推还给小怪妈。水洒了，小怪妈顺手把水往地上一泼，跌靠在炕沿上。我咔溜从她身边挤过去，跑了出去。奶奶一把把我拽到身边，一边急急地走，一边上下左右前后打量着我，小声问："她没打你吧？你没吃她家东西吧？"我拨浪鼓一样摇着头，说："她叫我喝水，我没喝。"奶奶说："对，我娃真机灵，记住啊，她家的东西一口也不能吃，她恨咱家哩！"我不禁为自己的聪明感到得意，一扭脸的工夫，我瞥见小怪的身影在她家用木棍树枝架成的大门那儿一闪，不见了。我问奶奶："是不是小怪告的状？她肯定怕我吃她家好吃的。"我奶奶却长出了一口气，说："小怪这娃，心眼怪好。"哼，那你咋还不让我们一块玩？

回到秋姑家，大人把我挤到了一边，吵吵嚷嚷说："吉时到了。""六婶，小秋出门咱可不准哭啊！""嫁这么近，有啥哭哩！捎个信她就回来了。""秋，穿鞋。""秋，拿镜子。"

我在墙角举着鸡蛋，正直着脖子往下噎。只听见"啪"的一声，秋姑把绑着红绸子的镜子摔在了地上。她大骂了一句："嫁，嫁，嫁你妈了个×！"我还是头一次听这么难听的骂人话从秋姑嘴里蹦出来。

大家七手八脚劝说着，扫起地上的碎片。帮忙的大人又乱七八糟喊来一个小伙子，让他赶紧跑到岭下公社再买一个新镜子。奶奶见我又拽着她问，对着我耳朵说："照妖镜，辟邪的，可不敢没有。"六奶一屁股坐在地上，号啕大哭起来："给我寻根绳子，我不活了！她大啊，你怎么狠心撇下我呀，啊啊啊！"

她爬起来就去堂屋拽挂在墙上的井绳，又被大家拦腰抱住，推回了西厢房。秋姑已经不骂了，红着眼睛任由婶子们补着胭脂。她的眼睛不时瞟着六奶，她肯定觉出自己太过分了，要是她不听话气死了六奶，村里的人都会叫她李管孝的。前年，县里有个男的把他妈打死了。枪毙他的时候，全县城的人都去看了，我也跟着去了，可没敢走到跟前，远远站在人背后，听见了可大一声枪声。大人说，好多年了，我们县就枪毙了那一个人，那个人叫李管孝。我妈后来一见我不听话，就这样骂我："囚犯脸，长大跟李管孝一模一样！"

秋姑在县城百货楼上班，那是最让人眼热的工作。我妈说，好多紧缺的东西，比如新鲜的年肉，刚开始减价的布头，新进的式样，最新的脸盆，她们都最先知道，最先买。谁家要是有售货员亲戚，也会沾光最先去抢。

秋姑的工作，就是高高地坐在一排柜台对面的圆台上收款。那个收款台就像一座高高的岛。她的眼前，六根铁丝形成的渔网，像扇骨一样，在空中画出半个透明的扇面，向下伸向柜台的五个等分点上。售货员写好票，把纸条和钱夹在铁夹子上，"嗖"的一声发射给秋姑。秋姑噼里啪啦拨着算盘，把找好的零钱也夹好，胳膊一挥，画出一条特别有分寸的弧线，再"嗖"的一声把夹子发射回去。

秋姑坐在她的岛上，就像坐在岛上的美人鱼。在我们村的姑娘里，她是长得最好看的。她的眼最大，皮肤最白，腰也最细。长大以后我才知道，她那种好看，可能就是人家说的有气质：五官哪一个都不是很出色，但搭配在一起就让人很舒服。秋姑又拿得稳，从来不像我小姨淑云姨那样捂着肚子、张大嘴哈哈大笑。她不爱笑，她脸上的皮肤特别紧。就算她在哭或笑，她脸上的皮肤也很少牵动。我专门学过她的笑，希望长大后也被人夸稳，不想让人说我是人来疯。她这样的人，到老了都不会长皱纹的。可不像我小姨那样，才上初中，一笑眼角就都是褶子。秋姑的眼睛特别美，透着冰水的凉和星星的光。她一抬眼，冰水就荡漾了起来，她一闭眼，冰水就又荡漾了回去。秋姑腰细腿长，穿军裤能撑起来，腰是腰胯是胯的，好看。不像我妈，她穿啥裤子都在小肚子那儿撅起来。

秋姑在城里有一间宿舍。我奶奶说，秋姑好几次把六奶接到城里去享福，可六奶是个贱命，虽说就这一个女儿，她身体又不好，可她在城里住不了几天，就闹着要回村。

我回县城的时候，老喜欢跑到百货楼，靠在柜台上，有时候会和秋姑打个招呼，羞怯地喊一声"姑"，等她把冰水一样的眼神投给我，微笑一下，我就像得了大人夸奖一样得意。有时候我又假装不认识她，在二楼转一圈看一眼她，又回到楼下，去看那把小提琴，再去看那双米黄色的像画上的公主才穿的小雨靴。在我眼里，秋姑和小海岛、美人鱼、小提琴、小雨靴一样，那么美又那么远……

秋姑被迎姑、送姑和一大群亲戚拥着，脸上包着红纱巾，手里提着新买来的镜子，吹吹打打离开了东岭。我捡鞭炮的时候，听见人们又说，小秋就是稳，脸上没一点失色，跪拜她大的老相片和她妈，也没一点慌乱，也不哭。秋姑她大的坟，就在我和小姨老去放羊的山崖边上。他死了，秋姑就不上学了，听说秋姑上学时学习可好了，还是她们班的班长。我听五姨说，这点她随六奶，是当干部的材料。要不是急着接班到城里工作，她保准能上出大名堂呢！

迎亲的队伍出了村，我赶紧跑回来找奶奶。奶奶坐在一个矮桌前，见我跑来，把我夹在两腿之间，我们一桌凑够了八个大人，开始吃席。我一会儿就吃饱了，拿着奶奶给我夹的肉馒头和孩子们在席间乱跑着玩。我看见六奶在厨子那边，把俩馒头各挖开一个大洞，往里面塞着肉丸子和大肉片。根据我吃过几次席的经验来看，我知道，她在夹"馍壳漏"。这是给上礼了却没有来吃席的人带的。

她把夹好的俩馒头洞对洞扣好，从一沓新粗布手巾里抽出一条，把馒头包好绑紧，回头到处瞅着。我怕她是要给我爸妈带的，赶紧过去站到她跟前。可她却走到我小姨的桌前，把手巾递给我小姨。我想起来了，秋姑和我五姨是同学，也是好朋友。我问小姨："我五姨怎么没来呢?"小姨笑了笑，她笑得那么难看，干脆就是潦草地咧了下嘴，她小声对我说："别吆喝，你五姨身上不美，没来。"

三

席散了。我两手拉住小姨和淑云姨的手，双腿一缩，她俩就把我提起来了，我喊着："坐飞机、坐飞机！"又回头对我奶奶喊："奶，我去我外奶家耍了啊！"我要去看看我的五姨，从来没得过病的她，昨天晚上还好好的，还一反常态不瞌睡，给我讲了好几个鬼故事，今天怎么身上就不美了？也许，她这俩馍壳漏还能给我分点呢。一离席，我就又馋肉了。

快到我外奶家街口的时候，我一眼看见，我五姨挽着一筐青草从村后面走过来。她没有身上不美啊，她怎么为了割草耽搁了送秋姑出嫁呢？不过，秋姑出嫁正好要从村后的路去西岭，可能她在坡上也看见了吧？

我们等着五姨。五姨过来的时候，淑云姨啪地一拍大腿，笑得直不起腰，她说："噢，噢！偷看了噢！"五姨的脸立马像秋姑抹了胭脂的脸一样红。她抬腿要踢淑云姨，淑云姨腰一扭，闪开了，又哈哈笑着喊："哎，栓柱哎，快出来看看，有人瞅你哩！"栓柱的家就在街口，在大队部隔壁。他是我们村年轻人里长得最帅的，在县城的轴承厂当车工。我不知道啥是车工，可能他就整天坐在车上，或者开着车到处转吧？我也不知道他的车是大卡车还是吉普车，但知道他的工作很招人羡慕。他上学时，和我五姨、秋姑、淑云姨都是同学，也是接了他大的班进厂的。五姨和栓柱刚订婚。奇怪的是，栓柱今天也没有去吃席。

我想到这儿，就跑过去，想到栓柱家门口探看一下。我到他家门口的时候，栓柱正好走过来。我刚要冲我这个未来的五姨夫笑，却见他黑着脸，把大门咔的一声关上了。要不是我闪得快，我的鼻子都差点被门撞流血。这个神经病，一想到要和这样暴脾气不认人的人当亲戚，我的心就凉了半截。我五姨长得很美，结结实实的，又能干农活，又会做饭，又会纳鞋底绣花，虽说没有秋姑耐看，可绝对比林妹妹式的秋姑能干。要不是她老留级，差点被我小姨撵上当同学，她也不至于早早当了农村人。

我讪讪地追上五姨，拽着五姨筐里探出来的咕咕草玩，听着五姨小声和小姨说话。小姨说到秋姑摔了镜子骂的时候，五姨的腿软了一下，差点把一筐草倒到我身上，惹得我指着她大笑。可是，五姨的眼圈怎么红了呢？

一到外奶家，五姨就把自己关在灶房里。我外奶家人口多，她和小姨一直睡在灶房里间的小库房里。她一直到吃晚饭都没出来。那俩馍壳漏，我也记不得谁给吃了，反正我外奶给藏起来了，我再没见过。

第二天，当我还躺在炕上和浮游的尘土丝儿玩着的时候，突然听见后院里传来一阵阵大哭声。奶奶撂下正拉着的风箱，失神拿急就往外走，我喊着："奶，奶，给我穿袄，我也去。"我奶理都没理我。我自己胡乱套上棉袄裤，扣子都没扣好就赶到后院。小怪和她妈，和她三个兄弟，我奶，还有好些个村里的老少，把六奶家围得水桶一样瓷实。他们神情慌张地说着一件事，秋姑跳井了！淹死了！

我的妈呀！我们村这么多人，只有一口井，那口井又黑又深。外爷说，那里面住着淹死鬼，使劲勾外面人的魂，好拉了人托生。这个天，井口结了冰特别滑，我每次跟着奶奶去打水，奶奶只许我远远站着。我也特别怕淹死鬼。

六奶被自行车带着，号哭着飞快地去西岭了。我站在一堆村民的中间，好多大人都在哭，我忍了一会儿，又和小怪她们在人堆里挤着玩了，只隐约听见"怕跟进城死了火化，非把她和栓柱拆散，嫁给农民，能埋"。不是说人死了就没知觉了吗？六奶这么怕疼？我想起来了，我记得我外奶说过，说火化的人成了灰，不能转世托生。

听到"栓柱"两个字，我很纳闷。我跑去找五姨，想问问她咋回事？五姨把我搂在怀里，一直在抽抽搭搭地哭。也是，秋姑是她最好的朋友，她死了，五姨肯定很伤心。

栓柱走进来的时候，提着一个红布包袱。他没看院子里的五姨和我，走进去把包袱放在正盘腿坐在堂屋蒲团上念经的外奶旁边，解开包袱，把里面的东西一一掏出来。五姨站在一边，拉着我的手捏得我生疼。我抽开手，凑过去看。只见那一堆东西里，有两双黑布鞋，那是我五姨纳的。当时鞋底的花样很复杂，村里没有人会，五姨找了邻村的亲戚才学会的。我记得五姨纳了好久，怕弄脏白鞋底的布，她每次动手都要把手洗好几遍。还有一套干部服，四个兜，深蓝色的，最时兴的。还有一条涤纶裤子，那还是我外奶托我爸在县城买来的。

栓柱把东西摊开放下，说："东西都在这儿，我的东西也不用退了。"然后就走了。

五姨追了出去，喊他，他也不答应，还使劲把拉他的五姨推了个四仰八叉。我也追出去，帮五姨拉栓柱。五姨哭着爬起来，又追上他，小声说："栓柱，我都有你的娃了，你让我咋活？"栓柱愣了一下，停住了，他回头看着五姨，只是几秒钟，他又黑下脸，从牙缝里挤出一句话："还不是你妈干的好事，给我下套，活该！"他又一把推倒五姨，大步走了出去。五姨愣愣地在地上坐了一会儿，又回灶房躺下了，我听见她在里面又抽抽搭搭地哭。

我外奶一直没说话。栓柱走了以后，我外奶还坐在那里念经，起都没起来。那一堆东西被我小姨收进去了。天快黑了，外奶家也一直没人做饭，外爷在屋外吧嗒吧嗒抽着旱烟袋，小姨和五姨各自躺在炕上。我跑进跑出几次，问我外奶几次，她都不理我。我想回家去，可我见我外奶也哭了。

她无声地念着经，无声地流着泪，这是我头一次看见外奶哭。我悄悄告诉我外爷，我外爷叹了一口气，也不进来劝。我又去推我小姨。小姨过来，也坐在她妈旁边哭。

小姨说："妈，你想开点，反正栓柱和咱家，也是你撮合的，全当没成不就行了？"

我外奶还在哭，她哭着拖起长腔唱着："我一辈子吃斋念经，从不诓人，我真的没有骗你六婶和栓柱妈啊，他俩八字犯克，成婚后必有血光之灾啊，唉唉唉！"

小姨说："妈，你也别急，小秋死了是她气性小。我们几个再去寻寻栓柱，跟他再说说。"

我外奶号啕大哭起来："他撂下狠话了，说小秋是为他死的，他就是一辈子不娶，也不要我娃了呀！"那天晚上，我从外奶家回家，路过栓柱家门口，冲他家狠狠吐了两口唾沫。

第二天一早，我就得知，我五姨半夜跑了出去，也跳井了。好在那天很幸运，井水不深，五姨扶着井壁的台阶，浸在齐胸深的水里，在井底站了半宿。早起担水的人，看见我外奶家的老黄狗站在井边"汪汪汪"地叫个不停，发现了，把她救了上来。然后，我五姨小产了，然后，我五姨精神错乱了。

奶奶说，她得的是花痴病。平日里，她不犯病时和正常人一样，可就是不能见两样事，一是嫁娶，二是陌生的年轻男人。村里但凡有红喜事，五姨就穿上栓柱给她买的大红罩衫，往头上插一朵野花，用红纸抹红脸蛋和红嘴唇，在村里大路边站着等。迎亲接亲队伍从崖下的大路走近的时候，她就跟着跑上高崖，俯瞰着新人和队伍穿过崖下的大路，越走越远或越走越近。她在崖上大声唱歌，惹得一帮孩子朝她扔土块瓦块。还有，但凡她一见好看干净的陌生男青年，她就撕扯自己的衣服，有时候还脱个精光，拉着那人去麦场、钻麦秸垛。病病歪歪五六年，有一次，她终于失足掉到了崖下，摔断了腿，在床上养了三个月，腿慢慢好了，脑子竟然也慢慢好了。五姨后来嫁给了大队的一个老光棍，生了两个儿子，日子也还算过得去。

埋了秋姑以后，六奶就不吃不喝了。那段时间，我常听见从后院传来拉着长声的哭号。奶奶听见了，就叹气："你六奶，这是不想活了。"后来，六奶就不见。奶奶说，她让远房侄子接走了。

我五姨疯了以后，我外奶就告别了她的媒婆和神婆身份，再也不接活了。有几次，生产队开批斗大会，她还主动站在板凳上，骂自己装神弄鬼。说来也怪，她丢掉了"法术"以后，就完完全全是个农村老太了，她眼睛里，再也看不出一点瘆人的痕迹了。

小怪她大，过不多久真的回来了。奶奶说，她大比以前可老多了，这才几年，怎么头发也白了，背也驼了。我想，那肯定是他举别人时，累着了，可他不举别人，又回不来。他回来以后，小怪妈也不狠狠地盯着我看了，偶尔，她还给奶奶和我们送一个南瓜，几个洋柿子。

奶奶当她的面道了谢，可从来不吃这些东西，都剁碎了埋进了粪堆。

东岭的艾蒿绿了一茬，又黄了一茬。东陵的枣树红了一季，又绿了一季。东岭迎进来一些新娘子，又嫁出去一些新娘子。东岭添了一群娃娃，又长大走了一群娃娃。后来，人几乎都进城了，东岭越来越冷清，也越来越荒凉。

那些旧事，终被人忘了……

本文初刊于《广州文艺》2019年第12期

王娟，中国作协会员，鲁迅文学院第23届高研班学员，发表文学作品百万字，散见《延河》《安徽文学》《百花洲》《中国铁路文艺》《广州文艺》《南方文学》等，作品曾获《延河》年度小说奖、《东方少年》年度重点作品扶持项目小说特等奖等，出版有散文集《穿过人群凝视你》。

别在深夜叫我的名字

甘桂芬

1

二十三，祭灶官。按说，今天就算是小年了。

吃过早饭，妮子便坐在门口，宁可手脚冻得像有无数个小虫子在咬，也不愿回到屋子里，面对那个凶巴巴冲她发脾气的老头子。

村里的年味儿越来越浓。金融危机呢，在外打工的人今年普遍回来得早，听说如今外边的钱也不好挣了。孩子们才不管钱好不好挣，只要大人在家，心里就有了底。哪怕在大街上疯跑，被爹妈在后边追着骂，也一个个嬉皮笑脸的。

学校里放了年假。别人家的孩子要么欢天喜地去城里买新衣服到镇上洗澡，要么在家里帮忙打扫卫生准备年货。妮子爸妈打工还没回来，她一个人陪着爷爷在家，失魂落魄不知道该做什么好。

我的爹啊，我可怜的爹啊——你咋走得恁急啊，我的爹啊——

我哩爷啊——我哩亲爷啊——

一口轻飘飘的棺材在长长一队孝子孝孙的簇拥下从远处走过来，伴随着唱歌一般的哭声。

今年冬天冷得邪乎，不知道谁家的老人熬不过去又走了。这个冬天，加上今天出丧的，已经是村里第三个了。

乡下的冬天，除了打麻将，就是看娶媳妇嫁闺女。连看埋人也算是一项娱乐。那些闲着没事的女人一边抱着孩子一边追着送葬的队伍，评判哪个儿媳妇哭得真心，哪个儿媳妇哭得假意。

妮子站起来，斜倚在门框上，目光木然地跟随送葬的队伍走了好远，一直到路拐个弯，看不见了。

奶奶是上个春节走的。正月初三。

奶奶脾气不好。老是嫌妮子没眼色，支使她跑东跑西帮忙干活儿。她有时候埋怨奶奶偏心，说奶奶从来不使唤婶婶家的小宝。小宝只比妮子小半岁。

那是男娃子干的活儿吗？奶奶拿眼睛瞪她。

奶奶凶，可奶奶也真的亲她。姑姑带来的东西，奶奶背着人让她吃得多。姑姑塞给奶奶的钱，奶奶也喜欢在集市上给妮子添个头花、买双袜子啥的，虽然值不了几个钱，但是妮子喜欢，宝贝一样藏着。奶奶再支使她时，她也不抱怨了。

奶奶的去世，让妮子一下子失掉了依傍。爸爸妈妈不在家，奶奶最懂妮子的心思，每次她一个人躲起来噘着嘴不吭声，奶奶总能猜中她的想法，一猜一个准儿。

奶奶说，女娃子要知道偎随人，听话，得像个女孩子的样子。妮子记着。她不偎奶奶偎谁？放了学除了和年纪一般大的小姑娘们缠在一起玩，就是跟在奶奶后边当小尾巴听使唤。

奶奶心里头最喜欢的人是姑姑。

这一大家子人，姑姑跟奶奶最贴心。姑姑说过好多次要接奶奶到城里住一段时间。可是家里地里一大摊子牵绊着，老头子依靠她，两个孩子离不开她。她哪儿也去不了，只能在嘴上说说，跟妮子念叨念叨。

奶奶，你说，城里真的就像电视里演的那样吧？

当然了，你姑姑说，可热闹啦，路上的灯，亮亮堂堂一晚上，你说那得费多少电。咱们家，多开一会儿电视，电表上的字就走得怪快。

奶奶屋里铺两张床。爷爷和小宝睡一张床，奶奶和妮子睡一张床。她睡里边，奶奶睡外边。奶奶半夜得叫小宝起床撒尿，得照顾哼哼唧唧要这个要那个的爷爷。

真冷呵，妮子跺了跺脚。按说，冷成这样，工地上开不了工，又到了年根儿，爸妈咋还不回来哩？前两天他们打电话说，虽然工地上不施工了，可是工钱还得等些天。业主赖着账，东躲西藏不露面。都是乡里乡亲的，工头王老三给大家发不出工钱来，急得上蹿下跳。

干吗不把你的车卖了，汽油那么贵，摆的啥谱，拽啥呀，谁不知道你王老三小时候也是个尿床货。

卖了？成。我颠两只脚走着要账去？人家把大门的不让咱进呢。

他说得有理。城里人势利得很。跟城里人做生意，勒紧裤腰带也得硬着头皮充大个儿。

开不了工，他王老三不能不管大家饭。没啥好的，不过是白面玉米面，萝卜大白菜，可是人多，一天下来也是不小的开销。王老三这点倒是好，乡下来的，守着乡下的规矩，开不开工，饭不能不让吃，就当是亲戚邻居进城串门，好赖不能不管碗饭。

既然不能耽误了大家的伙食，妈妈和婶婶这两个做饭的就走不开。这几天，王老三为了要账见天请人吃饭，喝得醉醺醺的。交警查得紧，他不敢自己开车。妮子爸爸有驾照，临时当上了王老三的司机。叔叔一向懒，回家得自己做饭，还不如留下来吃个现成的。工地上没活儿了，干脆成天蒙头睡觉，有时候也到灶房搭把手帮个忙。

2

昨天又是白等了一天，妮子心里凉洼洼的。

房檐子下垂着冰凌。妮子站在房檐下，看院子里奶奶留下来的那几只鸡。

妮子自己的饭都没精神做，哪顾得上它们？想起来就抓把玉米喂一次，想不起来就饿着，鸡们饥一顿饱一顿的，自己扑腾着找食去，多少天也不下个蛋。

妮子袖着手，盯着院子里浑身脏兮兮正在刨虫子的鸡。半晌一动也不动。要不是因为刮风扬起的灰土迷了眼，她的手才舍不得从袖子里伸出来。太冷呵。院里脏了，妮子懒得去收拾。快下雪了吧，等下了雪，白茫茫的，脏不脏就都盖上看不见了。

院子再冷，她也不愿意回屋子里。屋里黑洞洞冷冰冰，活像个大冰窖。老头子在屋里呜哩哇啦地咒，妮子早厌了，权当没听见。

妮子暗算着院子里瘦伶伶的鸡。爸爸杀鸡可老练了，只一刀，利落得很。妈妈做红烧鸡块最拿手。过年，妈舍得下调料，酱味腌得刚刚好，亮光光抹上一层糖色，炖得又烂又香。真好吃。

妮子嘴巴里涌出一股酸水，肚子里扭绞成一团觉着饿了。唉，一个冬天都没吃肉了。肉越来越涨价，瘦肉要十几块一斤呢。秋天时候买过一回，爷爷絮叨着非要吃。她又不会炒，都煳了，黑乎乎黏成一团，咬不动嚼不烂。害得爷爷躺在床上骂她糟蹋东西，数落了好多天。

妮子宁可去买火腿肠，咬开就能吃。电视上说火腿肠里有防腐剂，吃多了不好。哼，钱被爷爷把得死死的，她哪里能吃多了？她只会每天煮面条蒸大米，反正有电饭锅，面条大米都是从村口的粮食店里换来的，赊账，等爸爸妈妈叔叔婶婶回来，拿仓库里的麦子去跟人家结清。白菜萝卜是自家菜地里种的，妮子不会管理，白菜像个大凉帽子，扑塌塌的，不包心，萝卜也是光长叶子不长根。妮子每天都拿这些萝卜白菜煮一锅，放点油盐，一天三顿拿它下饭。自己不爱吃，爷爷也恨巴巴嫌嚼不烂，端着碗骂骂咧咧。

现在爷爷想吃肉的时候就给她五块钱让她去村头买点卤肉，五块钱买不了多少，还没有她的拳头大。爷爷向来没说过让她也尝尝，一个人躺在床上三口两口就吃完了。

已经好多天了，爷爷没再让她去买卤肉。她知道，爷爷手里只剩下两百块钱了。

3

以前爷爷答应过要节余出钱来给她买鸭绒袄。妮子多喜欢啊，心里觉得爷爷还是亲她的，高高兴兴跟着他省钱，炒菜时候连油都舍不得多放。她不再急着跑到外面去，耐心陪爷爷待在屋子里，听他唠叨。那些天祖孙俩的脾气都格外好，爷爷也不唠叨饭做得难吃了。

买鸭绒袄的钱眼看是省出来了。可是不知道为啥姑姑上个月没来。以前都是每个月月初就来了，带上点城里的稀罕吃食，丢下两百块钱，说不了几句话就走了。自从奶奶去世后，姑姑越来越不爱回娘家。

她上个月没有来。妮子和爷爷等啊等，从月初等到月底，没来。为啥不来？妮子没敢打电话去问。她姑姑从来不像别人家的姑姑那样看见侄子侄女亲不够，老是怪不耐烦的样子。

这不，今天都进二月了，还没来。这个月七号是春节，莫非姑姑要到大年初二才来？姑姑不来，一个月那两百块钱就没了着落。就算姑姑初二回来把以前的钱补上，妮子也不能穿上和别人一样的鸭绒袄过年了。

妮子相信姑姑不在乎那两百块钱。姑姑的一件大衣就花了好几千，一支口红也值几百块，还有姑姑脚上的皮靴子，听说是外国的牌子，贵得很。姑姑哪会在乎一个月给爷爷这两百块钱？她一定是因为什么事耽搁了吧。

爷爷的承诺兑现不了，理亏，压根儿不再提给妮子买衣服的事。妮子一向就是这么个脾气，一有心事，就蔫眉耷眼的。要是奶奶在，肯定能猜出她的心思，想法子哄她高兴。病老头子才没耐心理她，看见妮子噘嘴鼓腮抹眼泪，就躺在床上骂她作死。骂妮子乏了，也骂儿子骂媳妇，捎带着唠叨几句闺女。反正他整天没事，拿骂人取乐。

妮子不睬他，他就装病得厉害。要是一个月前，妮子会称着他的心思，尽量把自己拴在屋子里，陪他说说话，听他支使着端茶倒水，就算是没有话说，哪怕开着电视听个响儿呢，总归让他觉得有个做伴的。

可是现在妮子烦着哩。她一门心思都在入冬以来村里开始流行的鸭绒袄上。爷爷那两百块钱越来越没指望了，妮子只能寄希望于爸爸妈妈能早一天回来。她每天除了吃饭就是跑出去张望爸爸妈妈回来的方向。

妮子在院子里站了一会儿，听见屋里风箱一般呼啸呼啸的喘息声小了。哼！她就知道，他是故意夸大他的病痛骗她，想赢得她的同情。就像那些闹人的小孩儿哼哼唧唧是为了引起妈妈的关注。可他不是小孩儿，妮子也不是妈妈。

有时候，妮子觉得爷爷怪可怜，一天又一天，一个人躺在床上能不寂寞？除了奶奶，家里没有一个人喜欢他。自从奶奶走后，一家人都把他当成了甩不掉的包袱。

但是一走进屋子，妮子的怜悯就变了味，她感到这个垂死的或者假装垂死的老人妨碍了她，给她的生活蒙上了阴云。她后悔不该接下这个本不属于自己的包袱。

她为什么要答应姑姑？就为了那天姑姑对她笑了？姑姑笑起来真好看，可是这样的机会太少了，她眉头紧锁的时候多些。

4

乡下人不管平时生活怎样艰苦，过年总得肥肥实实，把一年受的委屈给补回来，家家户户都在忙着采买年货。

要是往年，这时候家里早忙活开了。奶奶一过腊八就开始准备，买的干果、瓜子、糖块儿，炸的丸子、酥肉，蒸了一锅又一锅的馒头、包子。爸妈叔婶会在电话里讨好奶奶，说是让奶奶歇着，等他们回来了一块儿张罗。奶奶一边骂他们"光个嘴儿好，等你们回来啥也准备不上了"，一边忙活得更起劲。

奶奶在村子里有名的能干。他们家日子过得殷实，姑娘姑爷在城里上班，两对儿子媳妇四个人都挣钱，老太太老爷子在家照看孙子孙女。日子惹好多人眼气呢。

去年爸妈叔婶回来的时候，奶奶都准备得差不多了，他们一个个像嘴巴上抹了蜜，围着奶奶说好听的。

一大家子热热和和在一块儿，能见天腻在爸妈跟前，多好。从妮子记事起，她都是平时跟着爷爷奶奶，逢年过节才能看见爸妈。现在种庄稼挣不到钱，除了糊嘴，剩余不了啥。爸妈跟叔婶都出去打工，跟着村里王老三的建筑队。按说，工地上用不着女人。女人干不了爬高下低的活儿，只能在伙房里做饭。村里好多女人想去，王老三都没答应，可是妮子妈妯娌俩，他不能不答应。

王老三前些年刚进城的时候，在别人的装修队打工，乡下人在城里难免受委屈遭欺负，好多次都是找姑姑姑父给帮的忙。王老三得过他们家的惠，念着他们家的好，不能不有所表示。

这些事村里人都知道，所以妈妈和婶婶能到工地上干活儿挣工资，村里的媳妇们眼气归眼气，可也说不出啥，人家老李家门槛高，养了个好姑奶奶，一门子跟着沾光。

姑姑上大学毕业后留到城里，后来找了姑父，也是大学生，做了城里人。前些年考大学可不容易，一个村好几年才能出一个大学生。姑姑跟飞出鸡窝的金凤凰一样，惹人羡慕得很。

这几年，姑父走得特别顺，职务一溜烟儿往上升，听说权力大得很。姑姑也跟着他享上了福。

姑姑在城市里住惯了，越发看不起乡下的又穷又脏，嫌乡下啰唆的麻烦事。

因为心里的不耐烦，难免言语举止中就显出她傲得很。

婶婶在背地里没少说，烧包啥？再能也是咱这个土窝里长大的，起根儿变不成个地道的城市人，凭啥对咱们冷眉冷眼，还真把自己当成了回大观园省亲的元春？这些话都是背着姑姑说的。真的见了姑姑，婶婶跑前跑后比谁都殷勤。

妮子不爱说话，可心里有数。女孩子年龄大了，越来越想偎着妈。妈在家待不了多少天，过了正月十五，工地上就得开工，妈就要走。她恨不能天天黏着妈。女孩子大了，有多少话想跟妈悄悄说，有多少烦心事要从妈那里讨主意呢。

可是妈不好意思整天围着孩子转。把家丢给婆婆一年了，到年根儿才回来，可不得好好帮着婆婆做点啥。自己屋里也得清扫灰尘拆洗被褥，见天忙得脚不沾地。

一大家子都喜欢奶奶。谁会不喜欢她？吃差的，穿赖的，拖老的，带小的，起得早，睡得晚，地里家里，样样离不开她。她干活儿多，说话少，不埋怨，从来不像别人家老太太成天唠叨。她老是说，有埋怨攀扯的工夫，活儿早干完了。别人都说她把爷爷惯坏了。爷爷一辈子懒，身体不好。身体不好是他不干活儿的理由。照隔壁二奶奶的说法，尽是装的。可是一旦装成了习惯，就成了真的，天一冷就吭吭咳咳喘得厉害，整天圪蹴着，守着火炉子。天一下雪，他就彻底躺在床上起不来啦。哎哟哎哟直叹气，活像躺着一家子病人似的。奶奶有时候也烦他，说自己给他当了一辈子老丫鬟。

说句不孝敬的话，一家人没一个待见爷爷的，尤其是嘴巴厉害的婶婶，才不会饶了他，跟街坊的婶子大娘们说，这老不死的，一点忙帮不上，净添乱，还不如死了好。连最让爷爷引以为豪的姑姑，也是一听见他哼哼就皱眉头。

姑姑长得可好看了。城里女人好像都长得好看，总也不显老。姑姑身上老是香喷喷的。那香味和自己用的大宝润肤露味儿不一样，好闻得很。邻家上大学的姐姐见多识广，说那是香水。

妮子特别喜欢姑姑。姑姑每次回来都捎些好吃的，虽说名义上是带给奶奶爷爷的，实际上大半让奶奶分给了妮子和小宝。

姑姑一直没有生孩子。妮子偷偷听婶婶和妈妈在背地里说，姑姑是鞍形子宫，坐不住胎，先是怀不上，好容易怀上了又老是流产。因为这个姑姑整天不高兴，啥时候见到都怪不耐烦的。

姑父也不高兴。姑父老家离他们村十里地，是一个县的。乡下长大的男人，哪有不喜欢孩子的？不孝有三，无后为大嘛。姑姑生不出孩子，一家人跟着着急，一听说哪儿有治疗不孕不育的偏方，都得千方百计打听来，贡献给姑姑。可这些偏方没有一个奏效，姑姑脸上的不耐烦也越来越浓稠。

5

那天晚上，姑姑急匆匆来了，妮子有模糊的印象。弟弟就在那天晚上被预定为姑姑的孩子。

那时候她上小学四年级，晚上跟着奶奶睡。奶奶起床去开门，妮子也恍惚醒了。

姑姑一进门就呜呜地哭。娘，我再也受不了了，这次又没能保住胎。建刚他不要脸，在外边有了人。他说要是再不抓紧，这辈子就当不上爹了。我生不出孩子，他就找别人生去。试管婴儿，已经做过好几次，我受够了罪，钱也没少扔，还是留不住。医生说我这身体条件，成功的可能性很小。

奶奶陪着姑姑抹眼泪。

要不，领养一个？

领养的能亲吗？他不同意，说是猪肉贴不到羊身上。

那咋办？

这些天我脑子都要想崩了……我听说大嫂也怀了。

怀了。这不，害喜，从工地上回来了。算算日子，比你晚怀上半个月。你嫂子还犯愁呢，没有准孕证，现在计划生育抓得紧，罚款罚得厉害。她正思谋着要不要把孩子给做掉。

别，别做掉。娘，单位里的人都知道我前一段怀孕了，我想请假在咱家住一段，一直到大嫂把孩子生下来。

咋？你想把孩子抱走？

自己娘家侄，再不亲也远不到哪里去。再说，有血缘关系，长相多少总会有些像，别人看起来也像一家人。只是不知道大嫂能不能答应。

我跟你嫂子商量商量。唉，自己肚子里掉下来的肉，哪有舍得的。我豁出老脸去求她，说啥也不能让建刚因为这个跟你隔了心。

娘，我想瞒着，就说在家里保胎。

瞒得了旁人，还能瞒得了建刚？

他现在整天不回来，早不把我放在心上了。我不在家碍他的眼，他怕是巴不得哩。

妈妈生下弟弟，真的舍不得了。奶奶咕咚一声跪在地上，妈妈也赶紧跪下来，陪着奶奶掉眼泪。妮子恨不能替娘答应了。

奶奶说，是他的亲姑姑，还能亏得了他？要是他姑父因为这个跟他姑姑离了婚，咱们一家人的依靠就没了。咱得用这娃子让建刚收心。再说，城市户口城市人，打小就上城市的学校，将来的前程还会差得了？不比跟着你们在乡下受罪强？你的娃，到啥时候也是你的，等孩子将来大了，懂事了，我做主，告诉他谁是他的亲爹亲娘。

可是……妈妈支吾着。

你放心，芹花说了，不能亏了你。她手里头也攒了几个私房钱，打算在市场上买两间门面房，房本办成我的名字，将来转到孩子名下。你们两口子啥时候不想在工地上干了，就在城里做点小生意，现成的房子，也不用考虑房租，赚等挣钱。你看中不中？

妈妈只会嘤嘤地哭。

弟弟给姑姑抱走了，在家里捂月子，体体面面办了满月酒，姑姑姑父的朋友和单位的同事都来贺喜，听说光是礼金就收了不少，姑姑替弟弟存起来了，说是留着给他将来上学用。

妮子看得出，姑姑是真心喜欢弟弟。姑父不一样，他的表情里始终带着嫌恶，对孩子不冷不热的。

每次姑姑回来，妈妈都眼巴巴的，想去看看孩子，又怕姑姑多心。还是奶奶会体贴人，说着乖外孙，让姥姥抱喽。抱一会儿，就对着妈妈喊：老大家的，我煮的豆子熟了，你来接着孩子，我捞豆子去。

妈妈不错眼珠地抱着看，泪珠子就挂在睫毛尖上。

奶奶赶紧打圆场，妮子妈，又想你那个没有成的孩子啦？你还年轻，将来你们还能要。

妮子本来担心妈妈生了弟弟，弟弟会抢了妈妈对自个儿的疼爱，谁知道给姑姑抱走了反倒想得慌，心里怪孤单。逢年过节姑姑带着他回来，看他衣帽整齐，一副小城里人的样子，她又不敢上前去亲近，怕人家跟自己生分。好好的弟弟，咋就变成了旁人？忍不住觉得委屈，一个人躲起来，心里含着一包泪，不敢碰，一碰就一股一股涌出来。

6

爸爸妈妈怎么还不回来？

爷爷的饭量还是那么大，好像会无限期地活下去，妮子却是一天天瘦了。

她觉得爷爷就像童话故事里的妖怪，用咒语控制着她，她无论如何挣扎都无法解脱。

妮子一心想用爷爷手里那两百块钱去买眼下正流行的鸭绒袄。邻家姐姐说，以前要卖四百多呢，现在推出了新款式，这一款搞促销才便宜的。邻家姐姐让她穿上试了试，又轻巧又暖和。

村里好多女孩子都买了，她们大多还没舍得穿，要等到大年初一那天。小玲也买了，特地拿给妮子看，让她隔着塑料袋子摸了摸。小玲的爸爸在外省一个地方修高速公路，天太冷没法儿施工，早早回来了，一回来就带着小玲到城里买了这件鸭绒袄。小玲高兴得见人就显摆。小玲爸爸回来这段时间,她妈妈脾气好多了,头脸衣裳都收拾得干干净净,看见妮子去找小玲也比以前和气了。

越来越多女孩子在炫耀她们的鸭绒袄。她们要么是在外打工的爸爸带回了活儿钱,要么是在家的妈妈熬不过她们缠磨终于给买了。别人都有了,妮子也想要。

爷爷以前答应过要把节余出来的钱给她买衣服的。可姑姑上个月没有来,他那两百块钱就成了悬在毛驴鼻子前的胡萝卜,一直吃不到嘴里。

越是得不到,妮子越是想要得坐卧不安。

爸爸妈妈再不回来就来不及了。过几天,城里的商店该关门了,人家谁不过春节?听说专卖店里这款鸭绒袄的颜色和型号已经不齐全了,再晚就赶不上了。

爷爷躺在床上也着急。闺女为啥还不来呢,即使她没空,总可以托人把钱带回来啊。有了钱,妮子就可以买鸭绒袄,也不会再恨他了。

7

起雾了。外面的空气又湿又冷,呛得人嗓子眼难受。妮子不愿意回到弥漫着腐败空气的屋子里。

她觉得好像垂死病人的家里都弥漫着这样的空气。

这仿佛是一种信号，一份令人恐惧的死亡通知书。

她厌恶夜晚。每个夜晚，她不得不回到屋子里，在他目光的逼视下，躺到自己床上，听他有意加重的仿佛拖曳着锤子般沉滞的喘息，睡过去再醒过来。

他白天有足够的时间睡觉，晚上也有足够的精神打扰她。他要喝水，他要撒尿，他要吃药。他喉咙里仿佛安置了一台风箱，吃力地拉扯着，那拉扯紧张得好像每分钟都可能被挣断。她怕极了，要是爷爷的呼啸声停止时只有自己一个人，将会多么恐怖。

妮子的朋友们都不愿到她家来。嫌她家里有怪味儿，嫌她爷爷像妖怪。

除了小玲。小玲不机灵，成绩不好，她妈妈脾气又坏，经常对去找她玩的女孩子横眉立目，村里女孩子不愿意和她玩。妮子和小玲同病相怜，经常互不嫌弃地待在一起。

每次小玲在门口轻轻喊一声，妮子就急不可耐地匆匆逃离这个垂死的老人，仿佛获得解救一般，一秒钟也不愿意多停留。

外面的空气真好啊。清冷清冷的，带着冬季乡村特有的萧瑟。妮子大口大口畅快地呼吸着，用新鲜的空气赶走满脑子蛮横的怒目而视和呼啸的哮喘。

可是小玲太爱说话了。

哎，你干吗不买一件鸭绒袄？你爷爷咋老是骂你？

啊？你姑姑的孩子是不是你弟弟？

小玲的好奇像刚刚从磨刀石上磨出来的刀一样锋利，轻松地在妮子心上划出伤口，渗出一粒一粒血珠子。

妮子终于受不了了，她被小玲的问号赶回村口的风地。

眼泪和着心事冻结在视线里，她要看见爸爸妈妈回来。

妮子盯着苍黄的天边，对每一辆车每一个远方来的人影怀着近乎绝望的幻想。也许提前了呢，王老三拿到了拖欠的工钱，给大家发了，妈妈不用做饭了，爸爸也不用给王老三当司机了。他们不就可以提前回来了。

妮子差不多要冻僵了。那件漂亮的鸭绒袄，像天边的云彩一样可望而不可即。

天已经黑透了，她该回去了。这么晚了还没有做饭，爷爷肯定会用最难听的话咒她吧。

她的脸给没遮没拦的风吹得失去了知觉，她摸摸口袋，没有卫生纸，只好把鼻涕和眼泪擦在袖子上。拖拉着硬邦邦的步子，一步一步挪回家，用不听使唤的手拉开门。

果然，屋子里凶神恶煞的病人积攒了一肚子火气，瞪着枯黄的眼睛骂她，死丫头，你疯到哪里去了？也不知道做饭，你想饿死我啊。

屋子里冷冰冰的，和屋外差不多一样冷。妮子抽开火，看到蜂窝煤已经熄了，要是以往，妮子会到隔壁邻家去换一个燃着的煤球生火，可是今天，绝望的妮子决定表示一点反抗，她扔掉了火钳子。

把一个冷硬的馒头放在爷爷床头，又倒了一碗保温瓶里没有多少余温的开水给他。

那个坏脾气的病人更加恼火了，啪地把馒头扔在地上。你喂猪啊，等你爹妈和你姑姑回来，看我咋跟他们说，让他们打死你个不孝顺的疯丫头。

打死我倒好，妮子在心里犟嘴。为啥去年走的不是他而是奶奶。要是奶奶在，咱们家也正热热和和准备过年吧。

妮子一声不吭地钻进冰冷的被窝。坏脾气的老头子还在变本加厉地哑着喉咙骂她。无论如何，等到春节姑姑来了，还是求姑姑把他送进老年公寓吧，要不，她宁愿死。是的，死。

妮子能想象得到姑姑会怎样皱紧眉头不高兴。

但是她再也不要因为姑姑的一句好话受这样的罪了。

她甚至想，是不是爸爸妈妈也不爱她了。

以前，爸爸妈妈还给她留点钱，要买作业本要买女孩子家用的东西。可是现在，自从她和爷爷生活在一起，她就仿佛不再是他们的孩子了，她的一切开销被认为应当从姑姑给爷爷的两百块钱生活费里解决。那两百块钱被爷爷把得紧紧的，虽然他躺在床上不能动，可是他并不糊涂，他给妮子的每一分钱都记得清清楚楚，哪一块钱买酱油，哪一块钱买醋，哪一块钱买盐。连去买卫生纸，妮子都得跟爷爷说好话，得他高兴了才会给她三块五块。两百块钱多么不禁花啊。爷爷有时候还想抽个烟什么的，妮子不得不胆战心惊地看着钱很快就花光了。

妮子想，自己真傻。她为什么不能像叔叔家的小宝住进姥姥家？就为了姑姑难得的一次和颜悦色？如果住在姥姥家，妈妈一定会给她留下足够的学费、书本费、生活费。妈妈知道舅妈的脾气，不会让自己作难的。可是现在，她成了姑姑、爸爸和叔叔聘用的照顾爷爷的保姆，领不到工资的保姆。

8

妮子每天都在掰着指头盼过年。过年爸爸妈妈就会回来，叔叔婶婶会回来，姑姑也会回来。妮子想好了，要让妈妈代表她提出要求，她想住进姥姥家，让爷爷去住老年公寓吧。

姑姑应该会答应吧？

奶奶在的时候，妮子并不喜欢到姥姥家住，姥姥家有舅舅的孩子呢，姥姥得照看他们。可是姥姥家多热闹啊，哪怕姥姥匀给自己的疼爱只有那么一点点，哪怕舅妈的白眼里有些嫌弃，总好过陪着这个垂死的老东西，挨他的责骂。她越来越厌烦爷爷。她感到自己的不愉快都是他带来的。

奶奶走得那么仓促。奶奶劳碌了一辈子，帮衬别人一辈子，她永远体谅孩子们的难处，不给他们增加一点麻烦。连婶婶那样精钻挑剔的人，也不好当人说出奶奶的不是来。连到她走，也没有拖累任何人。儿子媳妇过年在家，不用再请假了。大年初三，儿媳们都走过娘家了。闺女正好还没有回城，省得多跑一趟。她真是替儿女们考虑得周全。

比起奶奶，越发显得爷爷讨人嫌。

爷爷身体一直不好，不知道是真的还是假的。奶奶在世时倒是心疼他，有了好吃的除了留给孙子孙女就是填进他嘴里。他脾气坏，一点儿不顺心就骂人。孩子们都不亲近他，嫌他死模怪样。

奶奶这一走，问题就出来了。没有人伺候老头子。

要不，就把儿媳妇们留在家里，轮流伺候？

二婶首先反对了。那咋行？娃们要上学，房子得翻盖，开支那么大，就孩子爸爸一个人挣钱能行？

妈妈也舍不得。但是她没有说。能在工地上做饭，和男人们一样挣钱，王老三完全是看了小姑子两口儿的脸面，村里不知道多少人想顶这位置呢，如果舍了这个活儿，以后想再找可就难了。她心里也盼着供妮子上大学，像孩子姑姑一样到城里生活，可上大学得花多少钱啊，她和妮子爸能不拼了命去挣？

要不就妯娌俩轮流伺候？爸爸说。

咱们都在城里打工，要是隔三天过五晌地请假回来，人家老板能答应？婶婶撇着嘴。

总得想个办法吧。姑姑皱起眉头，操着一口与大家拉开明显距离的普通话。

姑姑是全家最有学问的，家里人都有些怕她，遇到事情总得请她拿主意。姑姑很少发脾气，她只要皱皱眉头，大家就会顺着她的脸色办。

芹花，你说，该咋办？

小时候，爷爷给姑姑取的名字叫芹花，上大学前她自己改成了卿华。家里人习惯了，还是叫她芹花。爸爸在家排行老大，姑姑是老小。可爸爸也得听姑姑的。

要不，把他送到老年公寓吧，听说条件不错，照顾得挺周到。也不贵，一个月六百块，我负担一半，你们兄弟俩均摊另一半。

那咋行？村里人不笑话咱？有儿有女的，给送到那个地方，人家戳咱脊梁骨呢。婶婶立即反对。妮子猜，她恐怕是舍不得花钱吧。婶婶有名的小气，要她拿出钱来比割她的肉还心疼。

姑姑眉头又皱起来。

爸爸赶紧说，实在不行，让妮子和小宝轮流来陪着？乡下饭也平常，不过是熬稀饭煮面条，孩子们都会。

俺们小宝整天在家可是啥也不会干。妮子又灵巧又懂事，让妮子伺候吧。婶婶先把自己儿子撇清了。

女孩子，照顾爷爷不方便。妈妈嗫嚅着。

自家老人，有啥不方便？婶婶舍不得放弃这个对自己有利的提议。

姑姑眼睛里难得有些温和，看着坐在墙角的妮子。要不，就让妮子照顾爷爷？我每个月拿两百，买油盐酱醋。粮食你们兄弟俩出，米面尽着他们俩吃饱。

咋？粮食……二婶想说点什么，发现叔叔瞪她，忙改了口。成，粮食我们两家摊。大哥，你们家这回可是省了一个人的口粮。

妮子向往着姑姑姑父那样干净体面文雅的城里生活。她不敢辜负了姑姑难得的亲切，拼命要表现出识趣懂事的样子来。赶紧笑了笑，算是答应。姑姑舒了口气，老头子的问题终于得到解决。

9

妮子好瞌睡啊，可是屋子里一直有他呼啸的喘息声，沉重得好像多年前拉过的风箱。在黑暗中透出瘆人的力量。

她很想说，你别拉了。可是她没有说，她是个性格内向的孩子。

她很想有朋友来找她，但是人家都怕他们家屋子里那股垂死的腐败气息。

爷爷瘦伶伶的骨头尖锐地耸立在皮肤下面，眼睛里闪着精亮的光。他捕捉着来自外面的任何动静，他盼着妮子早些放学，他不希望妮子出去玩，他想让妮子陪他待在屋子里，跟他说话。不说话也成，能有点响动，哪怕只是走来走去，总好过刺溜刺溜跑过的一只只老鼠。

妮子厌恶他，低眉顺眼里透着冷淡。

妮子十四岁了。身体上起了些变化，她变得多愁善感了，动不动就觉得委屈，心里经常空落落的，渴望能有些安慰来填补这些空隙。可是妈妈不在家，奶奶走了，谁能给她安慰呢？

每天一回家，她就开电视。电视很老旧了，是姑姑家前几年淘汰的，遥控器早坏了。妮子手动调台。屏幕上的影像有些变形，所有的演员都是上身比下身长一些。这些瑕疵没能减损妮子对电视的热情。

她需要电视，电视里的热闹可以帮她忘掉这充满腐败气息的房间和一个老朽的身体，爷爷不懂得外面的任何事情，他只会车轱辘一般翻来覆去讲些陈谷子烂芝麻，妮子对他的絮叨没有一丁点兴趣。她用电视哇啦哇啦的声音遮盖他没完没了的唠叨。

晚上，她很害怕他喊她。妮子，妮子。他的声音尖厉得好像能刺透她耳膜。深夜，从甜美的梦中屡屡被唤醒是多么痛苦啊。她痛恨这种叫声。

10

风呼呼地刮着，嗷嗷地在房顶上在窗户外面哭号。妮子蜷缩在冷冰冰的被子里。她没有吃晚饭。她绝望地想，这样的日子，没有朋友，看不见爸爸妈妈，陪着一个垂死的老人，没有和别人一样的鸭绒袄，也许活着还不如死了好。

老东西的叱骂已经停了。

屋里黑洞洞的，妮子迷迷糊糊睡着了。半夜，她被尿憋醒了。妮子躺着不想动。被窝里虽然不暖和，被窝外恐怕更冷。以前奶奶说过，越是冷尿越多。自己并没有喝很多水啊，尿是从哪里来的？

黑暗里，她听到老人沉重的喘息。仿佛一只滞涩的风箱，沉重地拖曳着。推，拉，推，拉。越来越拖曳不动了。

妮子很害怕，她从来没有听过爷爷喘得这样恐怖。她紧紧地缩在被子里。胃里因为没有食物而拧成了一团。她使劲揪着自己的肚子，免得它发出咕噜咕噜的声音。

那边喘息的声音更加黏稠滞涩了，仿佛她参加全县初中生万米长跑时越来越迈不开的腿，像被一根无形的牛皮筋拽着，每迈出一步都得付出巨大努力。

呼噜呼噜，一口痰堵在喉咙口上，他剧烈地咳嗽着，终于，那口痰好像被赶走了。他沉重的呼吸里透进了一丁点亮光。

"妮子。"他在叫，"妮子……给我口水，妮子……乖妮子快……给我口热水……妮子……去找医生……"

妮子在被子里发抖。她恨他，他为什么骗她，为什么不像奶奶那样疼爱她。他是她的拖累。没有他，她会像别人一样住进姥姥家。没有他，同学们不会嫌弃她不和她一起玩。偶尔有同学来找妮子，他瞪人家骂人家，怪人家把妮子拐跑了带疯了。

"妮子……好妮子快……找个人来……"

沉重得仿佛拖曳着大车的喘息声又响起来了。

"妮子……救爷爷啊……"

妮子在被子里抖得厉害，连床板都跟着晃荡起来。她使劲憋住呼吸，缩得更紧了。屋子里黑漆漆的，连窗户的位置也没有一丝光亮。静悄悄的黑暗。平素猖狂的老鼠没有一只出来活动。

"妮子……快……去叫老范……"

老范在村头开了个小诊所，是县上培训过的乡村医生。

妮子假装睡熟了，作为对他欺骗自己和平时责骂的报复。

她在被子里发抖，牙齿嘚嘚嘚地响。

她装不下去了。他是爷爷呢。

她拽了拽床头的开关绳，灯没有亮，她又拽了拽，还是没有亮。停电了。怪不得窗户那里没有一丁点亮光。

她哆嗦着把冰冷的手缩进被窝。不怪她啊，停电了。哪有开水？煤火熄了，要是有电，还可以用电饭锅烧，现在她能到哪里去烧点开水来。再说，这样黑的夜，谁敢一个人走过一个村子去找老范？打死她也不敢。

她一声不吭地又钻进被子里。

谁知道她醒着？在这样伸手不见五指的黑夜。她悄悄把手放在自己面前，果然看不见。

妮子把头蒙在被子里。屋子里只剩下老人沉重的喘息和门缝里挤进来的西北风的呼啸。

"妮子……你真的忍心不管爷爷啊……妮子……爷爷给你，那两百块钱，爷爷给你行不……"

妮子忽地觉得委屈，眼泪涌出来。她蒙头躲在被子里，可是爷爷沉重的呼吸还是钻进了她耳朵。

"妮子……你真的忍心看爷爷受罪啊……"

妮子知道，在床头桌子的抽屉里有一包蜡烛，还有一个打火机。村里一到刮大风下大雨就会停电，她提前在抽屉里预备下了。但是谁知道她预备了？要是她没有给尿憋醒，就不会听到爷爷叫她，没有听到爷爷叫她，她就不用起床，也不用在这样黑这样冷的夜晚，穿过整个村子，去找老范给爷爷看病。

"妮子……妮子……"

后来，妮子睡着了，她又梦到了妈妈。妈妈搂着她，轻轻地拍她，她越缩越小，小到缩进妈妈怀中的襁褓里。如果她变小了，妈妈就不会跟着爸爸出去打工了。

11

爷爷死于脑溢血。医生说这个冬天干冷，上了年纪的人，平时活动少，脑血管出问题的现象很普遍。已经是年根儿了，族里的长辈说要赶在春节前入土，省得大年下的都过不安生。

明天就要举行他的葬礼。

外面正呜呜啦啦地唱着，是他们家请的响器班。村里红白事理事会照过面了，说是要简办。爸爸说，别人家送老人都请了，咱们家不请，说不过去。爸爸说着，眼睛红了。

理事会不坚持了。说，上边是这么要求的，不让大操大办，说起来，老爷子苦了一辈子，临了，也该有班响器送送。理事会的人揉着眼睛吊了孝，走了。

穿着孝服的妮子和小宝一起给吊孝的人还了礼。

妮子为爷爷守灵。她很担心，他会不会突然从黑漆漆的棺材里跳出来叫，妮子，妮子。

不会的。他已经被烧成了灰，装在爸爸和叔叔从火葬场抱来的骨灰盒里，又被放进黑漆漆的棺材里。

妮子没敢告诉任何人，那天晚上，她听到了爷爷的呼救。

她急切地想要摆脱他。爷爷曾经企图收买她，说要给她买鸭绒袄，可他没有兑现。妮子恨爷爷的欺骗。

一切都将结束了。因为要过年，爷爷的灵只停放三天就要下葬。

响器班子在外面唱戏，村里好多人在围着看。

妮子跪坐在灵前，张望着外面看热闹的人们。突然，她看见那件渴望已久的鸭绒袄，两百块钱一件，粉红色，爷爷承诺给她买的。在门口一晃，粉红色的鸭绒袄淹没在人群里。

她想，要是她没有假装睡着，要是她当时就去喊医生，他没准还能看到她穿上粉红色鸭绒袄。

她心里一紧，惊慌地看着棺材，担心他从里面跳出来，一迭声地叫"妮子，妮子"。

本文初刊于《文学界》2010年第1期

甘桂芬，汉族，1972年5月出生，河南人，哲学硕士。中国作协会员，河南省宣传文化系统"四个一批"人才，开封市文联主席。自1993年开始文学创作，累计发表作品两百多万字。曾获第十三届中国民间文艺"山花奖"，第六届河南省委省政府文学艺术优秀成果奖，第十一届河南省精神文明建设"五个一工程"奖等。

迷宫蛛

墨　柳

A

李蓉蓉觉得必须采取行动了，否则她早晚会窒息而死。雨刚停下来，她就胡乱地把头发一绾，趿拉着红色的卡通人字拖冲出了屋门。

李蓉蓉来S市已经九年了。当她怀揣着S大学的录取通知书，高唱着《怒放的生命》从火车上跳下来的时候，她对着这个城市绽放了一个夸张的笑容，看起来心机颇重。

那个晚上，宿舍熄灯的时候，她才一路跑回去，带着难以抑制的兴奋。

她靠在门框上喘息，城市里辉煌的灯火留下的印记，在大脑中汇集、喷涌，她全身的细胞都震颤着，这个城市让她深深地着迷。

三个脑袋从床铺上伸出来，她们按亮手电筒和手机，盯着她，眼睛里满是好奇的询问。

"对不起，回来晚了，我叫李蓉蓉。"她说着从包里拿出火车上没喝完的半瓶水，咕咚咕咚地灌下去。

"太漂亮了，这个城市，还有我们的学校。"在室友们的笑声中，她的声音忽大忽小，但很清亮，像长出了一对翅膀，扑棱棱地扇动着。这个城市雅致、时尚、高贵，李蓉蓉迷醉了，下定决心将来一定要留在这里生活。

大三的时候，她遇到了齐飞，她字字铿锵、信心满怀地诉说这个打算时，齐飞替她把这个愿望定义为"梦想"。而今，"梦想"实现了，她跌进了现实，像遇到了一个尖锐、刻薄的雇主，她只能含着泪，苦苦挣扎，一切都不再是她想象的样子。

李蓉蓉冲出门，女儿乐乐在背后歪着脑袋大声喊道："妈咪，你去哪里？"

"妈妈有事，重要的事。"李蓉蓉说着砰的一声把乐乐关在了门里面。

李蓉蓉关门的那刻，一个满头金黄卷发的女孩从另一扇门探出头："蓉蓉姐，你是典型的双相情感障碍症患者，真的，相信我吧。"

李蓉蓉皱了皱鼻子冲女孩喊道："别咒我啊。"

李蓉蓉一路飞奔下楼。空气湿漉漉的，草木的气息和雨水的腥味，轻纱般缠绕在她周围。李蓉蓉吸了口气，一只褐色的蜘蛛拔着细细的丝线在她眼前晃荡。她正在思考着绕开，还是把蜘蛛从蛛丝上"解放"下来的时候，五楼的李奶奶领着孙子小涛朝这边走来，李奶奶一只眼睛看着路，一只眼睛瞥着旁边蹦蹦跳跳的小涛，嘴咧着。

"来了！"李蓉蓉在心里惊呼的同时已经冲了出去，蜘蛛和丝线撞在她脸上，她用手慌忙一抹。

李蓉蓉在李奶奶面前来了个急刹车，气喘吁吁，却依旧不忘挂上笑容。

倒是李奶奶吓了一跳，她身体往后面略倾了一下，把小涛的手攥得紧紧的。

李蓉蓉充分发挥母性的优势，她微笑，俯下身，想去摸摸小涛的小脑袋或者小耳朵，以表示亲切。李奶奶迅速把小涛拽到了自己身后，她的手扑了个空。

李奶奶脸上的皱纹夸张地挤在一起，笑得很费力："我们还有事。"她说着拽着小涛逃也似的离开了。

李蓉蓉微弯着腰，伸着手，半天才缓过神来。

"我才不会放弃呢。"她握了握拳头给自己鼓劲。

片刻的时间，她就锁定了新的目标，是隔壁楼洞的大波女和她女儿依依。大波女把依依从车上抱下来，然后伸手去拿依依的小书包。她的臀部在外面一晃一晃地，下面是两条萝卜腿，一双"恨天高"的宝蓝色细跟凉鞋。

大波女从车里钻出来的时候吓了一跳，好像她看到了惊人的一幕，她的眉头拧着，嘴微微张着。

李蓉蓉正抱着依依，握着她的小手，笑盈盈地说："依依从幼儿园放学了，幼儿园里好玩吗？"

依依瞪圆眼睛看着她，一时不知道怎么回答，或者因为羞涩不好意思回答。

"呦，依依的鞋子真漂亮，上面还有小蝴蝶呢。"为了避免冷场，李蓉蓉转移了话题。

依依却"哇"地一声哭了，眼里的泪滚落下来，在脸上汇成两条小溪。

她右脚鞋上的小蝴蝶，飘飞到了地上。

"你干吗呢？"大波女愤怒地把依依从李蓉蓉怀里抢回去。

"我没，我没……"李蓉蓉说着弯腰去捡地上的蝴蝶结。

"妈妈，我不去幼儿园了，我的蝴蝶结小朋友给弄坏了。"依依哽咽着，看样子很是委屈。

李蓉蓉的眼睛猛地亮了，她好像突然看到了希望。她直起腰，很真诚地说："本来就不应该把孩子关进幼儿园，那种模式化的教育就像做糕点的模子，造出来的东西都是一模一样的，孩子应该散养……"

李蓉蓉还没说完，大波女已经抢走了她手里的蝴蝶结，抱着依依扭进了门洞。

李蓉蓉站在原地，使劲地吸气，吸气，但眼睛里还是冒出了一层湿漉漉的东西。此时，她像瘪下去的皮球，虚虚地飘了回去。女儿乐乐疑惑地看着她。

李蓉蓉在小凳子上坐下，趴在"桌子"上，"桌子"不堪重负，立刻抖动起来，李蓉蓉差点栽倒在地上，她朝支桌子的纸箱狠狠地踢了一脚。

齐飞就是这个时候回来的。他眼睛充溢着红血丝，满脸疲惫，少气无力地问："还没做饭呢？"

"吃？你喝西北风吧。"李蓉蓉愤怒地跳起来。她的暴躁把她自己都吓着了，她站在原地低着头，愣愣的。

齐飞眼里的疲惫、无奈、忧伤像是一张残破的大蜘蛛网，在风雨后颤颤巍巍地抖动着。李蓉蓉心里泛起微微的疼痛，她吸了口气，声音也缓和下来："今天怎么回来这么早？"

齐飞的工作和这个城市里的大多数人一样是朝九晚五，但齐飞总是朝七晚十，还常常彻夜不归。

"一个设计资料忘带了。"齐飞说着绕过她拿起桌子上的一沓资料转身出门。

B

整个上午，天空都是透明的灰蓝色。李蓉蓉抱着一本书正看得入神，背后突然传来了许雨菲的声音，且一本正经："蓉蓉姐你知道吗，你最近看见上幼儿园的小朋友就双眼发直，放绿光。"

李蓉蓉吓得轻叫了一声，慌忙把书捂在怀里，回头看见许雨菲肉乎乎的脸上，那双细长的眼睛眯着，弯弯的。

李蓉蓉拍着胸口舒了口气，女儿乐乐在床上睡得香甜，粉蓝色的格子窗帘，在电扇的吹拂下，微微抖动。窗台上雪碧瓶做的容器里，一小株吊兰，翠绿翠绿的，作为屋子里唯一的绿色植物，旺盛得讨人喜欢。

这套房子是合租的，三个房间住了三家人。其中一个就是许雨菲，她和男朋友住在李蓉蓉斜对面的那间房子里，她说他们只是同居，还没结婚，最多算是恋人，不算一家人。许雨菲的隔壁住着一对中年夫妇，在这里打工，说话乡音很浓。由于年龄的问题，李蓉蓉和他们很少说话。总觉得有代沟，很深的代沟。而且，这对夫妇脾气粗暴，常常因为一些油盐酱醋的小事吵吵嚷嚷，听得人耳朵根子都是疼的，以为他们要打起来的时候，男人就一把把女人拽回屋。吵了几声后就成了细细碎碎的声响，等到再出来的时候，两个人就异常亲密了。

李蓉蓉说这叫"神经"，许雨菲却眨眨眼说这叫男女之间的秘密，就像我们和生活之间的秘密一样，生活要把你"上"了，你死活不让，只能在那儿苦苦挣扎，苦的最终还是自己。

说来说去又绕到了李蓉蓉的心病上，但她还是把这种挣扎提升了一个层次，她说："这叫坚持真理。"

"有时候你得顺从，你说你是顺流航行好，还是逆流好？"许雨菲从口袋里摸出一个棒棒糖，递给李蓉蓉，又拿出一个塞进自己嘴里，"话梅味的，你尝尝。"

"生活有时候不给你顺流而上的机会，你就得逆流而上。"李蓉蓉说着嘎吱嘎吱把糖咬碎咽下去。

许雨菲嘻嘻哈哈地笑起来，糖果咖啡色的汁液挂在她的嘴角。

"你们这些学艺术的，养孩子也喜欢标新立异。"许雨菲摊开手耸耸肩，"可是，有时候大众化的东西存在也有它存在的好处。"

李蓉蓉脸上的肌肉开始一点点绷紧，嘴角轻微地抽动着。

但她随即又露出了笑意："好什么呀？把孩子扔进一个容器里，铸造成一模一样的成品，你不觉得是件可怕残忍的事情啊？"

许雨菲握着拳头支着下巴："可怕，怎么经你一说培养祖国花朵的地方，就成了杀人魔窟呢。"

李蓉蓉抬起手在许雨菲脖子上比画了一下："存活下来的是肉体，被禁锢杀戮的是精神。"

李蓉蓉耸耸肩，做出一个无奈的手势。许雨菲又准备说什么的时候，李蓉蓉制止了她。许雨菲挠着头走了出去，边走边念叨着她漂亮的裙子为什么总挂在商场里，一会儿又说一双鞋贵得离谱，最后把这些确定为"上帝"对她的激励。

许雨菲这丫头性格好，但李蓉蓉觉得她嘻嘻哈哈的，有些神经质。许雨菲反过来说李蓉蓉是"双相情感障碍症"。也不知道她们谁说得更准确。

窗外，太阳慢慢地探出头来，像是一个刚刚从被窝里爬起来的小伙子，散漫地照耀着这个城市。一束四指宽的阳光从窗帘的缝隙中射进来，照在乐乐脸上。

乐乐醒了，在床上扭动着身躯，揉着眼睛喊妈妈。

李蓉蓉把女儿抱起来，在她光滑细嫩的脸上亲了一口，乐乐也嘟起小嘴在妈妈脸上亲了一口，然后大声说："肚子饿了。"

乐乐这么说的时候，李蓉蓉就知道她想喝奶粉了。乐乐三岁，一直都喝那种进口的奶粉。再苦也不能苦孩子，这是她和齐飞的共同观点，他们希望乐乐能摄取足够的营养，健健康康地成长。

乐乐的出生是一次"意外事故"。在她毕业一年后。当时她刚跳槽到一家外企，准备大展拳脚。她很想努力地工作，状态却不怎么好，整天晕乎乎的，勉强完成手头的工作，后来就开始呕吐。吃什么都吐，她以为是压力太大，累的。后来越注意休息就越嗜睡，当她不得不去医院检查的时候，医生很平淡地告诉她："你怀孕了。"

李蓉蓉脑子里轰的一声，思绪全乱了，她抓着齐飞又哭又打，把他的胳膊都抓破了。齐飞任她施暴，一直在安慰她。

李蓉蓉还没有要孩子的打算，她觉得应该再过几年，等他们的经济条件好一点再说。但两个人在一块儿，难免有激情迸发、忘乎所以的时候。一般李蓉蓉都会采取补救措施，买片紧急避孕药。但有段时间她接连吃了好几次避孕药，例假就停了，还经常肚子疼。她买试纸测了，没怀孕。这让她彻底慌了。

那些日子，她外表看起来没什么变化，内心却坍塌了，成了一堆支离破碎的废墟，还有一把小锤咚咚咚地把碎片再敲成粉末。她最先想到的一个词是"绝经"，太可怕了，简直叫她不寒而栗。她晚上常常惊醒，害怕一夜之间自己变成一个皮肤松弛、满脸皱纹的老太婆。

她觉得一定是身体里的某个零件出了毛病。月经这东西，每月都光顾，平时让她不胜其烦，现在她却觉得它如此可爱。

她去诊所那天，整个人都蔫蔫的，愁肠百结，像一片枯叶，随时都会从意志的枝头飘落下来。

大夫是个圆脸的中年女性，她拧着眉头，像是看着一个毫无悟性的俗物。李蓉蓉低着头，但依旧感觉大夫嘴里蹦出的每一个字，都打在她的脸上，以一种正义凛然的姿态。

大夫说："以后还要不要孩子，身体是自己的，一个女孩子不爱惜自己，就这么糟蹋身子……"

这句话在李蓉蓉心里一沉淀就成了："你还想不想活了!"

何况大夫说这药还容易造成宫外孕。那时候李蓉蓉才知道紧急避孕药的副作用很大。

李蓉蓉彻底怕了。所以那次激情后，她死活不愿意吃药，她把药攥在手里，心紧紧地揪着。她总觉得自己抓着的是一粒慢性毒药，吃下去，早晚会把自己毒死。她把药扔在地上，把脚踏上去碾碎。

"不会那么巧的。"李蓉蓉想。

但她还是中了头彩。在她反复的纠结和齐飞的劝说下，乐乐出生了，她不得不辞去工作。

在医院生孩子的开支就让她心疼，但这仅仅是个开始，接下来孩子要用的东西，零零碎碎的都得买，请月嫂也贵得离谱，一个月上万。但蓉蓉还是请了个服务等级高、信誉好的。她听妈妈说过，月子要是留下病根，很难治的。她得养好身体，等孩子大一点，她还要出去工作，那个设计总监的位置她都觊觎好久了，怎么能放弃呢。

但很快她就感到，钱跟雪花一样哗啦啦地往外飞，怎么拦都拦不住。他们账户上的数字迅速缩水，缩得小小的，令人惊慌。他们只能节俭，乐乐半岁的时候他们搬到了这里，一家三口就租了一间房，李蓉蓉从此便有种被囚禁的感觉。找阿姨照顾乐乐，花钱太多不说，也不方便。于是李蓉蓉就只能暂时放弃找工作的想法。这一放弃，就是三年。

李蓉蓉回过神来，看了看房间，除了比刚搬进来时乱点，满点，其他没什么变化，家具依旧是房东留下的。床，款式老且笨重，桌子，"遍体鳞伤"，像学校淘汰下来的课桌。然后就是他们买的两个简易衣柜，一个粉色的，一个咖啡色的。几个高高低低的凳子，房间中间是个大纸箱搭的桌子。墙角堆了他们一家三口的衣服，门口的鞋子横七竖八地摆着。这个屋子给人的感觉就是"满"与"乱"，有时候李蓉蓉觉得脚抬起来都不知道该落在哪里。

李蓉蓉看了半天，脚落在桌子和床中间那条窄窄的通道上，"咔"的一声，乐乐的玩具小鸭子被她踩扁后，又反弹起来。乐乐跑过来把嫩黄色的小鸭子拾起来，放在床边。

李蓉蓉的思绪却乱了。她看着乐乐，总觉得她脸上挂着一丝委屈。她又想起了许雨菲说过的一句话：乐乐想上幼儿园。

李蓉蓉想着就有些气恼，她抬高声音问乐乐："你想上幼儿园吗？"

乐乐摇了摇头，坚定地说："不，妈妈，我要散养。"

C

齐飞回来的时候李蓉蓉正拉着乐乐在小区散发宣传页，只要看见人，她们就笑眯眯地塞过去一份。她负责给大人发，乐乐负责给小朋友发。但她很快发现乐乐不仅给小朋友发，还给小狗发。6号楼的小京巴咬着宣传页晃着脑袋正耍得欢呢。

对于乐乐的资源浪费行为，李蓉蓉很不高兴。她把乐乐拉过来很耐心地教育道："小狗本来就不上幼儿园。"

"妈妈，阿姨说了，狗狗在宠物训练营上课，和小朋友上幼儿园是一样的，我要解救它，让阿姨对它也实行散养。"乐乐眯着眼睛满脸憧憬。

"随便你。"李蓉蓉叹了口气站起来。

居委会的刘大妈是这个时候出现的，她戴着红色袖章，拨开人群，跑到李蓉蓉面前，"嘟"地吹了一声口哨，大声喊道："小区内禁止发放小广告。"

"我发的不是广告，是知识，是最新的教育理念。"李蓉蓉解释道。

刘大妈推了推金丝眼镜，看了看李蓉蓉，眼神复杂。李蓉蓉在她的目光的覆盖下，身体紧绷。她咧咧嘴，往后退了一点："刘大妈，我跟您说，这散养孩子可是国际上的最新理念，经过权威专家论证的……"

刘大妈摆了摆手："你那套我不懂，但凡事都有规矩，孩子不进幼儿园，在外面会学野的……"

李蓉蓉和刘大妈说话的时候，周围的人都拿着宣传页，看着她们。没人说话，也没人动，好像除了她们，其他的人和物都凝固了。齐飞也站在后面，就那么看着，愣愣的。

"养了就得教育，老祖宗都知道，你不能对自己的孩子不负责任，你得把她送到幼儿园，这样……"刘大妈喋喋不休，一副苦口婆心的样子。

李蓉蓉觉得脸上火辣辣的，她的舌头在口腔内搅动着，喉咙干涩。刘大妈依旧喋喋不休，她终于忍不住了，把"字"裹足了分量往外挤："我怎么就不负责任了？我怎么就不教育我的孩子了？哪条法律规定必须上幼儿园？我就是要'散养'。"

"你散养可以，我们没意见，但是不能在这儿蛊惑人心。"一个戴眼镜的矮个子男人说着抱着儿子走了。

"这是最新的教育理念，你们不理解，但也不能否定。"李蓉蓉失控地喊起来，在她声带的振动下，眼眶里的泪水往外面泼洒。

女儿乐乐抓着她的衣角张着嘴大哭。

齐飞大步冲过来，一只手抱着女儿，一只手拽着李蓉蓉把她往回拉。

李蓉蓉甩开他，赌气般站着："刘大妈，你可以不理解这种教育方式，但是你不能诋毁我……"

"你这话说得，我怎么诋毁你了？"刘大妈拧着眉头，受了委屈般。

"你……"李蓉蓉鼻子酸酸的，酸得眼里的液体一个劲地往外冒，"你怎么可以这样说话？"

"够了，你闹够了没？还嫌人家看笑话看得不够吗？"齐飞梗着脖子喊起来。在他怀里刚刚安静下来的乐乐，显然是被齐飞的声音吓到了，又哭起来。

李蓉蓉回头瞪了齐飞一眼，转身朝楼道跑去，脸上的液体在她身体的振动下，散落了一地。

齐飞对刘大妈说了声对不起，抱着乐乐追了过去。

李蓉蓉走进楼道的最后一刻还是听到了那句话——她女儿不是亲生的，还以为人家的孩子也不是。

李蓉蓉的心紧紧地揪着，扯着，她感觉自己胸腔内血肉模糊。

今天的处境，出乎她的意料。

她在这个城市开始生活的时候，还是"充满明媚的"。

她和齐飞属于"毕婚族"，婚礼很简单，去民政局领了结婚证，然后请了几个同学庆祝了一下就算完事了。

当时她和齐飞在郊区租房子住，每天花一个多小时在城市间往返穿梭，找工作遇到了一些波折，但还算顺利。她进了一家设计公司，而齐飞成了另一家设计公司的策划。那时候，两个人的工资加起来六七千元钱，不能奢侈，但也可以偶尔吃顿好的，喝杯咖啡，提高一下生活的品质。

他们都很努力，一步步地向上攀爬。在两次跳槽后，齐飞的月薪差不多有一万了，她也拿到了七八千。他们就换租了一套房子，一室一厅的，虽然离市中心远了点，但依旧觉得幸福得不得了。

李蓉蓉觉得，生活应该仔细规划。于是，她把每个人的工资抽出来一部分，存起来。

她算着，憧憬着。过完年她换个公司应聘个设计总监什么的，月工资起码得一万多。齐飞呢，进度和增长额肯定比她更可观，那么把钱存起来，再加上父母的补贴，过几年就能在市郊买个小点的二手房，就可以在这里安家落户了。但事情的发展总是不在她掌控的范围之内。

李蓉蓉回过神来，在夜幕中眨了眨眼睛，女儿乐乐香甜的呼吸声和齐飞的呼噜声在她耳边萦绕。隔壁的中年男人又长时间蹲在卫生间里排泄。中年女人大声敲着门喊："你死里面了，开门，我要尿尿。"

许雨菲和他的男朋友应该还在看电影，脆脆的笑声不时地传来。

李蓉蓉翻身起来，光着脚走到电脑前，晃了晃鼠标，屏幕就亮了。

QQ上的一个小头像欢快地跳动着，是一只小棕熊。

小棕熊在对话框里蹦出来的字，也是蹦蹦跳跳、五颜六色的。

"妞，你好着没，我刚刚回来，晚上和几个同学聚了聚，都想你呢，说这丫头真不够意思，跑出去吃香的喝辣的，都不理我们这些老同学了。"

李蓉蓉咬着嘴唇，笑了笑，眼睛里嵌着亮晶晶的液体："现在都流行吃清淡的。"

小棕熊发过来一个龇牙大笑的头像，话说得酸溜溜的："那是，S市那都是小资，注重养生。"

李蓉蓉又对着屏幕咧开嘴笑了笑，嘴部的肌肉有种酸硬的感觉。

对话框里的字又开始噼里啪啦地往外蹦，一串接着一串。小棕熊没变，依旧是那种嘻嘻哈哈的性格。小棕熊是李蓉蓉高中的死党，她考进了本省一所大专，而李蓉蓉则作为大家"羡慕嫉妒恨"的对象，进了S大学。

小棕熊在一家医院人事科上班。她说，过得还行，她和老公准备年底买辆车，周末了就可以开车出去遛遛。

"好幸福啊。"李蓉蓉脱口而出，"我们现在连房子都没有。"

小棕熊发了一个跳舞转圈的图像："你买房子的价钱都能买咱这儿好几套了，所以说嘛，革命尚未成功，同志仍须努力，毕竟你那里机会多。"

李蓉蓉抿着嘴摇了摇头。小棕熊发了个视频请求，李蓉蓉毫不犹豫地点了拒绝，她不想让小棕熊看到她的窘迫，在小棕熊想来，她应该住在有落地窗的房子里，小口喝着红酒，看着这个城市的繁华。

房子、车子都有的时候，恐怕她也老态龙钟了。这还是乐观的估计，就现在的状况看买房子恐怕是一二百年后的事情了。

李蓉蓉被自己的想法逗乐了，扑哧一声笑了，笑得鼻子和眼睛都酸酸的。

D

李蓉蓉伏在栅栏上，颈部伸长，嗅着带着水腥味的空气。风凉凉的，拂乱了她的头发和满脸的泪水。齐飞两天都没进家门，他们大吵了一架。

李蓉蓉抓起乐乐的摇头驴玩偶，朝齐飞狠狠地砸过去，齐飞一侧身子，那只可怜的驴撞到门上，又跌到地上，颈部折断。

李蓉蓉吸了口气倚在外滩汉白玉的栅栏上，看着这个灯火辉煌的城市，爵士、古典、流行等各种音乐声在这个城市中流淌，穿着时尚的男女，挂着各种标志的车辆在她周围穿梭，S市的繁华在李蓉蓉眼里变得空洞、不真实起来。她仰头看着各式各样的高楼大厦，巨人般耸立着，披着一身的璀璨灯火。

这种繁华在她心底滋生出一种深深的落寞。

她迎着风，闭着眼睛，仿佛有一双臂膀从后面环住了她，轻柔地。

以前她和齐飞常常来这里，齐飞从背后揽住她，把下巴放在她肩膀上喃喃细语。他们去附近的冷饮屋，他们一起逛路边时尚个性的小店。而她总把自己收拾得精致、优雅、干练。

现在她成了一个泼妇，邋里邋遢的泼妇。她仰着头苦笑，广场上的液晶大屏幕正在播放一款最新款的学习机广告，上面赫然一行大字：不要让孩子输在起跑线上！

李蓉蓉的心突然针扎般疼痛起来，乐乐不上幼儿园，会不会就在起跑线上晚了一步，她不知道，她使劲地摇头，把这种想法驱赶出去，"散养"就目前来说应该是最科学的，孩子自由自在的，才更有助于开发他们的智力和创造能力。

李蓉蓉用双手捂着脸，轮船的汽笛声，人们的说笑声越来越近。李蓉蓉转身进了街角的一家书店，她得给乐乐准备充足的精神食粮。

她从书架上拿起一本《昆虫记》。这时候电话响了，是父亲。

李蓉蓉接通电话，就传来了父亲高亢的笑声："丫头，在干吗呢，我想我孙女了，让她接个电话。"

李蓉蓉夹着电话付了钱，把书塞进包里，迅速地跳了出来。父亲的声音很大，每句都像大声喊出来似的，好像总害怕她听不清楚。这让她觉得很不好意思，好像周围的人都能听到一样。父亲说了一大堆的话，说李蓉蓉上次给他寄回去的针织衫，那叫一个顺滑，他都舍不得穿，街坊邻居都羡慕得不得了，更了不得的是他女儿在S市安了家。

李蓉蓉挂了电话，仰头看见一栋栋陡然耸立的建筑，突然有种眩晕的感觉。

李蓉蓉回家的时候，女儿乐乐已经睡熟了，她打电话给齐飞，齐飞说加班呢，便匆匆挂了。李蓉蓉突然觉得身体轻了，轻得可以飘起来，整个人都木木的，鼻孔和嘴巴好像被什么封起来了，让她喘不过气来。

她穿着黑色的小吊带和橘色的短裤冲下楼，在门口的小卖店买了包ESSE（爱喜，香烟品牌），靠在路灯下点燃一支猛吸了一口，呛得她咳嗽起来，咳得满眼是泪。

S市的夜依旧喧嚣热闹，临街的店铺，灯火辉煌。一个精瘦的男人凑到李蓉蓉跟前，李蓉蓉下意识地后退了一步，男人很神秘地从口袋里掏出一部手机晃了晃，是苹果手机。

李蓉蓉摇了摇头："高科技，太硬，我牙口不好，咬不动。"

男人很会意地笑笑，也点了一根烟："你想挣钱吗？我们这儿正缺人，还有化妆品什么的，拿货都很便宜……"

李蓉蓉翻了翻眼，转身走了，并狠狠地撂下一句："老娘，不缺钱。"

李蓉蓉刚走了两步，就被一个肥头大耳、满身流油的家伙堵住了："妹子，说吧，多少钱？"

"什么？"李蓉蓉惊愕地睁大眼睛。

"做一次，二百？"

"滚开！"李蓉蓉大声咆哮，男人灰溜溜地跑了，边跑边嘟囔："神经病，生意不成人情在嘛。"

李蓉蓉沿着幸福路一直往前走，像一个梦游者。

五颜六色的灯光在她眼前飘动，她就是这时候灵感突发的，毫无征兆。她在大街上欢快地跳跃，奔跑，此刻突然成了她难得的高兴时光，今晚必须确定方案，明天就实施。她大口吸纳着空气，夜里的空气微凉、清透。

她回到家的时候，中年夫妇正在大声争吵，原因很简单，女人抓住男人躲在厕所里抽烟，就啪地甩了男人一个耳光，她说男人肺不好，不能抽烟。

以前男人在挨了耳光后，也不反抗，通常还会笑嘻嘻地认错，可今天男人发威了，拍了女人一下，矛盾就彻底升级了，女人尖厉的嗓音和哭喊从她宽大的身体里冲出来。李蓉蓉冲回房间，女儿乐乐坐在床上，揉着眼睛哭喊着找妈妈。

李蓉蓉愤怒地冲出去，拍着客厅的桌子喊道："麻烦你们要吵出去吵，别在这儿影响别人。"

"我乐意吵，这是我们家。"女人噘着嘴。

"这也是我家，你看把孩子吓得。"

说到孩子，女人的话软下来："都是这老鬼惹的祸，我还不是想着屋子里有孩子，才不让他抽烟的……"

李蓉蓉的心突然颤了一下，颤的原因她不想细究，她盘算着赶快把乐乐哄睡，她还要开始制订新的计划。

E

一个晴朗的早晨，幸福小区里热热闹闹，每个人手里都拿着一张印刷纸，上面写着"喜羊羊幼儿互助组织"。

这个宣传页的来历很蹊跷。大家说，昨晚睡的时候还没有呢，今早一起来家家户户门缝里塞得都有。

很多人都说，这是小区物业的失职，大半夜的让发小广告的进来，多不安全啊。

居委会的刘大妈拧着眉头，小心翼翼地接过住户手里的宣传页，好像这张纸就是真正的罪犯，而她是必须保卫大家安全的警官。

她接过去一张看了一遍，又接过一张看了一遍，看到第三份才以老年人迟滞的警觉断定："都是一样的，是针对我们小区的，针对我们的孩子的。"

这时候李蓉蓉也拿着一份挤了过来，所有人都警觉地躲开了，李蓉蓉脸上一副吃惊的表情："真有才，互助组织，简直是我倡导的散养的升级版。"

大家都注视着她，她摊开手笑了笑："这事，我真不知道。"

大家的目光绕开她又重新回到这个话题上。这个宣传页是针对小区三岁至六岁的小朋友的，意思很明白，就是给孩子充足的空间，把孩子从固定的模式化教育中解放出来。具体的实施方案，就是把小区里的绿化区"幸福苑"作为基地，把所有上幼儿园的小朋友都放进去，让他们自由地玩耍，还可以弄些"探险"项目和各式各样的玩具，玩具也可以自带，孩子的管理，由家长轮流值班。

大家很快想到了一个词：目的。散发宣传页的人目的是什么？会不会是某个幼儿贩卖组织的伎俩，准备趁他们不注意的时候把孩子弄走？

"不会的，在我们小区内，很安全。"李蓉蓉插嘴道，几个家长朝她瞥了一眼，她立马捂住了嘴巴。

有人说，"幸福苑"是开放的结构，就是小区里的游园，也就是说任何一个细小的空隙孩子都能走出去，走出去，就可能

"走失"。

"圈起来，用栅栏。"有人自作聪明地插了句嘴。

立刻有人愤慨地接道："你以为是动物园啊。"

倒是有两个老太太自告奋勇说可以来看护孩子，她们这么说的时候脸上的皱纹层层漾开，好像此刻才能体现出她们的价值。

兰先生翘着兰花指，穿着花格子衬衣，不满地哼了一声道："什么乱七八糟的啊，你们把孩子圈那了，我们家豆豆怎么办，那可是豆豆它们的活动基地。"

"是吧，豆豆？"兰先生用手摸了摸豆豆的头，豆豆"汪"了一声，声音尖细。

"狗重要还是人重要？"李蓉蓉无所顾忌地站了出来。

兰先生显然是犯了众怒，在大家的指责下仓皇而逃。

李蓉蓉舒了口气，踮起脚尖来了一个完美的转身，以决策者的口吻道："好了，那就这么定吧，我们也可以叫幸福苑幼儿互助组织。"

大波女打了个哈欠，边转身走边说："我没兴趣，我的孩子要接受正规教育，我养的是孩子，不是宠物，也不会让孩子和宠物争地盘。"

除了那两个老太太，大家心里压根就没丝毫的认同，人们很快散开了，孩子们依旧按时按点地被送进幼儿园。

李蓉蓉站在原地，手里拿着那张宣传页，恨不得眼里长出无数的丝线把他们都拽回来，然后让他们对"幼儿互助组织"表示充分的认同。

女儿乐乐拉拉她的衣角说："妈妈，一定是你改的那个名字不好，还是喜羊羊好听，我想了一夜才想到的。"

李蓉蓉立刻做了个手势，让乐乐别出声。她抬头见刘大妈正歪着头盯着她，若有所思，像是在努力地研究她身上的每根汗毛。

李蓉蓉脸上堆满笑容，边跟刘大妈告别，边拉着乐乐往回走。

"你有空的话，我想和你聊聊。"背后传来刘大妈的声音。

"真不巧，我一会儿要带乐乐出去。"李蓉蓉拉着乐乐就往楼道跑。

她边往楼上跑边琢磨，大家不接受她的"散养"政策，不接受"自助组织"，并不说明这种模式大家丝毫不赞同，而是她没"分量"，说话自然没力度。应该请个 S 大学的教授来，那效果肯定就顶呱呱了，关键是请教授讲课费用高，也不知教授乐不乐意来。

"还是另想办法吧。"李蓉蓉自言自语道。

"什么办法？"乐乐仰着头，眼睛亮亮的。

"遇到什么事情，都得想办法，人的脑子就是用来想办法的。"

乐乐似懂非懂地点点头，用手摸摸自己的脑袋。

手机是这个时候响的，很急促，依旧是那首 *Trouble Is a Friend* 的英文歌曲。

手机那边是一个男人焦急的声音，背景是120的警笛声。

李蓉蓉拿着手机傻了似的愣在原地，女儿踮着脚尖问她要电话，说是要和爸爸说话，李蓉蓉的手滑落下来，乐乐高兴地从妈妈手里拿过手机，刚放到耳朵上，就触电般把手机扔到了地上。

"妈妈，里面有警车，还有坏人在那儿喊话。"

李蓉蓉猛地回过神来，拔腿就往外跑，乐乐在后面叫了两声。她拉起乐乐把她的手塞给刘大妈说自己有急事，让她帮忙照看一下，然后就疯了似的朝外跑去。

"可怜的孩子，真不是你妈亲生的。"刘大妈自言自语道。

"我就是亲生的，妈妈生的。"乐乐甩开刘大妈的手，要去追李蓉蓉。

F

李蓉蓉趴在白色的病床边，眼里的水一汪一汪地往外流，床单被浸湿了一大片。齐飞是晕倒的，劳累过度，低血糖加贫血。

据齐飞的同事说，他们一早刚推开门，就看见齐飞"咚"的一声从椅子上跌了下来。

"他会醒吗？脑子会不会坏掉？"李蓉蓉抬起头看着正在换输液瓶的护士。

"没那么严重，他就是太累了，很快就会醒的。"护士很年轻，看起来比李蓉蓉还小五六岁，她轻轻地拍了拍李蓉蓉的肩膀，又说："钱是为人服务的，健康才是最重要的。"

李蓉蓉哽咽着开始笑，就是啊，钱是为人服务的。

齐飞是上午十点一刻醒过来的，脸色和嘴唇依旧苍白，眼睛里布满血丝，他看了李蓉蓉一眼就又沉沉地睡去了。

李蓉蓉从桌子上拿起一份晚报开始翻看，是两天前的晨报，上面还沾了些饭菜的油渍。

李蓉蓉在"都市生活讲述"这个栏目看到这么一个故事：一个农村女孩，因为看到邻居的好姐妹搬到省城，心生羡慕，就去省城打工。先在一家食品厂做汤圆，冬天的时候，手冻得红肿，苦不堪言。她受不了那个苦，就去茶馆做服务员，收入不高，但很轻松，陪客人打打牌、喝喝酒。可问题又出来了，男人们总是吃她的豆腐，在她身上抠抠摸摸，她受不了气，又辞职去超市做营业员，因为迟到被辞退，最后只好去跑保险，勉强度日。有一天，她的一个好朋友来省城找她玩，见了面，她发现朋友一家三口是开着小轿车来的，一问，朋友在老家包了几十亩地，买了大型农机，又搞生态养殖，放养鸡和兔子，收入很可观。看着朋友过得那么好，女孩联想到自己在城市的辛苦和无助，便决定放弃城市生活回老家。

李蓉蓉看得心里酸酸的，用手背擦了擦眼泪，把报纸折好放到床头柜的抽屉里。齐飞再次醒来已经是下午三点半，李蓉蓉给他买了一碗皮蛋瘦肉粥。

齐飞喝完挤出一丝微笑，说："精神好多了，托媳妇的福，我们走吧。"

李蓉蓉眼睛红红的，泪水啪啪地往下掉。

"好了，我没事了，不信你看。"齐飞举了举胳膊。

齐飞坐起来就要下床，李蓉蓉连忙拉住他，但齐飞坚持要回家。他说他讨厌医院，弄得跟重症病人一样，他又列举了回家休息的若干好处，李蓉蓉只得同意。

这两天过得很平静，白天带着乐乐陪齐飞输液，晚上一家人偎依在电脑前看电视，但第三天就又恢复到了常态。

齐飞很固执，每天都加班到很晚。

虽然他一再保证，自己会照顾好自己，把握好尺度，累了就休息，但李蓉蓉依旧不放心，她不停地打电话问齐飞身体情况怎么样，齐飞开始还耐心地回答她的每个问题，安慰她。但打的次数多了，齐飞就烦了，特别是她一说到乐乐散养的问题上，就不停地树立、推翻自己不断提出的新观点，还要齐飞拿出意见，齐飞说不上来，她就又喊又吵，说齐飞心里没有她和乐乐。

齐飞终于无法忍受和她大吵了一通。

李蓉蓉觉得自己很冤枉，她狠狠地把手机往地上摔，摔了之后她又后悔。幸好手机打在乐乐的玩具上，没有摔坏。

电话响了，是齐飞："对不起……"

"是我不好。"李蓉蓉低声啜泣，"我知道你在拼命地加班工作，我明明知道，可是我就是控制不住自己。"

李蓉蓉挂了电话，两分钟后再次响起，是父亲。

李蓉蓉吸了口气尽量装出快乐的样子，故作轻松地说："爸，你怎么这时候打电话？"

"蓉蓉，齐飞和乐乐还好吗，你妈天天在家念叨，不忙了回来看看吧。你知道吗，你陈伯伯、王伯伯他们整天夸你呢，说蓉蓉能留在大城市，就是有出息……"

"嗯，嗯……"父亲的声音渐渐模糊，李蓉蓉只听到自己的附和声，身体里血液疼痛的滴答声，她却违心地说大城市肯定比小城市好。

李蓉蓉在自己的声音嘶哑前慌忙挂了电话。她鼻子发酸，眼眶湿热。女儿乐乐在身后抱着她的腿说："妈妈不哭，我讨厌上幼儿园，我喜欢散养，真的妈妈。"

事情并没有因此平息下来，居委会的刘大妈一次次光顾李蓉蓉家，锲而不舍，立志要把乐乐拯救出来，送到幼儿园去。

咚咚咚，敲门声很有节奏感。

开门的是许雨菲，她笑嘻嘻地说："领导，你光临我们寒舍有什么指导啊？"

刘大妈本来紧绷着的脸忽地舒展开了，笑道："贫嘴的丫头。"

刘大妈又压低声音问："李蓉蓉在吧？"

许雨菲摊开手摇摇头。

"你骗我。"刘大妈说着朝李蓉蓉的屋门口走去，她把耳朵贴在门上，李蓉蓉在屋内也把头靠在门上，她们隔着一扇门听彼此的动静。乐乐捂着嘴，靠在门上，情绪高涨。

刘大妈抬起手在门上敲了两声，没动静。她抿了抿嘴失望地摇了摇头，临走的时候又冲着门里面喊："我还会再来的。"

许雨菲把刘大妈送走，李蓉蓉才松了口气。她一屁股坐在地上的彩色泡沫拼图上，乐乐也学着她的样子瘫坐在旁边，一本正经地说："妈妈，我刚刚差点要咳嗽了，好危险啊，差点就被发现了。"

乐乐说完仰起头，像是完成了一项光荣任务。

许雨菲把乐乐带到自己的房间，打开电脑给她放动画片，然后自己跑过去和李蓉蓉聊天。

话题依旧是围绕"上幼儿园"和"散养"。

据许雨菲说，在李蓉蓉坚持不懈地努力下，小区里的很多孩子都在闹情绪，要求"散养"，要求成立"幼儿互助组织"，有的还以绝食抗议，当然都失败了，毕竟在大人面前孩子还是弱小的。

但据刘大妈说，真的不得了了，很多住户都有意见，什么"散养"，这就是一种"恶意"的煽动。

今天是刘大妈这周内第五次光顾李蓉蓉家了。刘大妈第一次来，就多次暗示，想看看乐乐的出生证明。

李蓉蓉故意装糊涂，让她看，凭什么呢？让别人揣测好了。

"乐乐，是不是抱养的?"刘大妈笑眯眯地问。

"不是啊，我生的，不小心就有了。"李蓉蓉抱着膝盖，头埋着，眼睛里却有种恼怒和烦躁。

"噢，那你不太喜欢这孩子吧，我可以理解，但是也不能虐待孩子啊。"刘大妈依旧笑嘻嘻的。

"我怎么虐待孩子了，不上幼儿园就是虐待？那你说我们小时候都不上幼儿园，都是被虐待大的?"李蓉蓉仰起头，眼睛红红的，"散养，就是一种教育理念，你们可以不接受，但不能老这么诽谤我。"

"没有啊。"刘大妈惊讶地睁大眼睛，一脸无辜地说，"你们小时候不上幼儿园那是没条件，现在时代不一样了……"

李蓉蓉腾地跳起来，硬邦邦地说："我的孩子爱怎么养就怎么养，我愿意。"

"可，可是，你已经对别人产生影响了。"刘大妈在李蓉蓉的暴怒下结结巴巴地说，"先这样吧，你好好想想，我还会再来的。"

刘大妈果然又来了，一次一次，不厌其烦，攒足了耐性。

李蓉蓉只能躲着，但李蓉蓉清楚，躲着终归不是解决问题的办法。

许雨菲拍了拍手，咯咯地笑了两声，把李蓉蓉的思绪拉了回来。

"蓉蓉姐，要不这样，你先让乐乐去上幼儿园，要是你真觉得不好，再让她回来，继续散养。"许雨菲笑嘻嘻地看着她。

李蓉蓉伸了伸脖子，喉咙里"咕咚"响了一下，就再也没了声音。这一刻，李蓉蓉突然明白，自己挂在嘴上的"散养"观点，其实就是自己心安理得不让乐乐上幼儿园的一个借口，而真正的原因，就是让这个家庭难以承受的、每月三四千元的高额费用。

G

阳光惨白，空气湿热。李蓉蓉把门窗紧闭，空调低声地轰鸣着，屋子里散发着淡淡的樟脑丸的气味。

李蓉蓉盘腿坐在床上，拿出《昆虫记》读给乐乐听。

"迷宫蛛"李蓉蓉被这个标题吸引了。"迷宫蛛不像别的蜘蛛那样可以用黏性的网作为陷阱,它的丝是没有黏性的,它的网妙就妙在它的迷乱。你看那只小蝗虫,它刚刚在网上落脚,便由于网摇曳不定,根本没法让自己站稳。一下子陷了下去,它开始焦躁地挣扎,可是越挣扎陷得越深,好像掉进了可怕的深渊一样……"

李蓉蓉在读给乐乐听的同时,自己脑子也飞快地转着。她怎么都觉得自己像只小蝗虫,慌乱地在这个城市挣扎,却总也找不到出口。接着她又读道:

"到快要产卵的时候,迷宫蛛就要搬家了。尽管它的网还是完好无损,但它必须忍痛割爱。它不得不舍弃它,而且以后也不再回来了。它必须去完成它的使命,一心一意去筑巢了。它把巢筑在什么地方呢?迷宫蛛自己当然知道得很清楚,而我,却一点头绪都没有,实在猜想不出它会把巢筑在哪儿。我花了整个早晨在树林中各个地方搜索。功夫不负有心人,我终于发现了它的秘密。

"在离网相当远的一个树丛里,它筑好了它的巢。那里堆着一堆枯柴,草率而杂乱地缠在一起,显得有点脏。就在这个简陋的盖子下,有一个做得比较细致、精巧的丝囊,里面就是迷宫蛛的卵。"

李蓉蓉突然从床上弹跳起来,眼睛亮亮的,她终于找到了

"出口"。迷宫蛛，如此微不足道的一种昆虫，为了繁衍生息，都可以舍弃原来的网，我为什么不能舍弃那些华丽、虚荣的东西呢？李蓉蓉想着，兴奋地在屋子里走来走去，立即拨通齐飞的号码，叫齐飞迅速赶回来。

齐飞站在家门口时，脸上是一层细密的汗珠，他脸色有些发黄，由于身体的单薄，显得脑袋有些大，李蓉蓉把毛巾拧干递给他擦了脸，上去揽着齐飞的腰，满是心疼。

齐飞推开她，有些烦躁："好了，蓉蓉，出什么事了？"

"我想好了，你辞职，我们回家。"李蓉蓉声音轻快，这个想法冒出来之后，她就像是一条干渴的鱼找到了一个清澈的湖泊，畅快得很。

"辞职？回家？"齐飞无措地在屋子里转了一圈，"我看你是疯了。"

"没有，你听我说。"李蓉蓉去拉齐飞的手臂，被齐飞甩开了。

齐飞愤怒地说："我这么辛苦为了什么，不就是为了你和乐乐能留在这里生活？既然要回去，当初为什么留下？你忘记了吗？留在S市一直是你的梦想，现在实现了，你却一句话说放弃就放弃，你叫我怎么转过来这个弯？"

"是，是我的梦想，可是我要的生活不是这样子。"

"你要退缩？"

"不，是前进，你听我说……"

李蓉蓉再次试图去拉齐飞的手，齐飞又躲开了，决绝地说："我不会回去的，我丢不起那个人。"

齐飞说完，转身走了。李蓉蓉看着齐飞的背影陷入了深深的忧伤。

梦想——留在S市。

现在想来当时的想法真的太幼稚了，甚至有些虚荣，和报纸上那个苦苦在城市里挣扎的女孩有什么两样。

李蓉蓉没有放弃说服齐飞，她给齐飞看《迷宫蛛》，齐飞推开了，他说他只对钱感兴趣，对蜘蛛不感兴趣。

李蓉蓉咬着嘴唇，苦涩一点一点地在口腔内漾开。

刚毕业的时候，她一抬眼就能看到齐飞满脸的青春和阳光，他的笑充满了活力和希望。他们一起去一家收费不太昂贵的健身房，偶尔会和同学去打打保龄球。齐飞那时候酷爱摄影，一个小小的卡片机就是他的宝贝，他总是随身带着，每天都把记录下来的"画面"编成故事讲给她听。他们也常常去书店，因为书里的一句话、一张图片而感慨良久。

那时候他们的生活充满了乐趣，而现在什么都没有了，她成年累月地待在家，守着女儿，齐飞终日忙于工作，一家人好像从来没有一起放松地游玩过。半年前他们说好带着乐乐去游乐场，出去时是一家三口，但到了地方依旧是她和乐乐两个人，齐飞因为一个设计稿急于修改又回公司了。

她打电话给齐飞，齐飞没有时间听她说，晚上也没有时间，他回来得很晚，倒头就睡。

很多时候，齐飞睡之前会摸摸乐乐的头说："丫头，爸爸会努力挣钱，保证让你上个好点的小学。"

李蓉蓉决定给齐飞写一封信。

她想到了迷宫蛛，她终于明白了迷宫蛛为什么要搬家了，为什么要舍弃那张还完好无损的网，因为它知道什么才是适合自己的生活，而不是盲目地追求。生活是实实在在的，不是活给别人看的。她需要往前迈一步，而不是在这里苦苦地挣扎，就算幸福小区的小朋友都"散养"了，又能怎么样，她的生活也不会发生根本的改变。

写完信，晚上十一点，齐飞还没回来。

她打开QQ看到小棕熊的头像亮着，便发了一个调皮的鬼脸。

小棕熊马上蹦蹦跳跳地出来了。

蓉蓉：亲，我们要回去了。

小棕熊：探亲啊！记得也来探探我啊，怎么说也是好姐妹，别那么没良心。

蓉蓉：不是探亲，是搬回去。

小棕熊：你发烧了，你们在S市好好的，大家还都想着有机会了投奔你们去呢，怎么要回来了？

李蓉蓉吸了口气，点开视频会话，她狭小凌乱的房间出现在摄像头里。

让要好的朋友看到她的生活环境，这是第一次，之前她一直伪装得很好，大家都羡慕她的"小资"生活。

坦然了，接受了，反而觉得心里很静，从未有过的平静。

"我们要回家了。"她对着熟睡的乐乐小声说。

争吵—妥协，争吵—妥协。

直到最后齐飞彻底从埋头挣钱的路上抬起头来，他们一家人才坐火车高高兴兴地回到了那个狭小却温馨的小城市。李蓉蓉觉得这真像一场梦。

H

在小城，李蓉蓉用这些年攒下的钱买了一套三居室的房子，又用余下的钱买了一辆红色马自达轿车。

李蓉蓉很顺利地进了一家国企，上班之余开始写点小文章，偶尔还在报纸上发表，生活真的很"小资"了，惬意，舒服。齐飞被一家设计公司聘为总经理助理，月薪虽然只有四五千元，在小城却算高薪白领。乐乐上了最好的市实验幼儿园。

晚饭后，李蓉蓉和齐飞拉着乐乐在夕阳下的河堤边散步时，乐乐欢快地蹦跳着对妈妈说："妈妈，你真聪明，我喜欢在这里生活。"

李蓉蓉和齐飞相视而笑。金色的夕阳镀在他们身上，有一种柔软的暖意。

本文初刊于《山东文学》2014年第3期

墨柳，本名刘少乡，中国作协会员，在文学期刊发表长、中、短篇小说二十余部，出版小说集、长篇小说、报告文学、儿童文学等作品多部；有作品入选中国作协"定点深入生活"项目、河南省精神文明建设"五个一工程"重点创作项目等；多次获省、市级文学奖项。

寻找一匹马

苏　薇

为着这个惊心动魄的决定，父女俩足足讨论了三个晚上。他们离开家的时候，下弦月正在慢慢地隐去，天空呈现出一种可爱的灰蓝。父亲依依不舍地锁上小屋的门，提起蓝色手提袋，郑重地对女儿说，走吧。为了这次出远门，他理了发，洗了澡，还给女儿买了个紫色的双肩包，隆重得他自己都有些不好意思了。

父女俩是从昨天早晨六点开始坐车的，坐了一天一夜的火车，中间在一个小站换了一次车，吃了两桶方便面，一人一桶。父亲说，真贵，比家里要贵一半。可说归说，他还是把面都吃完了，连汤都喝得一滴不剩。这一路，他们可真是见了大世面，最大的世面就是见到了黄河，还穿过了一条长得要人命的隧道。他们穿过了整个河南省，从南到北，要去豫北一个叫水塔河的小村子。是要去看一匹马，村子里最后的一匹马。马的主人要去远方打工，那匹马该何去何从？这个问题，父亲和马的主人在电话里讨论了好长时间。挂了电话，女儿突然说，我要去看看它，看马。她一连说了三遍。父亲看着瘦小的女儿，觉得这个问题严重而浩大了。女儿不是没有见过马，有次，她站在马路边，看见好多马，排着队，披红挂绿的，还都系着铃铛，一路摇曳着走过。从此，她就经常梦见马，马是她的秘密，是她不可说的牵挂。如果真有一匹马该多好！每次梦醒，她都要难过很久。马离她太遥远了，地老天荒一样的远。一路上，女儿很安静，她把所有的惊喜都收进了眼睛里、心里，她几乎忘了说话。

快下车的时候，父女俩进行了一次简单的对话。

这是这个村子里最后一匹马了，父亲说。他长得敦厚老实，小眼睛，粗眉毛，宽额头。他是卖菜的，他这个样子还真是适合卖菜。

为什么只剩下最后一匹了？

因为地没了，都盖成了高楼，没有了草，马吃什么？又都有了汽车，也用不着马了。父亲很随意地解释。

女儿看着窗外，成片成片的高楼，繁华得让她不知所措。她细细的眉毛皱着，紧紧抿着嘴唇，像憋着一口气。她不明白，为什么有了汽车就不能有马了。夕阳美得让人疼痛，层层暖意散发出来，如滴水在穿石。时代在进步，她想起老师说过的话，看着窗外，闷闷地坐着。

赵大发，你说得不对！过了好一会儿，女儿侧过脸，大声说。

赵大发本来在打盹，被这突如其来的声音吓了一跳，他有些恼怒地说，赵小单，你安静点。马上就到了，再乱嚷嚷，我们就不去了。说完，扭过头，背对着女儿，继续睡觉。

这是赵小单第一次出远门。她也是出生在一个小村子里，两岁的时候，被赵大发带到了银城西区菜市场旁边的一个破旧的钢厂职工小区，小区里有排平房，他们就租住在平房里。长到上学的年龄，就近上了钢厂的子弟小学。赵大发在杂乱不堪的菜市场卖菜，冬天卖白菜萝卜，夏天卖青椒豆角，还卖咸菜。赵大发早出晚归，赵小单吃得最多的菜就是咸菜。

他们下了火车，又坐了几个小时的公共汽车，才来到一个叫水冶的小镇。赵小单饿了，赵大发给她买了个"驴肉火烧"，她边走边吃。等他们来到那个叫水塔河的小村子时，暮色早已降临。赵大发提前打了电话，养马的老侯，就住在村口，一个大垃圾坑旁边。赵小单没有闻到垃圾的气味，她闻到了马的味道，神秘凛冽粗犷的味道，穿过迷雾一样的黄昏，尖利地刺中了她。还有青草的味道，新鲜的，湿湿的，带着露珠的清凉。赵小单兴奋起来，她好像看到了马，一匹雪白的马，体态匀称，高大俊美。她想起一个电影，深秋的古道，落叶翻飞，一个少年侠客，骑着一匹白马。背景音乐是决绝的箫声。少年背着一把剑，剑鞘已经枯朽，似乎还残留着死亡的气息。赵小单当时就想，剑鞘里一定是把断剑。不知为什么，她就这样自以为是地认为，就该是把断剑。少年的白衣上残留着斑斑血迹，被风吹起，有种风雨潇潇天涯路远的悲壮。群山在隐隐地后退，最后，画面上只剩下少年荒凉的背影，孤鸿一样飘忽着。

马的主人老侯早等在了大门口，他额骨很高，眼光有力，看见赵大发就说，这两天就准备走了，活儿都找好了，就剩处理这匹马了。这个老侯，赵小单听赵大发无数次提起过，说他二十多岁时，曾和老侯一起在湖北打过工，感情好得像亲兄弟。赵小单走进老侯家的院子，院子不大，除了三间堂屋，还有两间东屋。东屋旁边是个吃饭的棚子，在两座房子的拐弯处，就是马厩。整个家灰扑扑的，透着一言难尽的凄凉。最后，她看见老侯的女人。她有着一张让人难忘的蜡黄的脸，站在堂屋门口，两手揣在兜里，对他们笑笑，没说什么。

在老侯家昏暗破落的马厩里，赵小单终于见到了那匹马。

真是一匹美丽的白马，通体雪白，头细颈高，体形优美，背部线条起伏如一股流动的风。全身干干净净，像刚从河里洗过澡出来。特别是它的眼睛，在幽深的光线里，有种深不见底的悲悯。它扭头安静地看着赵小单，神情像已经预知了宿命一样淡然。

赵小单立刻喜欢上了它。

　　整个晚上，老侯和赵大发一直在讨论马的去处。老侯说，镇上羊肉馆打了好几次电话了，催着要呢。已经说好了，明天就送过去。还有卖拉面的，卖驴肉火烧的，都说要马肉。

　　赵小单早就听说过，景区里有供游客拍照的马。公园里、动物园里也有马，总之，什么都比卖给羊肉馆好。她无法想象，这么美丽的一匹马，如何能变成一堆白骨。她相信马是有灵魂的，它的灵魂一定是高贵的，一尘不染的。它一定不甘心就这样死去，就这样不声不响地成了一堆白骨。吃过晚饭，赵小单就把这些想法跟赵大发说了。赵大发听完，没好气地说，让你看马，看出这么多事。停了会儿，又叹口气说，都这么老了，哪个动物园会要它？它也只有这一条路了。其实，赵小单很想说，我们把马买下吧，带回家，我们把它养到死。可是，她自己都觉得这个办法是行不通的。她家住的房子都是租来的，哪里还能再找点地方养一匹马呢。赵小单又想起马背上的白衣少年，千年的暮色，遗失的落叶，无边的风声，还有少年破碎的眼神，白衣上的血迹，都清晰得刻骨。他一定是个英雄，一定是的。赵小单想。

　　寂静沉下去，声音浮上来，赵小单听见隔壁传来低低的争吵声，还有老侯虚张声势地连声咳嗽。

　　我们需要钱，你的病，不能再拖了。老侯说，我们出去，边打工边看病。

我宁可不看了，老侯女人带着哭腔说。说完，她就真的哭了起来，边哭边追古溯今。她说有次下大雪，她半夜突然肚子疼得受不了，是老侯骑着马，把她送到镇卫生院的。那天的雪真大，纷纷扬扬的，马跑得满身是汗，呼呼地吐着白气。还有一次，老侯出去办事，半夜都没回来，最后，还是马把他给接回来的。她还说，她每次心情不好，或跟老侯怄气，她就到马厩里，跟马说话。说上一阵子，所有的不快就都烟消云散了。总之一句话，她不能没有马。对把马送去羊肉馆被吃掉，她是无论如何也无法理解和接受的，她就是这样没有悟性也没有觉悟。

能有什么办法？它又不能变成巴掌大，装在兜里带着走。你说，我们能牵着一匹马去外面打工吗？

女人不说话了，只认真地哭，声音摇晃着，无能为力极了。一会儿，她又说起她的两个孩子来，说他们都在外面打工，一个还没成家。成家的那个，日子也过得紧巴巴的，不能再给他们添麻烦了，挣一个是一个，能有什么法子呢？女人叹息着，大概心凉了，声音越来越弱，似乎连哭的力气都没有了。

他们不知道争论了多久，赵小单听得快睡着了。最后，她听见老侯闷闷地咳嗽了两声，拖泥带水地说，睡吧，明天再说吧。

隔壁很快就没了声音，窗外的声音却大了起来。赵小单睡不着了。她住的是老侯家放旧东西的小房间，旧衣服，废农具，破瓦盆，塞满半个屋子。还有一个崭新的编织袋，单独放在墙角，很珍贵的样子。靠墙有一张小床，女人给换了干净的粗布床单。她的隔壁就是马厩，她似乎能听到马的呼吸。房间没有窗帘，风走走停停，像在寻找一个叫永远的终点。赵小单悄悄起了床，来到马厩。夜色朦胧，没有星星，苍穹幽深得像失去了记忆。马温驯地站着，像是怕赵小单害怕一样一动不动。赵小单也不怕，她感觉他们早就认识了，她一会儿觉得他们是那样近，一会儿又觉得是那样远，仿佛马是从一个看不清楚的地方偷偷跑来的，带着遥远、陌生、神秘的气息，赵小单喜欢这种气息。马和人都像个剪影，他们的影子映在墙上，重叠着，变幻着。赵小单觉得它不该是一匹马，它的前世应该是一个人，是电影里那个背着一把断剑的白衣少年，在暮色下绝望地奔跑，白衣翩然，点点血迹梅花一样鲜艳。

赵小单走到马身旁，摸了摸马鬃，又拍拍马头，马发出一声低低的嘶鸣，像一个人憋得太久发出的呜咽。它凑近赵小单，轻轻嗅着赵小单的头发、衣服，温润的气息离愁一样让人难过。赵小单突然想哭，她发现马眼里也流出一滴泪。它静静地看着这个小人儿。其实，赵小单已经上小学五年级了，只是长得小，要比同龄孩子矮半个头。是不是马舍不得她呢，是不是马知道天亮了，她就该走了呢，回到那个小屋里，回到原来的生活里。赵小单心里难过极了，她紧紧抓着马缰绳，目不转睛地盯着马看。突然，她感觉马在一点点变小、变小，像片被风卷起的落叶在她眼前飘浮起来。她身不由己地伸开手掌，想要接住这片落叶。马在半空中飘浮一会儿，真的稳稳地落在她的掌心上。夜色下，它通体透明俊逸出尘，发出惊心动魄的白光，像是用白金铸成。她想起老侯说过的话，这样，是不是就可以把它装在兜里带走了？她喜极而泣。再一看，手掌里什么都没有，马依然在夜色下不问寒暑地站着，眼光潮湿，柔软而无声。赵小单从来没这么近距离和一匹马相处，她痴痴地看着它，很想抱抱马脖子，甚至，骑在马背上，就像那个白衣少年，揣着一颗执着的心，在冬去春来之间一直跑到老。

赵小单想起天亮了，她就该走了，离开这里，离开马，她忍不住拍拍马背，小声说，让我骑在你的背上吧？马抬了下头，温暖慈悲地看着赵小单，四蹄轻踏了几下，侧过身，那里有两个石头台阶，赵小单爬上石头台阶，抓住马鞍，小小的身子贴着马肚子，还真的骑到了马背上。她觉得自己一下子长高了，赵大发说，等她长大了，就知道妈妈去了哪里。她有些伤感起来，闭上眼睛，俯下身，把脸埋在马背上。马抖动着四蹄，赵小单感觉马跑了起来，耳边除了猎猎风声，还有熟悉的寂寞箫声。赵小单眼前又出现了少年孤独的眼神。那是一个武侠玄幻电影，讲的是，一个少年的一次偶遇，一次侠义的出手，却落入一个精心设计的圈套，他成了个死人的替身。死而复活，他必须像鬼一样活着。江湖的深浅，蹚过了才知道。人与鬼的交锋，到底是人变成了鬼，还是鬼转世成了人，赵小单根本没看懂。反正电影的最后，只剩下清虚淡远的箫声，似在娓娓诉说一件已成过往的旧事。

第二天早上，赵小单是被赵大发叫醒的。昨夜她在马背上坐了多久，和马都说了些什么，她是一点都不记得了。她走出小屋，天阴沉沉的，像要下雨的样子。赵小单凑近站在屋门口的赵大发，小声说，我们今天就走吗？赵大发看了眼马厩，他似乎也没睡好，胡子拉碴的，一夜之间，仿佛从四十岁跌到了五十岁。他没有说话，走出屋门，赵小单也跟着走了出去。老侯正蹲在东屋门口用砍刀给马剁青草，把草剁成小段，留下最鲜嫩的部分。他把草放到马槽里，马安然地低头吃着，可赵小单看了半天，感觉那草一点也没少，还是满满的。老侯又在马槽里放了把小麦、黑豆，边搅边说，吃吧，吃吧，一定要吃饱，吃饱了，就不想家了。他努力把语速放慢，轻声细语的，可声音听上去还是空空洞洞，又冷又孤单。

一大团乌云向马厩这边飘来，光线陡然暗了下来，马像突然受到了惊吓，皮毛抖动着，四蹄杂沓地转着圈，眼里满是恐惧。老侯女人走过来，拍拍马头，用手指一下一下地梳理着马鬃，马停止了转圈，静静地凝望着自己的女主人，不说话。它本来就不会说话。

早饭准备好了，稀饭馒头，女人自己做的泡菜，还有一盘炒鸡蛋。三个大人都没怎么吃，只有赵小单，把一大盘鸡蛋都吃光了。

吃过早饭，女人坐在门口的矮凳上，像失了魂。

不就是一匹马吗，你至于吗？老侯忍不住冲女人发起火来。

它不是马！女人弯下腰，捂住脸，以为这样别人就听不到她的哭泣了。

那是什么？老侯的声音软下去，他沉默半晌，叹口气说，能有什么法子呢？

送人吧，我们送人吧。女人抬起泪眼，求助地看向天空。那一刻，赵小单很想说，送我吧，我来养着它。可她看了眼赵大发，他一张木版画般的脸，她只好不作声了。

送谁？结果还不都是一样，谁会白白养着它？老侯说得没错，别说这个村子，就是方圆百里，想要找出一匹马来，那也要看阁下的运气了。

天光暗淡，只有风天荒地老地吹着。女人不哭了，平静地坐在门口的矮凳上，静静地看着远处，好一会儿才像死去又复活过来动了下，她说，我不走了，我守着它老死。

净说废话。老侯的声音也像被放逐了，灰头土脸的。

女人继续呆呆地坐着，有些夸张地吸气呼气，像是被这个硕大无比的痛苦给压垮了。赵小单同情地看着她，心想，有马的日子，在她看来，是不是就像段山清水秀的好梦？现在，梦要碎了，她的日子不知会变成怎样的暗无天日呢。女人脸色蜡黄地呆坐了会儿，又用力地捂住眼睛，背井离乡一样无助。这是最后一匹马了，最后一匹了，她反复地说着。声音从指缝间溢出，被风吹出去老远，又折转回来，不屈不挠地纠缠着。

整个上午，老侯都在马厩里忙活，进进出出的，可赵小单感觉他似乎什么都没做。快到中午的时候，他终于解开马缰绳，拍了拍马头，在马背上反复地摩挲了好一会儿，才叹口气说，走吧，要下雨了，走吧。马像听懂了，温驯地离开马槽，跟着老侯走出了马厩。它好像一下子就变瘦了，走路的声音轻得像个魂魄。

老侯一脸肃穆地牵着马，每一步都走得结结实实，似乎在宣告一切都已来不及了，就这样吧。他不看女人，谁也不看。赵大发和赵小单跟在马后面，离马尾一米远，马走一步，他们就走一步，像送行的队伍。

女人慢慢站起身，她站得实在是太慢了，像顶着一座大山。在马快走到大门口时，她突然颤抖着说，等一下。接着，就像被海浪卷走一样冲进屋里，就是赵小单住的那间小屋。一会儿，拖出一个编织袋来。老侯也似乎想起了什么，他丢下马，快步走过来，倒出袋子里的东西。是一副马鞍，崭新光洁的马鞍，灰色，纯净得不染纤尘。赵小单忍不住用手摸了下，凉凉的，细腻得像沙子。她含着口水，看着老侯给马套上马鞍，换上新辔头。女人只管用手一遍遍抚摸着马头、马背、马尾巴。他们一丝不苟地做着，花了好长好长的时间，才给马披挂整齐。好了，现在的白马似乎又恢复了当年的神勇，它冲天空很响亮地嘶鸣一声，昂首挺胸地等待着。老侯也挺了挺腰杆，像是去远行一样郑重。

从远方吹来的风似乎比远方更远，一团团阴云聚聚散散。马在跨出院门时回了下头，像是在和过去告别。什么山山水水，什么辉煌灿烂，到这时候，就只剩下最后一条路了，怎么来还怎么去吧。赵小单跟着马走出了院子，她还无法理解马的心情，但她心里也有种庄严的悲壮，觉得死真是一件伟大的事情，华丽的事情，比世上任何事情都要伟大得多，华丽得多。特别是这样一匹马，一匹死都要死得如此隆重，如此死得其所的马，怎么就那么让人伤感呢？赵小单忍不住了，她小小的眼睛里流下两滴小小的泪。她偷偷看了眼赵大发，他跟在马尾巴后面，很无畏很认真在走着。

回去吧，你们回去吧。老侯冲身后说。他依然不看他们，声音却是毋庸置疑的肯定。

赵大发和赵小单只好停下脚步，转回院子。

老侯的女人像个梦中人一样在打扫马厩，动作快得像鬼在游移。赵小单无法想象，昨天还蔫得提不起一瓶油的女人，哪里来这么大的劲头。

我来帮你吧。赵小单说，赵大发也说。

我自己来。女人斩钉截铁地说。

有雨滴落下来，雨滴越来越密，伴着雨滴而来的还有熟悉的马蹄声，马被牵了回来。女人站在大门口，不堪重负一样扶着墙，枯黄的脸闪烁着光芒，眼里的泪马上就要流出来了。

下雨了，老侯说。声音扁扁的，潮湿，阴冷。他将马拴到马槽旁，转回身，又说，下雨了，你看，真是下雨了。声音慌乱，像站在悬崖边上，也不知道是对谁说。

多吃点，啊，多吃点。老侯往马槽里抓了把黑豆。马似乎听懂了，它努力地咀嚼着，不声不响，不言不语。赵小单看见马的眼神越来越暗，越来越暗，先变成灰黑色，最后完全变成了黑色。

有人进了院子，大声叫着老侯的名字。老侯走出马厩。

你看这天，下雨了，等明天吧。老侯对来人说。

就这几滴雨，也算下雨？这都说好了的，不能言而无信吧。来人很不满，下雨更好，下雨天，才有人吃饭。我又推出了马肉火锅，就说是你老侯的马，哈哈，不愁没人来吃。他说他早几天就打出了广告，微信朋友圈转发，转发十次，打9.5折；二十次，9折。依次类推。已经有好几个人下订单了。

你看，下着雨呢，咱们喝会儿吧。老侯说。

你这里能有什么好酒？喝会儿就喝会儿。

他们正喝着，没过多久，一前一后，又来了两个人。一个瘦得像猴，长得也像猴，赵小单立刻认出，他就是镇上卖驴肉火烧的那个男人，昨天就是在他的手上接过一个和他一样瘦的火烧，她咬了两口才咬到肉，再一口肉就没了。还有一个，挺年轻，眉眼粗犷，穿得也粗枝大叶，据说是卖兰州牛肉拉面的。那先来的这个黑脸庞，嘴巴有点歪的胖男人，一定就是开羊肉馆的了，赵小单想。她厌恶地看着这些人。

来的两个人跟老侯好像也很熟，坐下来就开始喝酒。他们喝的是二锅头，酒味很大，在小院缭绕着，曲曲折折的。

酒桌上，他们谈的最多的当然是马，马的辉煌史。开羊肉馆的胖子酒喝得很豪爽，喝完一口，就往马厩这边瞟一眼，他说马年轻的时候，可是一匹神驹，日行千里。那要是在古代，铁定是要逐鹿中原，驰骋沙场的。他竖着大拇指，咂着嘴巴，有些遗憾又有些得意地说，好像他才是马的主人。那个卖拉面的接过他的话，说马还曾被借去参加过红旗农场举办的赛马比赛，回来的时候，后面的母马跟了一个排。他们大笑着，肆无忌惮地喝酒、聊天，像在进行一场盛大的庆祝。雨早就停了，太阳白得耀眼。他们一直喝到天近黄昏，才一个个满意地离去。

喝酒的时候，那个卖火烧的说，他只要一条马大腿。卖拉面的说要五十斤上好的马肉。剩下的都归卖羊肉的。他们一厢情愿又合情合理地分解了马。他们还说，虽然马肉并不比驴肉、牛肉、羊肉好吃，但老侯的马就不同了，它是匹神驹，神驹的肉当然不同凡响了。

赵大发是客人，也被请上了酒桌。赵小单看见他的脸都喝红了，鼻子上都是汗，他大概也喝多了。平时，赵大发是不喝酒的，他要早睡早起，他哪有时间喝酒。当然，他也没钱买酒。他和赵小单吃一顿肉，都像破一次戒，还是买的老卢卖剩的碎肉。突然，她听见赵大发说，它不是一匹马哟。喝多了，喝多了。那三个人一起大笑。赵小单一直没听见老侯说话，他像突然变成了哑巴。

赵小单站在马槽前，感觉马和周围的一切都变得越来越模糊。她心里升腾起一种深深的恐惧，这恐惧让她忍不住颤抖起来。

价钱好商量，临走，三个酒鬼又都无限理解地对老侯说。赵小单看见老侯摇着头，依然不说话，只用眼神颠三倒四地回答他们。待他走后，老侯就朝马厩走来，他走得那样慢，仿佛大病未愈，伤口还在隐隐地疼。他的嘴巴咧着，咝咝地吸着气，好像他喝的是世界上最烈的酒。他走进马厩，扶着马槽，后背弓着，两眼神散而形不散地看着马。阳光从四周破旧的缝隙漏进来，不规则地照在人和马身上，让他们看起来都显得干瘪枯黄，营养不良。老侯在马槽前站了好一会儿，才喃喃地说，其实，我是不能喝酒的，这你是知道的。那次，我才喝了二两酒，就从你的背上摔了下来，我都不知道后来是怎么又爬上去的。你告诉我，你是怎么把我给驮回来的？你说。老侯拍着马脸，长长的马脸被拍得更长了。老侯全身心投入地说着，全力以赴地回忆着那些曾经的美好。我们也要走了，能有什么法子呢？最后，他像做个总结似的哑着嗓音说。说完这些，他就不再说话了，依然扶着马槽。马依然不冷不热地站着，像个饱经沧桑的老人，理解地看着老侯，似乎早就接受了这个现实。

风声滚滚，一副东逝的样子，人和马都像被扔到了时光之外。

赵大发站在马厩旁的拐弯处，赵小单走过去。赵大发问，这匹马，你喜欢吗？赵小单想起骑马的少年，如果自己也骑马飞驰，不知道会是什么样子。她甚至徒劳地想了无数次，是不是买下这匹马？买了后，该把它安置在哪儿？这个问题难住了她。赵小单无力地点了下头，父女俩都不说话了。马也悄无声息地站着，像被点了穴，又像陷在一段长长的回忆里无法自拔。

天黑的时候，老侯接到开羊肉馆的胖男人的电话，让他明天早早地把马送过去。他说预约的客人都排到月球了，还很仗义地说，价钱嘛，再给你们加二百，算我请客了。

女人听见了，又絮絮地说了一大堆，无非是埋怨老侯这个决定太草率了。还可以有其他法子嘛，法子总还是有的。她长长地叹息着，六神无主地搓着手。她是看着马一点点衰老的，马也是看着她一天天变老的。他们谁也不嫌谁老得快，谁行动迟缓。她给它添草慢了，它就慢慢地吃。他们一起走在村口小路上，它在前面慢慢地走，她就在后面慢慢地跟。不是她牵着马，而是马领着她。

月色倾城，美得不留任何死角。赵小单又起来了，她踩着月光，小小的影子猫一样钻进了马厩。马转过头，它的眼神温柔得天衣无缝。赵小单突然想起了妈妈。她有多久没想起她了，确切地说，她根本就没见过她。妈妈就像墙上的影子，单薄而虚无。每次问起，赵大发都尴尬地笑笑，有些恼怒地说，别问那么多。只有一次，赵大发很正经地告诉她，等你长大了，就什么都知道了，快点长吧。赵小单就铆着劲儿地长，可她看起来，还是那样的瘦小。赵大发卖菜，早出晚归，赵小单就隔三岔五地吃不上饭。有时候，赵大发做一顿饭，父女俩吃上一天。这种情况，赵小单要是再长得又高又胖，那可就真说不过去了。月光下的白马稳稳地站着，孤寂、悲壮、忧伤。它好像更瘦了，和赵小单差不多一样的瘦。马槽里的草料湿润饱满，被月光覆上一层薄薄的凉。人和马同病相怜地互望着，风在耳边飘荡着，飘向远方。此刻，时间与空间失去了界限，不分彼此地交错着，纠结着，痴缠着，带着无法成全的遗憾。

赵小单脑子突然变得特别灵光，她想起电影里另一个画面，这个画面就像大海里的礁石，突兀地就出现了。少年的魂魄被打散，他成了个空壳，被锁在擎天柱上，听天由命。具体的情节，赵小单已经记不清楚了，只记得少年孤独的眼神，绝望地望着天空。那里，苍穹碧蓝，流云如风。此刻，赵小单觉得马就是那个少年，他们一样的眼神，一样的白衣，一样的绝望。可仔细一看，马依然平和地站着，并没有因为大限将至而表现出任何的焦躁和不安，更没有她想象出的绝望。

这是匹神马哟，赵小单欢快地说。

吃点吧。赵小单抓起一把草料，送到马嘴巴下。马真的吃了起来。

月光下的白马，皮毛闪亮，四肢修长，美丽绝伦。它是那样的高贵，不像是人间的生灵。它看着赵小单，眼里闪出无所畏惧的光芒，仿佛又重生了一回。月色缄默，有箫声传来。突然，一个白影从天而降，落在了马背上。赵小单惊得呆住了。她认出是那个白衣少年，他目光冷峻，依然背着剑鞘。少年拔出断剑，割断缰绳，用力一拉，白马头颅高高昂起，在原地转了一圈，接着，四蹄凌空，人马像道白色的闪电，飞出马厩，飞过院墙，转眼消失不见。蹄声过处，无数飞花，散落如雪。

本文初刊于《山东文学》2018年第6期

苏薇，本名王长娟，河南安阳人，河南作协会员。作品散见于《清明》《特区文学》《湖南文学》《短篇小说》《草原》《都市》《雪莲》《西部》《椰城》《大观》《当代小说》《山东文学》《佛山文艺》《天津文学》《四川文学》《黄河文学》《伊犁河》《福建文学》《躬耕》等刊物。中篇小说《白衣云影》获《今古传奇》2015年第二届"全国优秀小说大赛"一等奖，入选《今古传奇》2015年获奖小说作品专辑。短篇小说《踏雪无痕》获《今古传奇》2017年第四届"全国优秀小说大赛"三等奖，入选《今古传奇》2017年获奖小说作品专辑。

做　主

晴　月

有种无法名状的痛，根植在香草的心灵上，怎么挖也挖不掉。比如妈妈让她"做主"这件事。

那天妈妈对香草说："香草，妈有件事跟你商量。"

香草是家里的老大，妈妈有事跟她商量很多次了。比如当她到了一定年龄，妈妈让她打猪草时；比如当妈妈生下小妹半个月，要下地干活儿时；比如当她该上学，妈妈让她继续在家带小妹时。可这天清晨，香草打满一大篮沾满冰凌的猪草，脸冻得通红，嘴里吐着白烟，吃力地扛着，刚上到坡上，妈妈就过来迎住了她，这却是从来没有的优待。何况妈妈不但迎住了她，还俯下身接过了她胳膊上的大篮子，不但俯身接过了她胳膊上的大篮子，还心疼地用手顺了顺她蓬乱的头发。

香草长这么大，还是第一次享受这种优待。她感觉，太阳一下子离她近了，温暖起来，香甜起来，红润起来。

妈妈则喜滋滋地告诉香草，她去场部医院看病，有个熟人给她介绍了个特别好的人家，做爸的是砖瓦厂的大师傅，拿双份工资；当妈的是个好裁缝，专门为人做衣服。家里不愁吃，不愁穿，日子富足，却只有一个儿子，因此就打听着想要个女孩儿。

我当时就过去跟这家人见了个面，感觉这两口子不仅脾气好，心肠也好。他们说要把孩子给了他家，一定会像家里的男孩儿一样疼爱呢！妈妈说，我和你爸商量了，打算从你两个妹妹中选一个送给人家，这样咱家一直以来的难题就解决了。

香草知道家里一直以来的难题是什么，是奶奶要求妈妈必须为家里再生个男孩儿，不然奶奶就把她大妹送回来，不让再在她那边吃住了。可爸爸腰部摔伤以后，基本失去了干重体力活儿的能力，还要不断花钱买药；妈妈是个柔弱单薄的女人，虽然拼尽了全力，家里还是时常有揭不开锅的时候。若再添个孩子，又怎么养得活呢？再说，要再生一个还是女孩怎么办？这自然是个不小的难题。因为无论是再生一个，还是奶奶把大妹送回来，家里都得添一张吃饭的嘴，这是这个家庭现有情况下所不能承受的。现在有一户人家想要女孩，她家若选一个妹妹送给人家，奶奶的威胁也就不存在了。

香草这样想着，妈妈则又一次俯身拉住了她的小手，她的小手冻得红肿发紫，就像个气鼓鼓的癞蛤蟆，妈妈拉住她的手继续说："这事，妈妈爸爸都想让你做主。"

我做主?! 小香草眼里突然就有亮光光的东西闪出来。

妈妈说:"你感觉哪个妹妹送给人家合适,选择哪个,妈妈就把哪个妹妹送给人家。"

现在就选择吗?香草满眼疑惑,有些不敢相信。

是,已经答应人家了,这几天就要给人家送过去呢。妈妈说着笑脸就变得苦楚起来。

香草低下头想了一会儿便说:"那就把小妹送给人家吧!"

你、你说把小妹送人吗?你、你为什么选择把小妹送人,而不是大妹呢?香草妈惊得一连地问。

要知道自从小妹满月,她早出晚归,都是香草照顾,不仅吃喝拉撒洗,连晚上睡觉都是香草搂着。小妹一哭,香草比她还心疼,就如托儿所的梁奶奶说的,香草就像小妹的小妈妈呢!正是知道香草和小妹有着深厚的情感,她掂量来掂量去才选她大妹送给人家的呀!

她对香草爸说:"既然她奶奶要把香草大妹送回来,那就先把香草大妹送人试试吧?这样很有可能就将住她奶的军了,她老人家肯定不舍得,不舍得也就又把萱草接走了。何况,萱草四五岁了,都记事了,如果她在人家家待不住,闹,也是可以接回来的。那时,咱家也许就缓过劲来了。"

这都是来回话,更多的则是一个母亲在极端矛盾、极端不舍、极端纷乱的思绪下的最后一点幻想。只要有一丝希望,能一个不送就不送。

可香草爸却坚决反对。他说香草妈："你就别打那如意算盘了，送一个就送一个吧！"

他自然是了解香草妈的苦心的，他说：香草大妹是她奶带大的，她奶光听说要把她送人，只怕就会大病一场。何况大妹都四五岁了，都记事了，也不拖累人了。

作为父母，把哪个女儿送给人家都不舍得，最后只得让香草做主。没想到香草选择的竟是小妹，而且还那么利索。

香草妈再一次地问香草："选小妹送人，你是咋想的？"

香草说："小妹还小，给人也不记得，到了好人家，有吃有喝，又不受罪了，还能上学，多好呀！"

香草一边说，一边笑眯眯讨好似的看着妈妈，就仿佛她做了个多么英明的选择。

其实，香草这话是从大菊那儿听来的。大菊家是队里女孩最多的一家，大菊妈为大菊生了五个妹妹，还没生出一个男孩来。为了要个男孩，就把最小的女儿送了人。那是秋天树叶黄的时候，香草听说后打猪草遇见大菊就为六菊感叹：那么小，就送人了，怪可怜的。

大菊却说："那么小送人才不可怜呢！"

为什么？

你看那些才生下来没几天的小狗小猫，你把它们抱给谁家，没几天它们也就把谁家当自己家了。可养大的猫狗再送人就不同了，到了新家许多天都安顿不下来，又是哀鸣难过，又是不断地逃跑。因为它们已经记事了，记事了你再把它们送人，它们就会痛苦。

大菊最后说："小，还不记事啊！到了条件好的家庭，有吃有喝，很快也就把我们忘了，而且长大了还能上学，以后不定多大出息呢！有啥可怜的？"

说到这儿，大菊瞥了香草一眼，又转而悲凉地感叹："比咱俩可强多了。"

香草自然明白"比咱俩可强多了"是什么意思。她俩都是家里的老大，大菊因为一个接一个地照看下面的妹妹，今年都十岁多了，还没上学，而且她爸妈还在为生个儿子而努力，她以后上学的机会也不大。香草也一样，秋天开学的时候，香草就到了上学年龄，却因为小妹才半岁，放在托儿所还需要有人照顾，而放弃了报名上学的机会。如果妈妈不得不接着生，她就将面临和大菊相同的命运。这，一直都是她内心深处的隐痛。

小孩儿的思维纯真而简单，七八岁的孩子，对上学正是最渴盼最敏感的年纪，香草正是因为和小妹感情深厚，不希望小妹像自己一样，吃不饱，穿不暖，一小点儿就要帮家里干这干那，又上不了学，才把她送个好人家。关键是就如大菊说的，小妹还小，还不记事，送给人家又没啥痛苦，她自然就选择了小妹。

好。妈妈想想也只能这样了，便一边应着，一边领着香草往家走。

香草毕竟还是个小孩子，她一边为自己做的决定得意，一边就又开始舍不得小妹了。

她对妈妈说："不过那家要保证不让小妹知道，她是要的，不是亲生的；要对小妹像自家亲生的一样好。"

嗯嗯。妈妈一边想着心事，一边应着。

香草还是不放心，又说："小妹送人家那天，我也要跟着去看看。如果那一家人对小妹很好，我才让留下；如果那一家人对小妹不好，家里条件再好，我也会把小妹抱回来的。"

想了想又说："到时你们不愿意养，我就用养猪卖的钱养活小妹。"

妈妈说："你这个小操心鬼，你不去我还怕你不放心呢！"

送小妹去砖瓦厂那天，香草把小妹的脸和手洗了又洗，才让妈妈抱着走出家门。她则在胳膊上挎一个包袱紧紧地跟在妈妈身边。包袱里都是她给小妹洗出来的衣服。妈妈曾说，香草，小妹那边新妈是个裁缝，光做衣服剩下的碎布头子，做成衣服就够你小妹穿了，哪还需要你洗的这些呢？这些衣服都是你穿了你大妹穿，你大妹穿了又改的，已经破旧得不成样子了，就不用带了。可香草还是执意挑了几件像样些的带上了。

从香草家到砖瓦厂，有一段长长的山路，两边都是坟地，平时香草从来都不敢靠近。这天虽说是跟着妈妈走这段路，心里难免还是恐惧害怕。谁知刚靠近坟地，小妹就像被什么东西狠狠掐了一把，哇的一声惊叫就号啕大哭起来，把香草吓得一把拽住妈妈的衣服，就和妹妹哭成了一片。妈妈不由得大声呵斥起来：这是哪个冤魂野鬼出来作祟，吓唬孩子？别惹恼我，惹恼我看我回去拿刀剁你……

妈妈一大声呵斥，正哭的小妹停顿下来，惊惧地骨碌着一双圆睁的杏眼，四下里瞅着。可是瞅着瞅着，没有了妈妈的呵斥声，就又猛地一下大哭起来。香草心里瘆得慌，就一边哭，一边向妈妈靠得更近。于是妈妈就颤了声音红了眼，更加严厉地呵斥：这是哪个死了还不安分的臭鬼，你再这样吓孩子，看我不拿狗血泼你，让你永世不得超生……

娘仨这样停一阵哭一阵的，等穿过一大长段有坟地的路，小妹也就乏得睡过去了。香草也感觉到了困乏，可她不能睡，她见抱着小妹的妈妈蹲在路边，用路边沟里的水一遍又一遍地洗脸，便也学着妈妈的样子，蹲下洗了几把脸。那水竟冰冷得刺骨，刺得她的小手小脸生痛生痛，她激灵地打了个寒战，也就不那么困乏了。

不过，这天到了砖瓦厂那户人家门口，香草果然看到了满地的碎布头子，比她想象的还要多。那个年代，只要家里有人，基本上都是大开着门的。何况这家的女主人是做裁缝的，门自然是常年开着的。香草一眼看过去，不仅看到了满地的碎布头子，还看到了这家的大柜子，像一面墙一样。不像她家，除了一口箱子便是床，连吃饭桌都没有。

接着香草便听到了缝纫机的咔嚓声，她循声望去，只见一张中年女人的胖脸从屋子里面的一道布帘后伸出来，一眼看见她们——准确地说应该是看见了香草妈和她怀里抱着的小妹，一双大眼就像当即被点燃了一般，立马就亮成了喜盈盈的两束光；与此同时眼角的两边也笑出一对对称的翅膀来。翅膀向上扇开，又像一对凤钗，护在她两鬓上，使她圆润又慈祥的胖脸显得格外饱满。

哟，这么早到了，早晨饭还没吃吧？她和香草妈打着招呼，就慌慌地从布帘后面走出来。

吃了，吃了。香草妈说着，这才拉着香草朝里走来。

快，赶紧坐下歇歇！女主人说着，眼睛并没离开香草妈怀里的小妹。

香草妈四下里打量，见当间除了铺着一张剪裁衣服用的大席，并没别的凳子，这才把小妹放在席上，自己也在席上坐下来。香草一见也挨着妈妈和小妹坐下来。

席子的旁边有个大盒子，里面装着饼干、花生和糖。女主人便赶紧捧了一大捧放在娘儿仨面前的席子上,一边热情地让着吃吃吃,一边满脸期待地看着小妹的反应。

这时,睡了半路的小妹已活泛起来,她首先抓起一颗糖,嘴里嘟哝着打打打,在席子上拍打了一会儿,便朝着妈妈递过来。

妈妈说:"让你姐给你剥。"

她便嘴里嘟哝着"姐剥"的字样朝香草递过来。

香草这边忙着给小妹剥糖,两个大人那边就小声闲话起来。

这是最小的那个吧?叫啥名字?

是,还没取大名,都叫她小妹。

两个大人说着,香草把糖剥了塞进小妹嘴里。小妹一边吸吮嘴里的糖,一边讨好地朝香草眯缝着眼笑着。

香草拿起另一块糖剥着,一边问小妹:"甜吗?"

小妹就把糖从嘴里抠出来,要往香草嘴里塞。

香草说:"姐有,不吃你的。"

便赶紧把剥好的糖,放嘴里让小妹看。

小妹便又朝妈妈这边递过来,一边吐字不清地喃喃着:"妈,妈,糖——"

妈妈故意一口把她手里的糖吃进了嘴里,女主人看见,赶紧拿起一块糖对小妹说:"我帮你剥好吗?以后就不让你姐给你剥了,我给你剥。"

她说着并没有剥糖，而是笑眯眯地把糖朝小妹递过来。

小妹见有生人朝她递过糖来，手畏畏缩缩地向前伸着，身体却胆怯地朝后退着，眼睛则征询意见似的看向香草。香草看见，有些羞涩地微笑着示意她接着，她才扭扭捏捏地把糖接到手里。

女主人看见便扭头对香草妈说："我看这小的跟她姐比跟你还熟还亲呢！"

"可不是嘛，你也知道我们下面队里，都是天不亮就下地，半夜才回来。我早上早早把她送到托儿所，一整天都是她姐在旁边把屎把尿喂吃喂喝，她跟她能不亲吗？"

说到这儿，香草妈特意使眼色告诉女主人："抱小妹来你家，是香草做的主呢！"然后她声音压得很低很低地说："她说，小妹小，还不记事。到了好人家，不受罪了，又有吃有喝，还能上学。"

"哟，没想到小小个人儿，想得比大人还周全。"女主人便赶紧说，上学，必须得上学，到时一到年龄就让她上学！

她还说，不能让小妹知道是要的，对她要像亲生的一样。妈妈继续絮叨着，你说说她才多大个人，就想到这些了。

女主人听到这儿，似乎不做点什么无以表达对香草的重新认识和感激，于是她这里瞅瞅，那里看看，想了想便站起来朝橱柜走去。

"正好早上他爸买的两个鸡腿没吃。"她说着一手拿出两个鸡腿走过来，说，你们先吃了垫垫，中午再让他爸买。说着就笑盈盈地先朝香草递过来，一边夸，没想到才几岁个女孩就这么有主见。

香草起初一直矜持地缩着手不肯接。

妈妈说："拿着吃吧！顺便喂你小妹吃点儿。"

香草这才伸手去接。

香草接过来后，女主人才笑眯眯把另一个朝香草妈递过来。

这天中午，这家人也是用鸡腿招待的香草母女仨。鸡腿是男主人带回来的现成的，同时带回来的还有猪头肉和这家已上小学五年级的儿子。香草这才知道原来这世界上，还有卖加工好的熟肉的。在香草和妈妈住的那个山坡上，从来就没见过卖加工好的熟肉的，只有过年卖猪了，或家里杀猪杀鸡了，才能吃到肉。香草打量这家上小学五年级的男孩儿，只见他耷拉着眉，灰蒙着脸，肿眼塌鼻的，一副没睡醒似的嘴脸，却托生在这样的好家庭。而小妹苹果似的小脸饱满且红润，一双杏眼黑葡萄似的晶莹灵透，似乎没法让人不喜欢。再看看这家男女主人的眼睛，似乎都集中在小妹身上，充满了疼爱和宠溺。香草看在眼里，便有一种预感，小妹来到这个家里，只怕进了蜜罐里。

不仅能上学，还有这么好的生活，还有新爸妈宠溺疼爱，这该是多么幸福的生活呀！香草这样想着，就羡慕起小妹来。

可小妹似乎并不愿意留在这样的好家庭里。她一吃饱饭，就拉起香草的手，哭闹着要"家"了。

"姐，家……"她一边呜呜地哭着，一边指向门外。

香草见小妹这样，便难为地看向妈妈。

妈妈小声对香草说："她这是闹困呢！抱她出去转转，哄她睡觉。"

香草领会了妈妈的意思，便抱起小妹走出来，一边唱着自编的儿歌：小妹小妹睡觉了，地上的草儿长穗了……没多大会儿工夫，香草就把小妹哄睡着了。

可小妹不知是路过坟地吓着了，还是有预感，这天她一直绷着一根弦，你只要把她往床上放，她立即就会一激灵醒过来。几次三番都这样，这家的女主人没办法，便揭了被子铺在当间的席上，让香草躺在一边搂着小妹睡觉，用另一边为她们盖上。

可这样小妹睡踏实了，香草也睡着了。香草毕竟也是个小孩子，跟着妈妈走那么远的路，她早就困乏了。何况来到这家人家，妈妈忙着跟人说话，小妹吃饭啥的，基本都是她在照顾。她一个小女孩能有多大精力呢？她躺在厚厚的棉被里，强打着精神把小妹拍睡过去，也就跟着闭上眼睡了过去。妈妈小心喊了几声，又摇晃了她几下，见她毫无反应，便轻手轻脚把她抱在怀里。

这天，香草是被妈妈抱回家来的。也许是在小妹新妈家吃肉没吃够，一路上她都做着吃肉的梦。开始她梦见把自己打猪草养的那头猪杀了，煮了老大一盆猪头肉，接着她又梦见把家里的几只鸡也杀了，也煮了一大盆。这些肉都放在阳光下，亮光光的，闪着金子般的光芒。有一刹那，她离远看那两盆肉，曾以为有花儿在上面开放。后来她揉了揉眼看清了，才知道是两盆肉四周有不同形状的花布飘落，三角形的、菱形的、正方形的、梯形的，上面开着花朵飞着蝴蝶，甚是好看。她正要弯腰拾那些飘落的花布，突然听见有吆喝声：卖五香麻辣熟肉啦；卖鸡、鸭、鱼、猪肉熟肉啦；卖你最爱吃的熟肉啦……她想循声找去看看，又觉得地上那么多花布，不拾起来太可惜了。于是她弯腰拾起一块，下面竟然盖着一个油汪汪金黄的大鸡腿，于是她忍不住咬一大口就美滋滋地吃起来……因此一路上，她一直在吧唧嘴，一直在流口水。

还别说，这年过年，香草家还真是吃上了肉。因为这一年，不仅小妹送了个好人家，香草打草喂起来的猪也卖了一个好价钱，因此这一年香草爸妈把香草大妹接回来了，一家人在一起也过了个像样的年，不仅全家都吃上了肉，还置办了个吃饭桌。置办的吃饭桌虽是没上漆露着白茬的那种，一家人到底可以围在一个桌子上吃饭了。妈妈为了犒劳香草，还特意给她买了一双鞋。更让香草惊喜的是，小妹新妈在给小妹做新衣服、新被套枕套时，也都为她做了一套，而且还把做衣服做被套枕套剩下的碎布头，加点其他布，为她拼接了一个花花的大书包。

也不知是因为香草有了这身行头，还是托儿所梁奶奶的话起了作用，香草的小妹送人后，香草妈去托儿所收拾小妹遗留的东西时，梁奶奶曾给香草妈唠叨：香草她妈呀，平时我家孙子做作业时，一年级二年级的书，香草都学得差不多了，我看她字也会认，题也会做，不上学可惜啦！

香草妈当时听了也没说什么，直到香草有了新衣服，又有了书包，她才突然宣布让香草上学了。不知是不想香草在上学上浪费太长时间，还是为了让她尽快忘记小妹，香草妈让香草上学，不是从一年级上起，而是直接上二年级；不是到了秋天新学期开学报名上二年级，而是过完年就上二年级，自然是上二年级下学期了。

就这，对香草来说已是天大的惊喜了。香草心里的震荡是无法描述的，就像围绕在山坡四周那些茂密的树林上蒸腾的烟雾，慢慢翻卷扩散，无声却滋润着人未知的梦。

香草直接坐进二年级教室，老师讲什么她虽然都懂，做起作业来却要比其他同学慢半拍。这样一来，很多时候她的作业就得带回家来做，何况她上学了，并不代表不打猪草了，不帮家里做饭洗衣服了。她一个七八岁的小女孩，又要忙作业，又要忙家务，自然也就顾不上想小妹了。

然而，当大家都以为香草把小妹忘掉了的时候，放暑假后，香草做完作业，却悄悄去了趟砖瓦厂。

她回来后对妈妈说："小妹的新妈可是真稀罕女孩，小妹真是太幸福了！"

香草告诉妈妈，她来到小妹新妈家门前不远的大树下时，一眼就看到了坐在当间席子上吃东西的小妹。那时的小妹身上穿着粉红色的连衣裙，脚上穿着新买的白袜子和白凉鞋，怀里抱着那个大糖盒子，身边的席上散落着许多写着字和数字的厚纸片，看着就像一个小公主。

她的新哥哥就躺在离她不远的地方。只听他逗小妹："好妹，给哥哥一块糖，只要一块。"

不给。都是我的。小妹抱紧盒子说。

于是哥哥烦了，一边说："一边待着去，这是我的地盘。"一边把小妹往席下蹬。

小妹竟然也毫不相让，她一边伸出小腿去蹬哥哥，一边和哥哥争吵着："你一边待，这我地盘。告妈妈打你！"

小妹的话一落，新妈果然就呵斥起儿子来："叫你教你妹妹数数认字，你可好，那么大了，倒跟妹妹争开吃的了。"

哥哥便抱屈："她那么小气你都不管，连一块糖都不舍得给我吃。"

"你看有你妹妹后，你脸吃肿没有？还吃？"

"我哪儿肿了，我不就逗她玩玩，看你护她护的。"哥哥说着就蔫蔫地站起来到里间去了。

新妈便走过来逗小妹："就护田妞，就把好吃的给妞妞。"

原来她家已经给小妹改名叫田妞了。最后香草不停地感叹："好久没见小妹了，好多次梦见小妹，我当时真想走过去抱抱小妹呀！可我见小妹生活得这么好，只怕早把我忘了，想了想就回来了。"

香草这样说着，就仿佛看到自己种的一棵小树在茁壮成长，眼里无意中就溢出星星般的亮光来。

可香草妈却以为那溢出的亮光是香草伤心难过的泪水，就问香草："那么长一段路，路两边儿都是坟地，你咋走过去的？"

香草顿时现出心有余悸的恐怖神色说："正好有个老奶奶从那儿路过，我就悄悄跟在她身后走过了那段坟地。"

"那回来呢？"妈妈又问。

"回来的时候，我从砖瓦厂下来，就再也不敢走那条有坟的山路了。"香草告诉妈妈，回来时她站在砖瓦厂下面的路边，一直等来一个大娘，问清了人家她上学的那条大路的具体方位，她先走到上学的那条大路上，然后才顺着大路走回来。

香草妈听了香草的话，一夜都没合眼。第二天就去了趟砖瓦厂。她跟小妹的新妈商量："能不能让香草和小妹姊妹俩每年见上一面？"小妹新妈虽然心里并不是很乐意，掂量了掂量，还是满面笑容地答应了。她大大方方对香草妈说："虽然小妹送给了我家，但终究还是一门亲戚。你放心，每年过年我都会带她去你家走亲戚。"

这自然是香草没想到的。那是大年初二的上午，香草和大妹吃过早饭，正和邻家几个女孩坐在饭桌前玩扑克，当时香草妈在厨房忙活，香草爸坐在一旁观看孩子们打扑克，突然门口一声响："我带田姐来走亲戚来了。"

听到说话声，大家都扭过头来。

香草爸一见，便赶紧招呼："过来了？"

说着就扭头朝厨房喊："香草妈，看谁来了！"

当香草猛然看到小妹新妈抱着小妹来到家门口时，她突然就有一种大敌当前的感觉。尤其是当小妹看见她，猛然认出她的一刹那，她小小年纪，心里竟感受到一种万箭穿心的刺痛。或者还有一个声音在她心里呐喊，为什么要这样？为什么？

当时小妹看见香草，不错眼珠地看了香草几秒，就哇的一声大哭起来。香草发现小妹认出了她，心里正又震惊又刺痛，小妹新妈却以为小妹是认生，心里很是得意，便故意转身抱着小妹要走，都是生人是吗？认生是吗？要不咱回去？她一边问一边朝来路走，小妹的一双小手却极力地朝着香草伸过来。

姐——当一声非常艰难的呼喊终于穿越小妹的喉咙迸发出来，她便从新妈怀里挣脱下来朝香草扑过来。香草一把把小妹搂在怀里，再也克制不住自己内心的万般悲痛，把头压在小妹肩头就委屈地哭起来。她哭小妹也哭，小小姐妹俩的久别重逢，竟辛酸得让人不忍直视。

这，自然让在场的每个人都非常震惊。尤其是相隔一年，小妹还记得香草，这也太令人意外了。只见小妹新妈脸上一阵红一阵白，心里的震惊和忐忑不安全写在脸上。好在香草爸及时招呼她进屋坐下，香草妈听到动静也及时走了出来。她拿来过年炸的麻花，抱起小妹喂她，小妹也就不哭了。

小妹不哭了，香草妈把小妹交给香草，便忙着跟小妹新妈说起话来。小妹再次来到香草身边，从兜里掏出一大把糖就塞在香草手里。

"姐，吃糖。"她说着就扑进香草怀里。

香草示意她："也给你二姐吃糖。"

小妹看看香草，看看和香草长得很像的二姐，便从兜里掏出一把放在她手里。想了想似乎觉得做得还不够，便把兜里的糖全掏出来，这个姐一个那个姐一个地全部分完了。

那时，邻家几个女孩早已离开，小妹发了糖，便从另一个口袋掏出几个琉璃球，和两个姐姐玩起琉璃球来。她或许是从两个姐姐身上看到了自己的影子，也或许是根深蒂固的血缘关系，她和两个姐姐在一起玩，就像是从来都没有分开过，竟然没有半点生分隔阂。这画面让坐在一旁的新妈看见，自然别有一番滋味在心头。因此一吃完午饭，她就对香草妈说，"我得赶紧走了，家里还有一大堆亲戚呢！"

香草妈也不留。只是她抱起地上的小妹亲了几口，把她递给她新妈时，小妹却像是被马蜂蜇了一般，嗷的一声大叫，就挺直身子一把搂住了她的脖子。

妈，不走！不走！不走！小妹哇哇地哭叫着，新妈伸手想把小妹抱过去，小妹就像那天路过坟地一般，惊恐得杏眼圆睁，头发都竖立起来，只听她又一声尖厉的号叫，就哭得没了人腔。

一旁的香草实在看不下去，便走过来说："来，让我抱抱她。"

小妹听见香草的声音，就像看到了救命稻草，立即求救似的把一双小手朝香草伸过来，嘴里还哭喊着："姐，不走！不走！不走！"

香草接过小妹，却一屁股坐在了地上，她一边为小妹擦拭着眼泪，一边安抚着："好，不走不走！"

然而她一边说一边为小妹擦拭眼泪，自己的眼泪却长长地流下来。于是，她便开始一遍又一遍地为自己擦，可她擦了那泪水又漫出来，再擦那泪水还是漫出来，她怎么擦也擦不干净。突然她把头埋进小妹的怀里，说了句"都是姐不好"便沉寂下来，接着便抱着小妹站起来。大家再看到她的脸时已没有泪水，没有人知道她在那短暂的片刻都想了什么，只见她温和地对小妹说："小妹不哭啦！不哭啦！今天姐做主，咱不走了，咱再也不回砖瓦厂了，姐抱你出去玩去！"她说着就抱着小妹走出了家门，小妹的哭声也随即消失在门外。

可是后来香草把小妹哄睡着，妈妈还是从她怀里要走小妹，让她新妈抱走了。

据说小妹新妈带小妹回去没多久，就举家搬迁离开了砖瓦厂，不知去向。这消息是后来香草妈去场部医院看病，砖瓦厂那个熟人告诉她的。从此香草家就再也没有了小妹的消息；而香草对小妹的记忆，则永远停留在了这一年撕心裂肺的离别里。

本文初刊于《天津文学》2021年第11期

晴月，原名董凤。中国河南省周口市人，小说作家，已出版长篇小说四部，其中《四品佳人》获周口第二届精品文艺成果奖；中短篇小说被《天津文学》《延河》《海外文摘》《鸭绿江》《当代小说》《小小说选刊》《小小说月刊》《微型小说月报》等刊发，其中《陶》荣获2019年第十八届中国微型小说年度奖三等奖。

轻如萤火

非　鱼

1

我在健身房刚活动开身子，微微出汗的时候，电话响了。

是微米打来的：唐丽，我在健身房门口等你，快点，有事。

她并没有问我在哪里，在干什么，口气不容置疑。奇怪，她怎么知道我在健身房？尽管很不情愿，我还是换了衣服出来，微米果然在健身房门口站着。

暮春的天，阴雨加上冷风，要不是路边一排梧桐树泛着脆生生的绿色，给人的感觉更像秋天。

微米说，他死了。

谁？

我爸。

咋死的？

应该是突发心梗吧……反正是死了。

你不去看看？

已经送去太平间了。明天再说，今晚咱俩一定要喝一杯。微米口气里没有一丝悲伤。她不止一次给我说过，希望她爸赶紧死，她快熬不住了。

吃饭的时候，微米点了很多菜，还要了一瓶"天之蓝"。你确定我们两个人要喝完这瓶酒？我问。她点点头，对，你要是不想让我喝醉，就尽量替我分担些。

从晚上六点开始，我们一直喝到夜里十一点，才把那瓶酒喝完。还没走出房间，微米就吐了。那些饭菜、茶水和白酒，混在一起，经过胃的短暂发酵，变成难闻的混合物，倾泻而出。她的衣服和鞋子，被溅得斑斑驳驳。可她却一个劲咧着嘴傻笑：告诉你，唐丽，我爸死了，真的死了……

她的话吓了服务员一跳。当时，那个短头发的中年女人端着一杯水，正准备给微米漱口。她瞪了微米一眼，你爸死了你还来喝酒？还能笑得出来？微米回瞪了服务员一眼，要你管？我喝酒怎么了？就喝！服务员"哐当"一声把杯子蹾在桌子上，不肖子孙，小心遭雷劈。微米嘴角垂着长长的一根涎水，冲着服务员的脸喊，劈就劈，劈死拉倒。大概是她的口水喷到服务员脸上了，服务员手一挥，正打在微米鼻梁上，立马鲜血直流。

我坐在椅子上，看着发生的一切，脑子里异常清醒，腿脚却动不得，当然也懒得跟她们理论。就那么一直看着她们，直到派出所的警察到来。

由于我和微米都处于醉酒状态，警察无法正常做笔录，一直折腾到凌晨四点，才让我们离开。

走出派出所，我彻底清醒了。坏了，从下午见到微米到现在，我一直没有给刘会天说；而这十几个小时，他居然也没有给我打电话——我掏出手机，却发现手机已经没电了。

我推了一把摇摇晃晃的微米说，赶紧把手机给我，我给家里打个电话。

电话接通，我刚"喂"了一声，刘会天就炸了，唐丽，你跟谁鬼混去了？半夜不回，手机关机，孩子不管，想干吗你？

听刘会天吼完，我一个字也懒得跟他说了。跟他说有什么用？反正他也不信。这个四十五岁的男人，比我更早地进入了更年期，发量锐减，体重飙升，心眼却越来越小，多疑，暴躁，遇到问题除了抱怨，就是吼。

凌晨四点的街头，陪着我们的，只有路灯。偶尔有一辆出租车从我们身边经过，略有减速，见我们没有乘车的意思，又疾驰而去。

哎，你闻到没？

什么？

槐花的味道。

一缕甜丝丝的香味从远处飘来，没错，是槐花的香味。循着香味，我们找到了一棵老槐树，在公园靠墙角的地方。靠着这棵槐树，在一团香甜的包围下，我和微米等来了黎明。

去安排你爸的后事吧。我跟微米说。

那你怎么办？

回家，还能怎么办……

2

儿子已经上学走了，刘会天坐在沙发上等我。

我看了他一眼，换好鞋，坐在他对面。

你疯了不是？这一夜到底去哪儿了？电话关机，浑身酒气，跟谁鬼混去了？

跟微米。她爸死了。

她爸死了跟你有什么关系？又不是你爸死了，至于整夜不回家啊？

刘会天，你会说人话不？她爸死了，她找我出去喝酒；喝多了，让服务员把她鼻子打出血了，去了派出所；我手机也没电了。就这么回事，你爱信不信。

刘会天脸上的表情不断发生着变化，他的嘴一张一合，眉毛跟着动来动去，牵得脸上的皱纹不断加深，都能放下一根手指头了。额头上两边的头发像霜打的茅草，稀疏干枯，中间那块头皮油腻发亮，像刚出锅的一张凉皮。

她爸死了，你们竟然还出去喝酒？

是啊。怎么了？

你每次都这样搪塞。我问你细节，细节，一晚上待在外面，我不相信就你和微米两个人！

你既然不信，还问什么。

一夜没睡，我竟毫无睡意。想去卫生间冲个澡，然后去上班。刚关上门，他一把推开了。我坐在马桶上说，出去。你不说清楚，我就不出去。他靠着门，死死盯着我。我却盯着墙角的那桶洗衣液：蓝月亮，深层洁净护理洗衣液，护衣护色……后面几个字是什么，看不清了。薰衣草香味，我喜欢这个味道。好多年了，我一直用这个牌子，这个香型。我半个月洗一次床单被套，不是因为脏，而是喜欢闻洗过后床单被套的味道，就好像钻在一团香气四溢的花丛中。我喜欢把脖子、肩膀塞得严严实实，甚至贴着耳朵。

唐丽，你准备在马桶上蹲一辈子？刘会天喊了一声。

你出去，我要洗澡了。

这时，他的手机响了，应该是定的闹钟。他瞪我一眼，转身出了卫生间。正常情况下，他此刻应该还在书房的那张床上打呼噜，等待闹钟把他叫醒，然后翻个身，等待闹钟十分钟后再次把他叫醒，他才会起床。

当年篮球场上的追风少年，才四十五岁，就早衰了。从上班到现在，他没有换过单位，甚至连岗位都没有换过。每天按时上下班，按部就班地在单位得过且过。用他的话说，闭着眼睛都知道自己该干什么。他的主管领导、他的科长换了一个又一个，唯有他一直在那个位置上，除了调整过办公室，他的桌子、椅子都没有动过，甚至连电脑摆放的位置，都没有变化。我曾劝他换个科室，别像一头磨道里的老驴似的，他也找领导说了，领导说现在的岗位离不开他。

热水从头顶淋下，流过身体的每一个部位，毛孔舒张，困意渐渐来袭。

微米，她会如何处理她父亲的后事呢？就像她之前说过的，火化之后，把骨灰撒入黄河，或者随便找个树坑埋了？

我闭上眼睛，有些眩晕。

刘会天又在客厅喊我，听不清楚他说的什么，我干脆装作没听到。

3

我给微米打电话，问她在哪儿，她爸的后事准备怎么处理，要不要帮忙。微米有点心不在焉，身边好像有很多人说话，很嘈杂，她说："回头打给你。"就挂了。

要说，死者为大，我不应该对微米她爸有任何不敬，但那老头儿又实在可恨。

我见过微米她爸，总喜欢穿一件卡其色的风衣，扣子扣得严严实实，双手插兜，走起路来腰背挺直，步履潇洒，头发打着发胶，丝丝不乱。那年他已经七十岁了，依然风度翩翩。微米说，她爸年轻时非常帅气，是他们村第一个大学生，学的是英语专业，还精通俄语、法语。难怪他总是一副绅士派头。当时，微米她爸双唇紧闭，目光凌厉地把我从头到脚扫了一遍，没有说一个字。微米给他送钱，他接了钱，转身就走。转身的那个动作，也是潇洒至极。

微米对她妈几乎没什么印象。她一直不明白，她爸当年为什么会和她妈结婚，父母离婚时，她还不到一岁。

父母离婚后，微米就被送回老家，跟着爷爷奶奶长大。在乡下的那些日子，她很快乐，她从没有学过"爸爸""妈妈"这两个词，她以为她是爷爷奶奶的孩子，一直到七岁该上学了，她爸才来接她回城。

微米怯生生地跟着她爸，拉着他风衣的带子，坐汽车，倒火车。一路上晕晕乎乎的，看着车窗外一闪而过的树，还有高低起伏的大山，身边拥挤的人，说着听不懂的话。她很害怕，但不敢告诉她爸。一路上，他们两个人基本上都不说话，她想撒尿了，就拉拉他的衣服。他买来饭，递给她，她接过来就吃，反正这些饭都比爷爷奶奶做的好吃。

出火车站的时候，是清晨，到处雾气蒙蒙的，她爸告诉她：这是银川。

微米说，在银川的那五年，她一直跟做梦一样，感觉恍恍惚惚的，很不真实。她甚至经常怀疑，是不是真的在那里上过学，是不是真的和父亲在一起生活过五年。

那五年，他们父女也很少说话，家里整天死气沉沉，她甚至不知道她爸到底在做什么工作。她爸很少问她的事，只看考试成绩。考得好了，他一言不发，把卷子还给她，如果考不好，他会训她几句。微米说，四年级寒假前那次期末考试，她明明都会，但故意把卷子写得乱七八糟，她想让她爸多问几句，多说几句，哪怕是训她也行。但她爸拿到卷子，认真地看了看，并没有多少愤怒，而是长叹了口气，又还给了她。

小学毕业那年，她爸带回一个女人，让她叫妈妈。微米从小到大都没叫过妈妈，叫不出口。女人生气了。她爸动手打了她，一巴掌下去，她的脸就肿了。等到放暑假，她爸又把她送回了爷爷奶奶身边，让她在老家上初中。

微米说，一看到老家村口的那棵大槐树，她就想放声大哭，想跑，想喊，想叫。但一看到她爸的脸，又赶紧用力紧闭嘴唇，老老实实地跟在他身后，回到了老屋。

从银川回来后，微米发现爷爷奶奶突然老了，爷爷的耳朵几乎听不见了，奶奶的一只眼睛也已经失明。她非常害怕，怕爷爷奶奶死了没人管她，怕再回到银川，回到她爸和那个女人身边。

初中毕业，微米报考了市里的护理学校，半个月才回去一次。一直到她毕业，在市人民医院找到工作，都再也没有和她爸联系过。她好像又忘记了这个世界上还有个爸爸存在。她从没有问过她妈是谁，为啥他们结婚又离婚，为啥生了她又不要她……一切都已经不重要了。

我就是在医院认识微米的。我生孩子住院时，微米是我的主管护士。第一眼见她，在白帽子、白口罩遮挡下，她的两只眼睛楚楚动人。微米长得像她爸，脸型、姿态，都像，唯有嘴巴不像。微米有一颗小虎牙，喜欢咧着嘴笑，不像她爸那样嘴唇紧闭，像故意跟谁作对一样。

从工作一直到后来再见到她爸，是微米最开心快乐的时间。她谈过一次又一次惊天动地的恋爱，却一直没有结婚。我说她有婚姻恐惧症，她笑了笑，并不否认。

忽然有一天，她爸回来了。

她爸在医院找到她。父女俩站在楼后的小花园里，很久没有说话。微米恍恍惚惚的，眼前这个人，真的和自己有血缘关系吗？

她爸说他退休了，卖了银川的房子，回来了，要和她一起

生活。微米愣住了，不知道该怎么回答。她爸说，那边什么都
没有了，现在只有她。微米这才突然想起那个撺她走的女人。
她呢？谁？就是你后来找的那个。早离了，她是个骗子。

后来微米才知道，她爸是两手空空回来的。他和那个女人
离婚后，房子归了女人，他一直住在单位宿舍。好不容易攒了
点钱，买了套小房子，又一个女人出现了。他再次结婚，然后
离婚，失去了第二套房。所谓的退休，事实上是他和领导闹矛
盾，拿刀子要和领导拼命。警察来了，他挥来挥去，误伤了一
个警察的胳膊，被拘留了十五天。从拘留所出来，他就被单位
开除了。没有工作，没有住处，他才想起来还有个女儿。

你说他可恨不？

我一直记得微米当时的表情，大瞪着眼，虎牙把嘴唇都快
咬破了。

4

下午四点多，微米打来电话，唐丽，你过来一趟吧，我实
在不知道该怎么办了。

医院的太平间设在一个角落里。微米蹲在门口的雪松树
下，一身黑衣黑裤。

出什么事了？我问。

人死了，讨债的来了。

什么情况？

今天早上突然来了一个女人，还领着一个六七岁的孩子，说孩子是我爸的，是老李家的苗，要分遗产。

真是搞笑，你爸还有遗产？

他们说的是老家的院子。你知道，我爷爷奶奶去世后，我爸从来没回去过，老屋房顶漏雨漏得厉害，椽子也被虫蛀了。那个女人说他们要继承祖宅，否则就不让我爸火化。

哎，等等——她说那是你爸的孩子，你就信啊，从哪儿冒出来的？

她有结婚证，还有一张亲子鉴定。

微米向我示意，我看见不远处的台阶上坐着一个女人，旁边站着一个孩子，两个人都没有什么表情，一脸茫然。

我想起来了，李家的祖宅在他们县城棚户区改造范围内，那块地、那几间老屋，应该还是值一点钱的，女人和孩子显然是奔着这个来的。

你爸还真有本事，居然，居然……我不知道该如何表达。微米的爸就在太平间的一个铁柜子里躺着，他的灵魂应该还没走远，会不会听到我说的话？我打了个哆嗦，冷。

还真是个棘手的问题，但这里也不是没有漏洞——她爸生前一直住在微米为他租的一间民房里，每个月微米给他一点生活费，他何时与这个女人结婚，还生了孩子，微米不会不知道啊？更何况这个孩子都长这么大了，微米给的那点生活费也仅够她爸自己生活，怎么能养活一个女人和一个孩子？

微米说脑子已经彻底厘不清了，不知道该怎么办。她对老屋的感情比谁都深，既不想拆迁，也不想被谁分走，她童年所有的快乐都在那里。

我上前问那个女人，你和李叔叔结婚也没几年，那房子是祖宅，跟你们是没有关系的。

女人面无表情，说出的话却很强硬，老李生前说过，老宅是留给儿子的。再说，他是李家唯一的男孩。

你看，能不能先让李叔叔入土为安，再说这个事？

我是他妻子，我说不行就不行。

微米冲女人说，既然你是他妻子，后事一切都归你了，你爱怎么折腾就怎么折腾。又对我说，我们走吧，不要管了。

微米拽着我的胳膊，头也不回地离开了。直到坐在我的车上，她才泪流满面，压抑地哭起来：他们为什么要生我？就是为了折磨我吗……

我把车径直开出城区，过了黄河桥，拐上了一条盘旋曲折的山道，一直开到山顶，才停了下来。放眼望去，是无尽的山川沟梁，那些被植被覆盖的地方，生机勃勃，而那些黄土裸露处却荒芜苍凉。这里已经是另一个省了，我心里烦闷的时候，会经常一个人来这儿，要么在山上待会儿，要么在田野里走走，要么干脆坐在车里，什么也不做，一个小时，或几个小时后，再开车下山。

人已经去世了，就别计较了。我试图劝慰微米。

你说，他这一辈子是不是就为了找我讨债？怎么处处和我作对，我到底欠了他什么？微米的情绪已经平静下来。

微米她爸回来以后，安静过大半年，他整日待在出租屋里，几乎不出门，就在屋里坐着，看报纸，看电视，自己做饭自己吃。微米偶尔会去帮他收拾一下，给他带点吃的、穿的，也会给他留点钱，但很少跟他说话，她不知道跟他说什么。那种感觉怪怪的，一点也没有亲人的温情，他就像她负责照顾的一个病人。

大半年后，微米她爸突然变得喜欢出门，天天去公园，早上一趟，下午一趟，任何时候都穿得很齐整，衬衣、长裤、风衣、皮鞋，俨然一个体面的绅士。也就是从那时候开始吧，他要钱的次数多了起来。我第一次见到他，就是陪微米去给他送钱。后来听微米说，如果钱送得不及时，或者钱少了，他会去医院找她，就站在病房门口等，一直等到她给了为止。最过分的一次，是微米刚值完夜班做好交接，准备回家，他来了。微米说兜里没带那么多钱，他却不肯通融，当下就要，让微米去给他借。两个人在医院吵得不可开交，他甚至动手打了微米，直到病号家属报了警……那一次要钱的结果，是我从派出所把微米领回去的。

我一度怀疑微米她爸是不是老年痴呆，或者有什么精神问题，劝微米带他看病。微米说，她也这么想过，但一说去医院，他爸就生气，说自己没有任何问题，说微米是企图把他送进精神病院或者养老院，门儿也没有，让她别痴心妄想。

现在看来，微米她爸应该是那个时候与那个女人好上的，或者早已结婚并有了孩子，他需要钱，却又不能明说。

微米一直盯着远处，嘴唇紧闭，脸上没有任何表情。这一刻，这个动作，和她爸真像啊。

手机响了，是刘会天打来的，他问我在哪儿。听到这句话，我就烦。为什么每次打电话，第一句话永远是问我在哪儿。

在单位，我说。

唐丽，你嘴里有没有一句实话？我刚给你办公室打了电话，同事说你接个电话就出去了。你到底在哪儿？

在山上，陪微米。

又是微米。刘会天不相信，说，你让她接电话。

凭什么？微米她爸去世了，我陪她上山散散心，你爱信不信。

唐丽，你怎么天天跟吃了炸药一样，能不能好好说话？

刘会天，你能不能有点正事？

给你打电话就不是正事？你被抓进派出所才是正事？到处乱跑才是正事？你也不看看你……都成什么样子了。

挂了电话，我恨不能把手机扔进沟里。为什么天天要面对这样一个男人？就像微米要面对她那个阴魂不散的爸一样。可是，她爸已经死了，她解放了，彻底解脱了。而刘会天，我还要跟他继续过下去，三十年？四十年？想到这里，我浑身汗毛竖立，打了个冷战。

离婚！这两个字，第一次在我脑子里闪过。

回到家，儿子在里屋写作业，刘会天在沙发上看电视，厨房是中午吃过饭后的一片狼藉。离婚的念头在我脑海里萦绕不去，让我失去了和刘会天吵架的欲望，甚至连一句话也不想与他多说。我关上厨房门，慢慢收拾，洗菜、熬粥，准备晚饭。

吃饭的时候，儿子说起今天学校组织听讲座，一个教育专家给他们讲如何从高一开始备考。

专家怎么讲的？

哎呀，妈，这不是重点，重点是那个专家可逗了，他自我介绍说，我叫何伟洲，何是人可何，伟是伟大的伟，洲就是五湖四海的洲，哈哈。

有什么问题吗？

洲，洲啊，五湖四海的洲？

噢……我突然明白过来，不由得扑哧一乐。刘会天也明白过来，哈哈大笑，儿子也跟着笑。

看着氤氲灯光下大笑的两个人，我又恍惚起来，这样的气氛是不是也叫其乐融融？我真的要打破它？更何况，两年后，儿子还要面临高考，离婚，会不会影响到儿子？

5

刘会天没有给我思考和犹豫的时间。他住院了。

他是被同事送进医院的。我赶到的时候，他躺在急诊室，医生在做检查。

同事说，我们和刘哥正说着话呢，突然他开始摇晃。问他怎么了，他说头晕，然后一下子就趴在桌子上了。嫂子，之前刘哥有什么病没？

没有啊，最近也没听他说哪里不舒服。

在急诊室门口，我坐立不安，心很慌。这是对我的惩罚？我才刚有离婚的念头，还没跟他说过，他就这么吓唬我？不，不会有事，不会有事的。我左手掐着右手的虎口，告诉自己，冷静，冷静。

家属，进来一下。

拉开白色的布帘子，我看到双眼紧闭的刘会天，胳膊上、腿上缠满了各种导线，手背上扎着液体。

医生，他怎么了？

初步怀疑是脑梗。病人之前有高血压史吗？

没有。

是没有？还是就没有量过？

应该是没有量过，他也没说过不舒服。

高压都180往上了，你们的心也真够大的。人过四十岁就应该定期体检，经常量血压了。

那，现在怎么办？

还好，问题不是很严重，住院吧，应该不会有后遗症。

我打电话向单位请假，又通知刘会天的妹妹赶紧过来，顺便给家里说一声。把他从急诊室转到病房，他妹妹刘会霞也到了。我让刘会霞盯在医院，自己回家找他的医保卡，拿银行卡。

一路上，我不断提醒自己开车小心，但心里还是很慌，脑子里各种念头交缠着，此起彼伏。我强迫自己冷静，再冷静，先把眼前的事做好再说。

从早上离开家，也不过两个多小时，再回到家里，居然感到有些陌生。沙发，电视，跑步机，阳台上挂的衣服，沙发上儿子的外套，昨天晚上刘会天堆在茶几上的花生皮，掉落在地上的花生衣，餐桌上没有来得及盖上的蜂蜜罐，还有半个苹果……转了一圈，才想起来是要拿医保卡。

手机在包里响。是微米打来的，她问我有没有时间，我说没有。她大概没有想到我会这么回答，愣了一下，说，那，算了吧……就挂了。我顾不上她了，也不能给她说刘会天住院的事，她本来就自顾不暇了。

医保卡、银行卡，刘会天的睡衣、拖鞋、剃须刀、洗漱用品……还需要什么？一时想不起来，算了，需要了再回来拿吧。

回到医院，护士已经开好了各种单子，刘会霞说她去办手续，让我看着她哥。

液体一滴一滴，不紧不慢，病床上的刘会天安静得像个孩子。我忽然觉得他的脸有些陌生，左侧脸颊上多了一块黄豆大的斑，一根眉毛似乎比别的都要长，头发细软，好像还有些卷曲。

另一张床上的病号一直在哼哼唧唧，一会儿坐起来，一会儿躺下，一会儿要喝水，一会儿要吃香蕉。他说话不太清楚，一说话就流口水，就那么哼哼唧唧地比画。照顾他的女人不像是他爱人，对他提出的要求从不反驳，也不跟他有任何交流。也许是个护工，虽然手脚麻利，但有些生硬。床头卡上写着脑出血，五十二岁，比刘会天大七岁。

刘会天一只手动了一下。我问他需要什么？他摆摆手。我伸出手，他抓住了，握着。我们俩就这样面对面，他躺着，闭着眼睛，我坐着，看着他。脑子里满满当当，各种念头纷至沓来，但这些念头刚刚出现就被我掐断了。每一条假设的路，都充满了恐惧。

刘会霞办完手续进来了，说，都弄好了。她盯着她哥看了一会儿，说，嫂子，没事的，我问过医生了，轻微脑梗。你别着急，我先回家给爸妈说一声，也让他们放心。中午妈做好饭了我给你送过来，放学了让爸去接轩轩，这几天就住那边，晚上我让磊子过来换你，一个人吃不消的。

好。

之前，我一直觉得这个小姑子被公婆宠坏了，好吃懒做，还啃老，啥都要从父母家里拿。为此，我很看不上她，也多次对刘会天和公婆表达过对她的不满。今天再看她说话办事，还真得佩服她，有条不紊，面面俱到。

嫂子，这边有事你随时给我打电话。我先走了啊。

好，辛苦你了。

刘会天应该是听到了我和他妹妹的对话，他的手轻轻捏了我一下，我也捏了他一下，表示回应。

6

十天后，刘会天出院了，基本上没有什么后遗症，医生说再休息几天，就可以正常上班。他这突然一病，好像所有的一切都需要重新来——我开始关注他的血压、血糖、血脂，关注一家人一日三餐油盐糖的摄入，蛋白质、蔬菜、粗纤维的比例，督促他按时吃药，每天拉着他和我一起锻炼。

儿子说，妈，你早就该陪我爸一起锻炼，他血压也就不会高了。

是，怨我。

刘会天看了我一眼，破天荒地没有顺着儿子的话抱怨我。不怨你妈，她喊我我没去，就像你妈以前说的，心懒身子沉，肥膘养闲人，怨我自己。这次突发脑梗算是给我提了个醒。

晚上在黄河边散步的时候，他突然问我，微米她爸的事处理得怎么样了？

不知道，最近一直没顾上问。

问问吧，微米也挺不容易的。这是他第一次主动和我提起微米。

站在河堤上，远处有星星点点的灯光，我拨打微米的电话，居然有一种恍如隔世的感觉，好像我们之间已经有很多年没有联系了。事实上，从上一次她给我打电话，还不到半个月。也许，在医院的时间，不是用天来计算的吧，应该用分，用秒，用输液器上的水滴，用病人一根手指头、一个表情的变化、一个含混不清的词语、一管血、一袋尿、一盒大便和一张检查单来计算，每一天，都格外漫长。

电话接通了，微米的情绪听起来还好，跟平常没什么异样。我问她爸的事处理得怎么样了，她说，都处理好了。她问我忙什么，是不是发生了什么事？我看了刘会天一眼，说没啥大事，回头见面了细说。她说，不会是真和老刘离了吧？能凑合就凑合着过吧，什么样的人、什么样的生活都经不起挑剔，远看是青山绿水，仔细一看都是满目疮痍。我说，行了行了，别瞎说。最后我们约了周末进山休闲。挂了电话，我问刘会天去不去。他说，算了，你和微米去吧，在医院累了这么长时间，放松一下。

开车一直向南，不到两个小时，就进入山区。天空蓝得很不真实，空气里弥漫着各种温热的味道，仔细辨认，有草香、花香、泥土香，还有牛羊粪便的味道，竟也是香的。我们谁都没有说话，打开车窗，让风吹进来，伴随着李宗盛和林忆莲的歌声。

目的地是一个叫九龙源的村子，村口有两株珂楠树，村中央有一条小河，一个小小的宾馆，宾馆门口种了一大片红豆杉，还有一小片月见草。

月亮从山尖尖上冒出来时，我们看到月见草在五六秒钟的时间内开放，似乎能听得见那一声"砰"的怒放声，是真正的怒放。微米一直在惊呼，从一朵花到另一朵花。老板娘告诉我们，沿河走走吧，河边有很多萤火虫。

我们沿着河边的石子路，向前走。月光清亮亮的，星星也很亮，很大；河道里、草尖上无数个光点闪烁；河水的声音脆而轻，小虫子和青蛙的叫声也很轻，但清脆玲珑，像在敲击马林巴琴。

走了很久，我们谁也没有说话。最后，还是微米先开口：我把老家的房子给小亮了，无论如何，他是我爸的儿子，是我弟弟。

你舍得？

不舍得。可是，我没有办法，我爸已经死了，我还能怎么办？

是啊，微米又能怎么办呢？她爸死了，在太平间某个柜子里冻着，微米能做的选择，要么给房子，要么让她爸一直冻着。

我去收拾我爸的屋子给房东退房时，才发现他真的是一无所有。那么多年，他留下来的东西，除了衣服被褥，两个纸箱子都装不满。我找到了一张他和一个女人的照片，应该是我妈吧。他们好像只有那一张照片，照片里没有我。两个人都很年轻，朝气蓬勃。他们俩，看起来那么般配。

听得出来，微米在强忍着不让自己哭出来。黑暗中，萤火虫依然忙碌，月亮已经升到头顶，更亮了，却也更小了。我无法想象微米妈妈的模样，但能想象到她爸李明志年轻时有多帅。

我问过那个女人他们结婚的事，那个女人说他们是跳舞时认识的。她看他孤单，挺可怜的，就给他带自己做的小菜、包子、饺子。后来，是我爸非要跟她结婚，说想跟她有个家，说他从来没有享受过家的感觉。他们领了证，住在那个女人那里，后来生了小亮。

我极力想象微米她爸和那个表情漠然的女人，还有那个沉默的小亮，想象他们在一起生活的样子，微米她爸会笑吗？会抱孩子吗？会去买菜吗？

你爸这个人……想到她爸已经去世，我打住了。

是啊，我也觉得奇怪。你说，他长得那么帅气，又有才华，可怎么一辈子就一事无成，到死了还两手空空呢？我真替他憋屈，微米说。

弯弯曲曲的小路一直在向前延伸，河道里的萤火虫也一直在向前延伸，月光下，隐约可以看见河对岸远远近近有几户人家，数盏灯火。

你不知道，唐丽，每见到那个女人和小亮一次，我就会原谅我爸一点。这种感觉真的很奇怪。尤其是面对小亮，看到他的眼神，看到他和我爸长得很像的那个嘴巴，我就狠不下心。

呃……可以理解。

我突然想到了刘会天，他躺在病床上的时候，我也有那种奇怪的感觉。头一天还失望透顶，对自己的爱情和生活心灰意冷，对眼前的男人没有丝毫留恋，甚至巴不得他立刻消失，可第二天看到他突然病倒躺在医院，还是会紧张，会心疼，会不顾一切地照顾他。

我爸从来没有跟我提过我妈，一个字都没有。唐丽，你说有没有这种可能，我爸也不是不爱我，他只是恨我妈？

有这种可能。

微米说，我答应把老房子给小亮以后，那个女人的态度也缓和了一些，对我爸的后事忙前忙后，还让小亮给我爸戴孝捧照片，说以后让我多照看他。

你答应了？

答应了。

你爸的骨灰呢？

送回了老家，埋在老院子的枣树下了，真到了拆迁那天再说吧。

嗯，这样……也挺好的。

我没有告诉微米刘会天住院的事，也没有解释那一段时间在忙什么，她也没问。很多事原本就像这河水，流过去，就流过去了，遇到石头的时候会响一声，遇到沟坎就跳一下，遇到土丘就转个身，水总是要往下流，要找个归处。

越走越远，河道里的萤火虫也越来越多，有的顺水而下，有的逆流而上，闪闪烁烁，明明灭灭。这是属于夜晚的热闹和宁静。

本文初刊于《莽原》2020年第2期

非鱼，本名王英芳，毕业于郑州大学中文系，中国作协会员，三门峡市作协副主席，河南省小小说学会副会长。出版有小说集《一念之间》《来不及相爱》《追风的人》等六部。在《小说选刊》《莽原》《广西文学》《山东文学》《芒种》《草原》《小小说选刊》等刊物发表作品。曾获小小说金麻雀奖、莽原文学奖。

麻辣不是味

晁耀先

当时，刘正民正在看一档科普节目。电视里说麻辣不是味道，而是椒类对口舌轻微的灼伤。他想轻微伤也是伤。既然如此，为什么总有那么多人喜欢受伤呢？电视里又说，喜欢麻辣味道的人，实际上是有一种自虐倾向，比如对自己感到不满意，比如生活或工作压力过大，比如生活过于平淡……都会通过自虐寻求刺激，以获得生理上的快感。

刘正民被吓了一跳。

他的妻子周晓燕，就特别喜欢吃麻辣鸭脖。每次看到周晓燕手抓鸭脖大快朵颐时，刘正民就觉得奇怪，一截皮包骨头的东西有啥吃头，怎么就那么让她乐此不疲呢？难道她也有自虐倾向？可是，从审计员到审计科长，刚刚又成了后备干部，说不上平步青云，也算一帆风顺，她还有什么不满意的呢？压力或许有吧，但政府机关一切按部就班，能有多大压力？说到平淡，仕途一帆风顺、工作按部就班、生活和谐安宁，难道不是一种幸福吗？就算平淡了些，不是说平平淡淡才是真吗？为什么要寻求刺激？为什么要自虐呢？

就在这个时候，周晓燕回来了。

周晓燕一进家门，就迫不及待地说，刘正民，你猜我在同学聚会时碰到了谁？

说这话时，周晓燕两只眼睛亮晶晶的，有些按捺不住的兴奋，好像刚刚吃过麻辣鸭脖一样。刘正民看着余兴未消的妻子，心里还在想自虐问题。

不等刘正民回答，周晓燕忍不住坦白，告诉你，我碰到贾一楠了！

刘正民哈哈大笑起来，浑身的肥肉尽管被睡衣睡裤包裹着，依然看得出在翩翩起舞。自虐，哦，应该是受虐，被那个叫贾一楠的家伙虐过了。

真的，我不骗你。周晓燕踢掉鞋子，脱掉大衣，一本正经重申了这个事实。不想刘正民笑得更加厉害，还把自己四仰八叉放倒在沙发上。

刘正民笑够了，才对已经坐到他旁边的周晓燕说，碰到旧情人又能怎样？你二十多岁时，如花似玉的，人家还不要你，如今你已经是四十好几的黄脸婆，别自作多情了。

他一本正经说完，站起来向书房走去，进门时又扭回头说，也就是我吧，我算是癞蛤蟆绑到鳖腿上，想甩都甩不掉了。说完啪的一声关上了门。

周晓燕眼里迅速溢满泪水，但还是强忍着没让流出来。周晓燕一向粗枝大叶，该说的不该说的，都给刘正民说了。刘正民呢，和她说话也不讲分寸，荤的素的，雅的俗的，想说就说，有时即使说过了头，也不过一斤麻辣鸭脖就能把周晓燕哄开心。

不过，周晓燕的初恋似乎是一张电网，碰不得。他们结婚不久，有一次闲聊，不知怎么的就扯到了那件事。刘正民笑话她说，你可真可怜呀，七年爱情长跑，竟然被人家甩了，要不是我收留你……话没说完，周晓燕就把手里的茶杯摔了，哭着跑了出去，若不是丈母娘出面救火，说不定他俩早离了。几十年后，话头虽由周晓燕引起，可刘正民居然敢说出"癞蛤蟆绑到鳖腿上"这样的话，让周晓燕怎么能受得了！

当年，周晓燕从财经大学毕业后，分在审计局工作。那时大学生还如大熊猫一样稀少，让她比一般女孩更具优越感。她与贾一楠从高中就开始恋爱，经历了七年爱情长跑，在同学中有神仙眷侣之称，不想就在他们打算结婚时，周晓燕突然听说贾一楠和别的女孩频繁交往，跑去质问，他并不否认，可也不做解释，一副死猪不怕开水烫的样子，把周晓燕都能气死，两个人从此分了手。周晓燕因此很受打击，那点优越感也荡然无存，对生活几近绝望。失恋之后，父母四处托人说媒，好像周晓燕是嫁不出去的老姑娘。周晓燕为应付父母，来者不拒，只是和男生见过面后，一律没有了下文。

周晓燕和刘正民见面的时候，满脑子装的还是贾一楠，根本没把刘正民放在眼里。更何况刘正民和贾一楠相比，差距明显摆在那里——贾一楠是大学生，是农业局的干部，刘正民高中毕业，是和机器打交道的小工人，虽然工资要比贾一楠高不少。媒人是刘正民的老邻居，也是周晓燕父母的朋友，周晓燕虽说去见了面，可一看刘正民指甲缝里的油垢，眉头就皱了起来，眼珠一直在他的两只手上转悠，把刘正民窘得恨不能赶紧找个地缝钻进去。

回来路上，媒人不断夸赞他这个邻居，周晓燕只是礼貌性地笑笑，当说到刘正民两年前跳黄河滩救人的事儿后，周晓燕的心动了。那是春天的一个周日，天还比较冷，刘正民正和几个朋友在黄河滩闲逛，突然听到了孩子的呼救声。循声望去，只见三个孩子正在混浊的黄河水里挣扎，情况万分紧急。刘正民冲过去，连衣服都没顾上脱就跳进了冰冷的河水，在同伴的帮助下救下了三个孩子。刘正民的形象瞬间高大起来，就连他指甲缝里的油垢也没那么讨厌了。周晓燕试着和刘正民交往，感觉他很正直，也很善良。一天，刘正民看着她深情地说道，你太瘦了吧，我真担心一阵风都能把你刮跑，好想一辈子为你遮风挡雨……周晓燕大为感动，决定将自己的一生托付给他。

半年后，两个人步入婚姻的殿堂，感情谈不上多么浓烈，但两个人一个不喜欢操心，另一个特别爱操心，也算相得益彰。

周晓燕终于没能忍住哭，冲进屋反锁上了门，趴在床上哭起来。

刘正民闻声出来，想不到他俩都已经过了大半辈子，一句玩笑话竟能引发如此大的化学反应。刘正民感到事态很严重，可他并没有像二十年前那样惊慌，而是一边拍门一边哈哈笑着说，还哭呀？没心没肺的人今天怎么突然长心长肺了？可喜可贺呀。别哭了，哥给你买麻辣鸭脖去。

小区门口有一家麻辣鸭脖，周晓燕特别喜欢。每次看到周晓燕吃得酣畅淋漓，刘正民都会开玩笑说，我咋一看你的样子，就想到了狗啃肉骨头呢？刘正民知道她好那一口，每次看她馋瘾犯了，都会跑出去给她买，不管是三更半夜，还是刮风下雨。他一直搞不明白，到底是鸭脖的肉香吸引了她呢，还是那种又麻又辣的味道令她着迷。现在他总算明白了，她那叫寻求刺激，叫自虐。那么，自己呢？对周晓燕一直曲意逢迎，甚至娇宠放纵而乐此不疲，不也是一种自虐吗？难道真像电视里说的，每个人都有自虐倾向？

等刘正民一溜儿小跑把麻辣鸭脖买回来，不管怎么哀求，周晓燕就是不开门，让他一时不知道怎么办好。刘正民只得在客厅坐下来，眼睛盯着电视，脑子却在想怎么才能过了这一关。不一会儿，周晓燕出来，刘正民见她不哭了，赶紧搂着她的肩，将她送到沙发上，奉上刚买回来的麻辣鸭脖。不想周晓燕连看都没看一眼，眼睛直愣愣地看着地面。刘正民刚才正在网上打双升，朋友还在等他，只得又跑回了书房。

周晓燕思绪万千，想到当年被贾一楠中途抛下，现在被刘正民说是癞蛤蟆绑到了鳖腿上，想甩都甩不掉，不由自信瞬间全无，仿佛又回到刚被贾一楠甩掉的那会儿。她哀叹，我这辈子是咋了，怎么连一个男人的心都得不到呢？简直白活了。眼里再次涌出了泪水。

手机嘀了一声，她知道有微信朋友找她，本没心情理会，可还是瞟了一眼，见是一个微信名叫太阳的朋友问候她。太阳是谁，是什么时候加上的好友，她并不知道，但能确定一点，他和她认识。本想回句你好，可不知道怎么的竟然写成了我不好。对方很快回过来，你怎么了？紧接着又是，发生什么事了？再下来是，能告诉我吗？看样子非常焦急。或许是注意力被转移的缘故吧，她安静下来，正准备和这个人聊两句，不想死党郑小蕊打来电话，约周晓燕去喝咖啡，她想都没想就答应了。现在她只想离刘正民远一点，越远越好。她赶紧梳洗一番，穿戴整齐，出门时故意把门摔得山响。

两人在咖啡厅坐定，郑小蕊见周晓燕情绪低落，就问怎么了？这一问，又勾起了周晓燕的痛，她流着泪把刘正民的恶劣行径说了一遍。郑小蕊知道周晓燕的初恋是不可触摸的痛，安慰她说，刘正民你还不了解，和你开玩笑呢，别介意。周晓燕却不这样认为，要是刘正民说那句话时是笑着的，我是不会较真的，可他一本正经说完，还把书房的门啪一声关上了，把我一个人扔在客厅里。说实话，那一刻我的心凉透了，有种末日到来的感觉。

也许刘正民那会儿急着上网打双升呢，他好那个。郑小蕊企图把周晓燕往好的方面引。

周晓燕摇了摇头，怎么可能？他刘正民早就不是过去的刘正民了，你太高看他了。她把咖啡杯蹾在桌子上，液体飞溅而出，虫一样在桌子上爬动。

郑小蕊不知道怎么安慰周晓燕，看她情绪依旧很激动，只好把杯子移到自己这边，用纸巾慢慢擦拭着桌子。

周晓燕突然抬起头，直视着郑小蕊，小蕊，自从我和刘正民结婚，我和咱那一帮同学几乎都不来往，就剩下你这一个朋友，你告诉我，我现在是不是已经老得一塌糊涂了？

你说哪里去了，你是那种越老越有味道的女人，别不自信，好不好？郑小蕊说这话时显得很焦急，唯恐周晓燕不相信。

郑小蕊说的是真话，周晓燕其实真的是越活越精彩了。经过二十多年的蜕变，周晓燕无论言谈举止、待人接物，还是穿着打扮，一切都淑女起来。特别是儿子上大学以后，周晓燕的空闲时间多了，工作之余玩起了文学，几年下来竟发表了不少作品，每年都要去外地参加笔会，就像一朵花，到四十岁以后才完全绽放。

郑小蕊列举了好多事实，以说明周晓燕是多么有魅力的一个人，可周晓燕依旧是一副半信半疑的样子，眉头紧锁，目光呆滞，好像突然间老了好几岁。郑小蕊急了，说，你、你、你怎么这么不自信呢？你没见聚会时那家伙看你的眼神，我敢保证他现在一定在后悔当年没有娶你呢……

周晓燕知道那家伙指的是贾一楠。

郑小蕊搬出贾一楠，本来是想提升周晓燕的自信心，没想到她的心却如大风里的一棵树，随着郑小蕊的讲述一会儿摇过来，一会儿摇过去，最终停留在贾一楠这边。

当年，大学生周晓燕嫁给刘正民这个小工人，的确是下嫁。结婚头几年，刘正民非常知足，就像宠孩子一样宠着周晓燕，把家里的活儿全包了，大到买煤买面，小到洗衣做饭，细到抚养儿子，周晓燕活脱脱就是刘正民家的花瓶，被刘正民喜欢着、供养着，摆在最显眼的位置。但男人是最善变的动物，等厂里股份制改革后，他成了厂里的大股东，是分管技术的副厂长，红利加工资，让他的地位骤然提高。虽然他还像过去那样宠着周晓燕，但宠和宠之间已经发生了质的改变。到现在为止，周晓燕虽没有发现刘正民有离经叛道之举，但他是不是小葱拌豆腐，一清（青）二白，周晓燕并不确定。

周晓燕和郑小蕊经常见面，谈论的话题十分宽泛，可最后落脚点总在贾一楠身上。周晓燕承认，她是很在意贾一楠的，可同在政府机关上班，碰面在所难免，他们却是鸡犬之声相闻，老死不相往来，连话都没说过一次，如果不是这次同学聚会，他们有可能一辈子也坐不到一起。

周晓燕到饭店时，看到贾一楠也在，本打算在另外一张桌子上就座，没想到写着她名字的桌牌却在贾一楠那桌，而且还和他相邻。她正犹豫要不要换个位置，却见贾一楠已经奔过来，向她伸出了手，众目睽睽之下她只得接住，只是两手相握时，她迅速将大拇指收到掌心，让贾一楠只握到了她的手指尖。

整个饭局，贾一楠的眼光老在她脸上晃悠，就连去上卫生间也是。周晓燕开始很不好意思，后来欢喜就像春天的小草，嗖嗖嗖地长了出来。这种欢喜，她本应包藏于心，可她不懂得，竟向刘正民全盘抛了出来。此时的刘正民当然已经不是过去的刘正民了，对此非常不屑，把她的自尊心无情地掼在地上不说，还狠狠地踩了两脚。

郑小蕊突然笑了，你这个傻子，难道看不出来吗？今天聚会的排座可是有讲究的，要不你怎么那么巧和贾一楠坐在一起，那是同学们故意这样安排的。周晓燕一听，不由得睁大了双眼，谁这么坏？郑小蕊笑着说，你就别问是谁安排的，又不是你一对，大家这样做无非是图个乐嘛。周晓燕的脸瞬间红了，两只手以迅雷不及掩耳之势直插郑小蕊的胳肢窝，两个人顿时笑倒在卡座上，幸好这时候咖啡厅已经没啥人了。

周晓燕回到家已近午夜。刚才和郑小蕊碰面后，她特意关掉手机，目的是让刘正民找不到自己。现在打开手机一看，刘正民只给她打过三个电话，一个陌生号却打过五个。微信提醒更多，一个是腾讯新闻，两个是刘正民电话打不通后的留言，剩下都是太阳发的，延续了最初的话题，问她怎么不开心、到底发生了什么事，言语中充满了关切，和刘正民的讥讽相比，太阳这个人实在是太暖心了。她只好回复了一句，刚才心里不痛快，和朋友出去喝咖啡了。我很好，谢谢。对方似乎一直都在等她，很快回应，不谢。如果你的世界下雨了，我愿意立刻举着伞出现在你身边。周晓燕愣了一下，接着笑了，这是哪儿跟哪儿呀，什么乱七八糟的。不过她觉得心情好多了，这种时候她很需要有人关心她、陪伴她，哪怕仅仅只是调侃，也有助于改变心境。她突然对这个人产生了兴趣，迫不及待地想知道对方是谁，于是又问，敢问你是哪位？在哪里高就？对方笑答，我是你的粉丝，喜欢你的文章。爱屋及乌，也因此喜欢你。看对方执意不说，也就算了。喜欢她文章的人很多，粉丝一大把，她不可能都知道对方是谁。她只好说，好吧，粉丝，时间不早了，早点休息吧，晚安。

周晓燕的心暖暖的，不管怎样，至少现在世界上还有一个人关注着她、在意她的忧伤和欢乐。这个叫太阳的人是啥时候加上的呢？她想了半天也没想起来。周晓燕喜欢自拍，买个新衣服、看个好风景、吃个美食、和朋友约个会，都喜欢在朋友圈里晒，太阳总会第一时间围观、点赞，甚至评论，仰慕与关切之情溢于言表。他就像太阳一样站在高处，时时刻刻注视着她，不管她愿意还是不愿意，每天都会按时按点在她的生活中升起。

周晓燕第二天中午就和刘正民和好了，看上去一如平常，该干啥就干啥，只是一改过去在刘正民跟前大大咧咧、说话肆无忌惮的习惯，很明显是把刘正民那句话放心里了。刘正民正好那一段时间事情特别多，常常忙到深更半夜才回来，并没有注意到这些细微变化。

日子流水一样过着。之后的每天早上，太阳的问候总会和太阳一起升起，关爱之意溢于言表，但明显看上去带着怯意，是那种粉丝面对偶像的怯意。周晓燕也有偶像，她最了解这种小心思了。她感觉非常甜蜜，刘正民给她带来的不快因为这个叫太阳的人的出现消失殆尽。她私下里曾揣测过这个人的性别、年龄和相貌。冥冥之中，她有种预感，这是一个男人，一个会与她并肩前行，并发生一段美丽故事的男人。

她对太阳产生了浓厚的兴趣，问过好几次你是哪位、在哪儿高就，可太阳总是说，我是你的崇拜者、仰慕者，因喜欢你的文章而喜欢你的一切。还感叹，网络真好，让人与人之间有了神秘感，要是你知道了我是谁，就没啥意思了。周晓燕不再多问，就这样介于暧昧与清白之间，她觉得蛮有意思的。她想，他是谁并不重要，重要的是他在意我。她每天和他聊天的时间越来越长，聊天内容也更广，涉及政治、新闻、奇闻、逸事，更多的则是太阳对她每时每刻的关心。天冷了，他会提醒她多穿衣服，天热了他会提醒她戴帽子，如果晚上他们聊天，她说她正在写东西，他会提醒她千万不要熬夜，说女人的美丽是睡出来的。不知道怎么的，周晓燕一听这话就脸红。这句话其实有两层含义，浅层意思是说女人睡眠好脸色才会好，深层意思则是，女人性生活和谐，才会光彩照人。

没过多久，太阳突然消失了，周晓燕仿佛走进了寒冷的雨季，每天都郁郁寡欢，不知所终。她开始胡思乱想，一会儿想他生病住进了医院，一会儿又怀疑他被人打劫了，等她查过报纸和网络，发现并没有这类事情发生时，才放下了心。她在微信中给他留言，可他一直没有回，让她感觉很是惶惑，甚至怀疑太阳这个人是否真的存在过。

一天下班，周晓燕刚出政府大门就看到了贾一楠，他软塌塌的头发，稍微有点下溜的双肩，女人一样白的皮肤，浓而黑的眉毛，即使走在熙熙攘攘的大街上，周晓燕也能一眼认出他。他站在树下吸烟，看样子是在等人。

贾一楠貌似也看到她了，把烟蒂扔进垃圾桶，开始向她这边张望，目光相撞之际，周晓燕的心颤了一下。她迅速收回目光，不想脸却红了。他站的地方正好是她下班的必经之路，她犹豫了。这么多年了，她确实没有忘记过他，也一直关注他的一切，之所以不愿意面对他，除了女人的矜持，更重要的是双方都有家庭和事业，彼此再拉拉扯扯，纠缠不清，传出去非常不好。更何况刘正民过去曾对她很好，现在虽然早就趋于平淡，但孩子学习很好，家庭收入可观，让她更不愿意和任何人再有瓜葛。她愣了一下，毅然朝大门的另一侧走去。不知道怎么的，她的脚步突然有些慌乱，直到走上大门左侧的人行道才长出了口气。她笑话自己，我是不是太自作多情了？他身为农业局局长，来政府办事或者找人，不是很正常的事吗？我干吗要那么紧张呢！

手机嘀了一声，周晓燕掏出一看，一行文字跳入眼帘，咱们找个地方坐会儿好吗？这是一个陌生手机号码发来的短信。她本能回头去看，却见贾一楠正含笑看着她，还向她摇了摇手机。她四下看了一眼，果断向远处走去。这次她走得特别坦然，挺胸抬头，昂首阔步，自在自信。

刚走没多远，就听后面一辆车狂奔而来，在她前面不远处嘎一声停住了。她知道那是贾一楠，心里不由得咚咚咚敲开了小鼓。他到底想干什么呢？由不得周晓燕多想，就见贾一楠钻出车门，挡在她面前。

燕子，一块儿坐会儿吧，我吃不了你的。他做出请她上车的手势，言语里半是诙谐，半是挑衅。周晓燕愣了两秒钟笑了，吃我，你敢吗？贾一楠也笑，那就走吧。周晓燕一时豪气冲天，拉开车门坐了进去。

周晓燕说是这样说的，可不管是在车上，还是在饭店的包厢里，她一直都很矜持，甚至有时候手脚都不知道该往哪儿放。贾一楠倒很大方，也很绅士，帮她揭门帘，帮她开门，帮她将大衣和包挂到衣架上，落座时还不忘帮她扶着椅子，犹如一个训练有素的侍者。点完菜，服务生领命而去，贾一楠突然将一包鸭脖放在她面前，如同变戏法一般，把周晓燕的下巴都能惊掉——刚才进来时，并没见他手里有东西呀！贾一楠说，刚才来的时候从一家麻辣鸭脖店经过，就给你买了一些，希望你会喜欢。

她拿起包装袋一看，正是她一向信赖的牌子，心中不由得泛起圈圈涟漪，但她只是轻描淡写地说了句谢谢。他继续说，咱们年轻那会儿，能吃碗烩面、吃顿饺子、吃几个小笼包就是很不错的享受了，哪见过像麻辣鸭脖之类的美食呀。

周晓燕心中一颤，半辈子了，她什么都可以忘记，就是无法忘记贾一楠给她的三个小笼包，那可是他们爱情的里程碑啊。

他们上高中时生活十分艰苦，几乎每顿饭都是吃从家里带的馒头和咸菜。周晓燕一周只有两块钱生活费，必须得算计着花才行。贾一楠离家比较近，每天都要跑回家吃一顿饭。他常常给周晓燕带吃的，有时是一个苹果，有时是一块红薯，有时是他妈蒸的菜包子。最开始，他只是将带来的东西悄悄塞进她的书桌，后来渐渐胆大起来，只需一个眼神，周晓燕就知道他给她带吃的了。高二那年，有一次贾一楠约她在学校操场后面的小树林见面，竟然给她带了三个小笼包。包子是用黄表纸包着的，还没打开就闻到了浓浓的肉香味。小笼包很精致，饺子一般大小。她本打算只吃一个，剩下的留待第二天再吃，可一个包子下肚，就把蛰伏在她肚子里的馋虫激活了，她索性一不做，二不休，将另外两个也塞进嘴里了。就在这时，她发现贾一楠的喉结动了一下，才想起该问问他吃过没有，一问竟然没有。原来这是贾一楠父亲从西安出差回来，带给他们兄弟几个的礼物，每个人只有三个，贾一楠全拿给她了。周晓燕愣在那里，过了一会儿突然哭了。两个人第一次拥抱在一起，从此确定了恋爱关系。

包厢是生长暧昧的地方，可贾一楠在回忆过去时一直一本正经，最多不过说到当年的趣事时哈哈大笑了两声。周晓燕动作僵直，语言苍白，表情单调，几乎一直是贾一楠在说，她在听，很少主动说话。之所以这样，是她不想让贾一楠看出，这么多年她其实是很在意他的。

贾一楠送她到门口，一如当年那样，有些恋恋不舍。周晓燕虽然也有些不舍，却没有表现出来，而是头也不回地跑进了楼道。上楼，开门，当她发现刘正民并没有回来时，不由长出了一口气。她在家里来回走着，回味这一两个小时的经历，感觉如在梦中。想到贾一楠看她的眼神，她不由得双颊飞红，心跳加快。她有种预感，贾一楠还会约她。

她倒了杯水，从包里拿出贾一楠给她买的麻辣鸭脖，脸上有着抑制不住的兴奋。在过去的几十年中，尽管她从来没有与贾一楠交往过，却时时希望他也像她一样，记挂着对方，特别是成为作家后，她曾几次打算将已经出版的两本书送他，以证明她的优秀、她的上进，让他后悔当年没有娶她。她甚至还幻想，有一天他会痛哭流涕来找她，向她道歉，向她忏悔。当然，这些她只是想想而已，到底也没有付诸行动，她知道他们就如两条铁轨，就是延伸再远也不可能交会，当年是这样，现在也是这样。

可现在这两条铁轨似有交会的可能，让她禁不住心旌摇曳。她反复温习会面的过程，甚至重新穿上大衣和高跟鞋，在衣镜前反复审视自己。她对自己的形象还算满意，只是第一次在人跟前这么端着、装着、戴着面具做人，她感觉有些好笑。这不符合她的性格。她不知道为什么要这样，是在讨好他吗？究竟想从他身上得到什么呢？他们分手二十几年了，相互间从来没有联系过，现在他突然出现，目的又是什么呢？是回望过去，还是想重续前缘？她又该如何应对？

正当周晓燕的思想如一团乱麻理不出头绪时，太阳出现了。今天好吗？他问得有些莫名其妙，是心情，还是天气，或者是别的什么。她略加思考后说，我很好。口气很淡，不似以往那样热情了。说完她有些后悔，怎么能因为贾一楠的出现就开始冷落朋友呢，他可是陪他度过无数个漫漫长夜，填补过她空虚的太阳啊，她赶紧又补充了一句，谢谢你的问候，太晚了，该休息了，改日聊，好吗？

对方发了一个尴尬的表情，好的，你早点休息吧。接着又说，我是贾一楠，刚分手，你不会这么快就把我忘了吧？后面紧跟一串害羞的表情。

周晓燕愣住了，她怎么也想不到微信中这个叫太阳的人就是贾一楠。显然，他早就知道她是谁，她却不知道他是谁，难怪他知道她喜欢吃麻辣鸭脖。周晓燕的脸红了。开通微信以来，她什么都在朋友圈里晒，尽管贾一楠和她加上好友可能并不是很久，但他仍然会像太阳一样站在她的头顶，把一切看得清清楚楚。她突然间有种被脱光了衣服的窘迫感，嘴里不断重复，怎么会这样呢？怎么会这样呢？她感觉自己快要窒息了，一种就要被晒干的窒息。

她不知道说什么好，所以干脆什么也不说，一直看着手机，在等贾一楠继续说话。

你怎么不说话了？我知道你恨我，当年我父母说你是假小子，不适合过日子，逼我和你分手。我拧不过父母，只能辜负你。说实话，我早就把肠子悔青了呀。自从那天在同学孩子的婚宴上远远见过你后，我整天满脑子想的全是你，怎么赶都赶不走。二十多年了，我以为我可以忘掉你，却怎么也忘不了！今天下午我实在忍不住，就跑到你下班的路上堵你，就是想和你吃个饭、说说话。谢谢你晚上能接受我的邀请。别不理我，给我个机会，让我来弥补这一切，好吗？

周晓燕还是不说话，说什么呢？二十多年前她被贾一楠抛弃的时候，确实恨过他，可随着岁月的流逝，恨意莫名消失，留下的都是十分美好的记忆，就像她制作的干花，水分全无，却艳丽依旧，昭示它曾经的美丽和芬芳。多年来，她努力工作，好好做人，不断从各方面完善自己，目的不就是让贾一楠后悔吗？现在她做到了，终于听到他亲口说"我早就把肠子悔青了"。她笑了，长长出了口气，把二十多年来淤积在心中的闷气都呼了出去，感到前所未有的痛快。只是她又很恍惚，无法将微信中的太阳和生活中的贾一楠对接起来，对于他现在如此唐突的表达，也不知道该怎样应对。

周晓燕泪流满面。

手机显示对方正在输入，周晓燕却听到钥匙在门锁中的转动声，只得赶紧删掉和太阳的聊天记录，关掉手机。她擦掉眼泪，闭眼斜靠在沙发上。

刘正民叫了一声燕子，一脸讪笑走了过来，在她身边坐下的同时，把一个袋子凑到她鼻子前，一股麻辣肉香蹿进鼻孔，唤醒了她所有的知觉。她睁开眼，躲过面前的袋子，提着茶几上那袋麻辣鸭脖站了起来，斗鸡似的对着刘正民笑。你自己买的？怎么这么巧？刘正民抢过她手里的麻辣鸭脖，放在眼前审视，似乎麻辣鸭脖就是周晓燕，他要把周晓燕看透。周晓燕又开始笑，笑够了才说，不是我买的，是我情人买的。说完之后，她有些后悔。这种玩笑放在以前，刘正民是不会在意的，可现在他们毕竟有了隔阂，再说了，尽管微信中的太阳一再对她表示关切，暧昧之情溢于言表，可生活中的贾一楠只不过是和她一起吃了一顿饭，这样说难免有些自欺欺人。刘正民哈哈大笑起来，我的燕子有情人了？那好啊，有人关心我就省力了。说完又笑，笑声和人一起进了书房。这回他没有关门，周晓燕却感觉依旧被关在门外。

洗漱完上床，她第一次主动找太阳说话。太阳就像一个单身汉，你想什么时候找他都在。太阳又一次约她吃饭，这次她没有拒绝。之后，每隔几天他们都会见面，每次见面贾一楠都不忘给她带一份鸭脖。有一次饭后在车里，贾一楠抓住她的手亲吻起来，看周晓燕没有拒绝，顺势把她拉进怀里。

周晓燕和贾一楠再次进入热恋，一如二十年前那样。不同的是，那时他们才二十多岁，这时人已到中年，和过往相比虽然隐秘，热烈程度并不输当年。

过了些天，贾一楠突然微信不回，电话关机，就像人间蒸发了一样。周晓燕再次疯了，急得好几天都吃不下饭，打电话到农业局，对方回答说贾局长已经好些天没来上班了。她问郑小蕊，郑小蕊说，你还不知道呀，他可能出事了，听说上面正在调查他呢。之后几天，周晓燕总是一副失魂落魄的样子，她很想知道贾一楠的事有多大，可又不便打听，只能听之任之。

一日，领导急召，要派周晓燕带队去农业局审计财务。周晓燕心里咯噔一下，看着局长半天没有说话。局长解释说，贾一楠有贪污之嫌，而且数额可能还不小。她吃了一惊，装作漫不经心地问道，是吗？贾一楠不是一个很低调的人吗？局长说，事实不是你看到的那样，这小子挪用公款、用公款旅游、养情人、找小姐，胆子大得很。贾一楠的事检察院老早就开始立案调查了，只是没有惊动当事人罢了，现在让咱们从账目入手，寻找证据。

周晓燕又是一惊，想到贾一楠那张不知道已经亲吻过多少女人的嘴，也曾亲吻过她时，突然有些恶心，干呕了一下。局长关切地问，你怎么了？病了吗？她摆了摆手，可能早上吃的饭有问题吧，我得去医院看看。说着，她跑出了局长办公室。

回家路上，周晓燕的头就像端午节的粽子，被七缠八裹着，胀痛欲裂。她与他十六岁确定恋爱关系，七年爱情长跑，虽说最终没成眷属，但对他还是很了解的，没发现他有那么多毛病呀。这些年，她多次配合有关部门查贪官，他们犯罪的形式如出一辙，贪污、受贿、挪用公款，然后用来泡妞、包养情人、过奢侈糜烂的生活。周晓燕的心猛然一阵收缩，感觉有些生疼。她是审计方面的权威人士，对账目十分了解，会计如果打算作假，往往天衣无缝，不是高手很难看出破绽。现在组织上决定由她带队审查账目，看来是下了决心的。只是，只是这次审计的对象可是贾一楠啊，她能痛下杀手吗？

回到家，她沮丧到了极点。无聊之中，她打开电视，看正在播放一则关于鸭脖的食品质量调查报告，坐了下来。主持人说，由于鸭脖上的淋巴结很多，吃多了对健康非常不利。主要原因在于淋巴是动物身体防御细菌病毒的重要组成部分，淋巴腺通过吞噬外来入侵者达到防御目的，可在吞噬之后，并不会把细菌和病毒排出体外，而是长期积存下来。他们还公布了四个不合格的鸭脖牌子，其中就有她常吃的那个。周晓燕大吃一惊，从冰箱中拿出前两天还没有吃完的鸭脖，直接扔进了垃圾桶。

躺到床上，回想她和贾一楠的交往过程，感觉有些蹊跷。二十多年来，虽然农业局设在政府大楼外，他们碰面不是很多，但毕竟在一个城市生活，见面还是难免的。既然他早就把肠子悔青了，为什么要拖到最近才表白呢？难道……她忽一下子坐起来，出了一身冷汗，莫非这一切都是他计划好的？他知道她这辈子忘不了他，先变身太阳介入她的生活，又请她吃饭，投其所好给她买麻辣鸭脖……难道是想让她帮忙掩盖一些东西吗？周晓燕又出了一身冷汗。可当她想到贾一楠含情脉脉的眼神时，她的心不禁又是一颤，下意识往后躲了一下，仿佛不这样贾一楠就会拥她入怀似的。等她再次想到贾一楠那张曾经亲吻过她的嘴，也亲吻过小姐、小三时，再次干呕起来，溜下床往卫生间跑去。

我怎么可以包容一个犯罪分子呢！不管他现在对我是真情还是假意，包庇罪犯同样也是犯罪呀。周晓燕漱完口，看到镜子里的自己时，脑子突然出奇地清醒。她知道针对贾一楠的审计工作就要开始，而她还是这项工作的主管领导，她所做的一切，甚至好恶都会直接影响最后的结论。依她对贾一楠的感情，难免会做出徇私舞弊的事情，唯有退出方可斩断私念。她犹豫再三，给局长发短信说，我和贾一楠是同学，而且以前还谈过恋爱，不适合主持这次针对农业局的财务审计工作，故请求回避，请局里另派合适的同志。

发完短信，她如释重负，看看墙上的钟，知道刘正民就快回来了，赶紧起身去厨房做饭。这段时间因为思想抛锚，做饭基本上都是敷衍，她感觉很对不起刘正民，打算为他做一顿可口的饭菜，以表达她的歉意。

她正在厨房忙碌，刘正民回来了，手里除了几样菜，还有一袋麻辣鸭脖。

周晓燕说，正民，我以后再也不吃麻辣鸭脖了。刘正民十分诧异地看着周晓燕，怎么了？你不是好这一口吗？周晓燕把刚才看到的电视内容复述了一遍。

刘正民说，啊，那么可怕，那咱赶紧跟麻辣鸭脖永别吧，再找找，好吃的东西多着呢，想吃啥我给你买。

周晓燕转身进了厨房，悄悄抹掉脸上的泪。

本文初刊于《莽原》2017年第2期

晁耀先，三门峡市陕州区大营镇温塘村人，大学学历，种过地，教过书，进过工厂，于2006年开始文学创作，有百余篇中短篇小说、随笔发表，散见于《莽原》《山西文学》《黄河》《安徽文学》《小小说选刊》《微型小说选刊》等报刊，已出版小说集《逮个老鼠咬布袋》和《最后的忏悔》。

孝子麻三

杜素焕

一

麻三是我二姨的三儿子，因他满脸麻子，人们都喊他麻三。背地里我也这么喊。娘就狠狠地训斥我，臭羔子，别舌头不在嘴里，麻三麻三是你喊的吗？论年龄，他比你大半岁；论个头儿，他比你高半头——他是你表哥呀！我说知道知道，可背地里还是这么喊。

娘说我有股子孬劲儿，麻三说我有股子邪劲儿。我觉得说得对，是邪劲儿。这邪劲儿从脚心到大腿，从大腿到肋骨，拧着劲儿直往头顶蹿。麻三哼的一声，说，蹿，蹿，再蹿两下，你在班里的学习成绩就是秃子摘帽——头一名（明）了！这话是西北风带小刀连刺带挖了。我满脸不高兴，我学习不好关你屁事！一扭身，不理他了。

说起麻三脸上的麻子，要怪我二姨。我二姨貌似精细，其实心里粗糙得很。那年麦收过后,二姨带着不满三岁的三儿去看我姥娘,顺便到我姥娘家的地里拾麦穗。三儿恰恰在拾麦穗的过程中出了麻疹。刚开始,二姨拾麦心切,也没太放在心上,觉得麻疹不算啥病,多喝点水,发发烧出出汗,等疹子从头到脚出齐就没事了。乡下的孩子都出过麻疹的,都是这么过来的。后来,姥娘看到三儿小脸涨得通红,喊他,眼皮耷拉着,声音沙哑着,连喘气都艰难起来,这才慌了,忙喊我二姨。二姨放下手中的活儿,把三儿抱到大队卫生室,打了针吃了药,三儿的小命算保住了,可麻疹起过,结的痂掉了之后,就落下了数不清的麻坑……

好在麻三浓眉大眼,鼻直口方,让人看了也不觉厌烦。

二

可麻三自己厌烦自己。

怪我吗,你说怪我吗?我本来长得好好的,是娘和姥娘不好好照顾我,把我毁成这个样子!麻三的话里充满怨恨。我说,这不关姥娘的事,你咋扯上姥娘啦?要怪,就怪你家穷,要不,二姨咋会去姥娘家拾麦穗?麻三听了这话却不依不饶,指着我的鼻尖跟我吵,你家才占便宜呢,谁不知道姥娘是鸽子眼,有了好吃的好喝的就知道疼你?我问,啥是鸽子眼?麻三说，这你都不懂啊，鸽子眼看高不看低，看富不看穷，专往瓦屋门楼上飞。听完这话，我无言以对。心里说，东西路、南北拐，人人都有偏心眼儿。姥娘的心还真是偏向我呢。

偏心眼儿也遗传的。我二姨遗传了姥娘的偏心眼儿。二姨对麻三的偏心源于她曾经的疏忽与内疚。二姨掏心掏肺地说，这辈子呀，不是三儿欠娘，是娘欠他，娘生了他没养好，留下他在人跟前一辈子的短，只有多疼他多顾他，以弥补娘的过失，偿还娘欠下的债。麻三懂事，他安慰娘说，可怜天下父母心，天下父母哪有亏欠儿女的事啊！娘又不是故意的，娘疼我，我都看在眼里记在心里了，等我好好读书考上大学，吃了商品粮拿了工资，还得好好孝顺娘呢。感动得二姨拉住三儿的手，一遍又一遍地说，我懂事的小娇儿，我孝顺的小娇儿啊……

二表哥目睹这一幕，酸溜溜地说，三羔儿真会"献浅子"！

亲戚邻居都知道麻三是个孝子。我娘给他几块糖果，他舍不得吃，一定要装在衣兜里，回家剥一块塞到爹嘴里，又剥一块塞到娘嘴里，最后才填进自己嘴里一块，甜甜地嗑着。

豫东平原的冬天，特别寒冷，树冻得颤抖，地冻得僵硬，天地间成了一个大冰箱，老人小孩儿冷得不敢出屋。

也不知为啥，我二姨的手脚年年冻，手冻得像癞蛤蟆，脚冻得像烂红薯。手脚冻伤了，自然是干啥活儿都不方便，可再不方便家里的活儿也得干，一天三顿饭一顿不做都不中，十天半月换下的衣服一件不洗都不成。唉，农村家庭妇女都是这样，男人眼里看不见的活儿，女人忙来忙去就是大半天。

麻三心疼他娘，经常抓着娘的冻手往自己怀里暖，还积攒零花钱给娘买冻疮膏，可冻疮膏抹在娘手上脚上，总跟失了效似的，一点儿也不管用。麻三就跑到卫生院，问医生，这到底是咋回事儿？医生说，冻习惯了，就成顽固性的了。麻三又问有没有啥好法儿？医生说，有是有，就是麻烦。用小麻雀的脑子，配香油搅和搅和，然后抹到冻疮处，一天三次地抹，连抹两个星期就好了，连用三年就不再冻手冻脚的了。麻三面露喜色，一拍巴掌说，好好，这好办，我这就去给我娘逮小麻雀。

大表哥是个往地上一坐就能砸个坑的懒人，他一听三弟喊他逮麻雀给娘治冻疮，慢吞吞地说，我看白搭，麻雀脑子能治冻疮？骗人的吧。见三弟瞪大眼睛直直地盯着他，又说，要不这样，你先跟你二哥商量商量看咋逮，回头我再帮忙。二表哥是个滑头鬼，滑起来像泥鳅，捏都捏不住。他还没等三弟说完，就摇头晃脑说，不中不中，这大冷天到哪儿逮麻雀？再说，又不是一只两只的，一天三次，连抹一个冬天，得用多少只麻雀？我是没法儿，你还是找大哥去吧。

麻三没法儿，就来找我了。

我想了想，说，看你是个孝子，这事我帮你，谁让你娘是我二姨，我又是你的好兄弟呢。

平生第一次，我算是拐着弯儿喊他哥了。他抑制不住内心的激动，上前搂住我的脖子说，好兄弟，你总算认下我这哥了！我的脸挨着他的脸，鼻子和鼻子也快要蹭一起了，他的眼睛几乎掉进我眼里，那满脸的麻子看得清清楚楚……我想起马蜂窝，又想起蚂蚁窟窿，马蜂窝和蚂蚁窟窿都是一个坑一个坑地紧挨着，大窟窿小眼的很不洁净。我一下推开了他。他很不好意思又不在乎地说，啥都不说了，走，咱去拉筛子逮麻雀去。

我俩来到饲养院。以前这里是生产队喂牲口的地方，地上经常会掉些豆渣麸皮，吸引麻雀们在草棚的檐下安家。如今土地包产到户，牲口也全部分到各家，饲养院没有了往日的牛欢马叫，也没了从牛马棚飘出的料豆香，便沉寂萧瑟起来，还会有麻雀吗？

麻三肯定地说，有！

当真是有呢，饲养院里的几个草窝棚还没拆，泛着霉味儿的草窝里缩头缩脑地藏着几只小麻雀。麻三看见小麻雀就像看见救星一样。我心里想，一定是麻三的孝心感动了天，感动了地，感动了万物生灵。

我们在饲养院找了一块空地儿，撒些谷粒麦粒，上方用一根细细的木棍撑起一个筛子，木棍上拴了一根细麻绳，我们牵着绳子远远地躲藏在草棚下，耐心地等待猎物。过了一会儿，果然有几只麻雀飞过来，它们先是四下张望，确定没有危险以后，试探着一步一步接近那片谷物，终于钻进了筛子下面，晃着小脑袋啄食起来。麻三朝我递了个眼色，我赶快把绳子猛地一拉——筛子倒了，小麻雀被扣在了筛子下面，纵然想跑，也跑不掉了……

那个冬天，麻三用这种办法为他娘逮了好多麻雀，虽然他娘手脚上的冻疮并没有完全治好，但我想她心里的疼痛一定减轻了很多。

三

初中毕业，麻三考上了县重点高中，可我连普通高中的门槛都没迈过。姥娘斜着眼看我，还骂唧唧地说，龟孙羔子真丢人，连三儿都比不上，白活哩！我嘴里半截肚里半截地说，我本来就没他学习好，你又不是不知道。姥娘"哼咳"一声，用埋汰的口气说，你长有长相、貌有貌相，咋比不上他呢？真不知道给你娘争气，姥娘我也真是看走眼了。我本来还想说，姥娘您是鸽子眼，看走眼是很正常的，可我没说，我不能说，长辈就是长辈，我不能跟长辈顶嘴的。孝顺孝顺，以顺为孝。

麻三的孝并没因为离家远了而消减。学校一星期一小休，两星期一大休，小休半天，大休两天。学生们大休那两天能回家一次，小休只有半天时间，只能在县城上街遛遛。但麻三很少上街遛，一个乡下来的穷学生，兜里的钢镚儿都要数着花，拿什么去遛？可他还是遛过两回，一回是用省下的生活费给他爹买了一盒治疗风湿性关节炎的膏药；一回是用十五元奖学金给他娘买了双皮靴，皮子很粗糙，但靴里真的是绵羊毛，想必很耐穿又很保暖。麻三把手装在皮靴里暖着，心想，娘穿上这皮靴，今年冬天应该不会再冻脚了吧？

是的，二姨的冻疮一年年见轻了，二姨父的风湿性关节炎也好了——这都得益于麻三的孝心。

那年中秋节我去看二姨，二姨跟我说，三儿的学习可好了，在一高都是数一数二的。照这样，将来考大学，吃上公家饭肯定没问题。这让我更是自惭形秽，我见天不是在家里的代销店守着，就是隔三岔五地去城里进货。娘安慰我说，这人啊，甭管干啥，都是为了生活为了吃喝，只要把日子过好了，这辈子就没白活。我娘已经为我存了一笔钱，开始托人给我说媳妇了。

我订婚那天，赶巧麻三过大礼拜，他骑着自行车驮我二姨来我家了。好久不见，我嬉皮笑脸故装轻松地说，大学生，啥时候能喝上你的喜酒啊？麻三淡淡一笑，说，大丈夫何患无妻？等着吧，定叫你喝得竖着进门横着出来。麻三不知啥时候配上了眼镜，看上去斯斯文文的，那厚厚的眼镜片下的麻子，似乎隐隐约约也不太明显了。我意识到，我和他之间的距离越来越远了。

半年后，麻三考上了成都的一所建筑学院。可他并不满意，他的梦想是考上南开大学，遗憾的是因三分之差没被录取。他说他想复读一年，明年再考。他娘抢先说，不中不中，万一明年还考不上，不是白复读了吗？他爹也说，咱一个平民百姓，有个大学上就不赖了，不知有多少人羡慕咱哩。大表哥和二表哥也跟着说，上吧上吧，有个猴先牵着，你一步一步再往上考呀，研究生、博士生，你出国留学，当联合国秘书长都没谁拉你。

上大学走的那天，我送麻三到车站。路上，他不好意思地跟我说，他谈恋爱了，跟同班的一个女生，是她先追的他。我随口说，她脸皮真不薄呢，肯定是个疯妮子。他摇摇头，说，也不是太疯，就是性格外向些。我问她长得咋样，也考上大学了吗？他说女生是班里最漂亮的，可惜没考上。又说，不过她爸是当官的，不愁没工作。我问，多大的官啊？他说，局长，林业局的。我笑了，说，那好啊，你俩就继续谈下去呗，等你大学毕业了，让她爸给你安排个好工作，你成了乘龙快婿，我以后也能沾你的光。他沉思片刻，说，我俩虽是谈了，但她家里还不知道，就怕人家瞧不起乡下人。再说……再说啥？他却不说了。

我疑惑不解，那个城里的干部家庭的女生，怎么会主动追求麻三？他除了学习成绩好，还有啥吸引人的？况且，若真是这样，知道他去上大学怎么连送都不送他呢？

那女生姓裴，名叫雪娥，除了她爸是林业局局长，七大舅八大姑，都是县里的头头脑脑。这样，裴雪娥早就成了这个县城里的"白雪公主"。

裴雪娥是插班生。没有特殊关系，是插不进这重点高中的重点班的。因为学习不好，又有特殊关系，班主任才安排她跟麻三同桌。好生配差生，成绩好提升。可两人刚坐到同一桌前时，都互相嫌弃，话说白了，就是这个嫌那个洋，那个嫌这个土，土的说洋的洋得冒泡，洋的说土的土得掉渣。麻三拍拍皱巴巴的衣服，说，饼干才掉渣呢，可没俺的份儿。雪娥倒是喜滋滋地说，冒泡咋啦？想冒，你也冒去。

不知什么时候起，裴雪娥对麻三的感觉越来越好了。裴雪娥生性活泼，天性开朗，学习却不太用功，老师布置的作业不是临时看例题照着做，就是歪着身子抄袭同桌麻三的。裴雪娥抄麻三作业时，身子总是挨得很近。麻三不好意思地往一边挪，她也跟着挪。麻三嗅到一种好闻的气味，说浓不浓、说淡不淡的，像一股风吹来的油菜花味道，又像一场雨洒来的槐花香味道，他从这味道中感到一种暖，一种温馨。麻三红着脸对她说，看你，把我挤得都没处坐了……她莞尔一笑，眼眸里流露出一丝羞涩。

哪个少男不钟情？哪个少女不怀春？何况，那时麻三已经十七八了，雪娥好像小他一岁，也已经出落成亭亭玉立的青春美少女了。麻三说，雪娥的美有点儿奇怪，单看眉眼儿嘴巴的话并不漂亮，怎么组合到她那张瓜子脸上就那么好看呢？还有那雪白的肌肤，曼妙的身材，难怪她爸妈给她起名叫雪娥，白雪公主、月中嫦娥啊。

麻三告诉我，他都不知咋个鬼使神差地跟裴雪娥谈上了。这一谈不打紧，整天魂不守舍的，睁眼闭眼都是她的影子，学习成绩严重下降了。班主任看出端倪，把他叫到办公室狠劲儿熊了一通，又私下里跟雪娥也谈了话，说门不当户不对的，压根就不是一路人，谈也是瞎谈，除了白白浪费时间，成不了的。我问，你觉得呢？麻三回答说感情是两个人的事，只要她情我愿，就能成。我说，说是这么说，可你也别太死心眼儿了，当心吃亏。麻三扑哧一笑，说，男的能吃啥亏？我说，甩了你呀，别竹篮打水一场空。麻三断然说，不会的，只要我决定娶她，十有八九就是她了。

四

麻三大学毕业后，果然跟裴雪娥结婚了。

婚礼的前一天，我娘和我姥娘就被忙客接走了。麻三对我说，你也得提前去，帮大哥、二哥端盘子洗碗跑腿吧。我说，跑腿可以，端盘子洗碗就免了吧，我虽说没考上大学，如今也是有头有脸的农技站技术员了。

丝毫不炫耀地说，我靠推销种子农药果树苗发家，在方圆百十里已是有名儿的"首富"了，麻三结婚的钱都是二姨向我借的。二姨给大表哥、二表哥连娶两房媳妇，到麻三这事上，本来就不厚的家底早已掏空了。麻三说，花在他身上的钱将全部由他来还，他决不会让他爹娘背着债过下半辈子。我说，有志气，就等着你这句话呢。

麻三的婚礼很热闹，也很隆重。这当然都是裴雪娥家里的面子，那样的家庭背景，谁都想借机巴结送礼呢。举行磕头仪式时，新媳妇来到我跟前，正要屈膝跪拜，麻三赶紧拽了她一下，说，他是表弟，哪有给他跪拜的道理？在嘻嘻哈哈的笑声中，二姨拍了下我的肩膀，喜笑颜开地伸手接过我递去的放有好多钞票的喜盆。我大略估计了一下，怎么着也得有两三千吧？

按当地风俗，这磕头礼金是该归新人的，可孝顺的麻三想把这钱孝敬给爹娘，以填补家里为他的婚事捅下的窟窿。于是，他跟媳妇商量，你家庭条件好，从小到大也没缺过钱，一星半点的你也看不上，对吧？裴雪娥眨巴眨巴眼睛问，你什么意思？麻三吞吞吐吐地犹豫起来，我想，我想跟你商量一下……裴雪娥已猜出他想说啥，故意问，想咋？有话就说呗。

麻三这才支支吾吾道，按说，我不该张这个口，可你知道我家里穷，爹娘省吃俭用供我上初中升高中读大学，我却没有对家庭尽过啥义务……裴雪娥听不下去了，立马打断麻三的话说，不行，这些钱是我磕头挣的，尊严哩，脸面哩！麻三拱了拱手，说，求你了，爹娘他们真的太不容易了……裴雪娥眼珠儿一转，狡黠地吐出两个字，除非……除非你把头给我磕回来。裴雪娥说这话时嘴角微翘，傲娇得像只小孔雀。麻三立刻心领神会，说，来来来，我这就给你"磕"——说着，一下子把裴雪娥扑倒在床上，双膝一屈，跪在了裴雪娥的两腿之间，一边宽衣解带，一边喘着粗气说，我给你"磕"，我给你"磕"……

麻三媳妇不要磕头礼，这事在十里八村传为佳话。乡里的通讯员还采写了一篇题为"新媳妇不要磕头礼，移风易俗树新风"的报道发表在《中原日报》上，为此，我二姨二姨父都荣光了一阵子，麻三更是把腰杆挺得笔直："当面教子，背后教妻"，谁说不是哩？

孝子麻三，一时被人津津乐道起来。

五

麻三工作安排在县城建局。局长是媳妇的姑父，他一入职就备受关注，备受照顾。小马，这是你住房的钥匙，两间不够还可以再申请一间。够了够了，足够了。麻三接过钥匙的那一刻，拍了下后脑勺，想，我不是在做梦吧，同学分配在市建筑安装公司上班，两人一个房间，连跟女朋友约会都得跑出去，而我，一毕业就进了局委，不但有自己的办公室，还有了两间宽敞明亮的住房。这全是沾了媳妇的光啊！

裴雪娥的工作也不差。她虽然没考上大学，但读了三年函授，也拿到了某学院的毕业证书，恰赶上"五大毕业生"转干，她便从供销社调到了县工会，就她那性格和能力，加上她家那关系，说不定哪一天就"摇身一变"成了领导呢。

结婚后，麻三跟裴雪娥交流，你说这人光溜溜地来到世上，第一要感恩谁呢？父母。裴雪娥说，也是，谁都是人生父母养的，可天底下有娇闺女没娇媳妇，有娇儿子没娇儿媳。麻三问，这话怎么说呢？裴雪娥说，这是实话呀。就说你爹娘，疼你自然没的说，可他们对我只是个表面。麻三说，不是的，我爹娘都是实心眼儿，都是实打实地疼你。裴雪娥冷笑，拉倒吧，我又不傻，上次咱回家，娘拉住你的手，左一个你瘦了，右一个你黄了，还说我倒是白胖白胖的……我白我胖是吃我娘家的饭长大的，你瘦你黄又不是我给你饿的。麻三说，行了，别这么小肚鸡肠的，有损你工会干部的形象啊。裴雪娥摸了摸渐渐隆起的肚子，说，别形象了，过几个月我不知丑成什么样儿呢。麻三趁机说，要不，到时候让咱娘过来照顾你一段时间吧？裴雪娥摆了摆手说，免了吧，那天娘见你自个儿洗衣服，提醒你不要洗，说那是我的活儿……我隔着窗户都听见了。麻三摇了摇头，天底下只有子女欠父母的，没有父母欠子女的。媳妇哼了一声，懒洋洋地说，我欠我父母的，你欠你父母的。

话是这么说，麻三对岳父岳母也很孝敬。刚结婚时，他们都在裴家吃饭，看到岳母在厨房忙活，麻三就主动进厨房帮忙，慢慢地，就学会了烹炒煎炸，学会了就让岳父岳母坐到客厅看电视，他自个儿弄出一桌子好菜。为此，岳父岳母常在人前夸麻三勤快、能干又孝顺，真是万里挑一的好女婿。

可小舅子却不以为意，阴阳怪气地说，辛苦了姐夫，该你干的不该你干的都让你干了，在自己家也没这么勤快吧？言外之意就是嫌他喧宾夺主了。麻三不憨不傻，眉眼高低看得清，孬话好话听得明，于是就私下里跟裴雪娥说，咱另开炉灶吧，你且把这几个月的伙食费都交上，咱俩都有工资，够花的，不能总占父母的便宜。裴雪娥说，占了就是占了，能咋的？麻三说，行了，这事你听我的，别让家人看扁我这个乡下人。

麻三醉酒后跟我含糊其词地说出这档子事，说外面的金窝银窝，不如自家的草窝。由此，我听得出他生活得并不快乐，那位养尊处优的三表嫂也不是好缠的主儿。

裴雪娥生了一对双胞胎女儿。麻三给女儿起名一个叫方方，一个叫圆圆。三嫂说不行，叫方方圆圆的太多了，步人家的后尘没意思，吃人家嚼过的馍没味道，我是妈妈，女儿的名字我来起。麻三说，行行，你起吧，你起啥叫啥。三嫂便给女儿起名叫左左、右右。妈妈怀她俩的时候就是一个在左，一个在右的嘛。

二姨进城伺候儿媳坐月子去了。去时坐我那辆"小蹦蹦"，还备了两个沉甸甸的大笆斗，笆斗上各用一块四四方方的红布盖着，四个角系在笆斗两端。我娘也备了一个红笆斗，里面有红糖、鸡蛋和小米，还有两身小棉衣。二姨惊喜道，都是你娘亲手缝的？我说，当然了，娘眼力不行了，我媳妇还帮忙穿针引线呢。其实那两身小棉衣是我丈母娘给我家孩子做的，因为季节过了，穿不上身就让我媳妇放衣柜了，这下正好派上了用场。

万万想不到，裴雪娥和我二姨的矛盾偏冲突在那两身小棉衣上。

裴雪娥接过婆婆递给她的小棉被小棉衣，手里攥着的满是粗糙，脸就沉下来了，哎，咋能用粗布当里子，还不把宝宝白白细细的嫩肉给拉破喽？随手就扔到了床头上。二姨心想儿媳正在坐月子，生不得气，气回了奶或气病了身子都是麻烦事儿，也就没跟她计较，转身从我娘那笆斗里拿出另外两身小棉衣，软声细语地说，你看看这个，她姨奶奶做的。裴雪娥伸手接过，抚摸着新里新面新棉花的小棉衣，心里眼里尽是满意，说，看来姨奶奶比亲奶奶还上心呢。

二姨听了这话，喉咙眼儿里像是塞了一团湿棉花。于是，她从笸斗里拿出两个系着红绳的小铜铃，提起红绳把铜铃让儿媳看，儿媳却不稀罕地把脸扭向一旁。二姨勉强咽下两口唾沫，不软不硬地说，奶奶不是穷吗，可奶奶再穷也是亲奶奶，亲奶奶待亲孙女还会有恶意？粗棉布养人，洗两次水就软了。我那三个儿子都是穿这长大的，家里俩孙子一出胎胞也是用这粗棉布包裹的，到你这儿咋会遭嫌了呢？要不你试试，当真是拉破了俺孙女的嫩皮，把奶奶这张老脸撕下来补上。

听听，你这当奶奶的说的啥话？你是来成心气我的吗？是不是你压根儿就不喜欢孙女，才这样糟践我们的？你不要仗着你儿子是大学生，就一而再，再而三地欺负我……你要看我不顺眼，找碴儿不想照顾我，现在就可以走人，我不麻烦你不指望你总行了吧！裴雪娥借题发挥起来。

当时，我站在门外向里探了探头，听她把话说到这个份儿上，就掐灭手中的烟头，进屋跟三嫂理论。我说，三嫂，得饶人处且饶人，甭说我二姨没错，就是有天大的错，她是你婆婆，你也不能这样跟她说话。裴雪娥立马把冷脸甩向我，婆婆，婆婆有这么当的吗？你听到她刚才说的话了吗？正在这时，麻三回来了，他进屋后，我就不好再多说什么了。可婆媳俩反而都哭了——二姨侧脸抹去几滴眼泪，生怕儿子看到；裴雪娥却是仰着脸任凭泪水肆意流淌，好像等着丈夫为她擦去满脸的委屈。麻三看看这个，又看看那个，一时不知发生了什么，也不知如何是好了。

我摸了摸衣兜，从兜里掏出两张五十元的钞票，分别塞到两个婴儿怀里，说，先拿个见面礼，别把俺闺女看丑喽。我这么做，是给自己找台阶下，也是给二姨遮个脸，更是给俺乡下人争口气，裴雪娥不是瞧不起乡下人吗？瞧瞧，乡下人也不都是小气鬼！

六

麻三后悔在城里找媳妇了。

然而，麻三的孝心一如既往。他曾在一次醉酒后告诫裴雪娥，为了这个家，我什么都可以忍受，唯一不能忍受的是你对我娘的不敬与不孝，如果你再这么下去，我情愿调动工作到乡下，不信，你试试！裴雪娥一听怒目圆睁，扯大嗓门说，有本事你明天就调走，看你那满脸的麻坑，恶心！

常言道，打人不打脸，骂人不揭短。裴雪娥这句话，彻底揭开了两人长期分居的序幕。

麻三调到离家不到二里地的乡政府当了个团委书记。为此，二姨欢天喜地，说她又能经常见到她的三儿了；二姨父却暴跳如雷，说他一个前途似锦的大学毕业生，混来混去，居然又回到了乡下。

一个阴雨天，我让媳妇做了几个菜，邀请麻三到家里喝酒，也算是给他接风了。酒过三巡，话便多了起来，自然，又说起孝心。麻三说，百善孝为先，没有孝心的人不可共事。我说，有孝心固然好，但也不能因此影响了夫妻感情，夫妻感情不好，家庭就很难和睦。他说，桥归桥，路归路，一码儿归一码儿，不冲突。我说，不冲突就不会有矛盾的存在了，没听说母亲和媳妇同时掉河里，先救谁后救谁的故事吗？他说，这还用问？秃子头上的虱子——明摆着，当然是先救娘了，亲娘只有一个，媳妇可以再娶。我说，得了吧，再娶一个还是媳妇，媳妇还是没娘亲呀，都像你，干脆打光棍得了，还娶媳妇干吗？他一瞪眼，说，你这个人就爱抬杠，真是吃饱了撑的。

脚下沾有多少泥土，心中就沉淀多少真情。这真情，是对乡土的眷恋，更是对亲情的呼唤。麻三在这一声声的呼唤中，重新寻找自己的定位，在盐碱地，在黄河滩，在下乡包队脱贫致富的工作中，他与乡里乡亲一道种植着希望，收获着幸福，同时也对父母尽着孝心。

有人说，水往低处流，人往高处走，你麻三怎么就顺坡往下滚呢？麻三嘿嘿一笑说，我是草木之人，也没多大的能耐、多高的追求，离爹娘近些心里就舒坦。说着，泪花在眼角打转转。

麻三似乎把什么都看透了，他慢悠悠地说，家家有本难念的经，你不对外念，就没有人知道你的难。谁都有责任和义务，担当着就是了。我想了想，说，其实你也不一定非得守在二姨和姨父跟前，就是你不回老家，大表哥、二表哥也不会看着二老不管的，甭以为家里就你一个孝子。麻三说，他们孝他们的，我孝我的，各行各的孝。

我知道麻三的幸福，同时也理解他的辛酸与无奈。我问过他，难道这辈子你跟三嫂就这样名存实亡吗？他苦涩一笑，说，女儿一天天长大，父母一天天变老，她不能因为婚姻放弃对俩女儿的培养，我不能因为婚姻放弃对二老的照料，还能怎样？再说了，婚姻就是一座城，外面的想进去，进去的想出来……我说，别扯了，你看书看多了，真把婚姻当"围城"了？麻三说，你没摊上我这个情况，就不会设身处地去想，夫妻之间的关系……麻烦着哪。

我不再多言，因为我知道麻三的婚姻没那么简单。说爱，很悬；说不爱，很难。我猜想，两人当初为了什么走到一起的呢？接纳对方，包容对方，爱护对方，向对方低头，好像都谈不上。两人故步自封在自己的观点里，谁也改变不了谁。

麻三说，这么多年，我的工资卡一直在你三嫂手里，她给我几个就是几个，不够的时候我就想办法赚点外快。我说，也真有你的，难道不担心后院失火？麻三说，说一点儿都不担心，那是假话，可恁多年过去，她一直没跟我提离婚，心甘情愿地抚养着女儿，死心塌地地守着那个家，我还有啥理由怀疑她？我小声说，是没理由，你是一个好儿子，未必是个好丈夫、好爸爸。听了我这话，他脸色变得铁青，却缓了缓语气说，也多亏她，成全了我这颗孝心。

难怪麻三能心平气和地待在乡下，在无数个清晨，无数个午后，无数个夜晚，能安然地陪伴着父母拉拉呱聊聊天，倒杯茶水端碗饭，捶捶后背揉揉肩，慢悠悠地打来一盆温水，然后温顺地蹲下身，给父母洗脚，剪脚指甲……我凝视着他的举止，瞬间，再也看不到他脸上的麻坑了。

他脸上的麻坑，仿佛被岁月逐渐抚平了……

本文初刊于《莽原》2020年第2期

杜素焕，河南商丘人，十五岁开始发表作品，迄今为止在市级以上报纸杂志发表小说、报告文学、散文、诗歌两百余篇（首）。2009年出版诗集《请把心灯点亮》，2012年出版作品集《劝人》，2019年出版小说集《白雾》，著有长篇小说《故道弯弯》《黄河滩》《抗疫三十八天》《女人的天空》，纪实文学《母亲是个宝》等。

告　别

梁丽红

1

高玉梅已是两个孩子的母亲了，身材称不上有多美，但有些女人天生是为男人而生，有着与生俱来的风姿，或者说味道。高玉梅正是这种有味道的女人，她的笑尤其迷人。

高玉梅喜欢在屋檐下种花，雨天倚窗赏花，就像那古诗里写的，倚门倚闾，感觉分外不同。平日里倚窗赏花，总会算算她的老公刚么走有多久了。刚么在挣钱方面还是很有本事，早就外出做了包工头。小镇上的男人多外出务工，一年能回两次是多的。家里留守的除了老人儿童，就是要带孩子念书的中年妇女。

镇上的居民不耕种田地，即便农忙时间也是很闲的。像老方这样半老不少的男人，就成了镇上的顶梁柱。谁家遇个事、犯个难都指望着他们。年轻人过年回来，免不了要请他们吃酒，走时还必定要揣上几包烟，亲自上门拜托再给予关照等。高玉梅本来是不懂茶的。白天两个孩子去了学校，家里就剩自己了，百无聊赖的闲居日子里，她就请托收茶倒茶的高手老方收自己为徒，也好挣个家里的水费电费什么的，更重要的是，还可以冠冕堂皇地外出散心。

高玉梅迷人的那笑，加上一句亲切的"哥"，很容易就杀伤了老方，使他不假思索地把自家赖以糊口的那点绝活儿，一股脑儿倒得干干净净。于是从学会收茶倒茶开始，小镇上的男男女女一群茶友里就有了高玉梅的身影。

风和日丽的日子里，一群茶友，总会不紧不慢地蹬着自行车从镇口驶出来，有说有笑地散漫于前往乡下的公路上。因为是去收茶，高玉梅也像每个茶友那样，车座后面夹着一杆秤和几个蛇皮袋子。晚上她会按照从老方那里学到的绝活儿，自个儿在家里生火炒茶。周边的男人们饭后散步，总得绕来后院搭句讪，以博得高玉梅一笑。

这晚到了孩子们睡下，高玉梅开始生火炒茶。好一阵工夫，茶条总算呈紧直、互不相黏状了，她拉过身后的小板凳顺势坐下，开始用手来"甩条"。她抓起些许茶条，稍稍握紧，手腕一出力，手中的茶叶向上轻轻一甩，天女散花样，撒在锅沿上，瞬间，各路茶条又顺势滚落回锅心。

这是一户四合院的格局，走廊上的灯光映射到隔壁门口。

炒茶间，高玉梅就扫见茶友顺强绕了过来，啪啪啪地拍手掌嬉
侃道："好老练的嘛。这老方，带出高徒了！"高玉梅果然就笑，
横了顺强一眼，说："就你洋话多，自个儿拿凳子坐吧。"手里
的活继续着，忽地又尖叫了一声。"咋了，烫着了吧？"追问间，
顺强已经绕到了高玉梅面前，知道没多大事，嬉皮笑脸地抓起
高玉梅的手："我瞧瞧，哎哟，哥给你吹吹……""滚一边去，
老没正经的。"高玉梅半真半假的，边说边推了顺强一把。但
抬眼的瞬间，她在黯淡的夜色里瞥见了一双幽亮的眼睛盯着自
己，透着咄咄逼人的气息。

老方站立在暗影斑驳的光线下，一动也不动，像是要把高
玉梅彻底看穿看透。高玉梅一时间怔住了，回过神时，院子里
已经是阒无一人。

2

高玉梅这几天心里闷得很，没来由的就不痛快，发神经似
的想到了老方，后来还想到了其他……她似乎意识到了什么，
暗自质疑起来："你这是在干什么？莫名其妙。"依然是在倚窗
赏花间，她把目光望向更远处，露出了一个自嘲的笑容。

那晚炒茶时，因电压老是不稳，灯泡又闪了，高玉梅站在
板凳上换灯泡，捣鼓了半天不亮。老方不知啥时就绕了过来，

从高玉梅手中拿过了灯泡，旁若无人地只管干活儿，弄好之后，头也不回地走开了，全程就没拿正眼看过高玉梅，也没多说半句话。许是自见顺强和自己玩笑的亲昵，一连好几天，老方虽还一如既往地带她下乡收茶，和平常一样照顾有加，却让人明显感觉到，这关爱里面没有了昔日那令自己屡屡不爽、每每纠结的些许小暧昧。

第一道秋茶冒出来了，却稀少得很。茶农手里的茶，有时需要集好几天才够卖一次。想到以后要收到茶就需要靠勤奋和运气了，再成群结队去梯地等收就行不通了，下午，老方就只带了高玉梅，二人一前一后，骑着自行车出了镇口。

立秋后的天气，本该是凉意宜人的天气。可是这天阴得无理，一丝风也不见，乌云跟蘸满了墨汁似的，汹涌澎湃地直往人头顶上压。毕竟初秋夜寒的季节，估计是落雨天晚上没盖好被子，受了凉，穿梭于山间小路之上，上坡时的高玉梅在后面冷得直哆嗦。"头道茶不去农家门口堵，是很难收到的。"老方卖力地推车前行，一边头也不回地说给后面的高玉梅听。没听到反应，老方又补了一句："估计雨要来了，得赶紧！"他依然没回过头看高玉梅一眼。看来在感情方面，人的心智是没有年龄界限的。老方明显是在赌气，他不喜欢高玉梅和顺强走得太近，因为他觉得顺强动机不纯。

高玉梅还是没回应自己。老方狐疑地转过半个身子，却发现高玉梅还在山脚下，连忙把车子靠在路边，慌忙往坡下跑去。上坡那会儿高玉梅觉得脚底打飘，浑身没一丝力气，头重得很，冷到蚀骨，一阵眩晕后她自己也不知道车子是怎么横在路中间的，人又是怎么晕倒在路边的，只模模糊糊记得老方抱着自己，不停地奔跑，一颗颗滚烫又饱满的汗珠子掉在自己的胳膊上。老方的胸膛像是一个会扇风的大火炉，里面发出鲜活的心跳声，高玉梅感到自己渐渐被焐暖焐热。蒙眬中，这种生命发出的旋律声让她很是安心，于是经历了好久以来没有过的一次最香浓的睡眠。

夜半在家里，高玉梅做了一个极其荒唐的梦，梦见依偎在一个男人的怀里，那个男人坚实的臂膀在夜色里闪着奇异的光，他的肌肤散发着醉人的烟草香，让人有种蚀骨的迷乱。突然一双大手滑进了她的睡袍里，像撒欢的鱼儿在自己的皮肤上唼喋。她感觉到自己全身发软、发烫，身子也变得很轻很轻，耳边不时有微风拂过，整个身子随着风儿飞上了云端，化身为一朵妩媚的花，踏着云团，绽放在阵阵喘息与模糊的呢喃之中，于是天上人间跌宕起伏，情潮泛滥。醒来的时候，从窗帘缝漏进来的一道道金色光影可以看出，大概已过了清晨。高玉梅半合着眼，睨着床头柜上烟灰缸里的两根剩烟头，似乎没一点反应。额前的刘海湿漉漉的，睡袍也还湿润着，似乎还没有完全从梦中醒来。突然，她的目光猛地折回在两根烟头上，随即又低下头，蹙着眉抚了抚额前的碎发，拿指端缓缓地按摩着前额，像是在强行定神，又像是在思索什么，脸倏然间就发烫起来。

慌忙找寻身边的孩子，心里咯噔一下，又才想起来，孩子们周末回乡下奶奶家了。起身更衣的时候，高玉梅看见了梳妆台上摆放着的一堆治风寒的各类药品，口服液、头孢、泡腾片，中西药应有尽有。

"嫂子，你起来了吗?"是镇小学的叶子在窗外喊。"哦，叶子吧?"高玉梅慌乱地掩了床头的烟灰缸，说声"起来了"。"那我进来了哦，门咋就没锁?"听见咯吱一声门响，叶子一手端着粥，一手推开门来到了高玉梅的睡房。"哎呀，真不好意思，你这不还没起床吗?"高玉梅笑笑:"没事，叶子你坐下说话。"叶子顺势把粥放在床头柜上:"我妈叫我给你送碗粥过来，说你是风寒感冒，吃粥暖胃呢。嫂子你好些了吧?"高玉梅说:"好多了，替我谢谢你妈，劳烦她为我操心。"叶子起身要走了，到了门口又扭过头来说:"我妈说，真正操劳的人是方叔，昨日你们才回来不大会儿，雨就憋不住了，好大的雨点子呢。方叔请来出诊的李医生说，病人得亏没再淋着雨。"我妈说:"平日倒从没见方叔待人这样周全过，刚么回来必定得好好请他吃酒才是。"

高玉梅一时语塞。

3

太阳低过墙垣的时候，高玉梅骑单车去乡下接孩子，路上她蹬得很慢，不是气力单薄，是不忍心迅速冲淡梦里那些醉人的气息，也是不知该如何面对即将落到现实里的寂寞与忧伤。小儿子长得太像他爸爸刚么了，尤其是那传神的目光，眼睛不大，却犀利。儿子见到高玉梅来了，从屋里嚷嚷着跑出来的时候，高玉梅的车子险些没歪进门口的池塘里去，因为她仿佛看到了刚么朝自己跑来。高玉梅并没有像往常那样与儿子亲昵，而是马不停蹄地把婆婆房里需要换洗、无须换洗的衣被统统抱到池塘去清洗，儿子托腮蹲在一旁，看妈妈搓衣。面前这酷似刚么的小人儿，盯得高玉梅内心一时兵荒马乱，她甚至不敢直视儿子的眼睛，仿佛那一个无辜的眼神就能把自己隐藏在身体里的秘密一览无余。她唯一想做的事情就是把眼前的衣物洗得更干净些。

高玉梅喜欢家乡的秋天，她觉得空气里有股子成熟而又浪漫的气息，白的棉花，红的枫叶，黄的稻穗，像是画家笔下绚丽的水彩画，铺展至看不清的远方，总能让人忘却些许人间的烟火味。那天去收茶时正路过一片花生地，老方突然间就放下车子，蹑手蹑脚地捡了块石头，弓着腰在地沟里一停一顿地拨分着两边的花生叶，像是在跟谁打伏击战。

随着老方手中石块的落下，一只四肢乱弹的乳灰色小野兔被他从地沟里拎了出来。"喏，拿回去炖了，和着大葱包饺子吃；或者和着山菇子炖了，补补身子。"老方拎着自己的意外收获，颇为自得地说。

"快拿给我！"高玉梅跑过来喊。

小野兔只是被石块砸晕了，耳后的小伤口正淌着鲜血，未全然合上的眼缝里透出绝望与痛苦。高玉梅连忙要来老方的一支烟，将烟丝敷在野兔的伤处。小野兔和高玉梅的眼神对视，由不安的恐惧、迷惑，变得温润、安静。高玉梅抚摸了几下小兔子，笑着说："去吧，快回家吧。"小兔子瞪着红宝石一样的眼睛，在花生地里愣怔了一下，一蹦一跳地跑进远处的玉米地里，消失了踪影。

老方的嘴唇动了几下，面对高玉梅这一系列母性美的举动，他显得有些激动，却又不知如何去说。就他而言，在自己智障的老婆那里除了生理上的了解之外，他对于女人知道得并不多。他从侧面端详高玉梅的浅笑，觉得别有一番风味，尤其是嘴角上扬的弧度，像绽开的白兰花。老方动容地望着高玉梅，情不自禁地说："能遇上你这样的女人真好。"高玉梅诧异地望了他一眼，目光在老方的脸上定了几秒钟，回头就上了车，径直往前方骑去。望着高玉梅，老方有些羞于说出的少年般造次的话，又惊异于这种似乎无法抗拒的感觉。

这天他们去了较远的邻县村子收茶，小镇的房子、道路、大树，处处蒙上了一层皑皑的积雪，一望无垠的白一时间笼罩了大地，给人一种苍茫感。独自走在路上，呼呼的北风摇晃着无叶的树干吱吱作响，一簇簇的雪花跌落下来，不知是在悲泣，还是在疯狂地舞蹈。

"刚么来信了，说是冬至之前回来。"高玉梅告诉了老方。

"哦，今年回来得早些。"老方说。

"好像是不能在家过年，还得赶回去。"高玉梅说。

刚么为什么不在家过年，包括他此次回来的真正目的，是高玉梅无法言说的秘密。

4

刚么回来的时候，高玉梅正在院子里扫雪，老远看见自行车停在马路边上，几个衣着光鲜的人朝她家的方向走来。其中一个穿着貂皮大衣的年轻女人特别惹眼，一歪一扭地像是要摔跤。走近了才看清，这个女人穿着一双足有十厘米高的细钉子高跟鞋。

高玉梅招呼着把客人们让到了屋子里，沏上自己收藏的顶级好茶，目光又落在了那个年轻的女人身上：毛茸茸的貂皮领子，托着一张俊俏的、粉嫩粉嫩的脸，像刚开放的水仙花。假如她的口红没这么艳，眉毛描得不那么炭黑，白扑扑的雪花粉能再浅点，应该还是个正值花样年华的女孩。刚么也许看出了高玉梅的疑惑，说："这位胡小姐是我的助理，两位男士是公司的精英，三位都是公司的元老级人物。"高玉梅笑了："这些年多亏了你们在刚么身边帮衬他，没有你们就没有刚么的今天……""嫂子，他是我们刚总！"胡小姐蹙着眉打断了高玉梅的话，高玉梅这才意识到，人家果然是见过大世面的女人。自己在刚么下属面前直呼其小名，似乎是不大妥当。

高玉梅杀了自家养的柴鸡，还在水池子里捞了几条鲜活乱蹦的鲫鱼，锅前灶后地忙活着晚饭。女孩子到底是金贵，两位男同事抢着给高玉梅打下手，胡小姐则窝在沙发里抱着热水袋不敢伸手，刚么在一旁陪她聊，说是讨论工作，人不在公司，业务耽误不得。饭菜摆上了，刚么亲自去隔壁请了老方来一同吃酒。"第一杯得敬方哥，我常年在外闯荡，听玉梅说家里大大小小的事没少劳烦你。""自家兄弟，不说见外话，一干为敬。"老方谦卑地回应着。

话音刚落下，屋子戛然一片漆黑。"坏了，停电了。"也不知道谁说的。高玉梅忙着去供桌上找蜡烛，黑灯瞎火的，半天也没找来。正数落着孩子们不知几时又把蜡烛拿去点炮仗，电灯倏然间又亮起来了，电压反倒比之前的更高了些，屋子里的每一个人在黑暗中的举止都猝不及防地暴露在明晃晃的灯光下，犹如一幕突然被定格的动态舞台剧现场。剧中的胡小姐做惊恐状贴在刚么的怀里，双手紧紧扣住他的腰，刚么则用臂弯揽着她。两位男精英尴尬的笑容，像是在撕扯经过长时间炖煮依然半生不熟的老鸭。

老方拿着手电筒，正要跨过门槛去廊檐上检查保险丝是否烧了。他的问题在于，有了胡小姐这段突如其来的插曲，谁也不会注意到那柄手电筒本来是搁置在高玉梅梳妆台第二个抽屉里的。有时候人们会发现，许多事情原本不需要只言片语，只需一个动作，或是某个眼神，足以使得一些隐秘瞬间暴露无遗。一时间，屋子里阒寂无声。刚么打着一脸的僵笑，一边扶正了胡小姐，提着嗓门招呼大伙继续入座吃酒，一边欲盖弥彰地讪笑："胡助理就是怕黑，呵呵呵。"

谁也没有接过刚么的话茬。

高玉梅静静地往碗里夹着菜，细嚼慢咽地吃着自己的饭。尽管全然吃不出一点滋味，她不知道除了吃饭还有什么姿态可做。她只是在想，刚么提出要和自己分手的事，现在还算不算是个秘密，或者说还有没有保守这个秘密的必要。只是她没想到刚么这么心急，既然已经答应他了，还用得着这么迫不及待地把女人带回家，往自己眼珠子里揉沙子。当然，谁知道呢，停电只是个偶然，没人事先预料得到。高玉梅想起一句话："黑夜里的人才是最真实的。"

饭后，刚么带客人们去镇上的宾馆休息，末了自己也没回来。电话里解释说："客人人生地不熟的，小地方怕惹出什么乱子来。"

次日早上，刚么一个人回来吃的早饭，说天寒地冻的不想麻烦高玉梅，也由他们多睡会儿，南方人到了这里多少有些不适应。早饭过后，刚么接了一个电话。走的时候，他留下一张存折，说足够高玉梅下半辈子衣食无忧了。女儿归高玉梅，儿子归刚么。离婚手续等过完春节他回来接儿子的时候再补办。

望着刚么来不及回头便匆匆远去的背影，高玉梅的眼泪倏然间像决堤的海水奔涌了出来。她转过身去关上门，靠在门后，泪雨滂沱。以刚么现在的条件，以及自己与刚么这种已近冰点的关系，他的背叛也许并不过分。但她不是为刚么的抛弃而哭泣，也不是因为此情难以割舍而悲伤。她不是个不识趣的女人，知道强留一段没有感情的婚姻是件毫无意义的事。她显然是在哀泣一个女人的命运。即使是一个附属品，一件衣服，穿的人也会偶尔翻出来看看是否还在、是否泛黄。一个男人，凭什么从头到尾都不曾顾及她一丝一毫的感受，甚至从不在意她究竟是不是属于他的。高玉梅觉得，这种无视无异于一种凌辱，从人格上看。好在这一切即将结束。

5

这天雪停了，盼了好久的太阳终于出来了。高玉梅正在院子里奋力地搓洗床单，额前的一绺碎发垂落在眼睛上，她正抬起手将其往耳后拢去，看见老方提着几箱子爆竹走过来了。

"顺便帮你捎了些爆竹回来，这东西重，女人干不了。"老方说。

"哦，我去拿钱。"高玉梅甩了甩手中的肥皂泡，准备起身去屋里。

"急什么，我知道你有钱。"老方的声音虽然不大，话却有点重。高玉梅看了老方一眼，边埋头干活儿边说："那晚些时候再给你。"

老方把爆竹搬进高玉梅的杂物房摆放好，径直往回走，没几步又倒回来了。"你打算怎么办？"他的声音有些假镇定。高玉梅好像是被人剥掉了炮弹外面的糖衣，手中的活儿停了好几秒，却没停止颤抖，过了一会儿才抬起头，极其平静地反问道："什么怎么办？"

老方说："刚么不是要和那个女人过吗？"

"这是谁在嚼舌根？谣言！"高玉梅的声音充斥着愤怒的隐忍。不知道为什么他不想让老方知道真相，就算全世界的人都知道了。她不需要任何人的同情与怜悯，尤其是老方的。假如这个世界上还有她认为值得去捍卫的东西，那就是尊严，尽管它已然碎了一地。

腊月二十三是小年，房顶上的宿雪依然有半拃厚。也许是听到了什么风声，刚么的姐姐把孩子都接去西街和他们一起过小年，这是从来没有过的事情，倒是也叫了高玉梅。但她婉拒了。原本是个雾天，加上总有性急的孩子们不识闲儿地噼里啪啦地放着炮仗，整个小镇被缭绕的烟雾牢牢笼罩着。高玉梅望了一眼墙壁上的闹钟，这一晃就到晌午了，噼里啪啦的鞭炮声也越来越稠，越发的响亮，震得供桌上的整鸡、猪头蠢蠢欲动的样子，再往深处看，似乎还在眨巴眼睛。高玉梅擦擦眼，头皮直紧。

高玉梅站在走廊边上，眼睛只能企及三五步之远的距离，然而再多的烟雾终究掩埋不住小镇节日里的欢腾，总会不时有几朵绚丽的烟火像鱼儿一样冲出云雾。震耳的爆竹声夹杂着孩子们乱糟糟的争抢喧闹声，听得出又有哪个顽皮的孩子被大人嗔怪了。但是这一切的繁华都与自己无关。一阵北风又冷又硬地打在脸上，她哈了口气搓搓手，捂着脸返回屋里去了。也许该做点什么来吃了，孩子们一放学就喊饿，高玉梅在想。转头又想到今天是小年，孩子们一大早就被他们的姑妈接走了。

"高玉梅！"院子里有个人影一蹦一跳地朝自己喊着。"你出来！"那人又提高了音量。"你叫我吗，嫂子？"高玉梅注视着老方的妻子问道。高玉梅的追问是有道理的，因为记忆中老方的妻子似乎从来没叫过她的名字。方嫂气呼呼地回答着："你是傻子啊，院里还有几个高玉梅？老方说你一个人过节孤单，要我来请你去我家一起过小年，你跟不跟我去？"高玉梅尽量自然地笑了笑:"谢谢你们,嫂子,我就不去了,天冷,快回屋吧。"方嫂嘟着嘴巴在原地定了一会儿,突然跨上前来,拉住高玉梅的胳膊,边走边咕哝:"我不管,反正老方叫你去你就要去。"高玉梅被她连拉带拖地几下拽到了老方家。

老方已经准备好满满一桌鸡、鸭、鱼、肉,还配了一瓶陈年的干红,就等着人入席就座了。"过个小年,怎么弄这么多菜。"高玉梅说。"你头一回上门吃饭,又是过节的,总得像样点。再说,能请来你我得多有面啊。"老方还不忘调侃一句。高玉梅横了老方一眼:"没正形。"随即两人都扑哧笑了。方嫂也跟着哈哈哈地傻乐。

吃饭时,老方嘴角僵住的笑容带着苦相,卖力地埋下头扒着饭菜。高玉梅则怔了一下,顺手夹了那只最大的卤鸡腿放进方嫂的碗里。老方斟满了酒,端起酒杯一饮而尽:"来,我干了,玉梅你随意。"方嫂见状,没等高玉梅触碰到酒杯,一把夺去咕咚咕咚几口下肚。老方正要张口责怪方嫂,被高玉梅劝住了:"算了,虽说嫂子是喝不得酒的,可今日过节,大家难得一聚,由她去吧。"看着还在酣畅地哈着酒气的方嫂,高玉梅不自觉拿手挡脸,像是想要遮掩或是擦去嘴角的笑意。

"你笑什么?"老方问。

"哦,没什么。"高玉梅顿了一下拿开手。那一刻她突然觉得,老方夫妇还真是蛮登对的一对,哪有人这样糟蹋红酒的呢？高玉梅向来是"一杯倒"的人，不知不觉间已经喝下了大半杯，没酒量的人遇上沾"酒"字的东西都能醉。老方看着她满脸红通通的，还不时地蹙着眉，起身给她添了碗饭。"吃点饭垫垫，解酒。"老方说话间，听到啪一声闷响，方嫂把自己刚盛上来的一碗米饭严严实实地扣在了桌子上，用力把筷子一摔，像个孩子一样地用鼻子看人，嘴噘得老高："我不干，我也要你给我盛饭。你是我丈夫！"最后那五个字像把利刃，狠狠地把高玉梅从梦中戳醒。高玉梅望着眼前这个智障的女人，突然发现真正傻的人是自己。

当天夜里，方嫂果然还是因为那杯酒而犯了病，大半夜里穿着背心包着红头巾要去雪地里当船娘子划旱船。老方只好把大门锁死了，方嫂抓狂似的对老方拳打脚踢，又咬又拧，老方被她弄得鼻青脸肿。按照惯例，老婆疯病正犯时，为免生事端，老方是要把她锁在房间里的，而这一次，老方也不知道是怎么了，不仅没有这么做，反而在老婆厮打的时候，连躲闪的念头都没有过，直到方嫂打到累得靠在他身上打起了呼噜。

6

正月里的小镇是热闹的。各村划旱船、舞龙舞狮的，纷纷到镇街上献演。一来是图个乐呵，二来街道上的人面子薄，赏礼总也轻不了。高玉梅素来不大爱凑热闹，尤其是今年，更没那份心思。她给儿子织的第三条毛裤还差一条裤腿没完工，虽说之前没想到儿子跟他爸去了南方，兴许穿不上，可既然已经剩个尾欠了，索性一气儿织好。高玉梅一针高一针低地挑着毛线，动作既娴熟又麻利。

"玉梅在家吗？"是孩子姑妈在院子里的声音。高玉梅放下手里的活儿跑出来，看到一干婆家人全都在院里站着。她愣了一下："姐，你们这是？""玉梅呀，我们带着刚么这个不成器的东西，给你赔罪来了。"婆婆拄着拐杖走上前来，说。高玉梅一脸的茫然。婆婆拉住高玉梅的手："我的亲闺女啊，娘带着你几个姐姐和三舅他们把刚么这浑小子给你送回来了，好好地学什么不好，学陈世美个没心肝的做昧良心的事，娘容不了他。"高玉梅这才在人群最后面寻到了一个貌似刚么的人，一脸的大胡楂。他身上的大衣倒还是年前回来穿的那件，袖口上那粒纽扣是她给缝上的，颜色稍深些。可这呢子大衣皱皱的，起满了毛球，并且脏得不堪入目。也许是感觉到了高玉梅的目光，刚么慢腾腾地抬起头："对不起，玉梅，我知道错了。"高玉梅心里一惊，刚么凸起的双颧，把两只眼睛深深地陷成两个坑，怅然呆滞的眼神使得她都不忍再多看一眼。这下，高玉梅全明白了，刚么大概是生意上落败了。尽管还不知道具体发生了什么，至少眼前这些人是在给自己唱苦情戏来了。

夜里，两个孩子都要跟高玉梅睡，刚么则去了孩子的房间。女儿抱着高玉梅："妈，你就原谅爸爸一次吧，爸爸现在很可怜，到处躲债，大姑说那个女人伙同别人卷走了爸爸所有的钱。你也说过，人非圣贤，只要知错能改。"高玉梅轻轻地抚摸着女儿的头，喉头就像堵上了一团热棉花，一股热泪涌了出来。又听儿子说："妈妈，他们要我和你分开，我不要，我要爸爸妈妈，还有姐姐，一家人在一起。"儿子哭着扑在高玉梅的怀里。高玉梅的眼泪一滴一滴滚落在儿子的脊背上。

墙上的钟表嘀嗒嘀嗒，一圈一圈地转动个不停，当时针指向"2"这个数字的时候，躺在自己腋下两边的一双儿女都已经熟睡了。高玉梅知道也许两个孩子是刚么派遣来的说客，但他们的感情、他们的爱是真挚的。高玉梅一整夜没合眼，她想了很多，甚至把后半生要想的事也预支了。最终停留在两句话上，一句是方嫂在小年饭上那句"你是我丈夫"，另一句则是来自女儿和儿子临睡前的哭诉。

7

一大早，高玉梅备好了早餐，叫醒了刚么。

饭桌上，高玉梅说："让孩子多睡会儿，我正好有话跟你说。"咬了一口手中的白馍，高玉梅用极其平静的语调缓缓说道，"一切都过去了，既然回来了，一家人就好好的。"刚么显然有些激动，脸上写满了意外的喜悦，正要开口，听高玉梅又说："但是我有个条件，卖掉这里的房子，搬去别处，你这一起一落的，这儿谁人不知？正好也换个心情。"高玉梅的口气依然不起半丝涟漪，没人知道她被自己说得发虚，这话究竟是说给刚么还是给自己听的。也许两个人都听进去了。

老方知道高玉梅一家搬走了，心一下子被什么掏空了，空得不知所措，空得想发飙。他心里有气，但不知道该气谁。末了终于找到了一个极其合理的理由，高玉梅凭什么不给自己道一声再见。

他甩出的一巴掌，把自己打晕了。

本文初刊于《莽原》2016年第3期

梁丽红，河南省作协会员，广东省小小说协会副秘书长。作品散见于《莽原》《百花园》《娘子关》《嘉应文学》《奔流》等各级文学刊物，偶有作品收录各选本。出版散文集《从往事跟前流过》。

编后记

张　莉

这些年来，我一直关注基层女性的写作成绩，我希望越来越多的女作者拿起笔写作，希望以编选集的形式鼓励她们的创作，进而推动中国女性文学的发展。某种意义上，"新世纪河南女作家作品选"的出版，实现了我的编选期待。

这套书共分为四卷，中篇小说卷（上、下）、短篇小说卷、散文卷和诗歌卷，旨在全面收集、整理新世纪以来河南女作家所取得的创作成绩。我们的编纂要求尽可能全面搜集到期刊上发表过的同时也能代表女作家文学品质的文本。每卷选本都经过编者们的仔细挑选，我们希望它既能代表二十多年来河南女性文学所取得的成就，也能展现各行各业女性写作者的风貌，尤其要关注到新世纪以来河南省培养的新一代女作家群体。

我所希望的是，这套书既有文学代表性，也有作者的广泛性。正如大家所看到的，这套作品选不仅收录了何向阳、邵丽、蓝蓝、梁鸿、乔叶、杜涯、计文君、傅爱毛等作家、诗人的作品，也收录了包括新一代作家鱼禾、牛红丽、碎碎、王苏辛等人的代表作，另外，我们尽最大可能地收录了河南各地基层写作者的作品。这些作者有的来自郑州、开封、许昌、平顶山、安阳、焦作、三门峡、周口，有的来自商丘、驻马店、信阳、南阳、漯河、鹤壁、济源、濮阳、新乡、洛阳等地，基本涵括了河南全省各个基层作协的女作者。我们在每篇作品后面附上了她们的个人简介，以便读者对她们有更多的了解。这些作品大多数是这些女性在工作和家务劳动的间隙写下的，很多作品也是第一次被收录。可以说，"新世纪河南女作家作品选"代表了河南各地女作者的集体创作风貌。在阅读这些作品时，我不仅感受到河南女性文学的繁荣，也对普通女性写作者的勤奋深为敬重。真希望更多的省市能编纂这样的地方性女作家作品选，以推动中国女性文学的发展。

感谢河南文联、河南作协对编纂工作的大力支持，正是因为有河南各地基层作协的帮助，编选才有如此广泛的作者群加入。

感谢四位分册主编程帅、程舒颖、赵浩宇、曹译的工作，她们为此书的整理及编选做了大量工作，尤其是我的博士后程帅小姐，她替我分担了诸多协调、统稿工作，使编纂工作得以顺利推进。

感谢北京十月文艺出版社总编辑韩敬群先生，感谢李婧婧、张小彩、窦玉帅、张玄喆四位责任编辑，没有他们的支持，就没有这套书的如期出版。

2023 年 2 月 2 日

图书在版编目 (CIP) 数据

新世纪河南女作家作品选. 短篇小说卷 / 张莉总主
编 ; 程舒颖主编. — 北京 : 北京十月文艺出版社,
2023. 8
ISBN 978-7-5302-2281-2

Ⅰ. ①新… Ⅱ. ①张… ②程… Ⅲ. ①中国文学—当
代文学—作品综合集②短篇小说—小说集—中国—当代
Ⅳ. ①I217.1 ②I247.7

中国国家版本馆 CIP 数据核字 (2023) 第 025643 号

新世纪河南女作家作品选　短篇小说卷
XIN SHIJI HENAN NÜ ZUOJIA ZUOPIN XUAN DUANPIAN XIAOSHUO JUAN
总主编　张莉　主编　程舒颖

出　　版　北 京 出 版 集 团
　　　　　北京十月文艺出版社
地　　址　北京北三环中路 6 号
邮　　编　100120
网　　址　www.bph.com.cn
发　　行　新经典发行有限公司
　　　　　电话 010-68423599
经　　销　新华书店
印　　刷　北京盛通印刷股份有限公司
版　　次　2023 年 8 月第 1 版
印　　次　2023 年 8 月第 1 次印刷
开　　本　850 毫米 ×1168 毫米　1/32
印　　张　15.75
字　　数　300 千字
书　　号　ISBN 978-7-5302-2281-2
定　　价　65.00 元
如有印装质量问题, 由本社负责调换
质量监督电话　010-58572393